贵州省决战决胜脱贫攻坚重点主题出版物

蒋巍 著

贵州出版集团
贵州人民出版社

中国大扶贫

贵州战法

图书在版编目（CIP）数据

主战场：中国大扶贫：贵州战法 / 蒋巍著. -- 贵阳：贵州人民出版社，2021.3
ISBN 978-7-221-16512-1

Ⅰ. ①主… Ⅱ. ①蒋… Ⅲ. ①纪实文学－中国－当代 Ⅳ. ①I25

中国版本图书馆CIP数据核字（2020）第271294号

书　　名	主战场：中国大扶贫——贵州战法
著　　者	蒋　巍
出 版 人	王　旭
责任编辑	黄　冰　张　晥
助理编辑	罗翻文　欧杨雅兰
封面设计	张　晥
版式设计	郑亚梅
出版发行	贵州出版集团　贵州人民出版社
社　　址	贵州省贵阳市观山湖区中天会展城会展东路SOHO办公区贵州出版集团大楼（邮编：550081）
印　　刷	深圳市新联美术印刷有限公司
开　　本	787mm×1092mm 16开
印　　张	27.75
印　　数	30000册
字　　数	350千字
版　　次	2021年3月第1版
印　　次	2021年3月第1次印刷
书　　号	ISBN 978-7-221-16512-1
定　　价	128.00元

版权所有　翻印必究

伟大事业孕育伟大精神，伟大精神引领伟大事业。脱贫攻坚伟大斗争，锻造形成了"上下同心、尽锐出战、精准务实、开拓创新、攻坚克难、不负人民"的脱贫攻坚精神。脱贫攻坚精神，是中国共产党性质宗旨、中国人民意志品质、中华民族精神的生动写照，是爱国主义、集体主义、社会主义思想的集中体现，是中国精神、中国价值、中国力量的充分彰显，赓续传承了伟大民族精神和时代精神。全党全国全社会都要大力弘扬脱贫攻坚精神，团结一心，英勇奋斗，坚决战胜前进道路上的一切困难和风险，不断夺取坚持和发展中国特色社会主义新的更大的胜利！

——习近平在全国脱贫攻坚总结表彰大会上的讲话（2021年2月25日）[①]

[①] 见习近平：《在全国脱贫攻坚总结表彰大会上的讲话》，《人民日报》2021年2月26日第2版。

前 言

用心用情深刻记录呈现"千年之变"

当历史来到21世纪的第20个年头,贵州在以习近平总书记为核心的党中央坚强领导下,在全省各族干部群众艰苦努力下,如期高质量打赢脱贫攻坚战,实现了全省66个贫困县整体脱贫,历史性地撕掉了千百年来绝对贫困的标签,正以深深镌刻在17.6万平方千米大地上的"千年之变",与全国一道,昂首跨入全面小康,踏上社会主义现代化建设新征程。

习近平总书记指出,我们党是用马克思主义武装起来的政党,始终把为中国人民谋幸福、为中华民族谋复兴作为自己的初心和使命,并一以贯之体现到党的全部奋斗之中。贵州是全国脱贫攻坚的主战场。贵州省委、省政府团结带领各族群众摆脱贫困,始终牢记习近平总书记、党中央对我们的殷殷嘱托,始终坚守矢志不渝的初心、孜孜以求的梦想。党的十八大以来,全省上下牢记嘱托、感恩奋进,大力弘扬"团结奋进、拼搏创新、苦干实干、后发赶超"的新时代贵州精神,强力实施大扶贫、大数据、大生态三大战略行动,不仅夺取了脱贫攻坚战的全面胜利和新冠肺炎疫情防控阻击战的重大胜利,更创造了经济增速在全国连续领先的"黄金十年",在大战大考中交出了一份党中央放心、人民满意的优异答卷。贵州翻天覆地的历史巨变,鼓舞人心,催人奋进,被习近平总书记赞誉为"党的十八大以来党和国家事业大踏步前进的一个缩影"。

看似寻常最奇崛,成如容易却艰辛。在打赢脱贫攻坚战的伟大征程中,为了光荣与梦想,许多同志牺牲在了脱贫攻坚一线。贵州全省上下尽锐出战,以不怕牺牲、排除万难的精神状态,实现923万贫困人口脱贫,从曾经是贫困人口最多的省份变为减贫人口最多的省份;全面完成192万人(含恒大集团援建毕节搬迁4万人)易地扶贫搬迁任务,搬迁力度之大、人数之多、影响之深、成效之大,前所未有,世所罕见;纵深推进农村产业革命,连续三年农业增加值位居全国前列;在完成村村通硬化路的基础上,在西部地区率先提出并实现"组组通"公路,在西部地区第一个实现建制村100%通客运,率先在全国使用"通村村"平台;在西部率先实现县域义务教育基本均衡发展,在全国率先实现省市县乡四级远程医疗;东西部扶贫协作山海倾情携手,有力助推了贵州脱贫攻坚……

脱贫攻坚,是前无古人的伟大事业。在中国反贫困史上,矗立起的光彩熠熠的贵州里程碑,为中国乃至世界的反贫困事业提供了"贵州样本",书写了中国减贫奇迹的贵州精彩篇章。

编纂"贵州省决战决胜脱贫攻坚重点主题出版物"系列图书,旨在全面总结宣传贵州决战决胜脱贫攻坚的巨大成就、宝贵精神、成功经验、先进事迹,讲好"英雄辈出"的脱贫攻坚故事。系列图书全方位、多角度记录和展现贵州脱贫攻坚的辉煌历程,必将为全省各族干部群众以更加昂扬的精神状态,紧密地团结在以习近平总书记为核心的党中央周围,坚持以习近平新时代中国特色社会主义思想为指导,承前启后、继往开来,同心同德、拼搏进取,巩固拓展脱贫攻坚成果,续写新时代高质量发展新篇章,奋力开创百姓富、生态美的多彩贵州新未来提供重要的精神营养和文化支撑。

谨以此书，向贵州省以及全国扶贫干部和基层农村干部致以深深的敬意！

扶贫工作看似平凡，意义却十分重大。不仅仅是全国12.8万个贫困村和近1亿建档立卡的贫困农民脱贫了，其历史意义更在于未来。扶贫工作者留下的饱含心血汗水的足印，是青春生命中最值得骄傲的年轮，是通向"中国梦"的希望之路。被你们牵着走出大山的一个个农家孩子，谁知道未来会怎样改变一个家庭，引领一个山寨，发现一个领域，开拓一方天地，甚至创造一段历史？一切皆有可能。

你们的奉献将被历史永存。

——题 记

目 录

001　引　言　高度不是海拔，而是信仰

001　第一篇　初心铿锵

003　第一章　贵州，被历史洗过三次
021　第二章　石头上的史诗
037　第三章　文朝荣——青山绿水一雄魂
053　第四章　"基建狂魔"，变个戏法给世界
069　第五章　梦想在哪里？在手上！
089　第六章　喝令三山五岳开道，我来了！
117　第七章　共产党"大请客"

147　第二篇　尽锐出战

149　第八章　"拼命书记"姜仕坤

165　第九章　黄大发——绝命崖上开天渠
183　第十章　邓迎香——大山迎香来
203　第十一章　谢佳清——41个村组的第一书记
219　第十二章　王明礼——伟大的士兵
235　第十三章　余留芬——岩博巨变
253　第十四章　陈大兴——万变不离其宗："干！"
269　第十五章　曹以杰——乡愁·雄心·创举

283　**第三篇　久久为功**

285　第十六章　青山绿水铸人生
317　第十七章　我仍然为你歌唱
345　第十八章　大爱援黔，气象万千
365　第十九章　陈立群——梦想没有天花板
379　第二十章　周灵——"卖菜书记"
393　第二十一章　萧子静——"我把他乡当故乡"

415　并非尾声　战斗未有穷期

418　**附　录**　报告，贵州交卷！

420　**后　记**　来自大山的感动

引 言

高度不是海拔，而是信仰

信仰是灵魂的旗帜。

此刻，这个深山村寨像生出奋飞的翅膀：丈长的蓝白色蜡染布，挂在高高的竹竿上纷飞，把时间折叠成巨浪，把历史折叠成风，把生命折叠成歌，唱响了大山。不远处，一幢幢历经沧桑的吊脚楼，一栋栋粉墙乌瓦的新农舍，依在山壁上望着我。我穿过晾晒蜡染长布的竹架，走进寨子。透过细竹竿支起的古老木格窗，便看见了中国脱贫攻坚战的主战场——贵州。

激战正酣的贵州！战旗飞扬的贵州！

贵州，或许是被上天守护的最后一块净土和最后一个神话。曾经，她用海涛般起伏的群山守护着自己的心灵和历史，用茫茫云雾遮掩着自己的容颜和神秘，默默阻挡着工业革命带来的一切嘈杂、扭曲和灰暗——就像被毕加索愤怒的画笔撕碎的人体与机器。但思想、目光和生活的脚步也被大山挡住。千百年来，闭塞与贫穷就像纷飞的秋叶，一年又一年落在自己的影子上。每座山，都有一夫当关、万夫莫开的威严；每条路，都有千回百转、如临深渊的艰险。由此，贫困面巨大、贫困人口最多的贵州，成为全国脱贫攻坚战的主战场，受到党中央和全国人民的格外关切。

历史性的挑战，到了历史性的时刻。

一直深切关注着这场气势磅礴的"人民战争"的我，必须来贵州。

毫无疑问，贵州之战，直接关系到这里3000多万各族人民的福祉，关系到全国脱贫攻坚战能否决战决胜，关系到能否按期实现中国共产党第一个百年奋斗目标，关系到2020年底全国人民同步进入全面小康的伟大历史进程。使命重如泰山，任务极为艰巨，挑战八面埋伏，工作空前纷繁。

尤其，贵州关山重重，交通艰难，经济社会发展长期滞后。没有全面爆发、千军万马齐上阵的力量，没有弯道取直、后发赶超的速度，就很难实现如期脱贫、同步小康的伟大目标。

尤其，贵州必须避开工业革命"先污染，后治理"的老路，必须守住发展和生态两条底线，闯出一条贵州新路。

尤其，贵州几乎所有的村寨都深藏在云雾茫茫的大山里，要让富足美好的生活走进每一个农户，就要跋山涉水走完"最后一公里"。

当我一次次进村入寨，我看到，扶贫干部没地方住，就借住在老乡家的茅草房或村委会吱嘎作响的木板房里；寒风凛冽的冬天，他们便围坐在火盆边商讨工作；进了特困户的家，他们忍不住一次次掏出自己的钱，塞进老乡手里；为了不让一个孩子辍学，他们一次次苦口婆心，然后把孩子领到老师面前；为了给村里修路引水、改建危房、兴办产业，除了用好国家扶贫政策，他们奔走呼吁，动员起自己所有的社会关系，直到把对方感动；为了让易地搬迁群众进一步过上好日子，他们把床铺、桌子、沙发搬进新房，把米、肉、菜放进厨房间……

有的县级领导或扶贫干部就这样倒在山路上或村寨里，怀着一颗赤子之心永远离开了；有的被醉汉打成重伤，年纪轻轻换了满口牙；有的因长期离家，不能尽家庭义务，离婚了，有的孩子学习成绩下降了；有些同志有慢性病，只能忍着拖着……他们不愿向任何人诉苦，但创痛成了他们永远的记忆。

我一次次泪湿。

试问，世界上有哪个国家、哪个执政党，能倾举国之力，为自己的人民付出如此长期和巨大的努力，全心全意为人民创造美好幸福的生活？只有社会主义中国！只有中国共产党！

中国共产党人能够做得如此完全彻底，一切出自党的初心和党的信仰。

1921年7月党的第一次全国代表大会，只有13个代表，他们代表了全国58个党员，还不如今天一个班级的学生多。当初有谁能相信，这几十个人能发展成为一个星火燎原、无坚不摧的大党，历经28年浴血奋战，带领全国人民推翻了三座大山，创建了伟大的中华人民共和国！

回望历史，才知道我们走出多远；重温初心，才懂得我们肩头的使命重如泰山。

共和国成立之初，党带领亿万农民开展土地改革，废除了封建剥削的土地所有制，使广大无地农民获得土地，实现了"耕者有其田"的千年梦想，为保障农民基本生活奠定了基础。改革开放后，农村地区广泛推行了家庭联产承包责任制，极大地调动和解放了农民的生产积极性和农业生产力，开启了农村数亿剩余劳动力进城打工的大潮，解决了农村大多数人的温饱问题。1982年，国家启动"三西"（甘肃定西、河西，宁夏西海固）专项扶贫计划，开始了有组织有计划的大规模扶贫行动。1986年，以救助贵州省毕节地区赫章县海雀村饥荒为起点，国家制定了扶贫标准，成立了扶贫工作机构，设立了专项扶贫资金，划定了重点扶持区域，确立了开发式扶贫方针。1994年以来，国家先后颁布实施《国家八七扶贫攻坚计划（1994—2000年）》和2001—2010年、2011—2020年两个十年农村扶贫开发纲要，不断提高国家扶贫标准，持续推进扶贫开发工作。党的十八大以来，以党的十八届五中全会和中央扶贫开发工作会议决策部署为标志，我国扶贫开发进入脱贫攻坚新阶段。中央明确，到2020年现行标准下农村贫困人口实现脱贫、贫困县全部摘帽、解决区域性整体贫困的目标任务，实施精准扶贫、精准脱贫的基本方略，为此出台了财政、金融、土地、交通、水利、电力、健康、教育等一系列超常规政策举措，建立了脱贫攻坚责任体系、政策体系、投入体系、动员体系、监督体系、考核体系，提供了全方位制度保障。十八大以来的8年中，以习近平同志为核心的党中央把脱贫攻坚作为全面建成小康社会的底线任务和标志性指标[①]，对扶贫体制、政策、方式等进行了大气魄、大手笔的改革创新，在全国范围全面打响了脱贫攻坚战，力度之大、规模之广、影响之深前所未有，谱写了人类反贫困历史上的辉煌篇章。

经过数代人的薪火相传、接续奋斗，中国已在世界东方昂然崛起，党的第一个百年之约，中华民族伟大复兴的"中国梦"已实现在即，14亿中国人民同步迈入全面小康社会的辉煌时刻已指日可待！

没有"七一"就没有"八一"，没有"八一"就没有"十一"。

一切动力之源，在于不忘初心、坚守信仰！

信仰是一个人、一个党的灵魂支撑、精神导引、力量之源。

处于云贵高原之上的贵州，在脱贫攻坚的伟大战役中，在后发赶超的壮阔进军中，一次次取得决定性胜利，一次次谱写辉煌篇章。其磅礴之力震天动地，其速度之快全国称雄。他们的信念、雄心、力量来自哪里？面对巨变，面对英雄，面对崇高，我必须进入贵州这场大进军之中，追寻他们的精神和情怀，记述他们的艰难与奉献，留下他们的姓名和足迹。

这是作家的责任，也是作家的光荣。

事实证明，历史上经济社会发展滞后的地方，只要有崇高的精神追求，仍然能弹奏时代主旋律。

放眼当今世界，没有一个国家像中国这样：沸腾！

一往无前的改革创新在路上，气势磅礴的新时代在路上，决战决胜、战

---

① 参见习近平：《在解决"两不愁三保障"突出问题座谈会上的讲话》，《求是》2019年第16期。

鼓频催的脱贫攻坚在路上，意气风发、奋勇开拓的9000多万中国共产党党员和14亿人民在路上……

中华大地，春潮涌动，惊涛拍岸，卷起千堆雪。

有人惊叹，道是"直挂云帆济沧海，长风破浪会有时"！

有人哀鸣，却是"两岸猿声啼不住，轻舟已过万重山"！

"对表！"——

在全国脱贫攻坚主战场，在静悄悄的井然有序的贵州省委大楼，我仿佛能听到一道道战令激昂发出，犹如惊雷闪电向四面八方迸射，传递，震响，催战……

时间，就是贵州人的心跳！

烤苞谷的香味吸引来一群黑色的飞鸟，落在两根高高的木雕图腾柱上。在平坝上几堆篝火的映照中，柱上的那些獠牙鬼脸仿佛喷吐出一股股神秘而恐怖的青烟。这是毕节市赫章县的一个古老苗寨。夜风从群山后面呼啸而来，吹得坝上的篝火和火把缭乱纷飞。

突然，一声撕心裂肺的哭喊，震惊了这个"踩花山"的节日之夜。

"有人抢婚了！靠山寨的人把我家荞花抢跑了！"荞花妈冲出柴门，向着群山向着无边的黑夜哭喊。海雀村数十个男人闻声而出，有人骑马，有人疯跑，他们高举火把，挥舞着叉耙棍棒，一声声吼骂着，朝那队抢婚的人马猛追。

罗荞花是海雀村最美的姑娘。自家的寨花被外村人掠走，是海雀村的耻辱。

靠山寨的人跑到村口，见海雀村的几十支火把从山上追下来，知道这场械斗不可避免了。于是把人马停在风雨桥上，亮出猎枪长矛等各式家伙。领头的就是抢婚人高青（化名）。他在外地开过矿，跑过生意，是靠山寨的首富。去年一个赶场的日子，他一眼相中了水灵灵的罗荞花，于是策动了这次抢婚。20世纪70年代，这样的事情在贵州少数民族地区时有发生。

两伙人在桥上怒目相向，刀枪棍棒撞得叮当乱响，火花四溅。高青大喊："住手！"

海雀村的王根生曾与荞花有过一段青梅竹马的初恋，全村人都知道。但王根生家穷得一贫如洗，连盐巴、灯油都买不起，更别说置办新衣新家了，荞花不得不退却了。此时王根生冲到队伍最前头，怒叫："现在实行恋爱自由、婚姻自愿，抢婚是非法的。把荞花交回来！"

骑在马上的高青说："那好，你问问荞花的态度吧。"

夜风猎猎，火把熊熊。荞花从马背上下来，脸上泪落如雨，缓缓走到海雀村的队伍前，扑通一声跪在桥板上。她哭着说："对不起乡亲了，你们回吧！我从小到大没吃过一顿饱饭。现在家里只剩下几十根苞谷，刚才，高青给我家留下两袋面……为了救自己、救妈妈，你们就放我走吧……"

说罢她哭着俯身磕了三个响头，额上见血了。

海雀村的人无语了。高青得意地把荞花领回家。当地有一个风俗，洞房花烛夜时，新娘新郎上床要厮打一番，其实是假打，好让窗外的青年男女和小崽子们听听热闹。这个新婚夜，罗荞花是真打，跳着脚打，哭嚎着打，披头散发疯狂地打，把茶壶碗盘摔成满地碎片，那就是她被撕碎的花季和爱情。

多年以后我去海雀村采访，见到了罗荞花，领着一个女儿，抱着一个女儿。因为她没给高青生个男娃，被吼出家门了。我问她所经历的一切，她哭了，泪水流成河。

中国扶贫大业是伟大而悲壮的，因为它就是从罗荞花的泪影中起步的。老百姓的眼泪，就是国家的伤痕。

这个黎明，我用朝霞擦亮了历史，擦亮了贵州大地，去寻找一个时代翻山越岭的足迹……

第一篇 初心铿锵

第一章
贵州，被历史洗过三次

踏入贵州，远望天空近乎无限的蓝，那高阔的蓝、清澄的蓝，敞开心胸深深吸入一口，我就柔软了，融化了。这里的蓝是原始蓝、处女蓝、孤独蓝、天堂蓝，仿佛上帝的窗口，贵州人敲一声就能把老人家吓一跳。贵州的天为什么如此之蓝？因为它被历史洗过三次。

贵州是大自然创造的一个神奇之地。

近半年来驱车于高山峡谷之中,时而扶摇直上九霄间,时而飞落三千尺。望着绵延不绝的山外山、山连山、山挤山、山上山,尽管我已经很熟悉贵州地貌了,每次心里仍然发出惊异的浩叹:17.62万平方公里的土地面积,上天怎么就不给一块开阔的平原呢?

故而贵州人把平地叫"平坝"——足见其小。

一切因为珠穆朗玛峰的好奇心。

那是3000万年前的一个清晨,阳光如雨流泻。浩瀚大洋推着印度板块,

贵州省平塘县打岱河天坑(贵州新闻图片社／供图)

砰的一声撞进他的梦境。他醒了,犹如一尊山神,披着水花哗啦啦从大海中站起,伟岸的身姿捅破了天窗。天宫倾斜,大地摇动,大珠小珠落玉盘,从青藏高原滚到云贵高原,转瞬化为万千大山。一个峰峦叠翠、流泉叮咚的巨大盆景诞生了。上天为此给珠穆朗玛峰戴上一顶玉冠。

现在,这个盆景就放在中国西南角的窗台上。

它是上天的神奇造物。放眼望去,方寸之间气象万千,天地之间云雾缭绕,连爽爽的空气和透明的阳光都是它的风景。盆景总面积17.62万平方千米,其中大小山陵占92%以上,个个鬼斧神工,神妙奇绝。

这个盆景奇幻无比，有妖气，地上地下全是迷宫。地下宫殿里时光倒流，走进去可以逆生长。那里有许多倒长的树、向上流动的水、石头开花的森林、横挂石壁的瀑布，还有飞来飞去的千古人物和妖魔鬼怪——不过你瞅一眼他们便瞬间不动了，怕吓着你。入夜他们就活了，会给你讲当年和孙悟空大战三百回合的故事，很多洞穴就是那猴儿的金箍棒乱打一气捅出来的。因为没吃到唐僧肉，那些小狐狸精到现在还是小狐狸精，走在街头特别妖娆。

这个盆景上接天宫，有仙气，是仙女们的梳妆台。她们轻灵缥缈，一忽儿在洞穴深处回头一笑百媚生，一忽儿斜倚奇石犹抱琵琶半遮面，一忽儿飘进万里山河图，引你一起入画游。那一刻，你也秀成风景中的风景——"山高我为峰""一览众山小"的留影。

这就是中国独有的盆景——多彩贵州。

上古时候，在黄河两岸的广阔平原上，中华民族三大人文始祖黄帝、炎帝和蚩尤各率部族崛起，构筑村落和城郭。约在4600年以前，黄帝联手炎帝，在今河北涿鹿县境内，与蚩尤部落展开了涿鹿之战。蚩尤战死，其麾下的一部分东夷九黎部族融入炎黄部族，形成今天汉族的最早主体。一部分另辟疆土，远遁西南，披着兽皮提着石斧上了山，形成了今天苗族等各少数民族的最早主体，贵州故事就从大山中的砍伐声中开始了。

老早传说，大山部落里的男人是石头缝里蹦出来的，骨头特别硬；女人是在水花上降生的，性情特别柔。他们从小用歌声传情，用舞蹈行走。他们开门见山，推窗碰山，梦里枕着山连山。山是贵州的灵魂，贵州的史诗，贵州的哲学。山造就了贵州的壮阔美景，也造就了她的千古悲欢。

被泪水洗过一次

一次5000年！

曾经的长夜漫漫，火把照亮了曲曲弯弯的山路，山路尽头绵延着无尽的苦难。贵州为什么叫贵州？因为石多山多土地贵。贵阳为什么叫贵阳？因为雨多雾多阳光贵。也因此，在这里，人生别有一种铿锵的意义。活在贵州，所有的道路都千回百转，所有的命运都经历磨难。活在贵州，一生爬山又下山，永远看不到地平线。活在贵州，人生只有两种选择：要么靠山吃山，要么走出大山。活在贵州，你必须小心翼翼呵护着自己的梦想，因为左边是悬崖，右边是深渊。活在贵州，人生只有一条路：登攀！

所以，贵州人寡言，因为说话要站在这山喊那山。

所以，贵州人勤奋，草帽大的地块也要种几棵苞谷。

所以，贵州人坚忍，因为翻不过大山就找不到出路。

所以，贵州人重情，一座山连着另一座山。

所以，贵州人勇猛，出了娘胎就大喊一声："喝令三山五岳开道，我来了！"

所以，贵州人悲壮，活过来就英雄一场！

贵州是全国唯一没有平原支撑的省份。八山一水一分田，而且大半是千窟万穴的喀斯特岩溶地貌。望去重峦叠嶂，风光无限，其实一脚踩下去全是石头，土层不过十几厘米，几十厘米就算稀有的肥田了。亿万斯年来，贵州虽然雨量充沛，但地面很难存水。滴水穿石，水流如刀，雨水冲刷着重重叠叠的石灰岩，顺着地缝涌流而下，结果地面雨过地皮干，植被和庄稼遇雨就涝，遇旱就枯。在毕节市赫章县的海雀村，我听苗家女罗荞花这样忧伤地唱道：

苞谷没有巴掌长，收下一筐收一萝。

扯上三尺遮羞布，脚板要当石板磨。

贫困是世界上可怕的毁灭性力量之一，它能毁灭和平，毁灭文明，毁灭人生，只留一片蛮荒与苍凉。历史上，贵州先民曾创造了瑰丽多彩的民族文化，但因为大山的遮蔽和生存的艰难，文脉终究难以持久和繁荣。酋长和部族们呼啸来去的夜郎国，就这样成为远古时代最悲凉漫长的挽歌，多少英雄史诗在一代代口传身授的歌咏中渐渐远去，而刀耕火种的劳动号子一直延续到20世纪。最后一个"带枪的部落"至今还在用镰刀剃头……当然，这个高超技艺现已成为热门的旅游观赏节目，让驴友们尖叫不已。

贵州地处西南腹地，南接两广，西连云南，东邻两湖，北临川渝，战略地位极为重要。贵州归入中华版图，经历了漫长的文化交流和民族融合过程，但有三件"趣事"似乎可以成为历史的节点：

第一件，一罐丹砂。战国时期，人们在黔中郡地处今贵州铜仁山区的地方发现了一处罕见的丹砂矿（即汞矿，现在万山镇），各地道士们闻讯蜂拥而至，都说自己可以冶炼出长生不老之药。雄才大略的秦始皇一统天下后，威名天下皆闻，四夷之地人人震恐。黔中郡的部落首领为保全自身领地，特向秦始皇进贡了一罐丹药，说吃了可以永葆青春，延寿万年。药罐送到咸阳章台宫的那一天，始皇兴奋地叫侍立在旁的宰相李斯过来看看。可疾步上前的李斯不小心被丹墀上的红毯绊了一下，一个踉跄把药罐弄翻了，药丸撒出来，在御案上洇出一片丹红。始皇大怒，说，你小子是不是故意让朕不能万岁万万岁啊？来人，拖出去砍了！李斯是何等机灵之人，他说，且慢！微臣有一绝妙建议，说完了陛下再砍我的头也不迟。

是何建议？说！始皇怒气冲冲瞪着他。

李斯徐徐道来：丹砂如此鲜红，有朝霞之色、血色之威，过目难忘。陛下乃功盖天地的千古一帝，书写当与天下臣民有所区别。微臣以为，御批今后可改黑墨为丹砂，方能显出天子金口玉牙、一言九鼎的威力。始皇闻言大喜。自此，废除分封制，实行郡县制；统一文字、车轨轮距和度量衡；修驿道，建长城；等等。一道道朱批诏书驰送各地，东方大帝国就这样基本定形。此后虽历经分裂与战乱，帝国定制却少有变动，历代422位皇帝的朱批也从未改变，一直延续到2000多年后大清王朝最后一个皇帝溥仪黯然下台。历时39年建成的秦始皇陵墓中有一片"水银之海"，其中很大一部分就来自川黔地区。

虽然这"联姻"秦始皇的传说无法考证,但贵州万山汞矿遗址的确是国内现存开采时间最早、历史最长、规模最大的汞矿遗址,是全国重点文物保护单位。

第二件,一次出使。西汉时期,汉武帝为经略南方,平定日益坐大的南越国,特派唐蒙出使南越。唐蒙在南越品尝到一种美食枸酱,好奇是从哪儿来的。经打听,道是蜀地商人卖给夜郎人,夜郎人又从水路卖到南越去。由此,唐蒙也知道了经夜郎的牂牁江可直抵番禺。于是,唐蒙便向武帝献上他的制越奇计。武帝接受了唐蒙所献之策,任命他为郎中将,出使夜郎,以打通自牂牁江而指番禺的进兵线路。

唐蒙奉命,率兵千人,加上运送辎重物品的万余人,浩浩荡荡,从巴蜀出发,前往夜郎国。抵达夜郎后,唐蒙会见了夜郎侯多同,送给他许多贵重礼物,喻以威德,并"约为置吏,使其子为令"。夜郎周边的小城邑贪图唐蒙送的东西,又认为汉朝到这里路途遥远,道路险阻,肯定不能对他们发号施令,于是都表示愿听从唐蒙之约,归附汉朝,设置郡县。

唐蒙将情况向朝廷禀报后,汉廷依其意,在夜郎境内设立夜郎县,委任多同的儿子为县令,并划归犍为郡管辖。如此,秦亡后一度游离于中央政权之外的夜郎,纳入了汉朝的行政建制。

第三件,一场宴席。明朝永乐十一年(1413年),永乐大帝在贵州设布政使司。布政使到任后,特召各地首领、酋长们赴贵阳会宴,当场宣读圣旨,正式建贵州为第13个行省,要求酋长们跪接土司委任状和大印。这些首领原本都是山大王,这回受到大明帝国的正式任命,又收了皇帝赏赐的大量珠宝绸缎,个个喜笑颜开,跪地谢恩。酒过三巡,贵州大局已定。此后虽有少许土司叛乱,但帝国铁骑一到,无不灰飞烟灭。到公元974年,宋代开国皇帝赵匡胤平定中原,国势大增,占据矩州(贵阳)一带的土著首领普贵上表表示归顺,赵匡胤在册封敕书中写有"惟尔贵州,远在要荒"之句,这是

"贵州"之称首次见诸文字。

江山归于一统,民生依然艰难。据明弘治十五年(1502年)统计,在全国13个布政使司中,贵州全年赋税只占全国税收的0.07%,秋粮赋税只占0.28%。到70年后的万历年间,也大体如此,少有增长。嘉靖年间,《贵州通志·财赋》称:"贵州财赋所出,不能当中原一大郡。"贵州财政的71%自己无力解决,故而外省人到贵州做官者,其俸禄大部分需在原任职地支取。官职低、薪酬少者都不愿来贵州,"守令以下,授之官而不赴者,十之七八也"。官员在此升职,无钱做新官服,只好跟前任买旧的,领口、袖口有补丁也就不是什么稀罕事了。清王朝时,为解决贵州的财政支出及粮布不足问题,清廷硬性规定,由湖广、四川两省每年接济贵州粮5万石、布6万匹、银5.1万两。因贵州是出入云南的门户,又规定云南每年协济贵州驿站银1500两,等等。

因民不聊生,管治无能,官吏腐败,清朝咸丰五年(1855年),贵州爆发了震动朝野的咸同起义,至同治十二年(1873年)被镇压,历时18年之久,波及贵州全境及湖南西部地区,义军规模最高时达数十万人。清学者徐家干在其《苗疆闻见录》中称:"计自有明以来苗之叛者屡矣,其出扰之残,相持之久,要以咸同间为最甚云。"战争给贵州人民带来深重灾难。"老者填乎沟壑,壮者散于四方,如鸟失巢,如鱼失水矣。""残骸暴骨,零落满山,冷雨凄风,悲啼遍野。""大寨复原其半,小村十仅存一。"[①]咸同起义之后13年,光绪十一年(1885年)六月,潘霨出任贵州巡抚,经过一番视察,他慨叹万千:"黔地处万山之中,高寒而硗确,无薮泽之饶、桑麻之利。又以军兴日久,民喘未舒,官斯土者,无不以捐瘠(饥饿而死)为患。"

中华人民共和国成立之初,面对一穷二白的经济基础和急待收拾的战争废墟,国家百业待兴,财力有限,很难对老少边穷地区给予更多的支援。

---

① 见安成祥:《石上历史》,贵州民族出版社,2015。

那些年，在贵州偏远落后的少数民族地区，依然存在着封建地主经济和领主经济。后经土地改革，农民生活稍有改善，贫困问题略有缓解。但因耕地稀缺，土质贫瘠，生产力极端落后，居住在深山老林中的上千万农民仍在饥饿线上苦苦挣扎，无力回天。国家号召"学大寨"也不管用。大寨人可以把山下的土垫到虎头山上，贵州山上山下都是石头，没土。统计数字显示，到改革开放初期，贵州仍是全国贫困状况最严重也最普遍的地区。

人们被封闭在大山里，贫困也被封闭在大山里。

形成集中连片贫困地区的主要原因有：

——生态环境日益恶化。由于长期毁林毁草开荒，水土流失加剧，土地石漠化、破碎化日趋严重，很多地方甚至丧失了生存条件，比如纳雍、德江等7个县，1985年的森林覆盖率由中华人民共和国成立初期的44.4%下降到16.1%，很多大山剃成了光头。紫云、望谟两县有70%的耕地"挂"在陡坡上，跑土跑水跑肥，山洪一冲，庄稼狼藉，乱石满坡。

——生态恶化导致旱涝虫灾、泥石流、山体滑坡等自然灾害频繁发生。收成只能吃半年的情况绝非罕见。

——基础设施薄弱。交通阻隔，山区人民长期与世隔绝，种地只为保命，经济活动极为狭窄。据调查，赫章、榕江等8个县平均170平方公里范围内仅有1个集市，从江县平均366平方公里只有1个集市。村民购买煤油、盐，出售土产，往返要走几十公里甚至上百公里。许多商品运到分销店，运费比成本还高。山区里80%的乡村无电、无路、无广播电视，不通电话，信息闭塞，村民们过着"洞中方七日，世上已千年"的日子。

——教育、科技、医疗普遍落后。失学儿童大量存在，他们不会写自己的名字，不知道地球是圆的，中国有多大，家乡在哪里，长大后无法外出打工。很多少数民族村寨文盲率较高，老村组干部中也有很多文盲，上级开会他们只能带耳朵听，回来记住多少说多少。医疗条件更是惨不忍睹，村民普遍靠土医草药治病疗伤，大病只能等死，因病因伤致贫者众多。资金短缺、力量单薄的科技文化无力进入偏乡僻野，不少地方仍处于刀耕火种的原始状态……

回望贵州的历史，眼泪比欢笑多，荒草比炊烟多，苦难比石头多，坎坷比道路多。眼泪一洗5000年，群山号泣汇成河。

贵州穷人曾被称为"干人"，意思有两层：一是干活的人，二是身无分文的人。"天无三日晴，地无三尺平，人无三分银"，历史的悲叹就这样流传下来。

下面是2015年6月22日新华社发表的一篇报道，发表当天我就把它存在电脑里了：

直面中国贫困角落
——新华社：来自扶贫攻坚现场的调查报告

中国最穷困的人口生活得怎么样？

在中国早已成为世界第二大经济体的今天，这个问题似乎游离于很多人特别是都市人的视野之外。

国家统计局数据显示，目前全国农村尚有7017万贫困人口，约占农村居民的7.2%。

…………

半年来，新华社派出9支调查小分队，分头前往中西部贫困地区，实地体察父老乡亲的生活状况。一方面，通过30多年的扶贫攻坚，农村贫困面大幅缩小，贫困被赶进了"角落"里。另一方面，今后的扶贫不得不去啃最硬的"骨头"。那些最穷的地方，也正是底子最薄弱、条件最恶劣、工程最艰巨的贫困堡垒。

…………

"家徒四壁"常用来形容贫穷。可在贵州省荔波县瑶山乡巴平村兰金华的家里，连一面严格意义上的"墙壁"都没有。

他和母亲住的茅草房已有几十年历史，是用树枝、竹片拼成的，缝隙里抹着些牛粪，寒风和光线从无数孔洞透进来。

一盏昏暗的灯泡下，柴草、杂物、简单的农具堆在一起。长年烟火凝成的一条条黑毛絮从房顶、木架上垂下来。角落里篾片围成的两个小窝，就是母子俩的"卧室"。

前一阵房顶漏雨，兰金华只好到隔壁弟弟家打地铺。弟弟的房子是几年前政府补贴2万元建的砖房，但至今没有门板，只挡了块竹编的薄片。

在集中连片贫困带，经过党委政府、社会各界的持续努力，百姓"衣不蔽体、食不果腹"的时代早已一去不返。但记者看到，有些极贫户，衣食住行仍样样令人心酸。

…………

在贵州省从江县加勉乡污生村加堆寨，记者去了乡人大代表、51岁的村民组长龙老动的家。一只白色塑料桶里有五六斤猪挂油，就是全家3口改善生活的美食了，做饭时切一小块，在锅里擦一擦，就算是有油了。而大部分时间，就是清水煮野菜。

记者正在采访，忽然有人拎来一只大公鸡。原来是龙老动要留我们吃晚饭，他家没有鸡，就跟邻居借了一只，准备杀给我们吃。他家两三个月才能吃上一次肉，却要杀鸡给我们吃。谢绝时，记者的心情实在是难以描述。

他那台电视机是全寨19户、6/口人唯一的电器，不是买的，而是社会捐赠的。他的卧室没有门，只挂了块塑料布，被褥下铺的是一层散乱的稻草。

在西南一些石漠化严重的山区，仍有季节性断粮。政府给每月每人30斤救济粮，有些村民还是不够吃，只能跟亲友借，来年打了新粮再还上。

石漠化山区石多土少，土层瘠薄，土下是喀斯特地貌"漏斗"，存不住雨水。每年的收成都很微薄，一方水土养不活一方人。

贵州武陵山区沿河县思渠镇有个村子名叫"一口刀"，就是"建在刀背上"的意思。全村34户,只有1.5亩水田。各家只好轮流耕种,轮不上的就在贫瘠的旱地种点玉米。就是说,一碗饭全村轮着吃,轮一圈要几十年。记者去采访时,已经轮了十多户。

....

小七孔,中国南方喀斯特世界自然遗产地核心区,旅游旺季总是游人如织,甚至常常人满为患。然而,景区5公里外便是贵州省荔波县瑶山乡极贫区。

菇类村,全村357户,除一户开农家乐外,几乎再没有人依靠景区发家致富。当地特产瑶山鸡肉香味美,也一直没有打开近在咫尺的市场。

全村1200多人中,有1100多人是文盲、半文盲。多数村民至今不会找、也不敢找市场,只能靠种田维持温饱。

教育缺失成为一些困难群体脱贫的深层障碍。

....

九年制义务教育在全国各地都已较为完善,免学费、营养午餐等措施更让无数孩子受益。但是,孩子初中甚至小学便辍学的现象在贫困山区并不少见,一些家长很早就带着子女外出务工。对于那些最穷的家庭来说,上学本身就是一笔难以承受的大开销。

……"学费不收了,还有书本费、杂费和生活费呢?"

"最好的房子是学校",的确已在大部分农村变成现实。但是,教育设施落后、师资缺乏,仍是贫困地区的共同难题。

被血水洗过一次

西风烈,长空雁叫霜晨月。霜晨月,马蹄声碎,喇叭声咽。

雄关漫道真如铁,而今迈步从头越。从头越,苍山如海,残阳如血。

这是1935年2月红军成功攻占娄山关后,毛泽东写下的一首词《忆秦娥·娄山关》。词中描写了红军翻越大山进行夜行军的景象，词意苍凉决绝，思绪万千。那正是中国革命最危急的时刻，党中央和数万红军命悬一线。

1933年9月，由于党内"左"倾教条主义的错误领导和共产国际军事顾问李德的错误指挥，中央革命根据地第五次反"围剿"斗争失利，不得不进行战略大转移。同时，突破第四道封锁线"湘江战役"遭到的重创，使中央红军陷入极端危险的境地，中国革命面临空前的危机。

正是在处境最为艰难的时候，红军转兵贵州。即便在边走边打的路上，即便在尾随而来的国民党军的强大压力下，即便休整时间只有几日或十几日，红军依然没有忘记自己的初心。每到一地，立即开展轰轰烈烈的"打土豪、分田地"运动，老百姓这家分得三只碗，那家分得两件衣。战士们从老乡家借来几块木板或一捆柴草，晚上睡在街上，早晨起来一定送回老乡家，还把街面打扫干净。贵州的穷苦百姓从来没见过这样的新鲜事，从来没见过这样的军队，于是万千个山寨张开怀抱，热情欢迎毛泽东和工农红军的到来。他们用茅台酒为战士擦洗伤口，拆下自家的门板做担架，送来了最后一袋米、最后三尺布，孩子们组成的儿童团遍布山岗……

1934年12月18日，在湘黔边界的贵州小城黎平，中共中央召开了长征途中第一次政治局会议。血的教训让中共高层清醒过来，他们否定了博古、李德的错误主张，肯定了毛泽东转兵贵州的正确主张，决定避开敌方重兵防备的湘西，进军川黔边界。紧接着又召开了猴场会议，否定了"回头东进"的冒险计划。此后中央红军出乎蒋介石的意料，在大山里机动穿插，突破乌江，智取遵义，中国革命终于来到一个伟大的转折点，于1935年1月15日至17日召开了遵义会议。遵义会议确立了毛泽东在红军和党中央的领导地位，使红军和党中央得以在极其危险的情况下保存下来。此后在毛泽东的直接指挥下，红军与敌周旋，四渡赤水，二占遵义，以一连串雄奇的手笔，奇迹般跳出了数十万敌军的围追堵截……

与此同时，红二、红六军团力劈国民党10万大军包围，开创了湘鄂川黔革命根据地，有力策应了中央红军北上，写下辉煌的篇章。

历史留下这样的铁血印证：中国革命从危亡时刻转入战略主动，是在贵州展开的；党中央彻底摆脱"左"倾教条主义错误，确立了毛泽东的领导地位，是在贵州完成的。贵州由此成为中国革命的福地，成为中国革命大踏步走向胜利的一座丰碑！

但是，历史必须铭记，贵州人民也为此付出沉重的代价。赤水河畔，乌江天险，乌蒙山上，上万红军将士长眠于此；困牛山上，百余红军战士弹尽粮绝，宁死不屈，最后齐齐跳下悬崖壮烈牺牲；为红军出力的担架队、运输队、救援队中的村民伤亡难以计数；上千村庄遭到国民党军的血洗，大批农会干部被杀害，贫苦百姓所分土地和财物被强逼归还；尽管处境危急，战斗惨烈，仍有上万贵州子弟踊跃参加红军。老革命家回忆："红军进入遵义城，遵义城之民众非但不逃，而且孤儿习艺所、学校学生及商民贫民等成群结队，悬旗欢迎红军。""这12天的休息，使赤军在湘南之疲劳完全恢复，精神一振；使以后之战争，不仅战斗力不减，反而生龙活虎。""进遵义城后第二日，被服厂、修械所、粮秣厂均已开办。新兵之军装不久即发出，旧枪即修理完竣。""长征以来遵义是最使战士们想念的一个城：那比较繁华的街市，那相亲相爱的群众，那鲜红的橘子，那油软的蛋糕……随便喊一声：'当红军来哟！'壮年们就会跟着走的。那个时候，每个团每天总要扩大百八十个新战士来的。"当年仅有30000人口的遵义，就有5400余名子弟随红军北上。

泪洗过的贵州，血洗过的贵州，以无比坚强的手臂，护送红军一程。历史告诉我们，初心就是民心，使命就是民意，让贵州人民过上好日子，中国共产党人责无旁贷。

被汗水洗过一次

一洗5000年。

贵州矿产丰富，地下全是宝，但很多外省人不知道，贵州最缺什么。那就是盐。它的喀斯特地貌决定了地下到处是溶洞，有水长流去，石为之融，山为之开，有史以来不产一粒盐！

盐是身体的必需、食物的灵魂。要生存下去，贵州土著必须设法找到代替盐的食物。他们先是以草木灰代盐，然后以腌制酸菜代盐，再后以辣椒代盐。但这只能加强舌尖上的口味，无法从根本上解决缺盐问题，最后的办法只能从外省长途贩运。有"盐都"之称的自贡离贵州很近，云南盐井也离贵州不远，但交通阻隔是最大的难题。而且经长途运输，盐价昂贵，绝非普通百姓可以承受。于是人们发明了许多省盐方法：比如"涮涮盐"——吃饭时将食物放到蘸水里涮一下赶紧取出来；比如"吊吊盐"——用一块布将盐包起悬吊，吃饭前舔一口。这成为贵州生活一大怪象，更是贵州人民对命运的坚忍抗争。

1949年以后，贵州省人民政府积极调运食盐，把盐的产、供、销纳入计划经济体系，由国家盐业企业统购统销，困扰贵州几千年的缺盐问题终告结束。但直到改革开放中期，一些贫困群众仍然买不起盐，倘若有点钱把盐巴买回来了，就没钱买煤油了。

汗水，就是贵州的一粒盐。

吃不起盐巴，成为贵州千年贫困的象征。即便如此，20世纪60年代中期，国际局势空前紧张凶险，为防帝国主义对我国发动侵略战争，党中央做出了"三线建设"的战略部署。400多万来自东北、沿海、中部地区25个省市的科技人员、厂矿企业的建筑大军和解放军将士涌向西部纵深地区和贵州大地，用马拉肩扛的方式把机器设备搬进深山老林。近千万贵州人民投身工地，在近乎饥寒交迫的条件下开工建设了上千个工业和军工项目。

所有的工地都无路、无房、无水、无电。一个大工地上没房子，数百人住进一个大溶洞，后被命名为"英雄洞"。没有水，就用脸盆接岩壁上的滴水……

一条铁路在建设中遭逢雨季，单位买来上千把雨伞。每人用竹竿把打开的伞绑在后背上继续加班猛干，整个工地花伞缤纷，仿佛一条鲜花盛开的路……

在贵州，我曾写过一个大学生的悲惨故事：

瓮安县中坪镇，老张和妻子一直在广东打工，省吃俭用供3个孩子在家乡上学。孩子自知读书用的都是爹妈的血汗钱，非常用功。2001年，哥哥以优异成绩考上县一中，当他打电话把这个特大喜讯告诉远在广东的父亲时，父亲说："你妈检查出癌症，看病花了很多钱，爸爸实在供不起你上高中了，你就为妹妹和小弟考虑考虑吧。"哥哥哭了一夜，第二天对妹妹弟弟说："我不念了，去广东跟爸爸一块打工，挣钱给妈妈治病，给你们攒学费，你们可要好好读书啊。"然后打点行装，揣上那份珍贵的"录取通知书"，抹着眼泪走了。2003年，姐姐和弟弟张波同时考上县一中。3年后，弟弟以641分的成绩考入南京一所大学，姐姐也考入广东一所大学。一家同时出了两个大学生，该是何等喜庆的事情啊！就在这时，噩运又一次找上门，父亲打工时从屋顶摔下来，脊柱断了。再加上母亲已经病入膏肓，每天大把吞吃止痛药，家里所有的积蓄都花光了，姐弟两人的入学费完全没有了着落。面对家里的一片惨淡，姐姐思来想去，决定放弃上大学的机会外出打工。临走时她嘱咐弟弟："你是全家唯一的希望了，我和哥哥一起保你上大学，期望你给全家争光！"姐姐含泪带上自己的大学"录取通知书"走了，她说："在外打工，老板看到我的录取通知书，也会高看我一眼的。"女儿的选择让母亲悲痛不已，为了减轻家里的负担，为了让孩子有钱上学，数天后的一个清晨,母亲跳河自杀。

这个悲剧性事件震动了瓮安县和中坪镇。事实上,当时贵州省已经全面推行了"助学无息贷款",张波一家只是因住地偏远,未能得知这个信息。后来在当地政府和乡亲们的帮助下,张波终于走进南京的大学校门。我们可以想见,从贵州大山深处走出来的苦娃子,他的脚步该是多么沉重……

在泪水、血水、汗水洗过的贵州,党和政府究竟能在何时全面解决广大农民的温饱问题,究竟能在何时彻底消除绝对贫困现象,历史在等待答案,人民在盼望这一天早些到来……

在贵州,泪水是流不尽的苦难,血水是寻求解放的洗礼,汗水是活下去的源泉。为了生存,贵州人民从来没停止过奋斗。大山虽然沉重,地壳虽然坚厚,但地火终将喷涌而出,不可阻挡!

1978年,石破天惊的这一天终于到来了。

第二章
石头上的史诗

　　人类对于上天、自己和未来的叩问和倾诉，大都出现在石头上，如山壁、石壁、洞壁上那些古老而简约的岩画和神秘的符号。石头也是贵州的起点和回忆录。这里的石头有生命，能思想，会歌泣，能怒号。所有记忆就像石片层层叠叠，一页一页被装订，直到峰巅。贵州人就这样在石头和大山上留下一路登攀、求生、奋进的悲壮史诗。譬如，中国农村改革的第一声春雷，事实上是爆响在贵州的，可惜，他们的吼声没能传出大山。

中国农村改革第一乡

在贵州，革命、改革、创新，文明史上的一切伟大进步都是石头逼出来的，都是从石头缝里蹦出来的。大山如砥，大山如锤，压力愈大，重击愈狠，爆发愈猛。因此我发现，历史上贵州的渐进式发展极为缓慢，像老牛拉犁上坡，艰难而沉重。但每到一定的历史时期，当积蓄的矛盾、渴望、能量到达临界点，贵州就会发生惊天动地的爆发式跃升，就像万钧雷电轰然而下，刹那间照亮天地。这是大山决定的命运和节奏，是近现代以来贵州不时出现奇人、奇事、奇迹的因由。

比如，很少有人知道，中国农村改革的序幕，最早其实是在贵州拉开的。他们比安徽小岗村醒得还早。事实上，小岗村18条汉子的"生死状"还默默无闻并被严密封锁的时候，第一声农村改革的号角已经上了党报《贵州日报》的头条！

请记住关岭县顶云公社。"顶云"这个名字好像老天注定了要他们在黑云压城城欲摧的时刻发出第一声春雷。

那是1978年3月，去年的存粮早已所剩无几。顶云公社家家半糠半菜，村民饿得走路直打晃，很多人跑出去乞讨，春耕进度极为缓慢。公社领导急得直跳脚，天天骂。有一天，几个生产大队的书记队长到公社开会回来，饿得走不动了，便坐在半道的山坡上抽烟歇息。他们一脸愁云惨雾，商量着怎么办，怎么能把一盘散沙的村民召回来。他们明白，几十年来实行的"大帮哄"体制，因为劳动与成果不挂钩，干活出力的人越来越少，已经不管用了，再这么混下去要饿死人的。

咋个办哩？有人愁闷地问。

咋办？只有分田，把责任派下去，除了交公的，剩多剩少都是自己的，这样大家才有干劲，有人说。

他们都是农民，天生懂得这个道理。

可是事情要闹大了，"反党反社会主义"的帽子扣头上，丢官罢职不说，蹲大牢也是有可能的。有人担忧地说。

能不能想个好听的说法？把上头瞒住……

几个人商量一番，弄出一个名目叫"定产到组，超产奖励"。大家都乐了，说这个法子好，鬼都能糊弄过去。接着他们约法三章：第一，天机不可泄露，对上对外严格保密，只干不说；第二，方案定名为"定产到组，超产奖励"，打死也不能说"分田"；第三，定产到组还是到户，各队自己定。

中国农民很聪明，但这一天贵州顶云公社的几个农民最聪明。

秘密方案落实下去后，农民们听说定产到组之后，交够公粮和集体提留，剩下的就自己"奖励"自己了，顿时像打了鸡血一样干劲冲天，家家早出晚归，每天人人用汗水把自己洗上几遍。顶云公社领导很快得知了这几个生产大队的秘密，但木已成舟，不敢声张，且对提高粮产和老百姓有好处，也就睁一眼闭一眼假装不知道。

这一年干下来，全公社先后遭受了冰雹和旱涝灾害，但这几个生产大队的粮产普遍提高3成以上，家家的炊烟都比别处香！关岭县委很高兴，特派工作组下来总结顶云公社的"学大寨"经验，可一问老百姓，"定产到组，超产奖励"的内幕一下泄露了。工作组一个字没敢写，赶紧打道回府向县委做了汇报。县领导慌神了，不知是功是过，电话里大骂顶云公社干部是"糨糊脑袋"，为什么不早汇报？这几个生产队的头头儿则像热锅上的蚂蚁，天天愁眉苦脸满地乱转，院门一响就以为上头来抓人了。

也是巧。不久，时任省委第一书记马力为即将召开的中央工作会议做准备，专赴黔西南布依族苗族自治州（以下简称黔西南自治州）调研，关岭县委硬着头皮把顶云公社几个队搞"定产到组，超产奖励"的做法做了汇报。马力的表情很深沉，表态很明确："可以试验。"他要求县委抓紧弄个材料，以作为参加中央工作会议的参考。其实他对此已经做出历史性的敏锐判断，十几天后即1978年11月11日，《贵州日报》在头版头条加编者按，以《"定产到组"姓"社"不姓"资"》为题，刊登了关岭县顶云公社部分干部座谈纪要，在政治上充分肯定了顶云公社的勇敢探索和成功经验。如今回望历史的那一刻，在党的十一届三中全会尚未召开之际，贵州省委就能旗帜鲜明地充分肯定包产到组姓"社"不姓"资"，这绝对是一个敢于冲破思想枷锁、充满政治勇气的表态。一石激起千重浪，该文在全省引起强烈反响，赞同者有之，反对者有之，从周边省份传来的反对声和批判声也不少。但贵州广大农民群众却高举双手欢迎，把这篇报道称为"11号红头文件"。事实上，一系列重大改革举措姓"社"还是姓"资"的争论，直到1992年邓小平视察南方并发表"南方谈话"才做了一锤定音的历史性结论。

毫无疑问，《贵州日报》这篇雄文是中国农村改革前夜——山雨欲来风满楼之际爆出的第一声春雷！难能可贵的是，此文发表距安徽小岗村18位农民于11月

1978年11月11日《贵州日报》头版头条刊登的关岭县顶云公社部分干部座谈纪要（程立／供图）

24日秘密签订"包产到户"的协议,要早13天。如果从这年3月几个生产大队干部秘密商定实行"定产到组,超产奖励"算起,则整整早8个月。

最重要的意义在于:此文代表的是贵州省委的政治态度!

1978年12月18日,党的十一届三中全会在北京召开,标志着中国改革大业从此拉开序幕。但令人遗憾的是,贵州人会干不会说。当初顶云公社几位村干部为保密起见,"定产到组,超产奖励"只是他们相约保密的口头协议,没留下任何文字记录,也没得到及时宣传。"中国农村改革第一村"的光荣就此留给安徽小岗村。贵州人太谦虚了。

不过,把顶云公社称之为"中国农村改革第一乡",当之无愧。

人民是创造历史的主体,人民的意愿和力量永远不可阻挡。到1981年底,贵州全省实行包产到户的生产队已占生产队总数的98.1%。当时全国很多省份还在对这个改革方向争论不休,据我所知,到1984年黑龙江省才全面推开家庭联产承包制。显然,贵州农村改革的进度大大走在全国前列。

初心凌厉,使命铿锵,民心决绝。

1983年,贵州成立了省政府属下的专职的扶贫办公室,随后各地州市县也相继成立,从此贵州展开了大规模的持久的自救行动。一项项举措像千溪万河涌向广阔山区:解放思想,政策松绑;开仓放粮,救济危困;大力倡导勤劳致富、多种经营;鼓励个体经济发展,争当万元户;创办乡镇村企业,有矿开矿,有煤挖煤;组织过剩劳动力外出打工……

巨大的贫困重负有所缓解,庞大的贫困群体略有减少,但每一步都走得很艰难:

——救济只能解一时之急,不是长久之计,而且杯水车薪,难解大面积穷困。正安县自强村有一次发下4床棉被,因为申请救济的人太多,哪怕剪成8块也不够分,村干部坐地大哭,最后只好抓阄儿。

——因资源有限,交通困难,科技力量严重匮乏,乡镇企业难有发展空间,原料进不来,产品出不去。质次价高,缺少市场竞争力,大量企业不得不自生自灭。

——鼓励上山开荒开矿，又对生态环境造成更严重的破坏，形成恶性循环。

——没有知识文化，外出打工处处受憋屈。正安县曾组织200个年轻妇女赴广东打工，没多久就跑回来113个。因为她们不识字，领工资不会写名字，她们的一口土话别人听不懂。德江县青年农民申智高中毕业，去深圳打工，因表现优秀当了一家鞋厂的副厂长，家乡近百名年轻人络绎不绝扛着背包来投奔他，可麻烦也跟着来了：绝大多数人不识字，包括他的两个姐姐，填写入厂登记表由申智代笔，到了月底领工资，往家里汇款、写信，由申智代笔。最麻烦的是工厂实行计件管理，每天登记工人完成任务的数量质量，都由申智代签。家乡人有这么多文盲，让申智深感耻辱。他一气之下不干了，回到家乡办了一所民办学校……

当然，所有的努力都不白费，所有的探索都值得敬重，所有的成绩都写入史册，所有的汗水都化为希望。但是，面对贵州艰难的自然条件、积重难返的历史重负、庞大的贫困群体和有限财力，以往零敲碎打、按部就班的扶贫方式，很难实现减贫大突破、脱贫大提升。如何以石破天惊的千钧之力，打开十万大山，让党和国家的阳光雨露和滚滚暖流涌进每一个贫困家庭，成为贵州面临的巨大挑战。

幸而，贵州人生来只有一条路：登攀！

于是，连绵群山里，天沟地缝里，猛烈地生长出一种顽强拼搏、奋发图强的"贵州精神"。

18条汉子大逃亡

那天风很猛，卷着浓浓的夜色，迅速吞没了十万大山和星罗棋布的山村。没有一丝灯光，因为农民只要把一身的劳累扔到床铺上，就会把油灯吹灭。节俭，是世世代代的苦难与艰难赋予他们的品格。

风云激荡、关山重重的1978年，中国向何处去？历史性的抉择已经到了最关键的时刻。就在安徽小岗村农民冒着杀头的危险，在分田到户的协议书上秘密按下红手印之前的几个月，在贵州省兴义市则戎乡冷洞村，发生了一件同样具有震撼力的事件。

巧合的是，都是18条汉子的决绝突围。

1978年腊月二十九深夜，18个穿着烂棉袄的男人秘密在生产队长家集合。昏暗的煤油灯下，空气压抑得像要爆炸，大家闷头抽了一会儿烟，谁都不吭气。其实逃亡行动早已商量妥了，因为冷洞村人多地少，饥饿连年，他们决定出去找地开荒。去哪儿？不知道，走着看。但明天就是大年三十，这时候离家出走，谁心里都不是滋味。生产队长闷声问了一句："到底走不走啊？"年轻的杨友兵瞪着眼睛吼："不走还能活吗？"

借着暗淡的星光，凛冽夜风中，18条饥肠辘辘的汉子踏上背井离乡的寻田之路。最后望一眼自家的茅草屋，还有昏黄的纸窗和窗后母亲疲惫的身影，他们的眼睛湿了。

冷洞村，是藏在石山里、趴在石缝中、贴在石壁上的村庄，到处都是嶙峋、开裂、尖利的青灰色岩石。这里"土如珍珠水如油"，在贫瘠的土窝里撒下种子，收下的苞谷洋芋只能吃小半年，剩下的日子就靠国家发放的救济粮，就看谁的命硬了。村里的姑娘纷纷以出嫁的方式外逃，宋明魁当年从广东找来的媳妇撑不住，悄悄拿了家里卖猪的血汗钱不辞而别，迄今村里还有十来个被岁月遗忘的老光棍。那年代，这里没田、没路、没电、没学校，"皇历"上没有年节，床上没有被褥，锅里没有油星，男女老少没有鞋子。日子过得稍好的人家，过年过节母亲才能伸出筷子头，在浅浅的猪油罐子里沾沾，让大锅野菜汤飘起一星点油花……

饥饿与贫穷像不散的云雾，终年笼罩着冷洞村。看不到生路也看不到希望，18条汉子不得不告别家人，钻进大山缝隙，渴望为自己、也为家人寻找一个有田可种的新家园。他们没行李，凑在一起只有20多斤粮票和几条破毯子。那个时候国家贫穷落后，到处都有困难，不允许农民四处流动。他们不敢走大路，只能翻山越岭，沿着北盘江向临近的广西边界走。大年三十，他们挤作一堆，露宿在江边的大野地。初一之夜，他们用粮票从当地人那里换了8斤苞谷粒，放在火堆里烧熟吃掉了。到了一个公社，说每人交5角钱，苞谷稀饭可以敞开肚皮随便喝。杨友兵眼睛都绿了，他解开腰带，捧着大海碗站着喝，而且边喝边蹦，喝到最后不敢弯腰了。

冷洞村18个青壮劳力集体出逃，惊动了县里，于是派了几位干部分头找。在北盘江边的大野地里，县妇联主任碰到他们了，她哽咽着说："你们都是壮劳力，扔下老父老母和孩子，你们活不下去，他们更活不下去，你们想过吗？"

一句话把汉子们说得愧疚难当，都低下了头。

他们被遣送回乡。12人挤进长途客车车厢里，其余6人因为挤不进去了，只好躺到车顶放行李的栏杆内，像猪一样用绳子横身拦住，以免中途掉下来。

留也难逃也难，中国农民的出路究竟在哪里？就在贵州冷洞村的18条汉子为寻找开荒之地而逃亡的这一年，11月24日夜，同样是18条汉子，在安徽小岗村秘密按下分田到户的红手印。

历史等不得了，乡亲们等不得了。

胆大包天的村干部："谁造谁有！"

如何破解贫困这个历史难题？今天，走进宁静祥和的冷洞村，在村民的记忆中，你会发现一个个硬骨铮铮的村干部打着赤脚向我们走来。他们的形象并不伟岸，他们和老百姓一样又黑又瘦。村民们说，他们是一些"磨自己骨头，养老百姓肠子"的人。

9年前，我第一次见到老支书刁大福，那时他已经70多岁了，黑瘦，驼背近90度，只能拄着拐棍蹒跚而行。20世纪70年代中期，刁大福当了村支书。上级说，要学大寨削平虎头山的办法，号召当地农民上山开荒，刁大福坚决反对："山上都是石头啊！大寨山下有土，冷洞村没土，这条路行不通！"领导小声提醒他："你这个老家伙是不是活腻了，想给自己戴一顶'反革命'的帽子啊？"

刁大福不在乎："把我脑壳摘了，省得吃国家救济粮了！"

在村民大会上，他说，咱们要活命，不能照搬大寨的办法，只能走"炸石造田"的路子——就是把满地的石头炸掉，把土背来造田。村民们一片惊叫，说咱村到处都是乱石头，这得要多大的工程量啊？刁大福吼道："咱们没见过愚公移山，还没见过蚂蚁怎么啃骨头吗？"

说干就干。一场悄无声息的农田基本建设运动，在冷洞村展开了。准备铁锤钢钎的，用硝铵、硫黄、煤油炒制土炸药的，村民们风风火火忙了起来。刁大福挺"鬼"，怕上级说他不学大寨，给他乱扣帽子，就组织劳力先在路边搞了一块地，对外放风说要建个村部，还在路边扯上一条"农业学大寨"的大横幅。从此石头起舞纷飞了，乱石炸掉了，村民用背篓把泥土从四面八方赤脚背来了，一亩多的良田出现在村民面前——那可是冷洞村有史以来最大的一块田啊！

公社领导王芝龙来了，激动得两眼放光，蹲在田边看了好久，像看一幅美妙无比的图画。他说，这是个好办法，应当在全公社推广。自此，"猛攻千年石，细抠万年土""大石头开花，细石头搬家"的热潮席卷全公社。遣送回来的18条汉子成了先锋队，还涌现出"八大金刚""千锤姑娘"等许多感人典型，有的农民炸掉了胳膊，有的崩瞎了眼睛，刁大福的腰就是在抬石头时撞伤的，到老了都再也直不起来了。历经20多年的艰苦奋斗，2000多亩平展展的保苗、保水、保肥的良田，豁然闪耀在冷洞村眼前，吃"救济粮"的历史就此戛然而止！

如今，炸石造田的发明者、四代同堂的刁大福在家里过着安居乐业的小日子。他的腰依然深深地弯着，像一个来自历史深处的问号，永远叩问着未来。提起当年炸石造田的辛苦与壮烈，他两眼炯炯放光，充满自豪。

20世纪80年代中期，文元方接任冷洞村党支部书记。他找到已经出任则戎乡党委副书记的刁大福，满面愁容地说："现在人口越来越多，我看炸石造田还得搞，可分田到户以后，村民各忙各的，队伍拢不起来了，咋个办？"

刁大福说："我看问题不在这里。搞了承包，田亩分到各家各户，可政策会不会变？村民心里不托底，所以不肯在农田基本建设上投入。再说还用'大帮哄'的方式搞基建，肯定不灵了。"这些乡村基层干部是最懂农民的，两人相对而坐，两包烟抽完，脑壳里冒出一个"土政策"，叫"谁造谁有，20年不变"。这是贵州改革精神的又一次勇敢突破，后经乡党委讨论通过，在全乡推广。小小冷洞村的几位乡村干部竟敢定出个管20年的大政策，真是胆大包天！

又一轮炸石造田的热潮和轰鸣响彻冷洞村，耕地扩大了上百亩。1995年，当了20年村支书的文元方老了，有些干不动了。冷洞村的前途和命运该交给谁？村民们不约而同，把热切的目光集中到33岁的朱昌国身上。刁大福说："这娃娃骨头比石头硬！"没念过书的文元方用词不太准确，说："他有文化，说话办事有激动力。"

朱昌国从小就是刚强孩子。从小学到高中没花家里一分钱，都是靠自己挖野生金银花、编竹席卖钱来交学费、买书本的。

这也是家风。早年父亲当过乡干部，"大跃进"年代，上级号召农民上山砍树"大炼钢铁"，父亲坚决反对，拍桌子跟领导吼了一场，过后辞职回家当了农民。十一届三中全会以后落实政策，父亲才领到每月24元的退休金。20世纪90年代，高中毕业的朱昌国领着村里一批年轻人出外打工，石匠、瓦匠、木匠、砌墙、修路、建坝，什么活儿都干过。他处事公正，为人正直，威信很高，手下最多时集中了100多条好汉。

1995年，村里准备拉电进村，除了国家配套、地方投入，村民每人也要掏100元。这在当时是不小的负担，大家都拖着不交，一件大好事，几个月办不成。乡领导知道朱昌国有威望，请他出山帮助动员老百姓。朱昌国挠挠头，为难地说："我是个平头百姓，说话名不正言不顺，人家也不听我的呀。"乡领导也挠挠头，走了。过了几天，领导又来了，还是没说动。再过几天，乡领导三顾茅庐说："我调查了，乡亲们都说听你的。"老父亲也绷紧了脸，拿出当年当干部的威风说："拉电关系到全村人的生产生活，你就帮一把吧！"

朱昌国站出来了，一招呼那些跟他打过工的年轻人，百十号人呼啦啦全站了出来。朱昌国说："有钱的出钱，没钱的咱们先替他垫着。"大伙凑了8万多元垫付款，再加上老乡自愿交的，一股脑儿把拉电进户的费用全交了。那个夜晚，冷洞村彻底告别了点灯靠油的时代，全村灯光大亮，大人们喜气洋洋，孩子们在坝场上跳呀，喊啊，笑啊，乐疯了——他们从没见过电灯啊！

1998年，朱昌国高票当选村主任。当天夜里，朱昌国激情满怀，纵笔如飞，就冷洞村"挖穷根、早致富"提出"四大思路"，整整写了四页纸。第二天大早，他把规划方案郑重地交到乡党委陶书记的手上。陶书记看得热血沸腾，连说："想得好想得好！今天中午我掏钱请客，咱们好好谈谈！"

朱昌国提的第一项举措就是修水窖："炸石造田解决了吃饱的问题，今后要解决吃好的问题，有了水窖可以种水稻，大家就能吃上香喷喷的白米饭了。"

过去村里一年到头吃的是苞谷饭，脸都吃黄了，只有坐月子的媳妇才允许用36斤苞谷到粮食部门换30斤大米。酒桌上，陶书记说："我想法给你解决8000元补贴，能不能号召村民先修10个100立方米的水窖，给全乡做个示范？"朱昌国一口应下了。

为了做示范，他没要一分钱补贴，自家先修了一个220立方米的水窖，然后把家里的地全部改成稻田。秋后，朱昌国把许多乡亲请到家里喝酒，成盆的白花花的大米饭端上饭桌，村民们眼睛都红了，纷纷要求给补贴、修水窖。第一批32户，第二批120户，很快全村普及开来，有的家甚至修了两三口。乡党委书记笑着说："现今到冷洞村想吃一碗苞谷饭，算稀有的营养餐了。"

朱昌国趁热打铁，到处跑项目争资金，号召村民义务投工投劳，把宽敞平整的水泥公路一直修到村里。2003年9月26日，朱昌国正在工地上忙着，妻子疯跑过来哭着说，儿子突发心脏病，要赶紧准备6万元手术费！朱昌国傻了，自家的全部积蓄都垫付在修路上，哪里去找这笔巨款啊？就在昨天晚上，读初中的女儿要回学校，他连10元生活费都拿不出，女儿含着眼泪走了……

消息传开，当天夜里，上百位乡亲涌到朱昌国家里，他们默默捐出10元、20元、50元……捧着那些带着乡亲体温的热钱，朱昌国两口子的眼泪流个不停。连借带贷，终于凑齐了6万元，儿子术后第三天，朱昌国就回到工地上。

"金银花当家，冷洞村开花"

21世纪到来，当选村支书的朱昌国在村民大会上激情澎湃地说："不种粮，活不了；光种粮，富不了。我们要贯彻乡党委的决定，利用国家退耕还林的好政策，大种中药材金银花，让山绿起来，让家家户户的钱袋子鼓起来！"

中国农民历来是不信空话、只看实惠的。过去上级号召农民种过杜仲、棕树什么的，都失败了。这回号召种金银花，农民们都半信半疑，说："什么这花那花，还能当饭吃啊？"乡领导从省里跑到州里，争取到数十万帮扶资金，购买了一大批金银花苗，无偿发到全乡农民手里。一捆苗有十几株，农民往土里一插，不管了。乡党委书记到地里检查，气得直跳脚。看来心急吃不了热豆腐，还得请朱昌国带动冷洞村搞示范。3年后，冷洞村的金银花成株开花了，朱昌国和许多村民纯收入达2万元以上。这下各乡各村的农民知道金银花的金贵了，纷纷争着要苗，仅冷洞村就扩种到2200亩。"5年前你养花，5年后花养你"，成了农民的口头禅。

漫山坡上盛开着金银花，水稻田里收获着白米饭，村民们的日子越过越红火，冷洞村的石头真的开花了，脱贫致富的美好图景在农民眼前光芒四射地展开了。

金银花多了，收花的商贩竞相压价，可村民们不敢不卖，否则几天一过，花就枯萎或霉烂了。由着商贩垄断市场，村民肯定受损失，朱昌国想出一招：把村民们组织起来，自愿入股组成合作社，村里再办个金银花加工厂，以保护价格并实行统一收购，统一加工，统一出售，金银花的附加值也就高了。在各级政府的帮助下，投资60多万元的加工厂很快办了起来。缺少企业管理人才，朱昌国好说歹说，把警官学校毕业、在兴义市工作的儿媳妇请回村里，担任合作社理事长，儿媳妇说："没想到我成了上山下乡的新一代知青了。"

从2009年夏到2010年春，大自然突然翻脸。连续265天，火辣辣的太阳一直烘烤着黔西南大地，草木枯黄，河溪断流，老井干涸，水窖见底，百年未遇的特大旱灾撕碎了黔西南美丽的彩裙绿衫。在漫天扬尘中，村民们匍匐在龟裂的田间，收割着枯死的小麦——那东西只能喂牲口了。背着书包的乡村孩子伏身在裸露的河床里，用玻璃瓶盛起浑浊的河底水，准备带到学校去。

小麦成了枯草，油菜不见开花，果树不见挂果，冷洞村老百姓最心疼的2000多亩金银花也枯死了近三分之一。为种植金银花，乡亲们付出整整8年的心血，老人和妇女们找到朱昌国，颤着泪花说："书记啊，想办法救救金银花的命吧，今年救了金银花，明年金银花就能救咱们的命啊！"

可是老天无情，风云不动，滴雨不见，人畜饮水都成了难题，哪里有水救金银花的命啊？冷洞村父老乡亲的生活与命运沉甸甸压在朱昌国的肩上。他蹲在夜里的大山中，满心沉重，烟蒂扔了一地，想得脑壳都要炸了，还是找不出办法来。他起身回家，睡不着，开了灯又关了灯，关了灯又开了灯，瞪着血红眼睛倚在床头发呆。妻子李兴素知道他的心事，喃喃说："睡吧，想也想不来水。"

不经意间，朱昌国的目光落到窗台上的半瓶矿泉水上。井水见底，窖水透底，可瓶里有水啊……突然，他触电似的一跃而起，抓起矿泉水瓶叫妻子："快快，拿锥子在瓶底扎个眼，我去试试！"妻子懵懵懂懂起身说："大半夜的你试啥呀？"

朱昌国大叫："给金银花'打点滴'！"

黑幽幽的夜，万籁俱寂，这条热血沸腾的汉子撞出门，抱着几瓶矿泉水跑到山坡上。他嘴里咬着手电筒，用细绳将矿泉水瓶挂在金银花的茎干上，然后拧松瓶盖，便见一滴滴晶莹的水从瓶底小孔滴进土中。瓶盖愈松，水流愈大，那么，瓶盖应当松几扣？小孔应当扎多大？一瓶水会滋润到什么深度？他反复摆弄着，试验着，瓶水不够了，就飞跑回家灌满了再来。临近中午，哇，他惊喜地发现，最早几株打了"点滴"的金银花，原本卷曲委顿的叶子已经绿油油地舒展开来！

朱昌国兴奋得两眼放光。这个办法保苗、节水、运送方便……他疯跑回家，操起电话打到村主任杨友兵那里，嘶哑的声音像是吼出来的："赶快召集各组组长开会，动员全体村民，给金银花打点滴！"

杨友兵懵了："谁拿石头砸你脑壳了？金银花又不是人，给它打什么点滴？"

保苗的办法找到了，可全村老百姓种了40多万株金银花，旱死10多万株，还有近30万株在焦渴中苦苦挣扎。时间紧迫，刻不容缓，就是轮流打"点滴"，一时间上哪里找这么多矿泉水瓶啊？

求援的电话打到乡党委，书记、乡长也正急得团团转，8年来，则戎乡老百姓总共种植了1万多亩金银花，要是老天再不开眼，后果不堪设想啊！他们立即跑到冷洞村来看金银花"打点滴"的情况……

团结互助，众志成城，遇有大灾大难，动员全社会的力量给予帮助，这已经成为当今中国攻坚克难的好传统。站在山坡上，他们的脑壳里同时冒出一个主意：找媒体，发呼吁！

两天后，黔西南自治州和兴义市各个媒体同时行动，电视有影，电台有声，报纸有字，地方党政军领导和兴义市人民闻风而动，全市一片沸腾！冷洞村在市中心的八一广场拉起巨大横幅："感谢全市人民的无私支援！"那几天，退休的老人们，放学的孩子们，沿街叫卖的商贩们，拾垃圾的农民工们，以及各个机关企业的代表，洪流般从四面八方向八一广场汇集，驻军和市武装部一次就给冷洞村送去2万瓶矿泉水和4万只空瓶……负责在广场上登记、整理和运送瓶子的是村文书程昌贵，他忙了几昼夜，连饭都顾不上吃，周边的市民看在眼里，一次次把盒饭送到他手上。面对一张张应接不暇的陌生而热情的笑脸，握着一双双有力的大手，程昌贵感动得不知哭了多少次。

冷洞村1700多口人，辖12个自然村，3天内搞了11次骨干培训，朱昌国的嗓子都喊哑了。解放军也火速赶来，迷彩服迅速布满各个山头……

金银花，多年生藤本植物，具抗旱性，能在石缝中生长，在中药材中有广泛的应用，花蕾可制成养生茶，干花及茎叶皆可入药，种植3年后成株，寿命30年以上，一株能蔓延20平方米左右，每亩纯收入可达2000元，是山区保民生、保发展、保生态的良好经济作物。于是，为金银花"打点滴"——冷洞村农民创造的一个不大不小的奇观，在中国的西南角，在大山深处的一个小山村出现了：10多万个晶莹的矿泉水瓶星罗棋布，漫山遍野挂在金银花的绿丛中，把涓涓细流滴向干渴的大山深处。金银花的片片绿叶重新昂起头，开始它蓬勃的歌唱。大片大片的绿色，把希望重新铺满山村……

采访中，朱昌国喜滋滋告诉我，如今的冷洞村变石山的劣势为优势，种植金银花2000多亩、铁皮石斛1000多亩。通过以"公司+合作社+农户"的模式，养殖土鸡3万只，带动贫困户养鸡4000余只，养牛186头，种植精品水果500多亩。至2019年底，在朱昌国和驻村第一书记龚正海的共同努力下，全体贫困户脱贫摘帽。58岁的朱昌国已经当了19年村支书，因表现优秀，经县委特批，现在享受副科长干部待遇。

采访完毕，朱昌国领我到了一处奇异景观。冷洞村附近有个著名的马岭河大峡谷，峡谷绵延数百里，谷底激流奔泻，两岸陡壁高耸入云，只留一线天。站在石崖边上朝下看，两腿禁不住瑟瑟发抖，眼晕。朱昌国说，当地人管这里叫"天沟地缝"。我想，冷洞村精神就是从天沟地缝中昂然崛起的"贵州精神"，像水一样奔流，像山一样耸立，无所不在，威武不屈。

第三章
文朝荣——青山绿水一雄魂

村庄,是中国的图腾和乡愁,是一个有温度的名词。人民高兴不高兴,村庄就是中国的温度计。那是一次偶然的历史性邂逅:贵州大山深处的一个小村寨,惊动了中南海……

也许很多人不知道，现今的国务院扶贫开发领导小组办公室的来由，与贵州省毕节市赫章县一个小小的海雀村，与新华社驻贵州记者站的一位记者，与来自中央的一个重要批示，有直接关联。因为海雀村发生的一次饥荒直接震动了中南海……

被世界遗忘的山中"部落"

1985年春，贵州遭遇大旱，草黄树枯。

毕节地区赫章县海雀村的炊烟，越来越稀少了。

那天早晨，一双脚趾很嚣张的大黑脚，穿着轮胎鞋登上山顶，土布烂裤脚被寒露打得湿漉漉的。这双鞋子是用废弃的三轮车轮胎切成的，翘起的边缘钻了4个小洞，用麻绳系在脚上。麻绳七八天就磨断了，再换，轮胎底抗磨，可以穿几十年。麻绳勒在脚面上不会磨出血吗？不会，因为脚面的茧皮和脚底一样厚，脚底的茧皮和石头一样硬。

大旱连月，庄稼苗出来得又晚又稀，蔫头耷脑。为了浇地，海雀村支书、彝族汉子文朝荣大清早牵牛驮着两桶水上山了。他长得很英气也很古老，犹如一尊刀砍斧凿的石雕：浓眉深目，鼻梁挺直，皮肤黝黑粗糙，衣服下兜揣着一本巴掌大的工作手册，上兜插着一支圆珠笔。上了坡田，文朝荣吃力地把两只水桶从牛背上提下来。突然间，一群渴极了的雀鸟扑打着翅膀，箭一般射进桶里抢水喝。"滚球的！"文朝荣挥挥手一声大吼。

在海雀村，老头子一向醒得比鸡早，叫得比狗凶，一支铜哨子吹得呜呜响，逼着村民早起干活。一听他的哨子疯响，全村鸡飞狗跳，村民们立马出门集合，否则文朝荣的炸雷嗓子能把人轰到地缝儿里去。年年月月，海雀村跟着这支铜哨子日出而作，日落而息，仿佛老头子的哨子响了，太阳才会升起，苞谷才会结棒，生活才会继续。

毕节地处黔西北的乌蒙山腹地,被称为"三极之地",即自然条件极为恶劣,生产力极为低下,人民生活极端贫困。全市2万多平方公里,平地只有8%,其余皆为山陵。这里山高坡陡,河谷峻切,地形破碎,喀斯特地貌占全地区2/3以上。早年,联合国有关专家曾到毕节考察了一圈,结论是"这里不具备人类生存的基本条件",建议中国政府对住民实行大规模外迁。当地人满脸苦笑,中国这么多人,往哪迁啊?

海雀村地处乌蒙山深处,海拔2300米,属高寒地区。全村辖5个村民组,分散在几个相连的山头,共168户、730人,其中苗族162户、702人,彝族6户、28人,有小学文化的只有5人,中老年基本不会讲普通话。绝大多数村民住的是茅草房、杈杈房,人畜混居。境内山高坡陡,坡田占90%,耕地贫瘠,支离破碎。村子无电、无路、无学校、无卫生室,饮用水就靠收集雨水。上学、看病、打电话,需要步行下山到12公里外的乡政府所在地。整个村庄几乎与世隔绝,用当地人的话说,这里"通讯基本靠吼,交通基本靠走,治安基本靠狗"。在海雀村世世代代的记忆中,从未有过吃饱的感觉。因为土地瘠薄,耕作艰难,收成低微,"洋芋没有鸡蛋大,苞谷不如巴掌长,老鼠也要跪下啃,种下一坡收一箩"。骨瘦如柴的老村民王学芳告诉我,他长到十四五岁还没穿过裤子,"山上只要没毒的都找来吃,大便像小便一样稀","一袋炒面、十个鸡蛋就能换回一个媳妇"。

似乎看不到尽头的深度穷困,像千年铁钳一样死死掐住了海雀村的命运。美丽的苗族姑娘罗荞花(当年我见到她时,已是独自带着两个女儿的寡妇了)这样唱道:

一朵朵的红杜鹃哟,开在心里头。
一根根的山花蔓哟,缠着女儿手。
出门隔山望哥哥,

妹妹有情难开口。
锅里断了粮,灯芯没了油,
下雪草当被,雨过没路走。
山里的日子眼里的泪,
哪年哪月流到头?
哥哥你有心喊一声,
妹妹这就跟你走,
跟你走,死在外乡不回头!

本书开篇已经写到,后来罗荞花真的走了,被穷困与饥饿逼走了。数年后她不得不又回到海雀村,因为她接连生了两个女儿,没给那个男人生个男娃。这时海雀村的分田到户已经完成,拿不出地给荞花了。文朝荣说:"自家的姑娘有难处回来了,总不能不管。"经他多方设法并拿出自家的部分田,终于把荞花一家安顿下来。

仔细想,贵州少数民族传统生活的核心其实就是"一切为了生存",比如:苗族的称谓出于"田中多禾苗"的期望;彝族的称谓则源于"上面有房,下面有米(吃)有丝(穿)"的愿望,但在后来的漫漫岁月里,这个愿望一直还仅仅是愿望……

海雀村高悬于群山之上,村民们很难看到县乡干部,文朝荣是党和政府在海雀村的唯一代表,有人戏称他是"一个人的政府"。海雀村仿佛是被世界遗忘的山中"部落",无人问津,苦甲天下。

来自中南海的震动

1978年11月24日,那个寒冷而饥饿的冬夜,安徽小岗村18个农民代表全村20户人家,在一张分田到户的协议书上按下了红手印,成为"中国农村改革第一村"。同年，贵州顶云公社几个生产队秘密实施了"定产到组、超产奖励"的政策，成为"中国农村改革第一乡"。中国农村改革的大幕就此拉开，亿万农民的劳动积极性获得空前提高，粮食产量连年递增，农村大多数人的温饱问题得到初步解决。1985年，全国各地乡镇政府组建完成，人民公社彻底退出历史舞台，农村发展形势愈来愈好，全国人心大畅。

1985年是牛年，俗话说"牛马年，好种田"。但是，很多人没有注意到，在经济社会发展严重滞后的贵州，生产生活依然非常艰难。尤其在毕节地区，在赫章县，在山高路远的海雀村，因上年遭遇冰雹和早霜，苞谷和洋芋大幅减产，很多人家的粮食只够吃两三个月，全村陷入断粮困境。村支书文朝荣忧心如焚，不得不踏上无休止的"讨饭路"，一次次跑到乡里县里要救济粮。

在一些地方领导和坐机关的小青年看来，文朝荣的行为与全国农村发展欣欣向荣的大好形势显然很不协调，甚至很让人不快。结果，要救济的文朝荣心急火燎，发救济的领导干部越来越烦。有人气呼呼地说，海雀村是"填不满的无底洞"。还有人说，文朝荣在农业学大寨时是"一面红旗"，改革以后跟不上形势了，"除了要吃要穿，别的都不会了"。彝族汉子文朝荣做事果决，脾气暴烈，村民送他个绰号叫"火神爷"。他在乡区机关多次跳着脚吼，吼得声震屋瓦，眼睛直冒火星。但不管用，救济粮迟迟要不来。文朝荣只好穿着那双沉重的轮胎鞋，一次次下山上山来回跑，去时满怀希望，回时满眼含着泪。

终于有一天，村里来了一个外人。

1985年5月下旬的一天，新华社贵州分社的青年记者刘子富为调查反映农村改革的大好形势，兴致勃勃来到著名的贫困地区——毕节地区赫章县。5月29日晨，县里派了一辆老式北京吉普把他送到恒底区。听说海雀村是少数民族村，距区部12公里，他很感兴趣，便决定独自攀山而上，顺便拍一些风景

海雀村过去全是这种用泥夯出来的茅草屋（贵州新闻图片社／供图）

照和花卉照，这是他的喜好。临近中午，翻过山头，穿过一片杂树林，海雀村出现在他眼前了。

有那么一瞬间，刘子富呆若木鸡。后来他回忆说："当时，海雀村给我的第一印象是死气沉沉，家家户户住的是茅草房、杈杈房，一副摇摇欲坠的样子。""进了屋，都是人畜同居，残破不堪，根本无法避寒。那时我还年轻，走上工作岗位不久，对贵州农村的贫困情况了解不多。改革开放六七年了，看到海雀村村民还住着这样的房子，我非常震惊和痛心。后来我挨家走挨家看，情况严重得更是超乎想象。"

——苗族村民王永才家的饭甑子开裂发霉了，炭火上支着砂锅，揭开锅盖，里面煮的是野菜，要仔细看才能发现里面掺有少许的苞谷面。爬上阁楼看看箩筐，筐底仅剩27个鸽子蛋大小的洋芋……

——安美珍老大娘家,老人瘦得三根筋挑着一个头,眼窝深陷,麻布裙和床上的被子破烂得像渔网……

——又看了几家,已经断粮了,有的小娃娃饿得耷拉脑袋了,连哭的气力都没了……

刘子富急切地问,你们村支书呢?

妇女主任吴秀琴说,到县上要救济去了。

刘子富又问,村里困难成这样子,上头干部没来看看啊?

村民说,村里没电话,啥事情都是我们村支书来回跑。

刘子富心急如火,匆匆下了山,当晚赶回赫章县。第二天早晨,县委书记王国兰来看他,刘子富简要介绍了海雀村的困境并问起全县缺粮情况。王国兰沉重地说:"你头天来我为什么没见你?因为我不知道说什么。我担心

如今海雀村中美丽的生态广场(贵州新闻图片社／供图)

你让我介绍农村改革大好形势，可我说不出口啊！实际上现在全县缺粮非常严重，濒临断粮的总计已达12 000户、三四万人以上，靠我们自己的力量根本无法解决。我们已经向上头再三反映过，可时间不等人，老百姓的肚皮不等人，我们快愁死了！希望你尽快帮我们向上级反映反映……"

王国兰走后，刘子富久久无法平静。几年来，有关农村改革"形势大好，粮食连增"的报道连篇累牍，欢声四起；一些基层官员习惯了报喜不报忧，使上级机关难以了解到基层的真实情况，更难听到大量饥民的急切呼声。思之良久，刘子富决定写一份内参道——这是饥民呼声抵达中央最快的路径。但是他不能不有所顾忌，作为贵州分社初出茅庐的年轻记者，这篇"负面"报道报上去，从分社编辑、主任、总编，再到总社编辑、主任、总编，究竟能不能通过层层审查直达上听？如果审稿过程时间拖得太长，海雀村乃至赫章县的饥民无论如何等不起啊！人命关天，刻不容缓，刘子富做出一个大胆决定：为避免节外生枝，就在赫章县完成文稿，不经过贵州分社，直接电传新华总社。显然，这是违反工作程序的，但他顾不得那么多了。

县城晚间停电。刘子富向招待所服务员要了两支蜡烛，连夜挥笔疾书至凌晨1时许，写出一篇近2000字的报道。第二天即5月30日，他到县邮电所买回一叠电报纸，把报道稿一字一格抄写完毕，然后以加急电报方式发至北京新华社总部。一个字2分钱，这份加急电稿花了自己20多元钱，20世纪80年代，这是一笔不小的数目。

总社的同志大都是老新闻人，反应敏快，懂得分量轻重，他们在第一时间把稿子送到新华通讯社社长穆青（《县委书记的好榜样——焦裕禄》作者）的案头。读过后，穆青深为震动，批示："速发！"

1985年6月2日，刘子富的报道在新一期的新华社内参刊发，引起中央高层的关注。

刘子富的报道全文如下：

赫章县有一万二千多户农民断粮
少数民族十分困难却无一人埋怨国家

贵州省赫章县各族农民中已有12001户、63061人断炊或即将断炊。

5月29日,记者到这个县的恒底区四方乡苗、彝族杂居的海雀村的3个村民组,看了11户农家,家家断炊。彝族社员罗启朝家生活属于中等水平。记者走进罗启朝家,只见他的妻子梁友兰满脸愁容地待在家里。她对记者说:去年因低温收的粮食本来就不多,又还债200斤,现已断顿了。她丈夫只好外出借粮,至今不知有无着落。她家去年卖了5只鸭、200多个蛋,收入31元,买盐买油就花得差不多了。她还说:当着区乡干部的面,还不敢讲没吃的,讲出去担心受打击。记者看了她家的全部家当,充其量值百把元。

记者走进苗族人家,安美珍大娘瘦得只剩枯干的骨架支撑着脑袋。她家4口人,丈夫、两个儿子和她。全家终年不见食油,一年累计缺3个月的盐,4个人只有3个碗,已经断粮5天了。

在苗族社员王永才的家里,王永才含着泪告诉记者:全家5口人,断粮5个月了,靠吃野菜等物过日子更谈不上吃油、吃盐。耕牛本是苗家的命根子,也只得狠心卖掉买粮救人命。一头牛卖了250元,买粮已经花光了。耕牛尚且贱卖,马、猪、鸡就更不用说了。在他家的火塘边,一个3岁多的孩子饿得蹲在地上,发出"嗯、嗯、嗯"的微弱叫唤声,手中无粮的母亲无可奈何。

记者在海雀村民组一连走了9家,没发现一家有食油、有米饭的,吃的多是玉米面糊糊、荞面糊糊、干饭菜掺四季豆种子。这9户人家没有一家有活动钱,没有一家不是人畜同屋居住的,也没有一家有像样的床或被子;有的钻草窝,有的盖秧被,有的围火塘过夜。

离开海雀村民组，不远就是学堂村民组。记者走进苗族大娘王朝珍家，一下就惊呆了，大娘衣不蔽体，见有客人走来，立即用双手抱在胸前，怪难为情地低下头。她的衣衫破烂得掩不住胸肚，那条破烂成线条一样的裙子，本来就很难遮羞，一走动就暴露无遗。大娘看出了记者的难堪，反而主动照直说：“一条裙子穿了三年整，春夏秋冬都是它。哎！真没出息，光条条的不好意思见人！”大娘的邻居是朱正华家，主人累得上气不接下气地说：“早在去年年底就把打下的粮食吃光了；几个月来，找到一升吃一升。”

苗族青年王学芳带记者一家家看，边告诉记者：目前，全组30户，断炊的已有25家，剩下的5家也维持不了几天。组里的青年下地搞生产，由于吃得差、吃不饱，体力不支，一天只能干半天活。加上主要劳动力都得外出找吃的，已经影响生产的正常进行。

这些纯朴的少数民族兄弟，尽管贫困交加，却没有一个外逃，没有一人上访，没有一人向国家伸手，没有一人埋怨党和国家，反倒责备自己"不争气"。这情景令人十分感动。

据了解，1984年，赫章县粮食产量是1.833亿斤，人均占有粮食396斤，纯收入110元。全县89个乡中，贫困乡有88个。全县贫困面大，钱粮缺口大。从春节过后就陆续发放救济钱、粮，但仍不能解决问题。值得注意的是，有一部分区乡干部对农民的疾苦不关心，麻木不仁。不少人由过去的"怕富爱穷"转向"爱富嫌贫"，缺乏起码的工作责任心。比如海雀村距恒底区委12公里，区干部对这个村的贫穷状况也知道，但就是没有认真深入调查了解，真心实意帮助农民脱贫。①

很快，中共中央办公厅将中央领导对该报道作的批示用明传电报传给贵州省委。贵州省委、省政府立即行动起来，连夜召开紧急会议，全面部署了

---

① 见刘子富：《攻坚》，新华出版社，2015，第4—6页。

救济工作,并派员前往赫章县及海雀村调查核实情况,指挥组织救灾,妥善安排群众生活。与此同时,国务院紧急拨给贵州救灾款3600万元,从外省增调粮食5亿斤。一时间,贵州省毕节地区弯弯曲曲的山路上,运送救济粮的车马川流不息……

数千斤救济粮呼呼啦啦运进海雀村,海雀村得救了,家家升起了热腾腾香喷喷的炊烟。

天下唯此一双"轮胎鞋"

村支书文朝荣出身贫苦,小时候,是来到这里的土改工作队送他上了学,从此他的上衣口袋随着时代的变迁,一直插着一支铅笔、钢笔或圆珠笔,以表明自己是有文化也有责任心的人。

从中华人民共和国成立前到改革后,文朝荣亲历了家乡的生态环境的演变:因为人口增多,乱砍滥伐,水土流失严重,曾经的青山绿水渐渐变成荒山秃岭,森林覆盖率降到5%以下,粮食产量也越来越低。国家救济粮的到来,让全村欢声雷动,可文朝荣想得更动情也更长远。他在村民大会上说,党和政府救了我们,但海雀村不能年年靠国家救济活着,我们得懂得感恩,努力减轻国家负担。全国7亿农民都在给国家做贡献,我们也是种地的,却要年年吃救济,愧不愧呀?今后,我们要闯出一条自力更生、丰衣足食的自救路!

村民问,怎么闯啊?

文朝荣说,第一,要大力发展养殖业,多养猪马牛羊,用牲畜和咱们拉的屎给地增肥,今后大家一定要把屎拉在家里,不许肥水流了外人田!

全场大笑,说,这个要得,做得到!

文朝荣接着说,第二,要大力发展种植业。大家看看周围这十几个山头,几十年来全让我们砍成了"和尚头",没草没树挡着,山洪一来庄稼全毁了。既然党和政府保了我们的命，我们不能闲着，一起上山种树。等树木长成林子，水土保持好了，收成高了，我们就不用年年吃国家救济了！

全场笑得前仰后合了，说，文书记你做梦吧？十几个光头山，你以为吹口气就变出大森林啊？再说那得几十年才能见模样啊！

文朝荣吼道，我们绝不能天天蹲墙根晒太阳，坐吃国家救济！我死了你们接着干，你们死了儿子孙子接着干，明天就开干！

第二天，文朝荣领着一群破衣烂衫的"叫花子"，冒着寒风扛着铁锄铁锹上了山。没钱买树苗怎么办？文朝荣决定当一把"江洋大盗"。一个风高月黑天，他向乡政府借了3辆马车，领一帮年轻村民悄悄潜入赫章县城，从县林业局苗圃偷运回上千棵松树苗。转天林业局局长气呼呼告到县长那里，要求把文朝荣抓起来治罪。县长笑道，要是各乡老百姓都来偷树苗，我一定给你发个大奖状！

山高路远，天天爬山下山谁都扛不住。为节省体力，不耽误节气，文朝荣和村民们天天盖着烂衣睡草窝。连续3个春节大年夜，村民们都是在山上过的。青年男女火力旺，经常饿着肚子围着篝火载歌载舞，烂布衫烂裙子像火苗一样飘飞：

太阳出来照半坡，
哥和妹来栽树多。
哥在前面挖坑坑，
妹在后面盖窝窝……

为了感恩也为了自救，海雀村真是拼了。那时还没有实施退耕还林政策，但在文朝荣的领导下，村民集体上山植树还是一年年坚持下来了。这是贵州省第一个自发、自觉、自费发动的"村办绿化运动"，以史诗般的壮丽刻写和生长在大山上。1986年，海雀村造林800亩，接下来的3年共造林13 400亩。进入21世纪，国家制定了退耕还林优惠政策，村民们能得到补贴粮款，积极性更高了。10多年拼下来，周围几十座石山秃岭变成了郁郁葱葱的林海。绿化率由原来的5%提高到70%以上，人均拥有林木15亩，全村每年享受退耕还林补贴24.8万元，林业价值逐年上升，进入21世纪总值已达4000多万元，人均5万多元。我前往海雀村采访时，站在高坡上纵目四望，四野群山云雾缭绕，青翠如盖，傲然挺立着一片片高大的华山松和马尾松。那是文朝荣带领全体村民共同奋斗留下的毕生心血。

当地人称文朝荣有不离身的四件宝：镰刀、背篓、笔记本，外加一双轮胎鞋。2000年，59岁的文朝荣退休离任，可他还是天天蹬上轮胎鞋，拎着镰刀，背上背篓，四处爬山巡查，守护着那片青山绿海。每天都这样，来回数十里，"出门天不亮，回家月亮上"，身边只有家里那只小黄狗跟着他。

有一天，文朝荣昏倒在林子里，小黄狗疯狂地跑回村子报信。乡亲们辗转把他送到赫章县医院，诊断癌症已到晚期，不行了。老伴和两个儿子放声大哭说，你的身子这个样子了，怎么还上山走啊！文朝荣闭着眼睛说，我放心不下呀。已经无法手术了，只能抬回家。那以后，只要能挣扎着起来，他便坐在村边的山崖上，久久眺望着那片绿盈盈的林海，像一块有温度的、谁都搬不动的山石，一尊雕像。

2014年2月11日，73岁的彝族老支书文朝荣与世长辞，全村失声恸哭。安葬之日，周围几个村子的数千名老百姓都赶来了。大家强烈要求，每村出8个人，一村抬一程，送送敬爱的老支书。跟在后面的人群排起长队，雪花和纸花漫天纷飞，泪水洒了一路。

生前，老支书要求把自己葬在村子旁边的高坡上，他要永远守望那片浩瀚的林子。前往采访时，我特别来到老人的墓前瞻仰并致悼念。墓呈U形造型，刷成白色，没有名字，含清白一生之意。这片默默的洁白与对面群山上的青翠林海隔空相望，深刻而温情地诠释了老支书的一生。我含泪向老支书致以深深的三鞠躬。此时我发现，一只老黄狗一直静静卧在墓边看着我，陪同的村干部说，它就是老支书家的狗，老人去世后，它每天都来这里守墓，人们不知它何时来的，也不知它何时走的。我离开时，它摇晃着尾巴一直跟在我身后，仿佛在送我。到了下山的路口，它又转身回到墓边，静静地卧

下。老人家穿的那双轮胎鞋永久保存在海雀村村史馆里，世界上唯此一双。

归来后，我写了一篇报告文学《海雀的一棵树》，发表于《人民日报》。

中组部追授文朝荣为"时代先锋"。

老人与海，永不分离！迄今并且永远。在海雀村的青山林海中，在村民的记忆中，依然走着这位白发苍苍的老愚公。

文朝荣逝世后，新任村支书文正友带领村民继续奋斗，海雀村人均收入从1983年的33元增加到2020年初的10 611元，全村脱贫摘帽。

历史的转折和跃升是需要契机的。文朝荣生前肯定没有想到，海雀村因断炊惊动中南海，从而引发国家和贵州省对毕节地区灾民的大规模救援行动，并成为中国扶贫史上一个重要节点。1986年5月16日，中央决定成立"国务院贫困地区经济开发领导小组"，该小组成立了专门办事机构，正式列入国务院编制，制定了扶贫标准，设立了专项扶贫资金，划定了重点扶持区域，确立了"开发式扶贫"的新方针。

这是中国扶贫开发事业的重大提升。1993年12月28日，该领

海雀村老支书文朝荣生前每天都要上山巡查。看着这些亲手栽下的一棵棵茁壮成长的松树，就像是见到了自己的儿女一样开心（贵州新闻图片社／供图）

导小组办公机构改称"国务院扶贫开发领导小组办公室",从此有组织、有计划、大规模的开发式扶贫在全国持续推进,成效显著,数亿贫困农民基本解决了温饱问题。

但在老少边穷的"硬骨头"地区,扶贫任务依然艰巨,贵州就是其中之一。

第四章
"基建狂魔",变个戏法给世界

路,是文明的血脉、梦想的翅膀、人生的半径。脚下没路,何以致富?原地不动,一棵老树。道路,决定了贵州的过去、现在和未来。一个年轻农民工的呐喊,喊出贵州人民数千年的心愿!

文化、文明的发生一定有它的理由,史籍中出现"黔驴技穷"一词,正是贵州有史以来被万山屏蔽、道路不通、信息闭塞的写照。"夜郎自大",也因酋长出身的国君不知山外的中原帝国比他们的地盘大而且强盛多了,内无先进文化支撑,外无多元文明交流,故而湮灭。

天缝地穴,让贵州困守大山,裹足不前。悬崖峭壁,让贵州隔绝世界,洞中千年。纵有万种风情,只能深藏闺中无人识;可叹英雄气短,但见出师未捷泪满襟……

二十四道拐(蔡景荣／摄　贵州新闻图片社／供图)

贵州省委常委、省委宣传部部长卢雍政对我说："贵州穷，一是穷在没路，二是穷在没地，三是穷在脑袋。"言简意赅，一语中的！

请看令人心惊肉跳的晴隆"二十四道拐"，如蛇盘山腰，悬挂陡壁，下临深渊。抗战时期，这条路成为中国接受国际援助、通往中缅印战场的唯一"生命线"。有多少贵州民工在此摔得粉身碎骨，长眠青山深处，有多少运输车辆被炸得碎片横飞，有去无回。"二十四道拐"不仅是一种风景，更是历史血肉模糊的记忆和遗存。

再请看六盘水"八道弯"，道路似断非断，似连非连，谁人上来能不惊出一身冷汗？

再请看桐梓的"七十二道拐"，堪称大自然的"七十二变"，仿佛一团乱绳丢在山坡谷地之中。

呜呼，纵目贵州，抚今追昔，有道是："枯藤老树昏鸦，小桥流水人家，古道西风瘦马，夕阳西下，断肠人在天涯。"

"背条大路回家乡"

贵州人民对道路的渴望，就像河流对河床的渴望，千回百折，无法阻挡。一个极具代表性的青年农民因此名扬全国。他的故事尽管过去了10多年，当时热闹一时的报道早已沉寂，主人公杨文学作为一个农民工，已然消失在茫茫人海中，但我还是记住了他并找到了他。

2005年，共青团贵州省委创造性地发起一项影响波及全省的"春晖行动"，号召海内外的贵州游子反哺家乡，救危扶贫，从而引发出很多感人故事。为此我走了大半个贵州，写了一部长篇报告文学《灵魂的温度》。遗憾的是，书出版之后，我才看到有关杨文学的报道。这次来贵州，我下决心要把他从人海中捞出来。在省委宣传部和贵州人民出版社的多方联系下，电话打到他的家乡、他的村、他的家,终于把他从茫茫人海中捞了出来——他还在贵阳打工,做一点小生意。我以为,凡是为国家、家乡、老百姓做出过贡献的人都不应忘记,哪怕他一直是平头百姓,一直过着平凡的生活,就算没有过大的贡献和业绩,他仍然是值得记住和敬重的。不忘记,才会有更多的激励。

整整15年之后,2020年7月,我们终于见面了。

45岁的杨文学身材壮实,圆头圆脑,白衫蓝裤,干净利索,看着很像城市人。我说,我们没见过面,但我这次来贵州就想找到你。他笑了,很阳光。

1975年,杨文学生于织金县鸡场乡鸡坡村,顾名思义,其家乡山高坡陡,只有鸡才能爬上坡。杨文学12岁才上小学,这里能读书的孩子普遍上学很晚,因为他们必须把骨头长硬、把脚板磨出厚茧,才能翻山跨沟。学校在另一个村,天不亮就要出村下坡,绕弯越过一道11米高的悬崖,再翻山越岭走一个半小时。女孩子不敢走,所以他那一代的女孩没有上学的,一生不会写自己的名字。去乡政府领结婚证,都要由工作人员代写。一些男孩读了几年坚持不住,也就辍学了。杨文学说,他那一代就出了3个初中生。村民除了在陡坡石缝里种地,年年月月还有一件大事,就是从山下往村里背煤或背其他东西。全村600多户,一户一年买一两吨煤,自家人一两天背不完,堆在山下路边又怕被盗,所以一家买煤全村帮,轮下来就等于两三天背一次。没有马车能上来的路,成了全村最大的愁事。

2000年,杨文学去贵阳当"背篼"(背篼:在贵州等地区,也是一种职业的称谓,指依靠背篼为人运送货物的人)。带着两个女儿的妻子杨青芬在村里生活很艰难,于是也跑到贵阳,和丈夫一起干。风里雨里,省吃俭用,两口子攒下13万元。对于贫苦农民来说,这绝对是一笔巨款。2008年春节前,两口子怀揣着一个小小的梦想,喜滋滋从贵阳回到鸡坡村老家——他们要为父母也为自己盖一栋三层小楼。这几年每逢春节回家,小两口自己动手干,有两层毛坯房已经立起来了。这年春节期间一定要把小楼盖成并装修完毕,这样好日子就不远了。

长途大巴到了鸡场乡,杨文学背上背篓,里面装了些包装漂亮的小礼物、小食品——那是给邻里乡亲的孩子们预备的。两人顺着曲曲弯弯的羊肠小道往山上走,2个多小时后,那个乱瓦破板、漏风漏雨的家就在眼前了。晚上吃饭的时候,杨文学对父母说,在贵阳打工虽然很忙很累,可看到人家城里人的住房不怕风不怕雨的,我就想到咱家。你们都老了,苦了一辈子,我和青芬这次回家带了13万元回来,下决心一定把房子盖起来,你们不挨冻了,我们回家也有个好住处……

可老爹听了,皱纹遍布的脸上没反应,看不出一点高兴的样子。

杨文学问,爸,你咋了?

老爹沉默了一会儿,说:我和你妈到这个岁数,住不住新房子心里也不惦记了。我想的是乡亲们,咱们鸡坡村憋在半山腰,还傍着一条大深沟。乡亲们进出提心吊胆,孩子们不敢上学,这些年摔了多少孩子和牲畜啊,吓得你妈连猪都不敢养了。没有好路,建个新房子有啥用?

母亲说,车进不来,就是养了猪也卖不出去。上个月村东头你李大伯赶一头大黑猪出了山,没到集市上猪就累死了,卖也不是扔也不是,抬回来还要花钱雇人,老李头坐路边大哭,死的心都有了。

杨文学说,村里的事我都知道,可有啥办法?谁让老祖宗选了这个憋死牛的地方……

老爹说,这样好不好?你们拿这笔钱给村里修条路,路通了,啥事都好办了,村里日子也会好起来。

青芬一听,一百个不愿意:我们在贵阳干了8年"背篓",鞋子磨破了几十双,好不容易攒了13万元。修路是公家的事,凭啥子咱家花钱?再傻也没这么傻的，我不同意!

青芬把筷子一撂，抹着眼泪躲到门外，事情僵住了。

杨文学长得五官端正，身材壮实，很英气。作为初中毕业生算是村里高文化的人了。去贵阳打工时，村里很多小青年都愿意跟着他，因为他为人仗义，乐于助人。谁受雇主欺负了，谁吃住有什么难处了，他都出手相助，因此在村民中威信很高。这样的历练也培育了他的大情怀。父亲的提议他想了三天，犹豫了两天半，最后想定了。他对妻子说，照老爹的话办吧，把路修起来，对全寨有好处，对咱家也有好处，再说咱俩还年轻，还能干，以后再挣呗。

你是啥子人啊？让鬼迷了心窍！妻子跺着脚喊，你忘了咱们饥一顿饱一顿的时候了？忘了我生病不能动，你扔下我还去街上干"背篼"的时候了？妻子问得很尖锐，杨文学心里一阵阵心酸。是啊，8年了，贵阳每一条小巷都走过很多遍，好多雇主用过他多次，但谁都不知道他的名字，也不屑于知道，喊一声"背篼"他就颠儿颠儿跑过去……

不能怪妻子青芬觉悟低。一个农家女知道过日子多么难，而且她也跟着丈夫做了8年"背篼"，每一分钱都染过她的泪、她的汗、她肩膀上的血。在贵阳当"背篼"的女人很少，她是其中一个。

一旦杨文学想定了，九头牛都拉不回来。他通过村党支部和村委会，号召村民出义工，然后雇来两台挖掘机，在村口放了两挂鞭炮。鞭炮声伴着孩子们的欢笑声，震得群山轰轰响，回声起伏辽远，连山崖对面和周围几个村子都惊动了。

挖掘机和全村所有的锹镐、土筐、背篓都上来了，山坡、山梁上腾起阵阵尘烟。这事儿不用动员，这是鸡坡村千百年来第一次向历史宣战，向大山要路！人家杨文学掏出两口子挣的血汗钱给大家修路，谁不来就太"王八犊子"了——请原谅我用了一句老家的东北土话，因为我不会贵州土话。

热火朝天，干劲冲天，声浪震天。

没想到两个月后，村民们早出晚归干得正欢呢，率领两台挖掘机的施工队长说，钱用完了，接着打款吧。杨文学傻眼了，全村也傻眼了，路还没模样呢，13万元就没了？施工队也傻了，你们只有这点钱就想修条通到山下的大公路？想什么呢？杨文学和村民们就会种地打工，不会算大账，更没算过修路的账。他们不知道修路要花很多很多的出乎他们想象的钱。

施工队停工了，大山重归一片沉寂。老爹老妈觉得自己办了件错事，天天长吁短叹，躲在杈杈房里，目光不敢看儿子和儿媳妇。好几天，杨文学呆呆蹲在乱石成堆的路口，一声不吭，脸色铁青，好像傻了。他在想出路。

思来想去，杨文学对施工队长说，我是真没钱了，你们撤吧。我再出去打工，等钱挣足了再请你们回来。两台挖掘机轰隆隆开走了，村民们站在山梁上默默望着施工队远去的身影，个个泪眼婆娑……

第二天大早，天刚蒙蒙亮，山间雾气弥漫。杨文学和妻子带上几个玉米馍，背上背篓出发了。走出家门，忽然看到杨国志等3个青年伙伴背着背篓等在村坝那里。他们说，我们跟你一块去！转过一道弯，又有几个青年站在那儿，说，我们跟你去！到了寨子口，又有十几个青年等在那里，说，我们跟你去！

杨文学感动得大泪珠子滚落下来了。"老愚公能下决心世世代代搬走大山，我们就不能给家乡修条路？"杨文学吼着嗓子喊，"走，出发！"那嘶哑的声音撞在山壁上又折了回来，在天地间久久回荡。

呵呵，为了让家乡走出大山，为了让父母乡亲过上好日子，杨文学和他的伙伴们向着渺茫的一线希望，再次踏上征程，就像为家乡、为父老乡亲而战的一支义勇军。

回头望望，衰老的爹娘站在山梁上，在为上战场的儿子们送行。

汗水掺着血水、雨水连着雪水的"背篓"日子又开始了，望不到尽头，其实也望不到希望，但杨文学和伙伴们咬牙坚持着。他们答应过乡亲，他们做出过承诺，就是拼到死也要做到！有一天傍晚下着小雨，杨文学累极了，裹着雨布坐在道边休息。一位值勤民警走过来，说，你坐这儿影响交通秩序，到楼根底下躲躲吧。于是两人一起坐到楼底台阶上聊了起来。民警郭波说，你们当"背篼"真够辛苦的，能养家糊口吗？杨文学说，我不是为养家，我要为家乡修条路。

郭波惊异地睁大眼睛。接着杨文学把自己前前后后的故事讲了，郭波感动得不得了，说，没想到你小子有这么大的情怀！我琢磨一下看能不能帮到你。两人互留了手机号。两天后，郭波来电话了，请杨文学出席一个饭局。杨文学说，我一个穷"背篼"，上得了场面吗？郭波说，没事，你来吧。

杨文学洗洗黑脸黑手到场了。座中都是气宇轩昂之士，郭波把杨文学的故事讲了，大家都很感动，纷纷表示要设法帮帮他。数天后的第二个饭局，贵阳晚报领导陈本荣在座，听郭波讲了杨文学的故事，陈总很激动，说，我派个记者采访你，帮你宣传一下。两天后，青年记者朱海找到杨文学，报社特意派了一辆小车，让杨文学带着朱海亲自到鸡坡村现场看看，核对一下这件事是不是真的，是不是杨文学吹牛编瞎话？看来这位报社老总办事很审慎很周全。朱海和杨文学坐车到了织金县鸡坡村山下，然后徒步上山，把朱海累得气喘吁吁，汗流浃背，说，这鬼地方我再不来了！

到了村口，朱海很震惊，杨文学更震惊。他们看到，施工队走了，挖掘机走了，但村民们并没放弃。也许是再次去贵阳当"背篼"的杨文学和这帮年轻人激励了他们，老人、妇女、孩子，包括杨文学的父母，仍然在工地上用铁锹、铁镐平整路面，目睹这一幕，两人的眼睛都湿了。

回来后，《贵阳晚报》发出朱海写的第一篇报道，"背篼"杨文学"背条大路回家乡"的事迹顿时轰动全市全省。至今，杨文学仍然牢牢记着陈本荣、民警郭波、记者朱海的名字并对他们深怀感激。

贵州的好人真是多呀！

当时，共青团贵州省委发动的"春晖行动"已在全省展开，杨文学的事迹恰好切合了这个主题。他们当即礼聘杨文学为"春晖使者"，并组织社会力量捐赠10万元，为鸡坡村修路助一臂之力。省委宣传部对杨文学的壮举给予高度肯定。随后，省公路局拨款70万元，省财政厅拨款31.7万元，省总工会出资10万元，市县拨款60万元……鸡坡村的路得救了！

杨文学和伙伴们放弃打工，全部返回村里参加义务劳动。

在鸡场乡政府的通力领导和组织下，鸡坡村历经3年奋斗，2014年，一条宽4.5米、长2公里的大路从鸡坡村通到山下，深达11米的悬崖上还架起一座长30米的大桥。10月1日，全村举行了盛大的通车仪式，各大媒体包括央视，也以"背条大路回家乡"为题做了报道。"背篼"杨文学也火了，先后获得"全国五一劳动奖章"、第八届中华慈善奖等。

一切光荣都是过去。杨文学回到鸡坡村，背上背篓又去贵阳打工了。他的身影再度消失在省城的车水马龙和茫茫人海中，还是那样辛苦，还在不停奔波，每年还要磨破几双鞋……

"不过，"杨文学对我说，"这件事还是改变了我的命运。现在我走到哪里，无论干什么活，人家一听我是杨文学，是'背条大路回家乡'的那个'背篼'，都尽一切可能帮助我。"

少年时候因为村里没路，家里没钱，他只能读到初中毕业，这是杨文学一直难以忘却的隐痛。他有3女1男4个孩子，现在有3个大学生、1个高中生，这是他最大的欣慰。他拿出手机给我看了一段视频：俊秀的二女儿正在大学讲台上发表英语演讲……

大路朝天，梦想成真。久困于大山深处的鸡坡村，现在已脱贫摘帽，水泥路实现了组组通、户户通，新时代、新生活正在涌向家家户户。

路，就这样改变了贵州人民的今天，也将改变未来。

"不成魔，不叫活儿！"

速度是决定事业成败的生命线。没有速度，就没动能。

不能忘记那些曾经的艰辛。

曾经，老牛破车，吱吱嘎嘎在山路上走过数千年……

曾经，一个人口大国，或者颠簸在尘土飞扬的砂石路上，或者趴在两条脆弱的轨道上缓慢行驶——就像大象走钢丝。春运期间，数亿"候鸟"飞来飞去，全国一票难求，沿海各大城市民工人堵如潮。老百姓怨声载道，铁路员工苦不堪言。我在报告文学《闪着泪光的事业》（载《人民日报》2010年6月11日，第14、15版）中这样形容过："2002年，中国人均铁路长度仅为5厘米，不足一根香烟长。"

贵州尤甚。

历史已经到了这样的时刻：在"黔路难，难于蜀道难"的贵州，必须更快打开大门，逢山开路，遇水架桥，让世界走进贵州，让贵州走向世界。必须再来一回毛泽东挥师长征的博大气势："五岭逶迤腾细浪，乌蒙磅礴走泥丸"！

于是，在大变革大发展的伟大时代，空前规模的建设任务，造就了中国所向披靡、战无不克的"基建狂魔"。他们扑向高山深谷，扑向大漠戈壁，发动了一个个气壮山河的战役，高速公路和高速铁路比翼齐飞，水电、通讯、物流基础设施建设全面开花，"中国速度"一次次加速加速再加速！也许人们不知道这些"基建狂魔"的背景：所有带有"中"字头的"中铁""中建"等等一些大型国有建筑集团，其前身都是千锤百炼的中国人民解放军的铁道兵、工程兵部队。"百万大裁军"以后，他们集体转入地方，建立企业，承接工程，继续为国家动脉和建设输送着巨大的源源不断的光热。他们是中国快速发展的"先锋队"，是中国建设大军中的"主力军"，他们创造了一个个中国奇迹和世界奇迹。他们的职工骄傲地说："不成魔，不叫活儿！"意思是只有史无前例、中国第一、世界第一的工程，才符合他们这些"基建狂魔"的胃口。太牛了!

当然,贵州的建筑大军更是所向披靡的开路先锋。

贵州的当代史几乎就等于路桥史。

事实上,贵州历届领导人都是最积极、最奋勇的"开路先行官"。他们借助改革开放和西部大开发的强劲推力,用好、用足国家对老少边穷地区的倾斜政策,倾注巨大人力、财力、物力,掀起了重整山河的一轮又一轮大规模战役。

沿海各省集中了最为轰轰烈烈的"基建狂魔",贵州省集中了最为吃苦耐劳的"基建狂魔"。千百万农民工怀着"背条大路回家乡"的雄心壮志,扛着铁镐铁锹加入来自四面八方的"集团军",一是为家乡,二是为自己。月月拿上工钱,自家生活也会芝麻开花节节高。就这样,贵州先后推出"铁路建设大会战实施方案""高速公路网规划""水运建设三年会战""农村公路建设三年会战""高速公路建设攻坚决战""农村'组组通'公路三年大决战""普通国省干线公路建设攻坚""'四在农家·美丽乡村'小康路行动计划"等等系列组合拳,震得山河轰轰响。特别是党的十八大以后,贵州以脱贫攻坚统揽经济社会发展全局,强力推进立体化"米"字形交通运输网络,展现出纵横南北、横贯东西、腾空入海的雄姿。千山万水皆成坦途,经济发展一飞冲天,GDP增长速度连续多年名列全国前茅,2017、2018、2019连续3年位列全国之首!

他们就像毕加索,用手一抹,一个新画面、新秩序就出现了。

——"万里云山入画图,通江达海八方出"的"高速平原"在贵州天地之间横空出世。2019年,贵州入选首批交通强国建设试点,启动实施全省县乡公路路面改善提升工程,开工建设贵阳轨道交通S1号线。高等级航道、大中型水库、电网改造、地下管网、天然气输气管道、通信光缆建设等都取得新突破。

——2019年,贵州高铁运营里程达到1432公里;高速公路通车里程突破

7000公里，里程数跃升全国第四位、西部第二位，综合密度全国第一；全省民航旅客吞吐量突破3000万人次。新时代的交通大变局，深刻改变了贵州在全国经济社会发展中的战略地位。

——经过农村"组组通"硬化路三年大决战，最终贵州完成了跨世纪的"三级跳"！在全省建成"组组通"硬化路约8万公里，近4万个30户以上的村民组全部踏上了干爽平整的水泥路，惠及农村人口约1200万人。通向偏乡僻野的"最后一公里"打通了，就意味着农民群众走进市场、走向幸福的"最先一公里"打通了。新时代、新生活纷至沓来：客运车进来了，摩托车能撒欢了，私家车买进来了。很快，有关部门开发了"通村村"网络平台，农民兄弟姐妹们手机一点，班线车、出租车、网约车、学生定制班车，以及快递、物流等，像千溪万河一样在大山里欢畅奔流。北京干部送老乡的一筐礼品水果，苗族老妈送哈工大女儿的一束生日鲜花，我给在上海的女儿寄一份香喷喷的脆哨，3天后即可抵达。这样的事情在别的地方是家常便饭、小事一桩；在贵州，这是大巨变、大腾飞、大幸福，是历史哗啦一声翻篇儿了！

8万公里"通组路"是什么概念呢？等于贵州村民恰好绕地球转了两圈！

这是怎样恢宏壮丽的现代景象啊！因为"大动脉"四通八达，"村村通""组组通"连接着每个村寨，贵州大山深处的"微循环"愈来愈活络。毕节市七星关区的大白萝卜远销迪拜，安龙县食用菌直销日本，江口县"梵净抹茶"走向海外，遵义的挂牌精品花菜运往上海、成都等各大城市……

2020年上半年，尽管遭受疫情的严重影响，"黔货出山"仍然源源不断，销售农产品总值达206亿元。

道路就是梦想路、致富路。前所未有的天路，把西南高原上的贵州抬上新时代的大平台，所有路桥上面奔腾着滚滚滔滔的热流、暖流、激流。每当我进村入寨，走在整洁的通组路、通户路上，尽管它们很普通，都是水泥本来的样子，我却被深深感动着。因为通向村寨的"最后一公里"，就是村民

第一篇 初心铿锵

走出大山的"最先一公里"！

我为贵州人民终于走出十万大山、走向未来和世界额手称庆。

捷报还没完：

——以往贵州只有贵阳一个机场，现在全省9个市、州都有机场。

——高铁基本实现各市州全覆盖，并以"米"字形通往6个方向，标志着贵州已成为西南地区高铁中心枢纽。

——水系治理突飞猛进，航道等级全面提升，高等级通航里程位居14个非水网省份第一。

——牛在本国不算牛，牛在世界才算牛！目前，贵州已建有近24000座富有现代化色彩的桥梁，世界最高的北盘江大桥全长1341.4米，桥面距江面565

北盘江大桥（姜卫平／摄 贵州新闻图片社／供图）

米，足有200层楼高，大桥总重量近3万吨，许多独创技术填补了世界建桥史空白。2018年5月，北盘江大桥以无可争议的险峻地势、巨大的造型规制和高超的技术含量，获得第35届国际桥梁大会颁发的"古斯塔夫斯奖"——它相当于桥梁界的诺贝尔奖。

目前，世界排名前100座大桥，有80多座在中国，40多座在贵州，世界排名前10座有5座在贵州。而那些古老的绳桥、独木桥、百步桥、石条桥、藤编桥，还有侗家儿女谈情说爱的风雨桥，除了废弃拆掉的，大都成了大风景里的小风景，流连着淡淡的一脉乡愁。与世隔绝的山河旧貌，翻篇儿比翻书还快，这难道不是世界"第八大奇迹"吗？

数字是结果，过程却是难以想象地艰难。贵州峡高谷深，地形复杂，地貌特殊，石岩多缝，施工难度难于上青天，堪称全国之首。例如沪昆高铁贵州段，桥隧比竟高达92%——这正是贵州山川地貌的写照！仅东段就有桥梁192座、涵洞116个、隧道138个。修筑的时间成本、人力物力成本和遭遇的技术难题、生态风险更高。建设大军开入深山，想找块平地安营扎寨很难；建设场地完全不够容身，大小临建设施、加工厂要见缝插针；搬运设备更难，工人上下班的道路曲折往复，一路登攀，一爬数年。妻子儿女只能在视频中看到满脸汗迹和黑灰的他们，一笑一口白牙，好灿烂！更有许多壮士长眠在青山上，以一身忠骨支撑起贵州的大动脉！

古代中国造就的赵州桥构思奇巧，出神入化，令世界称奇；当代贵州造就的贵州桥飞虹一线，千姿百态，惊艳天下，成就了"世界桥梁博物馆"之美名。

采访期间，我穿越很多壮丽非凡的山间高速和跨谷大桥，一路赞叹不已，贵州朋友说："别激动，未来5年会更多！"

我觉得，贵州人好像在变魔法，掀开幕布就是一个如诗如画如梦如幻的新贵州！

崇山峻岭之上，云蒸霞蔚之中，贵州用千百万双大手，托起一个纵横南北、横跨东西、腾空入海、风驰电掣的贵州！

指尖上旋转的地球

"互联网+"时代，地球上所有的办公室都静悄悄的，"键盘侠"的指尖上，疾掠过空气的浪花、闪烁的光芒、无声的飓风。

透明的、虚无的、不可捉摸的大数据浪潮席卷当代生活，洞穿我们的每一根脑神经，让我们的大脑装进一个地球，让地球上的竞争以瞬间的速度进行，让人与人、国与国之间的比拼以闪动的数字做刀剑。5G时代的到来，将更加促进云计算、人工智能、互联网、物联网等应用的飞速落地和海量数据流量的与日俱增。我们的面前依然是原来的地球，蓝天碧海，山清水秀，花好月圆，但一切都被数据化了。可以想象，每个人都是一个潘多拉魔盒，打开它飞出来的全是数据，有的代表幸运，有的代表灾难，有的代表爱情，有的代表恶魔。

当今世界，开放融通的潮流滚滚向前。唯有顺应时代潮流，才能实现共同发展。

因为大数据时代的到来，贵州抢马出跑，迅速获得了后发赶超的优势。天堑变通途，一览众山小，格局大变样。"十三五（2016—2020）"规划实施以来，贵州对外开放大步拓展，招商引资大幅增长，旅游人潮"井喷"式增长，迄今已超10亿人次。经济社会发展大大加快，黔货出山成为旺流，后发优势日益显现，世界500强有230多家来此落地。不过十数年间，贵州旧貌换新颜，发展速度位居全国前列。

作为全国首个大数据综合试验区，贵州数字经济增速连续4年排名全国第一。农村"信息高速公路"建设抢马起跑，先后投资120亿元，到2018年底，行政村百分百通上4G网络和光纤，电商和物流实现全覆盖。2018年，在中国国际大数据产业博览会上，阿里云宣布，贵阳很快将成为他们的全球备案中心与技术支持中心。苹果也宣布，他们在亚洲最大的数据中心也将落户贵州贵安。还有腾讯、华为、中国移动，都竞相向贵州报到。为什么？有网友聪明地指出：第一，贵州电费便宜；第二，贵州群山怀抱，很少刮大风，设施安全度高；第三，贵州气候平稳，一年四季温差不大，对设施运行有好处。当然，贵州的广阔天地、青山绿水也确实太诱人了！

如今，贵州网络基站遍布，即使最远的村庄也有基站，4G网络已基本覆盖，5G网络正在强力推进。大数据为贵州实现后发赶超插上腾飞的翅膀，信息化、云计算、大数据让贵州成了名副其实的"云上贵州"，山里的农民足不出户，即可与世界通话。过去他们开门见山，望洋兴叹，今天指尖上旋转着一个地球。地球的风光看够了，国家又把500米口径球面射电望远镜"天眼"安装到贵州省黔南布依族苗族自治州（以下简称黔南自治州）平塘县，贵州人成了世界上"看得最远的人"。

阿里巴巴创始人马云以极具超前意识和卓越眼光著称于世。他说，如果全国有3个发展最好的地方，贵州一定是其中一个。如果大家错过了30年前广东、浙江的投资机遇，今天一定不能错过贵州。

传言中，"前知五百年，后知五百载"的明朝军事家刘伯温曾预言："江南千条水，云贵万重山，五百年后看，云贵胜江南。"这个预言肯定不准，因为贵州和江南将比翼齐飞！

空前规模的基础建设大提升，为贵州大扶贫奠定和开辟了广阔和畅达的前进道路。

"云上贵州"按下了"快进键"，过去已去，未来已来。

第五章
梦想在哪里？在手上！

　　中国梦，萌生于中国社会积贫积弱、风雨如晦的黑暗中，孕育于中华民族不屈不挠、前赴后继的抗争中，成长于中国共产党坚强正确、砥柱中流的领导下。改革开放以来，贵州省历届党委和政府犹如一支长跑接力队，他们一届接一届，带领全省各族人民共同向着伟大"中国梦"呼啸前进，然后把手中的接力棒传给后来者。这个接力棒就是党的初心和使命：脱贫致富奔小康，实现党的第一个百年奋斗目标！

　　社会主义是干出来的。梦想在哪里？在手上！

改革开放进入第35个年头,党的十八大拉开了新时代的序幕。

在我们这一代的手上,彻底消除绝对贫困,成为以习近平同志为核心的党中央的坚定意志和激昂号召。一场历史性的脱贫攻坚大决战由此展开。

举国上下奋起响应,排山倒海,多少仁人志士高喊一声:

"我来了,向党报到!"

"我来了,向人民报到!"

我们身边,那么多平平常常的人,突然间站成战士的身姿!

我们周围,那么多默默无闻的人,突然间迸发出英雄的风采!

在贵州——全国脱贫攻坚战的主战场,突然间冒出那么多可歌可泣的英雄人物!

不,不是突然。他们早就开始奋斗了。他们一直在埋头苦干、砥砺奋进,只是我们刚刚知道。

永远煎不熟的"荷包蛋"?

铜仁市坐落在一片盆地里,连绵群山是围拢它的绿色屏风。

山里有个万山镇,两三千年前是贵州最出名的地方,叫万山部落。当时的"镇长"叫酋长,他头戴冲天羽冠,赤裸上身,腰围虎皮裙,手执一杆丈八长矛,打磨成尖头的石头蘸过蛇毒,身后站着同样赤裸上身的四条精壮汉子和一位耳垂彩贝、腰围草裙的绝色美女。那时的贝壳代表了今天的人民币,彩贝就是重金了。

就是这位酋长,前些天率领部族进山打猎时,撞见一队身披青铜铠甲的大秦帝国骑兵。酋长很愤怒,哇哇喊着,你们是谁,怎敢闯进本王的万山部落地界?秦兵们听不懂,不过幸亏他们在川地那边抓了个土著翻译。骑兵队长通过翻译告诉酋长,我们秦国有个很伟大的皇帝,眼下龙体不太好,特别派我们来寻找长生不老药。如果大王有，我们可以交换。说着队长掏出一块铜镜，送给酋长身边的那位美女。美女照镜一看，哇！镜中怎么还有一个自己？顿时乐得花枝乱颤（现在这块铜镜就陈列在贵州省博物馆的展柜里）。酋长很高兴，问，你们秦国有多大？队长在地上画了一个箩筐大的圈，在圈里又画了一个鸡蛋，然后说，大圈就是秦国，鸡蛋就是你这儿。酋长顿生敬畏，于是告诉队长，你在这儿等着吧，本王派人取一罐长生不老药给你，回去献给大秦皇帝，以表达我的归顺之心。

这罐药就是前文说到的那罐丹砂。试想如果没有这位酋长敬献的丹砂，两千多年来历代皇帝的御批一直用黑墨，那也太难看了！

中华人民共和国成立后，在过去矿山的基础上成立了贵州汞矿，矿工的收入比当地农民高出许多倍，特别受人尊敬，尤其受当地姑娘们的尊敬。20世纪60年代，中苏关系交恶，苏方逼债甚急，我国不得不忍痛拿出许多珍贵物产抵债，铜仁汞矿就是其中之一。进入80年代，矿产资源日见枯竭，到20世纪末，大山已被掏空。2001年10月18日，贵州汞矿宣布永久停产。公告贴出的那几天，工人们按工龄领回近万元或几万元的工龄补偿费，从此失业。他们一步一回头地离开心爱的矿山，在小镇酒馆里喝得泪水横流。曾经繁荣了两千多年的朱砂古镇，回响了近百年的机器声、火车声自此沉寂。2015年，万山区引进江西上饶吉阳集团，投资20亿元，开发打造了"朱砂古镇—梵净山—凤凰古城"金三角旅游区。万山区为保护历史遗存，精心将迷宫般的矿洞和溶洞开发成旅游点，沉寂的大山终于重新热闹起来。

沿着曲径通幽的木板栈道深入大山腹部，我看到沿途石壁上留有一道道凿痕。这是自春秋战国时期到公元2001年戛然而止的历史年轮。一代代矿工使用的工具从手工器具到钢钻、机械，直到最后的开掘机，再现了一部文明史和中华民族的创业史，恍然可见泪血滴滴，白骨成堆，数千年的历史足迹被保留下来了……

感谢万山人民，铸成这伟大的祭奠。

同时，万山区尽力恢复了20世纪60年代朱砂小镇的风貌和通往厂区大门的一条小街。漫步其间，那时的粮店、商店、小饭店、供销社、简陋的工人宿舍，还有摆着一排排长凳的工人俱乐部、"工业学大庆，农业学大寨"之类的标语口号、"文化大革命"时期的宣传画，一切历历在目，恍如进入倒流的时光隧道。一间老旧办公室的门外还挂有一块小黑板，上面写着当年的通知：

请各位职工持供应证到后勤处领取四季度粮油票证。

粮票：每人每月28斤。

布票：每人每季6尺7寸。

油票：每人每月2两。

肉票：每人每月半斤。

豆腐票：每人每月1斤。

煤票：每人每月15斤。

厂后勤处　1967年9月15日

在这里，我驻足良久，细细读来，回想起那些年的辛酸、饥饿、困顿和动荡不安，心头不禁掠过阵阵忧伤。我想，即便上面所写的那些待遇十分有限，只能勉强维持生存，也比本地农民群众的生活水平好上许多倍啊！

后来到德江县，我又钻了一次山洞。那是一个深远高阔的溶洞，里面大洞套小洞，弯弯绕绕，重重叠叠，其间遍布奇石异景、流泉暗河，在彩灯照耀下闪着梦幻般的光彩。下至数十米深处，拐过一道岩壁，突然间，天下第一"荷包蛋"出现在我眼前！呵呵，那半透明的金黄色的蛋黄，洁白如玉半生不熟的蛋白，微微卷起的边缘，仿佛正在煎锅里冒着热气，很快就要煎熟了。大自然的鬼斧神工真是难以想象，竟然造出这样一个令人垂涎欲滴的奇异景致。我俯身观赏良久，口中啧啧赞叹。同行的当地作家杨旭说，看着真鲜美呀！

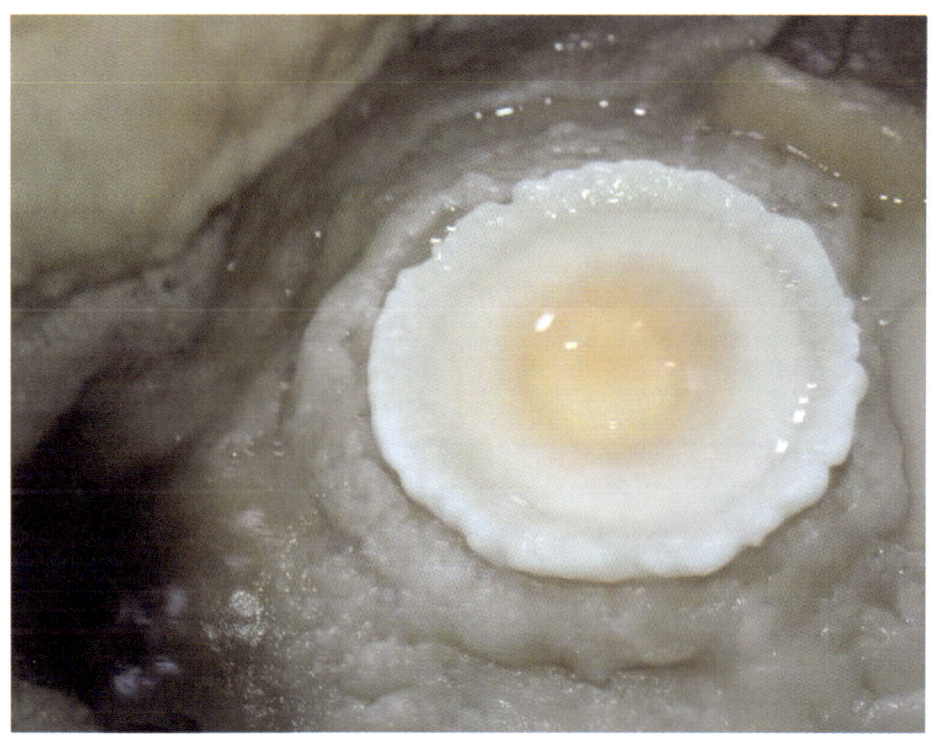

洋山河大峡谷"藏经洞"内的奇石，形如荷包蛋（杨旭／供图）

我说，可惜它永远煎不熟，永远是一块冰冷的石头。

呵呵，穷困了千百年的贵州，人们对于富足生活、美好生活的向往，难道就像这块永远煎不熟的"荷包蛋"吗？

"一、二、三"大进军

在习近平总书记的坚强领导下,气势磅礴的中国脱贫攻坚战擂响了战鼓,举国震撼,举世瞩目!

党的十八大以来,党中央站在全面建成小康社会、实现中华民族伟大复兴"中国梦"的战略高度,把脱贫攻坚摆到治国理政的突出位置,在全国范围打响了脱贫攻坚战。此战力度之大、规模之广、影响之深,前所未有。人类反贫困史上的伟大篇章,在中国大地磅礴展开……

怎样才算脱贫?标准是什么?党中央从国情出发,从实际出发,制定了一个明确的、具体的、量化指标极为明晰的"一、二、三"标准:

"一达标":农民人均年收入达到国家现行扶贫标准;

"两不愁":不愁吃,不愁穿;

"三保障":义务教育有保障,基本医疗有保障,住房安全有保障(包括饮水安全)。

自工业革命以来大大落后于世界先进国家的积贫积弱的中国,自鸦片战争以来饱受西方列强宰割、欺凌、掠夺的中国,在拥有14亿人口且大半为农民的人口大国,这个"一、二、三"虽是基本保障,但要全面落实、一个不落,把小康生活送进每个农家,这是何等伟大又何等艰巨的历史使命啊!千年等一回——人类史上空前规模的扶贫开发工程,就这样摆到中国共产党和社会主义中国面前!

脱贫攻坚作为一个大国的国家行动,是党的初心的有力彰显,是为民造福的伟大实践,是当代中国的头等大事和第一民生工程,是以习近平同志为核心的党中央对全国人民、也是对世界做出的庄严承诺。"一、二、三",犹如新时代雷霆进军的号令,犹如国歌中雄壮激昂的旋律,正在激励我们奋勇前进、前进、前进——进！

走进国务院扶贫开发办公楼,一块倒计时电子显示屏醒目地挂在前厅的墙上,黑底、红字,无声无息,闪闪发光。进入大厅的人看到它,思绪无不凛然一震。这是一块有着特殊意义也有着深刻使命感的显示屏,宽1.52米,高3.8米。它以闪亮的数字和倒计时的方式,显示着一个伟大目标的接近。其上端是"脱贫攻坚倒计时"7个红色大字,中间是"427天"(我看到的那一天),即距离2020年12月31日还有427天,再下边是以秒为单位的当天时间进度。它标识着当今世界举世无双的一项宏大民生工程——中国脱贫攻坚战的进程和节奏。

它快速闪动着,犹如无声的号角,显示着以习近平同志为核心的党中央向全党全国人民发出的新时代动员令,分秒不差地催促着全国扶贫干部奔波的脚步和激越的心跳。抵达2020年12月31日那个壮丽时刻之后,它将以更高昂更激情的节奏,直奔中国共产党成立一百年的历史坐标。那时,中国将向世界宣布:中国共产党"两个一百年"的奋斗目标之一,实现中华民族伟大复兴的奋斗目标之一——社会主义中国全面进入小康社会的伟大进军,将取得决定性和历史性的胜利!

在时间的钟表上,永远写着两个大字:"现在"!

此刻,国务院扶贫办门厅高悬的电子显示屏上,红色数字正在不断闪动……

决战进行时,决战现在时,决战正酣时,决战决胜时!

贵州的意义赫然突显在全国面前,突显在历史的关键时刻!

据统计,2013年,即十八大召开之后,贵州有贫困人口923万,贫困发生率26.8%,均居全国第一。因贫困程度深、贫困人口多、贫困面广、经济社会发展滞后,贵州注定成为中国脱贫攻坚的主战场,是难中之难、坚中之坚。贵州能否按时打赢脱贫攻坚战,事关全省人民的福祉,事关全面建成小康社会、实现百年奋斗目标的全局。

主战场——其意义是何等重大啊,其分量是何等沉重啊,其战斗将是何等艰巨啊!

主战场——在某种程度上意味着贵州脱贫之战是中国脱贫攻坚战的关键战,是中央关注、国家行动、省委承诺的试金石!

习近平总书记高度关注贵州省的扶贫开发工作,相继做了一系列重要指示。2015年6月18日上午,习近平在贵州召开部分省区市党委主要负责同志座谈会,听取对"十三五"时期扶贫开发工作和经济社会发展的意见和建议。他强调,"十三五"时期是我们确定的全面建成小康社会的时间节点,全面建成小康社会最艰巨最繁重的任务在农村,特别是在贫困地区。各级党委和政府要把握时间节点,努力补齐短板,科学谋划好"十三五"时期扶贫开发工作,确保贫困人口到2020年如期脱贫[1]。2015年6月16日至18日,习近平在贵州调研,考察期间,他特别提出,希望贵州守住发展和生态两条底线,培植后发优势,奋力后发赶超,走出一条有别于东部、不同于西部其他省份的发展新路[2]。

2017年10月,十九大召开期间,习近平总书记参加贵州省代表团讨论时,期望"贵州的同志全面贯彻落实党的十九大精神,大力培育和弘扬团结奋进、拼搏创新、苦干实干、后发赶超的精神,守好发展和生态两条底线,创新发展思路,发挥后发优势,决战脱贫攻坚,决胜同步小康,续写新时代贵州发展新篇章,开创百姓富、生态美的多彩贵州新未来"[3]。

习近平总书记对贵州的关切、激励和一系列重要指示,在全省上下引起强烈反响和极大振奋。自此,"牢记嘱托,感恩奋进"成为回荡在贵州广大

---

[1] 见新华网2015年6月19日电《习近平:确保农村贫困人口到2020年如期脱贫》。

[2] 见《习近平在贵州调研时强调:看清形势适应趋势发挥优势 善于运用辩证思维谋划发展》,《人民日报》2015年6月19日第1版。

[3] 见《习近平在参加党的十九大贵州省代表团讨论时强调 万众一心开拓进取把新时代中国特色社会主义推向前进》,《人民日报》2017年10月20日第1版。

干部群众心中的主旋律和最强音。

千年苦斗，悲歌慷慨，决战小康，在此一举！

贵州沸腾了。

各级党委和政府，广大党员、干部，这样形容自己的豪迈心情："即将历史性地解决千百年的绝对贫困问题"，"坚决打一场脱贫攻坚进小康的翻身仗"，"在我们这一代，彻底撕掉绝对贫困的标签，是我们一生的光荣！"

贵州省委迅即做出全方位的战略部署，2015年12月4日，贵州省委印发《关于落实大扶贫战略行动坚决打赢脱贫攻坚战的意见》，以极高的政治站位和超常胆略，把脱贫攻坚作为头等大事和第一民生工程，坚持以脱贫攻坚统揽经济社会发展全局，坚持大扶贫格局。省扶贫办副主任彭锦斌对我说，很多同志首次听到这个提法，开始有些疑惑，觉得把扶贫提到"统揽全局"的程度是不是太高了？后来通过学习和实践才深深体会到，这个政治站位无比正确和极其必要，而且特别符合贵州省情，彭锦斌说："后来大家都体会到了，不提到这个高度，脱贫攻坚很容易受到其他工作冲击。"

时间紧任务重，非常难度必须采取非常举措。很快，很多具有超前意识和首创精神的规范性文件在贵州相继推出：

——2016年9月30日，贵州省人大常委会表决通过《贵州省大扶贫条例》；

——2018年，贵州颁布实施《贵州省精准扶贫标准体系》，是全国第一个发布《精准扶贫标准体系》的省份；

——2018年6月，贵州省委、省政府作出《关于深入实施打赢脱贫攻坚战三年行动发起总攻夺取全胜的决定》。

回顾这几年的扶贫工作和进程，很多干部感慨良深，他们说，通过贵州省委的全面部署、强力贯彻和督导检查，贵州的大扶贫格局真正做到了"纵向到底""横向到边"，层层传导压力，确保压紧压实"五主五包"。"五主"即"党委主责、政府主抓、干部主帮、基层主推、社会主扶"。"五包"即省领导包县、市（州）领导包乡、县领导包村、乡领导包户、党员干部包人。为确保精准扶贫、精准脱贫，一个不落，省市县乡层层签订了1.62万份责任状。5万名签了责任状的干部背起行装下乡了，就像省委、省政府一锤子砸下去，5万颗钉子扎下去了。个个是从各级组织部的干部花名册上精选出来的精兵强将，而且绝大多数是朝气蓬勃的中青年干部。

从省委宣传部到各级宣传部门，调动起网上网下一切宣传工具，大造声势，大造舆论，大造主战场热烈而紧张的战斗气氛，大力宣传扶贫先进模范人物的感人事迹。走进本书的很多人物都来自他们的光荣榜——当然我也下了不少"海底捞"的功夫。每天翻阅《贵州日报》，有关脱贫攻坚的报道和各种体裁的文章、文学作品和照片，让这张报纸热得发烫！我走过很多省份，典型宣传得这样多这样火爆的，十分少见！

省委宣传部领导说，脱贫攻坚是来自党的初心的伟大事业，生动体现了以人民为中心的党的宗旨，是"一切为了人民，为了一切人民，为了人民一切"的第一民生工程。我们大造舆论，就是让人民知道，用民意检验！

空前规模，空前力度，空前投入，空前严格。只要是与扶贫有关的任务、工作、要求，全是雷打不动的铁律。对不胜任脱贫攻坚工作的人及时做出调整；玩忽职守者或稍有懈怠者严肃追责。果真有极少数干部未能经受住风雨战场上的考验，有道是"一世英名毁于一旦"。

在持续进行的总体攻坚战中，贵州省委不断压茬推出一个个战役，如2018年发起"春风行动""夏秋攻势""秋后喜算丰收账""冬季充电"系列行动，2019年又发起"春季攻势""夏秋决战""冬季充电"，推动脱贫攻坚连战连捷。

千年贫困，一朝梦醒。贵州的村村寨寨轰然打开5万扇大门，大地为之震撼，民心为之振奋。从扶贫者到被扶者，所有有担当、有尊严、有追求、有梦想的人都在思考：我能做什么？我该怎么做？怎样贡献自己的一份光和热？怎样做得更好更快？

惊涛拍岸，卷起千堆雪。在千军万马奔小康的形势下，很多懒汉大梦初醒，"逼上梁山"，开始寻找自救自立之路。很多图一时之利、争当"贫困户"的人终于明白了："头上戴个贫困户的帽子，儿子连媳妇都找不到！"识时务者为俊杰，他们不明白也不行。贵州扶贫任务如此之重，必须精准识别，精准施策，全省组织人力"对照标准查、发动群众查、突出重点查、数据比对查、落实责任查"，绝对不漏评一个，也不滥评一个。非真贫者全部被当作"水分"挤出来了。

铁律凛凛一刀切，最是风清气正！

与贫困死磕到底

战胜贫困，拔除穷根，与贫困死磕到底，坚决和全国人民同步进小康，成为贵州人的钢铁意志和冲天决心！

在贵州，所有道路都需要跨越高山深谷，直到"最后一公里"。从省委、省政府领导到各级扶贫干部，他们卷起裤腿一步步前行，很艰难，很悲壮，速度很慢但分外坚定。在印江土家族苗族自治县（以下简称印江自治县）扶贫的县交通局老局长为纪念一生中这最为艰难也最为光荣的一段行程，特意弄了些松子撒在路坡上，数年后，这些松子已经长成青葱的小松树了。

中国共产党应人民而生，因人民而兴。广大扶贫干部就是新时代党的伟大传统的代表者和践行者。那些艰难困苦的地方就像磨刀石，党的信念、力量和锋芒会磨得更加光芒四射，锋锐无比。

经过采访调研，我惊异地发现，轮番下派干部，长期蹲点扶贫，是数十年来贵州省委一以贯之的坚决行动：

——1985年，毕节地区赫章县海雀村发生饥荒，事情震动中央，中央领导做出重要批示。之后，报经国务院批准，贵州建立了毕节"开发扶贫、生态建设试验区"，海雀村由此成为毕节试验区的发祥地，成为当代中国拉开扶贫开发序幕的"第一村"。1986年2月，省级机关在短短3天内抽调了共500多人的扶贫队伍，后来总共抽调了3300人，实行一年一轮换，换人不换点。这是贵州首次，也是开全国之先河的壮举。

——2010年，全省开展"四帮四促"活动，通过"处长下基层、作风大转变""两万干部下基层，扎扎实实帮群众"和"省直部门挂帮联系县"等活动，落实每个县有1个以上省直部门挂帮，每个乡镇有1个以上县处级干部联系，每个行政村有1名县以上机关干部常驻帮扶。到2014年，选派人员规模扩大到5万多人，组成1.1万个工作队，实现了贫困村帮扶工作全覆盖。

——2015年，贵州省委、省政府要求精选驻村第一书记，要"选得准、派得对、蹲得牢、帮得上、干得好"，把驻村范围聚焦到贫困村和软弱涣散村，一驻两年。

——2017年以来，遵照习近平总书记对贵州扶贫工作做出的多次重要指示，贵州省委坚持把脱贫攻坚作为头等大事和第一民生工程，以脱贫攻坚统揽经济社会发展全局，深入推进各行各业总动员、千军万马齐上阵的"大扶贫"战略，全方位、立体化、成梯队向贵州千百年来的绝对贫困发起总攻。数年来总共下派8848名驻村第一书记和3.6万名驻村干部，实现所有贫困县、乡、村都有挂帮领导，所有贫困人口都有"结对子"的帮扶干部。浩荡扶贫大军，遍布村村寨寨，连住在溶洞、岩洞的农户都进去了。

——在多年扶贫实践中，贵州创造了许多管用的新鲜经验。例如"四看法"，即"一看房，二看粮，三看劳动力强不强，四看有没有读书郎"。还有"十子工作法"，即驻村干部通过"瞄靶子、梳辫子、结对子、理路子、想法子、找票子、甩膀子、强班子、凑份子、造册子"这10个步骤，大大提升了精准扶贫能力和管理机制。

拳拳之心，光热喷涌，脉脉深情，细流入海！

回望以上10多年不断推进、持之以恒的扶贫历程，我们深深体味到，贵州政府和人民已痛下决心，与千年贫困死磕到底！

贵州的百年大变局到来了！

彻底撕去绝对贫困标签的历史时刻到来了！

与全国人民一道迈进小康社会的幸福时刻到来了！

新时代的雷霆进军震撼了十万大山，惊动了每一个村庄和农户。贵州以决战决胜的雄心和意志尽锐而出，开路架桥，攻坚克难，改革创新，取得一个又一个赫赫战果。如今，他们与全国人民同步进小康已胜券在握，大局已定！作为中国脱贫攻坚的主战场，他们没想到，流血流汗拼搏多年，自己走出了一条"贵州新路"，做出了一个具有广泛借鉴意义的"贵州样板"！

所以我必须来主战场，尽管不是"正规军"，也是个"民兵"。

春天吹响集结号

一切都是突如其来！

2020年，是进入全面小康社会的关键之年，是脱贫攻坚的收官之年。正当全党奋起、全国奋起，向着伟大胜利目标发起最后冲刺的时刻，我们突然遭遇了中华人民共和国成立以来传播速度最快、感染范围最广、防控难度最大的新冠疫情。

武汉震动！湖北震动！中国震动！世界震动！

中华民族春节大团圆的欢乐气氛骤然降温，整个国家猝不及防！

这是一场人类与病毒进行殊死搏斗的"非常规战争"和"非对称战

争"：搏杀没有预警，没有硝烟，悄然进行在我们不可或缺的空气中；"战区"没有前方后方，无边无界，无所不在，关乎所有"战士"和"平民"的生死。没有谁是孤岛，没有人与此无关；"敌方"如影随形，时时在我们眼前和身边转悠，但又无影无形、无孔不入；危险和死亡的威胁看似很远却又近在咫尺，愈是充满温情的处所，袭击来得愈快愈准；交锋中不见刀光剑影、血肉模糊，倒是更多的亲情聚会、谈笑风生，殊不知瞬间你或已中"弹"。当你倒下时，已毫无还手之力，只能等待呼啸而来的救援……

类似的搏战在人类历史上已经发生过无数次。回首地球成长史和生命进化史，灾难从来都是人类的伴娘。所有生命包括人类能够活到今天，就像骆驼穿过针眼儿一样幸运。而且，生命进化和基因突变的过程，本质上就是为应对灾难而产生的。物竞天择，优胜劣汰，绵延至今。也就是说，我们的祖先都是从瘟疫和疾病的魔爪中挺过来的强者和幸存者。我们在，我们就是强者和强者的后代！

2020年1月25日，大年初一，中共中央政治局常务委员会召开会议，专门听取新型冠状病毒感染的肺炎疫情防控工作汇报，对疫情防控特别是患者治疗工作进行再研究、再部署、再动员。习近平强调，只要坚定信心、同舟共济、科学防治、精准施策，我们就一定能打赢疫情防控阻击战[①]。2月21日，中共中央政治局召开会议，会议强调，要全面做好"六稳"工作，发挥各方面积极性、主动性、创造性，把疫情影响降到最低，努力实现全年经济社会发展目标任务，实现决胜全面建成小康社会、决战脱贫攻坚目标任务，完成"十三五"规划[②]。

两面作战，共克时艰，全国上下，万众一心！

---

① 见《中共中央政治局常务委员会召开会议 研究新型冠状病毒感染的肺炎疫情防控工作 中共中央总书记习近平主持会议》，《人民日报》2020年1月26日第1版。

② 见《中共中央政治局召开会议 研究新冠肺炎疫情防控工作 部署统筹 做好疫情防控和经济社会发展工作 中共中央总书记习近平主持会议》，《人民日报》2020年2月22日第1版。

人民高于一切，生命重于泰山！第一时间，党中央的号令抵达神州大地每一个城市和村落，激昂的集结号震撼着9000多万共产党员和所有仁人志士的心。所有的奋起，所有的集结，所有的行动，见证了中国共产党和中国政府强大的领导力、凝聚力、动员力和高度的纪律性，见证了中国举国体制的强大力量和有效性。一位西方学者因此感叹："中国是世界上最有纪律性的国家，没有之一！"

非常时期，两面作战：既要坚决打赢疫情防控的人民战争、阻击战、总体战，又要坚决打赢脱贫攻坚战、歼灭战、收官战，贵州显示出强大的战斗力和战略主动性。

那时，我恰好从新疆和田来到贵州。内心暗暗怀着一丝紧张和恐惧，耳闻目睹了这片大地风云激荡的决战和力量。

2月10日，贵州省召开"决战决胜脱贫攻坚誓师大会"，贵州省委、省政府发出铿锵号令：贫困不是宿命，决胜就在今朝。最后总攻已经全面打响，旌旗猎猎，战鼓催征，一刻不能停、一步不能错、一天不能耽误。要付出百分之二百的努力，确保百分之百的胜利！

激昂慷慨，催人奋进！

2月15日，在全省统筹做好疫情防控和经济社会发展工作会议上，贵州省委、省政府再次凝聚共识，激励全省：把耽误的时间抢回来，把遭受的损失补回来，确保实现今年经济社会发展各项目标！

意志如钢，气势如虹，"将军奋勇，三军用命"！

疫情肆虐步步惊心，抗击病毒步步为营。狭路相逢勇者胜，贵州在第一时间坚决贯彻习近平总书记指示精神，第一时间全面落实党中央决策部署，做到"见事早、判断准、出手快"。

——在全国率先启动一级响应。1月24日（大年三十），为有效防止新冠肺炎传播，保障人民群众身体健康和生命安全，省政府决定启动突发公共卫生事件一级响应。

——在全国率先实现五类人员核酸检测全覆盖。从2月5日开始，贵州对全省报告的疑似病例、全省追踪到的确诊病例的密切接触者（包括医护人员）和每天新进入的武汉市及湖北省其他重点地区的来黔、返黔人员等5类人员进行核酸检测，5天检测采样3.7万余人。

——在全国率先启动复工复产工作。按照省委、省政府的决策部署，2月8日，省政府办公厅下发关于有序推进企业项目复工复产的通知，在严格做好疫情防控工作的基础上，有序推进企业复产、组织重大项目复工开工。2月27日，贵州省1963个在建省重大工程项目复工率达到100%。2月28日，全省规模以上工业企业100%复工复产，在全国率先实现全面复工复产。

——在全国率先撤销省内防控卡点。2月15日，按照全省统筹做好疫情防控和经济社会发展工作会议要求，各市州、县、乡、村之间设立的"关卡"一律取消。

——在全国率先分类分区分批次开放全省域景区。根据省文化和旅游厅通知，2月21日起，贵州全省域景区陆续分类分区分批次开放。

五个"率先"，决定了贵州大局稳如泰山，发展动力依然强劲，撕掉"绝对贫困"标签的意志和决心一往无前！

战疫期间，省领导冒着风险走遍全省各地，亲往督战，鼓舞士气。"把时间抢回来，把损失补回来，坚决夺取疫情防控和脱贫攻坚两战全胜"，成为贵州大地最为激动人心的主旋律。据统计，在战疫一线，全省30余万名医护人员不计代价，不论生死，冲锋在前，为遏制疫情付出忘我努力；6万多个基层党支部、50多万名党员干部奋战在防控第一线，乡村党员干部、社区医务人员、村医和志愿者上门排查近1500万人次。与此同时，在战贫一线，全省1100多名乡镇党委书记、1.3万名村党组织书记和广大驻村工作队带领群众，攻坚克难，一手抓防疫、一手抓生产发展。

"第一时间"是贵州战疫战贫的制胜法宝，贵州省发展和改革委员会主任陈少波做出这样的总结。

2020年3月6日，决战决胜脱贫攻坚座谈会在北京召开，这是党的十八大以来脱贫攻坚方面最大规模的会议。座谈会以电视电话会议形式召开，所有省区市主要负责同志都参加，中西部22个向中央签了脱贫攻坚责任书的省份一直开到县级。习近平总书记在会上指出：新冠肺炎疫情发生后，也考虑过等疫情得到有效控制后再到地方去开，但又觉得今年满打满算还有不到10个月的时间，按日子算就是300天，如期实现脱贫攻坚目标任务本来就有许多硬骨头要啃，疫情又增加了难度，必须尽早再动员、再部署。①

人民领袖的坚定决心和钢铁意志，再度震响中国大地。

人类社会的发展永远不是平坦的。化险为夷，化危为机，后发至上，是高超的战略战术。在两面作战的2020年春天，贵州果然异军突起。他们提前预判到，疫情期间和疫情之后，大面积停工和交通运输的限制，必将给城市供应带来一定困难，企业复工也会因劳力短缺受到严重影响。他们提前出手了！

省委、省政府领导同志每到一地，都要求当地干部要学会辩证法，学会"化危为机"。那些天限于采访困难，《贵州日报》是我每天必读的，尽可能做一点"秀才不出门，便知天下事"的案头工作。我看到，在各级政府的强力推动下，全省大规模扩大了蔬菜种植，如威宁彝族回族苗族自治县签订蔬菜土地流转和种植订单40多万亩。榕江集结优势兵力翻犁土地近1000亩，种植蔬菜近3000亩。遵义市在中心产区落实1万亩速生蔬菜生产，并在低海拔地区发展春早熟蔬菜5000亩以上、春次早熟蔬菜5000亩以上。截至2月27日，全省春播总面积1147.6万亩，同比增加17.2%；耕地翻犁1122.2万亩，同比增加6.7%。

---

① 见习近平：《在决战决胜脱贫攻坚座谈会上的讲话》，《人民日报》2020年3月7日第2版。

2020年3月5日，务工人员在贵广高铁榕江站集中，准备乘坐务工专列前往广州、深圳、东莞等地返岗复工（王炳真／摄　贵州图片库编辑部／供图）

与此同时，为加大扶贫力度，增加本地就业，增援全国复工复产，各地适时组织农民工外出打工。2月15日，桐梓县运送首批104名返乡农民工奔赴沿海地区。2月17日，80名普安农民工乘坐3辆大客车，前往浙江东阳。2月19日，三都水族自治县第一批172名务工群众分乘8辆大巴车，前往浙江、广东、江苏等地。2月20日，"复工专列"载着921名务工人员从凯里南站驶出，疾驰杭州。

"黔货出山"的销售渠道，在疫情中依然坚持贯通，疫情后更如猛虎下山。在京津冀、长三角、粤港澳大湾区重点区域和对口帮扶城市，他们建成138个贵州绿色农产品省外分销档口。10个境外分销中心积极运作，打开了"一带一路"沿线国家的销售市场。威宁"三白"（白菜、白萝卜、莲花白）农产品，已常态化出口迪拜和东南亚市场。

遵义市正安县有个吉他园区,以制作工艺精美、音质清纯的吉他畅销海内外。疫情期间订单突然断档,18家制作厂面临产品积压、资金链断裂、工人失业甚至停产的重重危机。市县领导亲往调研鼓劲,决定千方百计帮助企业疫情期间"撑一会",疫情过后"进一步"。政府亲自出面协调,帮助申请到"贵园信贷通"2900多万元,又及时得到上级文化部门的进出口补贴。正安吉他园区撑住了,14 000多名工人一个没少,且无一个染病。疫情基本过去后,如今订单已经排到2021年夏天……

遵义市正安县吉他产业园已走向世界(张祥兵 / 摄 贵州新闻图片社 / 供图)

感谢贵州人民,为全国战胜疫情、加大供应和复工复产做出先机而动的重大贡献!

脱贫攻坚在很多较为富裕的地区,就像用橡皮擦去版图上的那些枯黄和斑污,让绿色连成一片;在贵州,却是重整山河、翻天覆地的大业。

回望来路,才知道走出多远;纵望今天,才知道战果辉煌。众所周知,贵州很多地方，因为喀斯特地貌的影响，曾被国际有关专家认定为"不适合人类居住的地方"。但是，历经数十年苦战，特别是脱贫攻坚战取得决定性胜利的时候，当穷困破败的村庄变成美丽乡村和风情小镇，当青山绿水得到深情保护和全面恢复，当风驰电掣的"高原高速"托起万千大山，当新时代的磅礴伟力注入那片雄奇大地，多彩贵州已然变成最适合人类居住也最富旅游魅力的地方。

拂两袖云霞，品一口香茗，揽十万青山，枕三千星月……

诗意的栖居——那里就是你渴望的"诗和远方"。

第六章
喝令三山五岳开道，我来了！

曾经，贫困的日子像枯叶一样，年复一年落在自己的影子上。因自然环境之艰难，贵州被泪水、血水、汗水洗过五千年，其贫困度之深、贫困面之广、贫困史之长，举国罕见。那里的炊烟很稀薄，那里的乡愁很凝重，那里的牵挂很忧伤，那里的时光很萧索。

突然，仿佛一夜之间发生了不可思议的巨变：贵州生产总值增速连续9年位居全国前三，连续3年位居全国第一。作为全国贫困人口最多、脱贫任务最重的主战场，摇身一变成为减贫速度最快、减贫人口最多的省份。这种超常规、跨越式的发展速度，来自哪里？

创新是第一动力

在人类文明发展的历史长河中,创新是第一动力。

从一定意义上说,创新就是绝地突围,创新就是奋勇争先,创新就是别有洞天,创新就是创造奇迹。创新就是不重复自己、不重复别人、不重复过去。

历史上沉重的负载,东部和西部发展差距的拉大,2020年全国各族人民同步进小康的庄严宣言,习近平总书记和党中央的殷殷嘱托和严格要求,这一切都令贵州人民"压力山大",寝食难安,血脉偾张,雄心勃发。按常规办,照老路走,只能亦步亦趋,永远落后。必须出奇兵、施奇策,大胆开拓创造后发赶超的"贵州战法"。从大军出征的动员战,到全面开花、压茬进行的突击战,再到夺关攻垒的精准战,围绕发展壮大12个特色优势产业的重点战,直到2019年的大决战和2020年的决胜战,波澜壮阔的战役一个接一个。中国共产党从无到有、从弱到强,从革命党成为执政党,经过百年奋战,它有一个战无不胜的"法宝",那就是强大的思想教育工作和宣传鼓动能力,因为力量总是站在真理这一边。在持续推进的扶贫工作中,贵州省委始终把"牢记嘱托,感恩奋进"主题教育作为思想破冰、鼓舞士气、激励三军的强大思想武器,提出贵州干部的初心和使命,就是确保按时打赢脱贫攻坚战,与全国人民一道进入小康社会。号召大家"学深用实"习近平新时代中国特色社会主义思想,在扶贫战场上守初心,担使命,立新功。在贵州偏远山区,吃不饱、穿不暖、上学难、就医难、住房难的记忆太深刻了!与我谈起苦难而悲凉的童年,所有进了城的干部无不泪眼盈盈,良久无言。扶贫就是感恩,感党恩,感父老乡亲养育之恩,他们能不拼命吗!

为采写扶贫之战,近年来我走了全国许多省份,在抓典型、树英雄、造声势、入民心方面,贵州是做得最用力、最动情、最普遍、最深入人心的地方之一。我去街边一些小饭馆吃饭，老板见我模样特异，"气质非凡、仙风道骨"，问我是做什么的。我说是来写贵州扶贫的。他们立即热情了许多，额外送个凉拌菜或果盘什么的——当然还没到免单的地步。

期间，我仔细翻阅了贵州省委、省政府的一些会议资料，许多省领导的发言让我怦然心动，激奋不已。那些澎湃而出的铿锵语句，总能让人深切感受到贵州广大干部群众火热而激动的心。

譬如：

"决战决胜不是等得来、喊得来的，而是拼出来、干出来的！"

"各项工作都要向脱贫攻坚聚焦，各种资源都要向脱贫攻坚聚集，各方力量都要向脱贫攻坚聚合，确保所有贫困人口如期脱贫、所有贫困县如期摘帽、小康路上一个不落。我们坚信，只要始终坚持目标不变、靶心不散、频道不换，尽锐出战、务求精准，夺取决战之年根本性胜利就势不可挡、势在必得！"

"站在历史的新起点上，我们从未如此接近打赢脱贫攻坚战、全面建成小康社会的目标，贵州延续几千年的绝对贫困问题将在我们这一代人手中历史性地得到解决。有以习近平同志为核心的党中央发挥定海神针作用，我们信心百倍；有习近平新时代中国特色社会主义思想科学指引，我们力量无穷；有重要战略机遇期汇集的诸多历史机遇，我们希望满满；有贵州各族人民攻坚克难打下的坚实基础，我们底气十足。我们已经取得关键之年的决定性胜利，我们正在夺取决战之年的根本性胜利，我们一定能够夺取决胜之年的全面胜利！贵州人民已经创造了奇迹，贵州人民一定能够创造新的更大奇迹！"

"伟大战役硕果累累，伟大时代英雄辈出。在苦干实干铸就的脱贫攻坚伟大史诗中，涌现出一大批先进集体和个人，书写了一部部绝境突围、决战贫困的英雄传奇，矗立起一座座令人敬佩、永不褪色的精神丰碑！这次受表彰的先进集体和个人，就是其中的优秀代表，是当之无愧的时代英雄。

——向你们对党忠诚、信念坚定的政治本色致敬！你们始终将忠诚举过头顶，坚持以信仰指引实践、用行动践行初心，一片赤诚、一生奉献，把奋斗融入党领导的脱贫攻坚伟大事业中，将汗水挥洒在贵州大地上。

——向你们牢记使命、一心为民的崇高情怀致敬！你们始终将人民放在心中，把群众当家人、视民生为家事，一村一寨走、一家一户访，晴天一身土、雨天两腿泥，帮助解决了许多操心事、揪心事，赢得了群众高度评价和真心认可。

——向你们知重负重、攻坚克难的担当作为致敬！你们始终将困难踏于脚下，以敢让高山低头、敢让河水让路的大无畏精神，全力攻坚拔寨，啃下了一个个'硬骨头'，以拼搏赢得了累累战果。

——向你们埋头苦干、真抓实干的务实作风致敬！你们始终将责任扛在肩上，不务虚功、甘于奉献，用脚步丈量民意民情、用双手托起富民产业，扎扎实实干出了一片崭新天地。

——向你们清正廉洁、严于律己的优良品质致敬！你们始终将纪律长鸣耳边，敬仰党的事业、敬畏手中的权力、敬重服务的人民，用一身正气砥砺了初心，以干净担当践行了使命。"

"全面胜利，已经触手可及；千年追寻，圆梦就在今朝！今天是2020年7月1日，2020年至关重要、下半年更为重要。我们正处于'两个一百年'奋斗目标的历史交汇点，即将迎来完成光荣历史使命、迎接大考交上合格答卷的历史时刻，迎来人民期盼多年、摆脱贫困宿命的历史时刻，迎来贵州撕掉贫困标签、踏上现代化建设新征程的历史时刻！我们胜利在望、倍加自豪，我们责任重大、使命光荣，决不能丝毫松劲，决不能功亏一篑！必须一鼓作气、一战到底，继续奋战六个月，查缺补漏、巩固提升，确保高质量、打好收官战，彻底撕掉贵州千百年来绝对贫困标签！"

情感是推动历史前进的伟大动力，历史的一切进程首先是情感的流程。

没有感动激动,没有真切强烈、爱憎分明的情感基础,一切理论都是灰色的。革命战争和抗日战争年代,读过《共产党宣言》、懂得一些革命理论的只有一小批爱国知识分子。但一首《打倒列强》,一场忆苦会,一曲《义勇军进行曲》,一首《黄河大合唱》,一份从天而降的传单,一出街头活报剧,成千上万的热血青年便擦干眼泪,告别家人,义无反顾走上烽火连天的战场。

压力就是动力,危机就是战机,难题就是主题。面对彻底终结绝对贫困的历史使命,全省各级领导和扶贫干部慷慨赴战,根据独特的省情、县情、村情,让聪明才智尽情迸发,让雄心活力充分涌流。贵州大地一时间波翻浪涌,万山呼啸,群雄蜂起,每条山路、每个村寨、每个农户都被卷入这场空前规模的脱贫攻坚大战。从贵州版图上彻底抹去伤痕泪痕的时刻到来了!实现美好幸福千年期待的时刻到来了!让绿水青山变成金山银山的时刻到来了!

"将军奋勇,三军用命。"经过多年实战,贵州脱贫攻坚工作颇有勇立潮头、异军突起、一飞冲天之势。特困之地、特难之处,必须用特别之法。艰难攻坚和确保按时达标的目标,逼他们想出了许多创新之法。据省委政策研究室统计,全省各地总共有23项重大的政策性、措施性和工作方法上的创新。下面就讲一个影响遍及全国的政策性创新,是怎样在大地上产生的,又是怎样影响到全国的。

乡愁的呼唤

天下共明月,游子万古愁。

乡愁就像月亮,你无论走到哪儿,抬头看看,夜空中还是家乡那轮明月,明月中的黑斑还是家乡那块土地。

土地是人类的命根子。从古至今,土地决定了人类、国家、民族、家庭的命运，决定了文明与愚昧、战争与和平、革命与守旧、幸福与苦难。从原始崇拜到后来的所有宗教信仰，信徒们无比崇敬上天，其实大地才是养育我们和万物的母亲。所以即使在向上天表达敬畏时，我们也必须匍匐于大地，向土地磕头。

中国的求索、改良、革命、改革，都是起因于土地。在贵州扶贫大战中的一项重大创新，实际上等于一场新的"土地革命"。

此刻，一个曾发过大财的贵州"土炮"聂德友愁眉苦脸，嘴角叼着一支青烟袅袅的香烟，默默凝望着前方碧波荡漾的大海。看那样子，好像在犹豫着要不要跳进大海。

他在贵州六盘水的井下挖了20多年煤，按煤矿的"潜规则"，聂德友应该死过几次了。但他还活着，还能喘气儿，此刻还坐在菲律宾海边看风景，证明他大难不死，必有后福。可眼前他看不到一丁点儿的后福，此回在菲律宾的巨额投资遭遇彻底惨败，分文未赚，全扔进海里了。其损失之巨，应该跳三次大海了。

傍晚渐近，夕阳半浸在海面，把大海照耀得一片火红。聂德友在海滨公园的石阶上坐了好久，一根接一根吸烟，吸得特别猛。他突然特别想家，想贵州六盘水大山背后那个遥远的小山村，想那条曲曲弯弯的羊肠小道，想在那片高坡上望见自家的蓝色炊烟，想老父老母和妻子孩子。人在心情不好的时候，心境孤独的时候，唯一可以安放和温慰自己的地方就是家。聂德友捡起石阶上的十几个烟蒂，起身走到道边扔进垃圾箱。他下了决心，离开菲律宾，离开马尼拉，回家！

你知道聂德友扔进垃圾箱的烟蒂值多少钱吗？

4个多亿！他就那么毫不在乎、义无反顾、头也不回地扔了，像扔了一把烟蒂。

我被震住了。说这件事的时候，穿着短袖白衬衫的聂德友靠在桌边，用手撑着下巴，像在讲一个笑话，像在讲别人的事情，表情轻松，还带着笑容。我震惊地问，你真就扔下走了？

走了，回家了。他又点燃一支烟，挂在嘴角上。听他的经历，几次大起大落；看他的形象做派，很是粗犷；观察他的性情，很有点汉子气。于是我相信这个家伙做得出来。他不是狐狸托生的，是老虎转世的。老虎的优点是勇猛无比，缺点是没上过学。聂德友就这样。

1962年，聂德友出生在六盘水盘县（现称盘州市，后文不再作说明）盘江镇贾西村，是乌蒙山腹地连片贫困地区的极贫地区之一。人民公社时代，父亲是生产队长，家中算上德友有8个孩子。娃娃多到这份儿上就不是孩子而是狼崽子了，熬一锅野菜苞谷粥全扑了上去，吃不饱哇哇叫，父母天天发愁的唯一问题是下一顿吃什么？村民们的生活方式则和国宝熊猫差不多，一切离不开竹子：风吹就倒的杈杈房用竹筒支，睡觉用破竹席铺，挖野菜用竹篓背。石头缝里种苞谷洋芋，忙累一年，流下的汗水最终竹篮打水一场空。生产队里，大人一天10个工分，小孩只有2个工分。没办法，排行老二的聂德友为了活下去，也为了给弟妹让出一张嘴，13岁便跑到国营盘江矿务局老屋基矿，下井当了小工。那时哪有什么机械？挖煤一靠放炮炸，二靠铁镐刨，人称"吃的人间饭，干的阴间活。进去像个人，出来像个鬼"。好在下井时公家管一顿饭，一个月挣62块钱，可以帮帮父母了。就这样，聂德友在井下一干就干了整整21年，还当了采煤大队长。

众所周知，新世纪前后小煤窑遍地开花，矿难频仍，死伤甚巨。我问他经历过矿难没有？

聂德友得意地说："我经历过多次，就是干不掉！"意思是死神也拿他没办法。

1995年12月31日夜，转天就是元旦，老屋基矿突然发生瓦斯爆炸，65人遇难，聂德友和一群矿友幸运地提前15分钟升井，逃过一劫，当时上级就把他的大队长职务撤了。后经调查证明他没有责任，又把职务恢复了。到2000年，聂德友升任采煤区区长，月薪1000多元。这时他已有了老婆和3个孩子，路上还先后捡了两个弃婴，就当自己孩子养了。他想，这点工资养活全家很难，再说自己没文化，下井前点名，"百家姓"都认不全，肯定没啥发展前途。他不无遗憾地说："我要是有高中文化水平，也就干下去了。"思来想去，他决定辞职，自己开矿。整个投资需要31万元，但当时他手里只有两万元，只好东凑西借。到2005年干了近5年，雇工最多时达400人。也是他命好，正赶上煤炭市场最火的时候，这家伙一下子挣了4个多亿！

我大吃一惊。他也大吃一惊。

"当时我吓呆了，"聂德友说，"我一个农村来的苦孩子，哪见过大钱啊？账上有两万块钱挂着，有个摩托车骑骑就不错了。这么多钱真的把我吓呆了。我想我不能干了，钱多了不是好事，就把矿卖了。"回头他在盘江、云南买了豪宅和别墅，藏了起来。"那时社会治安不像现在这样好，要是有人盯上我，小命就没了。"

在豪宅里藏了整整两年，天天吃香的喝辣的，没事做。他渐渐觉得这样藏下去太寂寞太没意思了——人不是让钱压死了吗？他想，老虎还得出山，一个大男人怎么也应该干到60岁再歇着，而这一年他才45岁。2007年，一位国有公司驻菲律宾分公司的张经理是他的好友，见他天天与世隔绝，活得没滋没味，无精打采，说，你干脆跟我出国考察一圈吧。聂德友心活了，一个深夜，两人悄悄出了盘江，开车直奔贵阳。

"为什么深夜走呢？"我问。

"怕有人盯着呗！"他说。

我哈哈大笑："看来有钱人的日子并不好过！"

两人一路去了日本、韩国、瑞士、越南、缅甸、新西兰、美国，还有我国台湾地区，游山玩水，啥好吃啥，整整逛了近一年，等于绕地球一圈，于

2008年6月到了菲律宾首都马尼拉。农民就是农民，钱多了害怕，钱少了更害怕。聂德友对张经理说，这一趟花了几百万，早晚坐吃山空，能不能做点什么生意？我是做煤炭出身的，在菲律宾开个煤矿怎么样？张经理说，这好办！此人果然是神通广大之士，他认识菲律宾名震全国的华裔首富，首富又和当时的菲律宾女总统阿罗约过从甚密，几乎天天陪在身边。经过张经理牵线搭桥，聂德友认识了这位首富，再经首富向阿罗约总统游说，总统大笔一挥，把菲律宾靠近我国南沙群岛的全国最大的煤矿批给了这位中国农民聂德友！

聂德友到现场一看，条件太好了，很大一部分煤就露在地面，而且煤质相当好，等于一个优质的露天煤矿。他大喜过望，立即开干！从买地、买矿到买材料、买设备，一下子投进4.7个亿——也就是说，他把自己开小煤窑挣的钱全投进去了。开工仪式那天，阿罗约总统亲自前来剪彩，并和聂德友进行了亲切交谈。大照片发到报纸上，来自中国贵州的亿万富翁聂德友的大名一时轰动菲律宾全国。

没想到，一个巨大的难题很快像海啸一样把聂德友拍懵了！还是没文化害了他。他应该做的第一件事就是邀请国内煤炭专家前往考察和论证，搞清开发这个矿有什么困难、障碍和前景。但他没做，头脑太热，做事太虎了。开工以后聂德友才发现，整个矿区半浸在海水中，坑道打进去，第二天海水就渗进来，设备、材料受腐蚀严重，往外运输也是难上加难，没法干了。

聂德友傻眼了。这会儿叫天天不应、叫地地不灵，钱都扔了进去，张经理、华裔首富和阿罗约总统也帮不上他了，再卖给谁也不会有人要了。而且他两眼一抹黑，不识菲文、英文，也不识多少中文，一个人在贵阳、广州和马尼拉之间飞来飞去，每次都送给菲警几百元小费，再比比划划让对方把他带到登机口，来来回回太累了，他也烦了。有时给家里打电话，弟妹说，母亲天天想你想得直哭，说只有二儿子又能干又孝顺，可成年累月见不着面，还不如不当什么老板……

这边的聂德友掉泪了。他生来就怕娘的泪，于是一咬牙一跺脚，投资4.7亿的煤矿能送人的送人，总之全扔了。2010年2月，他买张机票飞回家乡。"到现在，菲律宾那片矿区其实还是我的，那个女总统的批文还在哩！"他笑呵呵地说。

"你的心真大，要叫我早就跳大海了！"我说。

他挥挥烟卷，毫不在意地说："不要了。"

回到老家，看看父母和兄弟姐妹，聂德友又住进红果的别墅躲了起来。这回半是躲祸，半是躲心情。这一年他49岁，不得不对自己的下半生做些盘算了：从2008年到如今，一分钱没赚到，还把4.7亿哐当一声扔进大海里，眼下手里还有3000多万元"养老钱"，必须设法做点什么了。他忽然想到了刺梨。去日本观光时，有日本商人问他，贵州那边有没有"九头鸟"？可以合作搞搞开发。聂德友很奇怪，问，什么是"九头鸟"？日本商人掏出一张照片递给他。聂德友一看哈哈大笑："这在我们那儿叫刺梨，漫山遍野都是啊！"日本商人大为惊喜，说，聂先生你回去搞种植加工，我要原浆，咱们合起来做，一定会赚大钱的！但那会儿聂德友不差钱，没当回事儿，和张经理绕了地球一圈玩了一年，后来又到菲律宾开矿，就把这事扔下了。现在回想，显然很值得干。不过这回他谨慎多了，找有关科研部门做了多方考察。他问专家，一吨刺梨能出多少原浆？回答是半吨！又问有什么营养？回答："简直就是一罐维C，抗病抗癌抗衰老！"

太好了！聂德友一蹦而起。他下了决心，立马回家，动员组织乡亲们开展大规模种植。

是什么动力让他如此亢奋和坚决？是少年时候他对父亲做出的誓言。父亲是个善良的人，当了20多年生产队长。当年村民家家受穷挨饿，父亲天天唉声叹气，一直为解决不了群众的温饱问题而深感愧疚。同时还因为收不上公粮，常常受到上级的训斥和村民的打骂，有两次脑袋都打出血了。看到家里太困难，13岁的聂德友要去煤矿打工，父亲心疼不让去。小德友说："爸爸你就让我走吧，有一天我要是赚了大钱，一定回来帮帮乡亲！"后来，为抢救一个重病村民，父亲紧急为其输血800毫升，自己却因此躺倒，数日后溘然去世，年仅51岁。远在矿上挖煤的聂德友甚至没能赶回看父亲一眼。

从菲律宾回到老家，他发现贾西村还是老样子——不，不是老样子，而是更老了，因为年轻人大都外出打工了。靠孩子寄回的钱，部分乡亲的日子好了一些，但江山依旧，还是老牛茅屋、苞谷洋芋。说明老乡虽然有点钱了，过的还是旧日子。聂德友已经绕了地球一圈，什么富丽堂皇光怪陆离的现代化都见过了，如今在他眼里，家乡简直就像千年不变的原始部落，一切记忆依然历历在目：一窝娃娃抢野菜粥，饿得哇哇哭；姐妹长大了没衣穿，上不了学也出不了门；13岁的他离家时母亲的眼泪，父亲收公粮时被村民打骂额头流下的鲜血，当然还有他临走时对父亲发出的铮铮誓言……

他下决心，此番回乡一定把刺梨产业干起来，必须让乡亲们脱贫致富，必须彻底改变家乡面貌——男子汉一诺千金，必须实现！

聂德友仔细算了算账：日本方面答应1吨刺梨原浆付5万元人民币，那么2吨刺梨的种植管理成本满打满算只需1.2万元，可赚3.8万元，他拿出2万元分给种植户，那么每吨原浆自己还能赚1.8万元，双赢！

接着，他讲话上了高度："绿水青山就是金山银山。大规模种植刺梨既能绿化山地，解决土地的石漠化问题，又能带富老百姓，为何不干？"他虎虎生威，两眼瞪得溜圆问我，好像我是反对派似的。

做出这个决定后，聂德友觉得自己手头上的3000万元不够用，于是二虎吧唧，又去云南玩了一把"疯狂过山车"：花2100万元买下一个铜锌矿，经过一番整顿打理、加装设备，3个月后卖了7100万元！我的天啊，别看这家伙没文化，简直比我这个"臭老九"精明上百倍！我不由得感叹："钱到你手里怎么这么好挣呢？我们挣点钱怎么那样难呢！"

聂德友一脸得意。

过后，他带上这笔巨款，雄心勃勃回到家乡。

下一步他是如何做的？不经意间为贵州脱贫攻坚战提供了怎样的经验？容我慢慢道来。

接着，我访谈了另一个煤老板陶正学。

同样是短袖白衬衫，举止做派却文雅多了，很像个党政干部。

1965年，陶正学出生于盘县普古乡苗寨舍烹村——一个奇怪的村名，大概是苗语音译。父亲是乡粮管所所长，家里6个孩子，陶正学是最小的，自然很受娇惯，属于"三天不打，上房揭瓦"那类。1979年读到高中一年级，陶正学一直没怎么"正学"，见自己的成绩一塌糊涂，干脆辍学不念了，跑到煤矿当了货车司机拉煤，过后自己又买了一台大车跑运输，干得风风火火，到1993年成了百万富翁。随后他在县城开了一家公司，买了一栋漂亮房子和全县第一台桑塔纳轿车，成了县城有名的"陶老板"。不过好日子没过几年，煤炭市场发生断崖式大跌，到1996年陶正学的数百万资产全赔了进去，而且房子卖了，轿车卖了，最后连全家买米、孩子上学都成了问题，陶正学不得不重新寻找出路。

当时六盘水矿区小煤窑遍地开花，煤虽然不好卖了，但煤老板还得挺着，煤还在源源不断地出。陶正学灵机一动，决定在家乡开个选煤厂，投资不大却不可或缺。没钱怎么办？只能借。好不容易从朋友手里借到3万元，听说四川那边有个老板要把自己的选煤设备卖掉，他决定去看看。于是把扔在自家后院的一辆破三菱车修了修，四个轮子大小不一样，但勉强能开，他带上弟弟和两位哥们儿上了路。一套年产3万吨的二手选煤设备买了回来，支巴起来就开干了。说到这儿，陶正学面露得意之色地对我说："别人是四两拨千斤，我是四两拨万吨。从1998年到2011年，我边生产边扩大规模，年产量从3万吨提高到60万吨，一条好汉又起来了！"有了大笔盈余，他又果断入股许多小煤窑，恰逢煤炭市场回暖且不断暴涨，煤价从20元一吨猛涨到2300元一吨。这下他发大了，有时一天进账就达几百万元。到2012年，陶正学彻底咸鱼翻身，一跃成为拥有数亿资产的大富豪。

也正是在这时，国家为恢复生态环境、保证生产安全，大力整顿小煤窑，不符合标准的一律关停。早有教训的陶正学及时收手，开始策划一件大事：开发家乡的娘娘山景区，既可改变老家落后面貌，又可帮扶贫困乡亲，干成了等于这辈子没白活，立下一块丰碑。

他和聂德友几乎同时在各自家乡开干。当时两人不认识，后来当了先进典型，总在一起开会才成了好友。

农民与猕猴桃的"车轮大战"

来到六盘水市水城县（现为水城区，后文不再作说明）米箩镇，又出现了第三个煤老板，胡君。

不过她在外地，我没见到。镇党委书记张鹏程给我讲了一段有趣又值得深思的故事。张鹏程又瘦又高，很黑，穿一双解放鞋，怎么看怎么像一个农民，没想到竟是贵州大学烟草专业硕士，吓我一跳，真是山外有人啊！

张鹏程说，米箩镇地势平缓，水源充足，自然条件很好，以往农民主要种水稻和苞谷，但因为耕种单一，生活还是很贫困。2012年，时任镇党委书记谢寿阳响应省委、省政府大力推动产业经济的号召，创造性地提出"支部建在产业链上"，并积极引进企业资金、发展产业。贵州润永恒农业发展有限公司总经理胡君就这样走进米箩镇，决定开发一种新兴产业——红心猕猴桃。她是本地人，性格爽直，胆子很大，年轻时就外出打拼，从小工干起，然后做生意、开煤矿、搞房地产，成了颇具实力的"富姐"，自称"以前在地下，现在在地上，原来干的是黑色，现在干的是绿色"。

很快，在镇党委和政府的帮助下，胡君流转到手土地6700亩——足见其气魄够大，接着开始广泛组织村民种植红心猕猴桃，务工村民的工资按天计算，大家都很有积极性。没想到第一年胡君就倒了大霉：80%的猕猴桃苗都死了，损失近800万元。究其原因，一是因为种植面积太大，企业的监管和技术指导无法全面覆盖；二是种植效果与村民利益不挂钩，村民也就不在乎种植质量的好坏，苗一插脚一踩，完事，过后不管不问。后来胡君想出一个改革办法：将种植区每3至5亩划为一个网格，专设一个网格员；网格员没有工资，但可以从公司利润中提成30%。网格员的积极性和责任心大大提升，田间管理和监控也明显加强，胡君放心了。

但真正的故事还在后面。接下来，米箩镇农民和红心猕猴桃——准确地说，是和胡君的公司——又发生了一场"车轮大战"，从中引发了一次次争执、妥协和被逼出来的产业管理创新，后来对贵州乃至全国脱贫攻坚战产生了广泛而深远的影响。这个过程很有趣也很值得深思，证明了"理论是灰色的，只有生活之树常绿"。

当时红心猕猴桃卖价非常高，市场上最高时达到二三十元一斤。农民把承包土地流转给胡君的公司，每亩每年获流转费600元，同时他们还能获得出工收入，收益自然比种庄稼大为增加，农民当然很高兴。到第四年猕猴桃开始挂果，第五年全面丰收（其存活期约为40年），我猜想这时候胡君心里一定乐开了花，就等着坐收巨额利润了。哪想到经过多年市场经济的洗礼和锤炼，农民兄弟"狡猾"多了。他们凑到一起细心算了一笔账：猕猴桃平均亩产约1吨，按20元一斤计算，每亩可收4万元，减去前4年的公司投入（包括购苗、施肥、立木架、雇用技术人员现场指导等等）约每亩6000元，老板每亩净收3.4万元。全镇总共流转土地6700亩，那么公司利润就达到2个多亿！算完账，农民不高兴了。他们说，地是我们的，一切劳动都是我们付出的，你当老板的一年见不到几次影子，但绝大部分利润都让你拿走了，而我们除了挣那点工资，土地每年每亩也只能拿600元流转费，和利润完全不挂钩，这不行！

这可是天大的事，解决不好，一切就乱套了。

这是当地农民的第一次觉醒。

经过广泛收集农民意见，镇领导与胡君的公司进行了多次谈判。

胡君是不差钱的"富姐"，而且做人做事通情达理，对家乡也有感情。同时她作为久涉江湖的企业家也敏锐地发现，这种"公司+雇工"的合作方式有一个重大缺陷：尽管她雇用了很多网格员进行现场监管，但因为猕猴桃的收益与农民利益不挂钩，农民对种植质量、田间管理和收成多少仍然不上心，能对付就对付，长啥样算啥样。此前第一次种苗时死了80%，导致公司损失800万元就是一大教训。就这样，双方都有了进一步改革合作方式的意愿。

怎么办？一些精明的农民提出：以土地入股，年底拿分红。

这就意味着农民和公司形成一个"命运共同体"，可以实现双赢。于是双方很快达成一致：确定的分红标准以流转费每亩600元为基础，以5年为一期，第二个5年涨到700元，第三个5年涨到1300元，第四个5年涨到1900元，到此封顶。镇党委书记谢寿阳把这一做法归纳成"土地转资本，农民转股民"。这两句话表明，农村新一轮改革的曙光已然悄悄露出地平线。

再过两年，农民又看出问题了，心理又不平衡了。猕猴桃作为存活长达数十年的藤类作物，一旦成熟结果，公司方面除了正常的技术支持和业态管理，基本上不需要什么大的投入了，这意味着公司除了给网格员和土地入股的农民分红之外，拿走的利润更多了。而且分红标准与收益同样不挂钩，公司到底赚了多少利润，农民并不知情。

镇领导代表农民又同公司进行了谈判。这次"接触战"进行得比较艰苦，双方长期僵持不下。

这是农民的第二次觉醒。

谈不出结果，一些农民又生气了。他们说，每颗猕猴桃都长在我们的土地上，是我们的劳动成果。你当老板的坐享其成，还年年拿走绝大部分利润，这不行！我们不给你干了，收回土地，自种自收！

那么农民能不能做到呢？产业刚刚推开时肯定做不到，因为他们除了种苞谷，其他什么都不会。但现在不同了——这也是公司方面没料到的——经过这几年的实践，农民兄弟把猕猴桃的种植方法、田间管理、保苗增产、经营理念等全套技术都看明白了也学会了，他们已经成精了，完全可以甩开公司自己干了。因此种植户们一呼百应，下决心等第二个5年协议到期，立即和公司分手"离婚"。这就意味着，公司从引进产业、原始投入到培育市场，辛辛苦苦经营多年，到时不得不放弃这块巨大的"肥肉"，全面撤出。

胡君当然不能让自己的产业项目半途而废。经过反复谈判协商，双方达成新的合作方式：每年所需投入由种植户自行负责，并且实行自管自收，盈亏自负；公司不再投入，只负责收购和销售，利润三七开，农民拿大头。

协议达成了，双方皆大欢喜，可镇领导又紧张了。如此一来，没有了公司的统一组织和架构，好不容易组织起来的产业发展模式就等于解体了，种植户又回到从前的个体经济，这对脱贫攻坚、同步小康显然造成新的困难。这就逼镇领导想出一个新主意、新组织方式：创办种植户合作社！

很快，各村寨合作社相继成立，村民通过民主投票选出理事长，并以土地和自己的积蓄自愿入股。

米箩镇农民和猕猴桃的"车轮大战"终于有了一个圆满的结果，创造出"企业+合作社+农民"的新的合作经营方式。如今回望整个过程，这无疑是米箩镇发生的一场深刻的思想革命、产业革命和新形势下新的"土地革命"，是农村改革历程中又一次重大的突破和跃升！

感谢伟大的生机勃勃的新时代和气势如虹的脱贫攻坚战，让广大农民的主体意识和经营意识一次次发生着惊人的升华。当然也要感谢胡君带领的公司，是她教会了"老虎上树"，把米箩镇分散的农民带进了产业合作、规模生产的市场经济，最终实现了双赢，功莫大焉！

在米箩镇农民与胡君公司的"猕猴桃车轮大战"正在进行的时候，六盘水市委领导常到水城县调研。

对于米箩镇农民与胡君公司发生的"车轮大战"，市委领导很感兴趣，他认为双方在争执、协商的过程中，萌发出某种深刻的改革新思路、新动向、新方向，很值得总结推广。经过上下干部群众的集思广益，这个新经验被概括为"土地转资产、资金转股金、农民转股民"。

这肯定是一个重大决策，需要先行试验，看看到底灵不灵。于是六盘水市委决定多种"试验田"。盘州市盘江镇贾西村和普古乡舍烹村先后进入"试验田"行列，这两个村的状况和米箩镇很相似：米箩镇来了个想干大事的胡君，贾西村回来个敢闯天下的聂德友，舍烹村回来个雄心勃勃的陶正学。三人都是不差钱的煤老板，而且有乡土情怀，惦念乡亲，不自私、敢担当，愿意为脱贫攻坚大业和改变家乡面貌做贡献。

从"三转"到"三变"

如前所述，聂德友扔下投资4.7亿的菲律宾最大煤矿，带着在云南赚的数千万元和发展刺梨产业的设想，回到老家盘江镇贾西村。

贾西村共有12个村民组、662户、2000多人。聂德友回村后，立即请村干部召开村民代表会，眉飞色舞地宣讲种植刺梨的好处。没想到村民们哄地笑场了，说，那玩意儿山里到处都有，又酸又涩，娃娃都不吃，谁要啊？一个老农站起来说，地里不种苞谷洋芋改种刺梨，拿刺梨填肚子啊？村民笑得更疯了。

聂德友努力从科学道理上解释，说刺梨营养丰富，日本人出价5万元人民币买1吨原浆，2吨果子就可榨1吨原浆。好些村民连县城都没去过，日本在哪里更不知道。聂德友讲得嘴冒白沫，还是没人听。没办法，他只好缩小范围，动员九组和十组村民改种刺梨，按劳动日给大家发工资；赚了按亩分成，赔了算他个人的。

村民接受了。聂德友随即掏出80万元购回80万株刺梨苗，要求村民按每亩110棵种下去，可村民几乎把这事儿当玩笑了，共3000亩地，歪歪扭扭把苗栽下去，几个月后只活了20万株，其余60万株都当柴火烧了。第二年，村民更不信他的"鬼话"了，把活着的20万株也拔了，又种上苞谷洋芋。一切恢复常态，好像世界上什么都没发生。整整4天，聂德友把自己关在屋里不见人，当初回村时的勃勃雄心和四天的眼泪全泡进方便面了。一位老奶奶心疼他，拿手指点着他的脑门说："你大把挣钱大把扔，脑袋是不是小时候摔傻了？"

就在聂德友进退两难的时候，六盘水市委书记到了盘县，在会上详细介绍了米箩镇"土地转资产、资金转股金、农民转股民"的相关经验和做法，这让聂德友眼前一亮。他带上这条真经和镇村干部回村登高一呼，村民们群起响应。贾西村很快成立了盘江天富专业合作社，并经上级批准建立了县级刺梨产业园区。老聂也豁出去了，以每亩400元的流转费一下子集中了流转土地近万亩，并提前给入股农民发放了160多万元流转费，接着花费200万元购苗200万株。为实现刺梨产业的可持续发展，聂德友还特辟出一片园区育苗850万株，仅此一项即创造价值800万元。为鼓励村民就业，每个劳动日发60元工资，结果连90多岁的老奶奶都上阵了，大批在外打工的青年也纷纷回乡了……

刺梨确实是个好项目，除了前3年需要大笔投入，挂果后的近40年间，只要做好防灾防虫工作，就坐等一年接一年的大丰收吧！如今，天富合作社又发展出多项产业：实施林下育苗620亩，套种中药材地参2300亩、鱼腥草2000亩、凤仙透骨草300亩，养殖蜜蜂500群。整个园区面积由起初的1.35万亩扩大到3.12万亩，带动农户由原来贾西村1个村扩大到周边8个村3498户9446人。

农民人均纯收入从2014年的6940元增加到2019年的11 771元,建档立卡贫困户423户842人全部实现稳定脱贫。贾西村大变革被国务院扶贫办列为2018年产业扶贫经典案例。

与此同时,聂德友还做了大量善举:在贾西村和海坝两村,出资860万元修建了33公里产业路,出资40余万元解决了113户的饮水困难,出资112万元解决了21个困难家庭的就业,出资3.6万元帮助2户贫困户建起了新房,出资1.6万元帮助2名贫困户学生圆了大学梦。总之,老聂为乡亲们出资出力心甘情愿,眼睛都不眨。如今整个园区已经成为游、玩、吃、住一条龙服务的优美景区,开春满山花海,入秋万顷金黄。怪不得聂德友跟我谈话时那么牛,因为他的梦想终于成真!

他骄傲地对我说:"2015年,中央的'三变'改革政策出台了,我可是第一个搞'三变'的!"话说得不太准,其实他当属第一批,但还是值得牛一下。

此外,好心人老聂还有一个特别贡献,他的3个孩子和两个捡来的弃婴孩子全部上了大学!

与此同时,回到家乡盘州市普古乡舍烹村的陶正学成了"三转"试验田的开垦者。自从外出打工跑生意,无论失败还是成功,他始终惦念着家乡的父老乡亲。早年在刚刚发达的时候,他就曾出资1100万元,为家乡修了一条出山路。但因为村里没能人,始终死水一潭,并没给村民生活带来多大变化。2011年,村里几个年轻人终于憋不住了,他们眼看全国各省各地农村纷纷搞起"农家乐",于是突发奇想,谋划着在附近的马场河建一个水坝,同时搞几间水景房,也办个农家乐。但他们都是"要钱没有、要命有一条"的主儿,只好找到煤老板陶正学请他出资。陶正学对家乡山水了如指掌,觉得这个想法不错,于是掏出七八十万元把水坝建起来了。没想到还没建房呢,一场山洪把坝子冲了个稀里哗啦,数十万投资打了水漂儿。几个小兄弟大哭一场,放弃不干了。

这两件事让陶正学憋了一口气。2012年,他关停了煤矿和选煤厂,带着4.5亿元资金毅然返乡,开始了他的开发扶贫之路。至于思路,他早就有了:家乡的娘娘山一带植被丰厚,森林茂密,空气清爽,风景优美——这是上天的恩赐,完全可以开发打造成一个旅游观光景区。哈,那时的舍烹村就将成为一个"世外桃源",何愁不美!何愁不乐!何愁不富!

正在他踌躇满志准备开干的时候,六盘水市委广泛开展了"三转"经验的宣传推广。大受启发的陶正学立即开干,注册资金2000万元的"盘县普古银湖种植养殖农民专业合作社"和注册资金2800万元的"贵州娘娘山高原湿地生态农业旅游开发公司"相继成立。为动员广大村民特别是贫困户积极入股,实现共同富裕,陶正学毅然个人出资帮助村民"配股",他的口号感动了全体村民,叫:"利益共享,风险我担!"最终,他出资1270万元(含借

给群众的资金），仅占股28%，465户村民出资730万元，却占股72%。为帮助舍烹村625户村民贷款5000万元，以改造住房和入股温泉小镇建设，陶正学作为担保人，两天按手印7000多次，最后累得手都抬不起来了。

村民入股成为股民后，立即显出"三转"改革的神奇效能：公司成立之初，面临的最大困难是土地、山林、水域等资源分散于各家各户，收拢资源成了最难啃的"硬骨头"。通过"三转"，使农民手中的资源变成资产，再通过评估使资产变成农民的股金，入股农民即可获得三大好处：经营有保底，盈利有分红，就业有工资。皆大欢喜，收拢资源所遇到的难题迎刃而解！

历经多年奋斗，如今的娘娘山高原湿地生态农业旅游观光园，已建成14.2万亩现代农业产业园区，产业覆盖水城区、盘州市6个民族乡镇的10个行政村，实现年产值6.72亿元。景区内形成刺梨产业12 200亩，猕猴桃产业4000

国家3A级旅游景区盘州市娘娘山湿地公园（陈维象／摄 贵州新闻图片社／供图）

亩，蓝莓产业1080亩，红豆杉产业1000亩，石榴、杨梅、碧桃、中国樱桃、车厘子、特色蔬菜及湿地生态植物2000亩；村办实体经济12个；开发旅游接待服务区、陶源酒店、温泉度假小镇等旅游景点18个；特色民居625栋，农家餐馆及农家乐共95家。放眼望去，真是美景如画，安逸自得，其乐融融。脱贫已经成为历史记录，村民就等着宣布进小康了。

舍烹村被评为"全国文明村镇"。

实践出真知，实践出思路，实践出效能。"三转"经验显示了一用就灵，点石成金的强大威力！

"三转"经验提交到省委常委会上。领导同志一致认为，这是新时代脱贫攻坚战中的重要创新，其中有待开发的活力、动力和生产力蕴藏着巨大的能量，应向中央汇报。

有趣的是，恰在这时，中纪委为推进全国纪检系统改变作风，加强自律，提出具体的"三转"要求，碰巧和贵州的农村"三转"之称重复了。贵州省委随即将"三转"更名为"三变"——这绝对是正确、机敏而且是更准确的改动！

重要的历史时刻很快到来了。

2015年11月27日，习近平总书记在中央扶贫开发工作会议上发表了重要讲话，他指出："要通过改革创新，让贫困地区的土地、劳动力、资产、自然风光等要素活起来，让资源变资产、资金变股金、农民变股东，让绿水青山变金山银山，带动贫困人口增收。"[①]

"三变"经验就此定论，即"资源变资产、资金变股金、农民变股东"。

此后，"三变"改革连续写入2017、2018、2019年中央一号文件，同时，也写进《中共中央 国务院关于打赢脱贫攻坚战三年行动的指导意见》《乡村

---

① 见习近平：《在中央扶贫开发工作会议上的讲话》（2015年11月27日），载中共中央党史和文献研究院编《十八大以来重要文献选编》（下），中央文献出版社，2018，第50页。

振兴战略规划（2018—2022年）》《中共中央 国务院关于支持河北雄安新区全面深化改革和扩大开放的指导意见》《中共中央 国务院关于建立健全城乡融合发展体制机制和政策体系的意见》《中共中央 国务院关于新时代推进西部大开发形成新格局的指导意见》等中央文件。

毫无疑问，"三变"改革是贵州省委、省政府和各族人民在脱贫攻坚战中勇闯新路的伟大创新，是对全国决战脱贫攻坚、实现同步小康伟大事业做出的杰出贡献！

为纪念这一历史性贡献，米箩镇特别建起一座"三变发源地展览馆"，其中包括了娘娘山、贾西村等地发生的故事。这些村庄是贵州的骄傲，也是贵州大扶贫的"风暴眼"。新时代狂飙正是由此而起。

饮水思源——全国涌向六盘水

"三变"改革的重大意义怎样估计都不过分。

从安徽小岗村开始，中国农村拉开改革大幕，一改过去的"大锅饭"体制，普遍实行了"家庭联产承包责任制"。从而极大地调动了亿万农民的劳动积极性，在不长的时间内基本解决了温饱问题。但是随着时代发展进步，这种分散的个体经营式的生产方式渐渐暴露出它的弊端，那就是生产力单薄，科技含量不高，抗灾能力差，因受自然环境、客观条件制约，生产难以大幅突破和提高，农民收入进入长期的"瓶颈"时期，脱贫艰难。2013年11月9日至12日，党的十八届三中全会在京举行，全会审议通过了《中共中央关于全面深化改革若干重大问题的决定》，全会提出，要加快构建新型农业经营体系，赋予农民更多财产权利，推进城乡要素平等交换和公共资源均衡配置，完善城镇化健康发展体制机制[1]。

---

[1]　见《中国共产党第十八届中央委员会第三次全体会议公报（十八届三中全会会议公报）》，人民出版社，2013。

"三变"改革，正是应时代之呼唤、社会之进步、人民之需求，在党和亿万人民的伟大实践中创造出来的，在实现"合作共赢、同奔小康"方面做出一篇可持续发展的精彩大文章！脱贫攻坚势如破竹，产业浪潮席卷全国，农村变化日新月异，"三变"改革无疑是最为强劲、最为实用、在实现共同富裕上最为有效、最受农民群众欢迎的新思路、新架构。

石破天惊！春潮涌动！迅速推向全国！

国务院扶贫办、农业部、财政部、国务院政策研究室等部门及中央党校、中国社科院、中国人民大学等单位和高校的领导和专家学者纷纷前来贵州六盘水进行深入调研。全国近30个省区市组织各级领导干部包括村干部前来参观学习，米箩镇、舍烹村、贾西村等地成了访问热点。米箩镇党委书记张鹏程说，前几年一年能来500至700批次，有时他一天接待十几拨参观团，说得满嘴起大泡，晚上回家都累得不想跟老婆孩子说话了，"我们的'三变'发源地展览馆就是为这建起来的"。有的外地干部说，"三变"改革我们那儿已经开始推广了，现在到六盘水，就是为了来"饮水思源，不忘初心"的。

转天，我特别去水城拜访了六盘水市委常委、水城县委书记张志祥（现已是水城区委书记），米箩镇就在水城的地面上。2014年张志祥到任时，水城近百万人，贫困人口达24万以上，是全省最大的贫困县。6年来，全县179个行政村，每个村张志祥至少到过两次以上，最多的有五六十次。越穷的地方路越险，有一次他把膝盖骨摔裂了，医生说必须做手术，但只有50%的成功率。张志祥问，不成功会怎样？医生说，年龄大了走路会很困难。张志祥说："那就不做手术了，只要我在任上能走路就行。"他就这样整整走了6年，每年至少有200天在乡下。他自豪地说："水城很多地方是极度贫困，也引发了我对这个地方人民和土地的极度关切和热爱，一切都是我用双脚丈量出来的。"

至2019年底,水城在易地扶贫搬迁、兴办产业、就业扶贫以及教育医疗、住房保障等方面取得全线胜利,成功摘帽出列。农村居民实现人均年收入突破万元大关,原来一穷二白、又脏又乱的县城,数十所新学校、新医院拔地而起,街上商铺相连,车水马龙,一片繁荣景象。

张志祥书记说:"'三变'改革是我们米箩镇创造的经验,我们当然要做到前头,还要做得更好。'三变'就是水城的定海神针!"

三个"前所未有"

省委政策研究室收集、统计的贵州脱贫攻坚"23个创新",凝聚着全省各级领导和一线扶贫干部的聪明才智和心血汗水,并成为贵州经济社会发展实现后发赶超的强大动力。本章已经详细介绍了"三变"改革创新的形成过程,以及它在全国扶贫工作中起到的强大影响力和引导力。

贵州还有一些重大创新值得借鉴。

——他们借鉴革命历史经验,持续推进,在全省各地先后创办了2万多个"新时代农民讲习所",其宣讲和学习内容十分丰富。譬如宣讲党的扶贫政策,"两不愁三保障"的内容,"精准识别、精准帮扶"的标准和要求,以解决部分群众的疑虑;通过现场和视频方式讲故事讲典型,激发群众自立自强的精神和内生动力,鼓励大家借助国家扶贫的东风,亲手创造自己的美好生活;通俗地宣讲和解释贵州创造的"三变"经验,介绍市场经济规律和运营方式,怎样科学种好各种新鲜的经济作物,怎样保证绿色种植,怎样守护青山绿水,怎样实现产业化和标准化生产;对于易地搬迁进城的移民,仔细向他们介绍城市生活的规矩,譬如看红绿灯、走斑马线,进超市怎样刷支付宝;为指导和培训他们能够进入现代化生产单位就业,给他们讲解工厂的生产规律和质量要求,学习各种手工制品的工艺技术……

看看上面介绍的内容就可以知道，这个新时代农民讲习所大受村民欢迎，普遍的反应是："管用"，"解渴"，"木头脑袋开窍了"！

——2018年以来，省委提出：在全省来一场振兴农村经济的深刻的产业革命，深入推进思想观念、发展方式、工作作风"三场革命"，全面推行产业选择、培训农民、技术服务、资金筹措、组织方式、产销对接、利益联接、基层党建的"脱贫八要素"；实行12位省领导挂帅领衔，推进12个特色优势产业，有效推动传统农业实现"六个转变"，即从自给自足向参与现代市场经济转变，从主要种植低效作物向种植高效经济作物转变，从粗放量小向集约规模转变，从"提篮小卖"向现代商贸物流转变，从村民"户自为战"向形成紧密相连的产业发展共同体转变，从单一种植养殖向一二三产业融合发展转变。

——推行易地扶贫搬迁"六个坚持""五个体系"，确保搬迁群众搬得出、稳得住、逐步能致富。其内涵和效果我会在后面的章节加以介绍。

——2016年，颁布施行了《贵州省大扶贫条例》，以法治化方式推动大扶贫战略行动，这是贵州扎实推进脱贫攻坚战的"关键招"。通过立法，从制度上解决了扶贫开发工作中存在的重大问题，进一步明晰了政府、社会、市场等各方在大扶贫工作中的职能定位，明确了各方参与的权利义务。使广大扶贫干部干有所循，思有所遵，上下同心，行动统一，目标一致，大大避免了无谓的争论、本位主义和"打乱仗"的现象。脱贫战场上人人知晓熟悉扶贫政策、人人会抓会干扶贫工作、人人按章法按要求规定动作。随后，《贵州省大扶贫条例》作为全国扶贫开发工作的经验范本在全国印发。

——通过创新扶贫资金筹集模式，使脱贫攻坚战场上"弹药粮草"充足。2016年10月，按照"政府主导、企业主体、市场运作、风险可控、服务脱贫"的管理运行模式，设立了贵州省脱贫攻坚投资基金。这是全国第一支省级脱贫攻坚投资基金，基金总规模3000亿元，财政出资300亿元，募集金融资本等社会资金2700亿元。他们探索了省级统贷统还、基层使用的模式。近200万人的易地扶贫搬迁、农村"组组通"公路三年大决战都使用了这个模式,大大减轻了基层负担,有效调动了基层政府和群众"两个积极性"。

——为确保脱贫攻坚战成果,贵州创新建立了防贫监测预警保障机制。围绕已脱贫人口稳定脱贫、未脱贫人口全部脱贫、非贫困人口不致贫"三大目标",通过群众申请、网格监测和部门预警三种方式,把家庭年人均纯收入在4000元以下,因病因学刚性支出远大于收入,因灾、突发大病、突发事故等导致基本生活陷入困境,民政特困供养对象、长期保障户、重残等"四类"重点人群纳入重点监测对象。按照"统一管理、动态调整"原则,网格员、驻村工作队、帮扶责任人"三支队伍"每月对重点监测对象进行走访比对,定期了解收入支出、产业就业、就医就学、住房饮水等情况及变化。对有致贫返贫风险的农户村民,提前预警,及时干预,采取落实扶持政策、争取公益资源、实施防贫救助等有效措施进行帮扶。贵州这种防贫监测预警保障机制,得到国务院扶贫办充分肯定,并在相关会议上做了交流发言。江口县在国务院扶贫办部分贫困县县委书记座谈会上做经验交流发言。盘州市还想出一个保险业妙招:设立并开展了"防贫保"项目,采取"群体式参保、基金式管理、社会化经办"的运作模式,为两类临贫易贫重点人群提供"防贫"保障,用保险的办法防贫堵贫。

——甚至,一个偏僻小村在扶贫工作中都有自己特别符合实际、贴近生活的创新。毕节市扶贫办干部马萍从20世纪90年代参与"坡地改梯田"工作,其扶贫史已有26年了。有一次她和同事到威宁彝族回族苗族自治县迤那镇五星村调研,发现村委会墙上写着"精准扶贫四看法",即"一看粮,二看房,三看劳动力强不强,四看有没有读书郎"。她如获至宝,回去立即向市扶贫办领导汇报,接着又层层汇报到省委领导。后来这个"精准扶贫四看法"迅速传遍全省。

创新是引领发展的第一动力。

正是一系列勇敢的行之有效的创新探索,使贵州脱贫攻坚和经济发展迅速进入快车道,形成弯道取直、后发赶超的磅礴态势。贵州大地由此发生了历史性的巨变,谱写了中国减贫壮举中的贵州精彩篇章。省委、省政府这样总结和概括了贵州脱贫攻坚战的历程和战果:"在脱贫攻坚伟大历程中,贵州所遇到的困难与挑战前所未有,所作出的探索努力前所未有,所发生的历史性巨变也前所未有。"

第七章
共产党"大请客"

大唐诗圣杜甫曾在他的《茅屋为秋风所破歌》中仰天长叹道："安得广厦千万间，大庇天下寒士俱欢颜！"那以后，尽管历代封建王朝历经几多盛世，但在广阔的贫困乡村，茅屋上的枯草始终满天纷飞。

改革开放以来，尤其是新时代以来，当各地党和政府用现代化的"轿子"——大巴车，把全国一千万贫困人口从"一方水土养不起一方人"的地方抬进繁华城镇时，当火红朝阳按响移民家的门铃时，一夜醒来，梦想成真。老兵出身的安景绪告诉我，搬进新居的第二天清晨，天还没亮呢，他摸索着鞋子想去猪圈喂猪，忽然发觉，那是过去的事情了……

放眼望去，乌蒙山、大娄山、苗岭、麻山、瑶山、月亮山，直至南北盘江绵延起伏的苍茫群山，势若奔涛，风景壮美。

云雾中的沟沟坎坎，却遮蔽着贵州上千万贫困人口。

在这里，"望到屋，走到哭"。

在这里，交通基本靠走，通信基本靠吼，治安基本靠狗，御寒基本靠抖。

在这里，穿衣基本靠纺，吃饭基本靠党，治病基本靠躺，媳妇基本靠想……

经统计，作为全国脱贫攻坚主战场的贵州，到2020年底，需要易地扶贫搬迁188万人，搬迁量居全国第一。2015年12月2日，振奋人心的易地扶贫搬迁"第一炮"打响了。这是贵州历史上最大的民生工程，是改变全省城乡格局、城镇格局、产业格局、生态格局的重大机遇，也是重大挑战，更是史诗级的文明大突进。5年挥汗如雨，5年奔波动员，5年建房建楼，5年铁血督战，5年党政企机关和扶贫干部像娶新媳妇一样为老百姓"抬轿子"，把近200万村民抬进了城镇的新楼群、新社区。贵州就像彩灯下的一幅沙画，用手一抹，一幅万家灯火的绚丽景观就出现了。

不过，也有恋乡恋土的老爷爷老奶奶不愿意进城。他们想和祖坟埋在一起，"那是我家的风水宝地"。沿河土家族自治县（以下简称沿河自治县）一位镇党委书记又黑又壮，长得像山东大汉，说话直来直去，声若轰雷。他郑重其事地说："我是有文化的人，懂风水，你信我的。你家从十八代祖宗穷到现在，家里连根钉子都找不到。为什么？这地方全是立陡立崖的斜坡，祖坟埋下去就是歪的，注定了祖祖孙孙是吃苦的命，赶紧搬吧！"

老奶奶想想是个理儿，立马在协议上按了红手印。

这位镇书记对我说："动员老百姓搬到城里，这是天上掉下的最大馅饼啊！我们真是说了千言万语，想了千方百计，可有些老人家就是不肯搬，我真恨不得拿条绳子把他们捆了去！可我哪敢啊？进了屋还得提着一条肉两捆菜，像孙子似的赔着笑脸。"

不想搬的不是个别人,还有全乡反对的。

三宝乡的犟脾气:请客不到!

贵州省黔西南自治州晴隆县,地处偏远,深藏大山,是国家级深度贫困县。

历史上,晴隆县却是一座伟大悲壮的县城。抗战时期中国政府接受国际援助、中国军队开往中缅印战场的唯一交通要道——著名的"二十四道拐",就在县城边上的悬崖上逶迤而过。当初全县人民为修建这条生命线付出巨大牺牲,死伤无数,功垂千秋。

下面风景照中的民族风情小镇坐落在如今的县城里,花树繁茂,芬芳四溢,像贵州大盆景中的小盆景,一方风水宝地。这是省、州、县为当地三宝彝族乡19个村组、1317户、6263名村民精心准备的新家园。

5年前,它还是几十张设计图,挂在宣传板上,很漂亮很诱人。为了达到

阿妹戚托小镇鸟瞰(林民 / 摄 贵州省生态移民局 / 供图)

设计效果，吸引移民们的兴趣，设计师们把它画成立体画，还涂上五颜六色，像儿童画一样鲜丽可爱，就差画上一个大太阳和开怀大笑的爷爷奶奶了。

当地领导给这个三宝乡新家园起名叫"阿妹戚托小镇"，"阿妹戚托"为彝语音译，它源于三宝乡一个流传已久的古老民族舞蹈，听着像"阿妹寄托"，让人充满浪漫的想象和情思，让年轻小伙子们心向往之……

如此精致美丽的小镇设计图挂到墙上，省长说可以了，州县领导说可以了，设计师受到各级领导"严重表扬"，觉得脸上特别有光。没想到消息传到三宝乡，彝族村民们却齐声说："不可以！"

见过牛的，没见过这么牛的。三宝乡的原住地难道是天堂吗？

不。不过那里确实距天堂比较近，离人间烟火比较远。整个乡被重重大山围着，平均海拔1600多米，属高寒地区，距晴隆县城46公里。在山和山的夹缝里，全乡土地破碎，居住分散，村民在石坡上住着，耕地在陡坡上挂着，草房在秃坡上歪着，床和锅在石缝上架着，下地干活时脚在石缝里挤着。坡地人均不到1亩，15度以下的缓坡就算好田了，可人均只有0.11亩。

这里的孩子能上学吗？能。座谈会上，村民文安菲说，去乡里上学，翻山要走一个多小时，早饭都顾不上吃，冬天雾大还得打手电筒，累得第一节课直打瞌睡，放学回家还得帮家里放牛割猪草，所以很多娃娃念了两三年就弃学了。

这里的人能吃饱饭吗？不能。文云说，石头缝里能抠出多少粮食？家家把打下来的苞谷和棒子一块磨，草根和洋芋一块煮，盐巴加辣椒就是菜。但很多人家买了盐巴就没钱买煤油了，天一黑伸手不见五指，躺在草席上盖着破被麻袋朝上看，月亮星星就是灯，村里像坟地一样静。大冬天凝雪天，全家凑在火盆边，脸上、手上、脚上全是冻疮。但世世代代习惯了，身上不生冻疮就像地上不长草，那就奇怪了。

三宝乡也有"贵族"，就是有牛的人家。夜里他们和牛睡在一起，尽管气味难闻无比，但整夜听着牛反刍的声音，就像催眠曲一样安详——这样牛就不会丢了。更多的人家，唯一值钱的东西就是那口老铁锅，比爷爷的岁数还老，拿到北京潘家园肯定是文物。

身高只有一米六多一点的老人家王福明说，年轻时村里的女孩小桃花夜里犯了急病，口吐白沫，他和十来个男人举着火把，轮番用滑竿抬着她，翻过一座山和一片杉树林，奔了8个小时夜路才把桃花抬到县医院，结果医生一查看，死了。王福明有6个孩子，问他为什么生这么多？他不好意思地说，怕熬不过死的多，剩几个算几个。还好，全家赶上改革开放，干部时常下乡送救济，孩子好歹都活过来了。

三宝彝族乡的开山鼻祖据说是被明朝大兵赶过来的，从此蜗居山里，与世隔绝。中华人民共和国成立后，土改工作队来了一天就走了，因为三宝乡只有贫农没地主。那天乡亲们才知道，县城那边修了一道"二十四道拐"，中国打了一场历时14年的抗日战争和一场历时3年的解放战争。村主任很牛气地说，早知道这事，我们的担架队早上去了！工作队队长笑道，别吹了，你们现在就记得明朝那点事！

时日漫漫，困守深山，如此贫穷凄惨的日子还能过吗？如今大山之外的祖国大地已经繁花似锦，楼群如海，车流如潮，三宝乡再这样过下去，就回到原始社会了。

2016年，经下派干部精准调研，三宝彝族乡被确定为全省20个极贫乡之一。他们直接向省委、省政府汇报，这地方无电、无水、无地、无路、无粮、无衣、无资源、无开发前途，只有用愚公移山的精神才能打开希望之路。可投资巨大，得不偿失，开路架桥又会对生态造成严重破坏。再说愚公等得起——儿子干不完孙子接着干，咱们等不起啊！2020年说到就到，工期拖了全省后腿怎么办？

省领导亲自到三宝乡踏查后，下了决心：一个不落，一步到位，整乡搬到晴隆县城!

三宝乡由此成为全省两个整乡搬迁对象之一。

黔西南自治州和晴隆县迅速行动起来。县长查世海亲自到三宝乡传达,讲话主题是:"整体搬迁到县城,一步过上好日子!"试想,村民们在山里困了五百年,这回一夜之间,从山里搬到城里,从农民变成市民,从草房搬进新房,这是做梦都梦不到的大好事、大喜事啊!县长讲得激情澎湃,讲完了——此处应当有掌声,可村干部和村民代表一片沉默。县长有点尴尬,心想村民是不是在大山里憋傻了?

经过广泛走访意见反馈,领导们明白了,三宝乡不愿意搬,原因有三:

第一,习惯成自然。面对绵绵无尽期的穷困,他们认为这是命中注定,房子歪是因为山歪,衣服破是因为山破,不怪党和政府。穷的时间太久了,打从娘胎出来生活就是这样子,他们没见过别样的生活,就像很多人没有身份证一样,他们从不外出,从不住店,上床认识老婆,下床认识鞋,他们生活在现代社会之外。

第二,有地就能活。前五百年都挺过去了,请党和政府放心,后五百年还能挺。土地是农民的命根子,见根小草都亲,上树撸一把叶子就能吃。进城没了地等于没了活路,一脚踩空人就玩完了。

第三,城里很吓人。什么红绿灯斑马线啊,咱不懂。什么防盗门电磁炉啊,咱不会。什么北山路、南山街、东胡同啊,咱不识字,出门回不来。什么不许随地大小便、不得随地吐痰啊,咱受不了。大山里谁管谁?一管子尿能滋到对面山,那叫一个痛快!听说城里挣钱还要上班,早8点必到,晚5点才能出来,哼!在山里睡到太阳照屁股,天王老子都管不着。没事儿靠在石头上蹭痒痒,猪都学会了。

总之,儿不嫌母丑,子不嫌家贫,祖坟在哪家在哪,不搬!

老观念和新生活咣当一声顶上了!两边比赛瞪眼,看谁先眨眼?

当今中国，一切都在变，唯一不变的就是变。贫穷落后与文明富足，到底谁服从谁？

经常，天下谁也拧不过老农民，他们说，故土难离，不能搬！

党和政府下了决心：为彻底斩断穷根，必须搬！

易地扶贫搬迁的原则是"政府主导，群众自愿"，不能来硬的，只能挨家做动员讲道理。这也算新时代中国特色的"新故事"了：共产党大请客，好生活都给你预备齐了，还得苦口婆心劝老百姓进新房、吃饱饭、穿新衣、多挣钱。除了中国，天下还有这样的国家吗？

全县总动员，县人大主任吴金山任总指挥。县乡160余名干部分成11个攻坚队，浩浩荡荡开进三宝乡，个个脸上挂着亲如一家的笑容，分工包村包组包户的"拿山头"战斗全面展开。

第一波是基础战：以最快时间、最好质量，把阿妹戚托小镇建起来，并加快建设周边配套设施，让乡亲们看到漂亮舒心的新家园。

第二波是动员战：全乡家家户户都进了干部，有的带上自家肉自家酒，一边喝一边给村民讲好处、讲远景。"老家这边恢复青山绿水搞开发，能分到钱票子，县城那边能住上新房子，大家就业后能过上好日子，孙儿们进了好学校能成好孩子。"一天接一天，干部跑翻了脚皮子，磨破了嘴皮子，这么多"子"凑一块，老天爷感动得直眨眼皮子。

第三波是舆论战：各村组、各主干道、各路口，到处张贴了动员搬迁的醒目标语。启动"村村通"广播，用汉、彝、苗三语每日定时播放搬迁政策和时间底线，让群众走到哪里都能看到、听到、知道搬。大喇叭天天哇哇响，沉寂五百年的三宝乡从来没有这么热闹过！

第四波是亲情战：叫"小手拉大手"。让乡小学、中学组织学生坐上大巴，进城看县里学校的大校舍、大操场、图书馆、电脑室，校门外还有卖小食品、烤肉串、冰激凌的。问好不好？孩子们高呼："好！"想不想来？

"想！"2017年3月和9月，新学期开学之际，全乡427名学生全部安排到县六中、六小寄宿就学。课余时间组织孩子们到阿妹戚托小镇参观，进屋看雪白的墙、明亮的窗，看电灯、厨房、自来水。再去企业看流水线，听发展前景，白领经理鼓励同学们好好学习，"我的青春我做主"，长大到本企业或京广沪深就业。孩子们急了，回到老家的茅草房又哭又闹，问爹妈为什么还不搬？你们想让我跟你们一样窝在山里过苦日子啊？我还是你们的亲儿子亲闺女吗？爹妈缩着脑袋不敢吭声，都是心头肉，不敢惹呀！"小手拉大手"取得辉煌战果，一批老乡动心了。有一天酒过三巡，贫困户杜玉明第一次开口说："我想去县城看看房子。"在座的四名动迁干部眼睛都湿了，苦口婆心劝了两年，容易吗！他们已经记不清陪老汉喝过多少次酒了。

第五波是攻坚战：板结的山地终于松软了。2018年3月30日，毛章福、杨佩勋等党员村干部带领首批40户178名村民搬进阿妹戚托小镇，接着一批接一批走出大山。但还是有一批恋乡恋土的"钉子户"不愿动。干部们明白，他们的病根儿就两字：恐惧。对完全陌生的、一切靠钱买的城市生活，他们心里没底。于是县里在已搬迁群众中组织了一个"现身说法宣讲队"，进村入户宣传介绍搬迁后的好生活，小孩子有幼儿园上了，学生就近上学了，就业方向、岗位计划好了，月月有工资了，看病抬腿就到了。在山里一直找不到对象的小伙子把姑娘领进新房，一个月后就成新媳妇了。进了新房子，一些必需的家具、被褥、日用品都摆好了，就等着你进门入住了，天下上哪儿找这样的好事去？

看来，脱贫攻坚战需要"钉钉子"精神，也需要"拔钉子"精神。

至2019年7月1日，三宝乡完成整乡搬迁，全体出山。其过程整整费时3年，先后进行了5波"大战"。共产党大请客，三宝乡终于到齐，太难了！

"前半篇文章"叫攻坚克难——好不容易做完了，"后半篇文章"叫一诺千金——更得做好。前后两任县委书记姜仕坤（已逝）和袁建林多次深入三宝乡和新小镇做工作，自称是老乡的"娘家人"，大事小情亲自过问，无微不至。乡民们绝大多数是贫困户或深度贫困户，一次性临时救助金已全部发放完，共计721.05万元，适龄儿童全部入学，医疗保障、养老保险全覆盖，警务室建在街头，环境绿化亮化，垃圾装袋、道路清扫，社区管理井井有条。为实现"搬得出、稳得住、能致富"，政府帮着盘活了迁出地，以"龙头企业+合作社+搬迁户"方式，发展林中散鸡养殖、生态肉牛养殖和天麻种植三大产业。迁入地提供了4070平方米商铺门面作为搬迁户创业平台，免除两年租金。先后举办了养殖、厨师、建筑技工、纺织、刺绣等培训班近40期，参训群众近2000人次，如今小镇劳动力就业率已达95%以上。总之，"两不愁三保障"的新生活一步到位，三宝乡的村民们从明朝开始就没梦到过这样的好日子。

当然，老人散步后找不到家门，进超市不认识字，年轻人进了工厂不守规矩、说走就走的现象还时有发生，但是伟大的历史变革和跨越式的时代进步怎么可能一蹴而就呢？很多事情不必烦恼也不必急，时间终究会磨合一切……

2020年10月12日，省领导再次来晴隆县调研。在阿妹戚托小镇，他和金门绣坊、山水服饰公司等单位的绣娘、工人亲切交谈。他笑问："当初三宝乡有些村民不愿意从大山里搬出来，现在想法改变没有？"

"变了，变了！"村民们不好意思地说，"那会儿咱们不知道新生活这么好啊，神仙日子了！"

省领导说："易地扶贫搬迁是党中央和习近平总书记的大决策，大家要感恩奋进，让新生活过得越来越红火。"随即，一群绣娘和女工唱起了《阿妹戚托感党恩》……

省领导嘱咐当地干部说，脱贫攻坚到了交总账的最后时刻，要始终保持决战状态，再接再厉，毫不松懈，抓好查漏补缺，确保高质量打好收官战，向党和国家交上一份高水平的合格答卷。

这是个激情荡漾、真情流露的夏夜。

阿妹戚托小镇上的姑娘们头戴银饰、身穿花裙，在欢快的乐曲声中跳起了"阿妹戚托舞"。这是地处深山五百年的三宝乡的独传，舞蹈主题就是"山里的姑娘想出嫁"。这支舞蹈曾获全省舞蹈大赛二等奖，跳起来生动活泼，扭得观众目光直摇晃。一些老人端上小酒壶坐到门口，一边欣赏自家孙女的精彩表演，一边自饮自酌，不时举碗跟旁边邻居招呼一声："知恩多！"

"知恩多"是彝语，意思是"干杯"。

这句彝语一定是在大山深处五百年的艰难生活中自然形成的：能喝上小酒，就得知道和懂得感恩。

阿妹戚托小镇的广场上，老乡们跳起了阿妹戚托舞
（蔡家友／摄　贵州图片库编辑部／供图）

"知恩多！"一声吼，阿妹戚托小镇高高举起碗，饮下感恩酒！

乌江，热血拧成的纤绳

那天攀上铜仁的一座高山，纵目一望，呵呵，穿过群山逶迤远去的，就是贵州的母亲河乌江！永远激荡在红军故事里的乌江！阴云密布的天空下，她如此明亮而又丰沛，如此婉约而又锋利，如此深长而又缄默。我仿佛看得到泥腿子红军弹痕累累的战旗仍在飞飘，铁索桥上的弹雨打得战士们血花飞溅，仍能听得到贵州"草鞋军"在群山中高喊杀声，雄壮的军号声在长征路上久久回荡……

"为有牺牲多壮志"。因为昨天的铿锵誓言，今天因此而变得崇高而神圣。因为昨天的前仆后继，今天必须感恩奋进。

在贵州，农民据以安身立命的田确实太少太珍贵了，故而那里的人们把山下的平坝称为"田"，把山坡上开垦出来的称为"地"，贵贱之分立见。随着人口繁衍，一些深度贫困地区如同晴隆县三宝乡，"一方水土养不起一方人"，成为老天爷遗留给贵州的大难题。国家关于可以实施易地扶贫搬迁的重要指示，为贵州脱贫攻坚战指明了方向。

2016年是"十三五"的开局之年，经全省有关部门详细排查，到2020年，5年之内贵州需要易地扶贫搬迁的总人数为188万人，为全国扶贫移民之最。其中，铜仁市是全省移民搬迁任务较重之地：作为全国14个集中连片特困地区之一，全市所辖10个区县均为贫困区县，共计1565个贫困村，其中有1个深度贫困县（沿河自治县）、2个极贫乡镇、319个深度贫困村，2014年建档立卡贫困人口92.7万。且大多数贫困群众居住在深山区、石山区和高寒山区，居住分散，耕地匮乏，用水艰难，基础设施、文化教育极端落后。总之，活在那里就意味着困在那里，别无出路，实现脱贫只能靠一个字——搬！

经逐村逐户摸排统计，到2020年底，铜仁市总共需搬迁29.33万人，占全市人口近1/10。其中因环境承载能力有限，需要跨区县搬迁的达12.54万人。一个地级市易地扶贫搬迁人口数量如此之大，全国独此一家。

动员大会上，市委书记陈昌旭慨然宣布："初战就是决战，我们绝不能拉全省的后腿，只能为全省提供动力！"可干部们普遍反映，把老百姓从老家动员出来，等于拔了他们的根，太难了！陈昌旭是共青团干部出身，好诗词、书法，写得一手好隶书。他回了一句很形象也很激动人心的话："我们就是把乌江拧成纤绳，也要把贫困群众拉出来！"他要求各级党委和政府拿出"真情实意、真金白银、真抓实干"的精神，雷厉风行，尽锐出战。市委决定，市级领导干部每人联系指定区县并帮扶三个深度贫困村；县级干部每人包一个村；扶贫干部人人签下军令状，不脱贫不脱钩，脱贫也要常走动。在提拔使用、表彰奖励、待遇保障等方面，他们制定了对优秀扶贫干部给予正向激励的一整套新规新政，仅2019年就提拔重用了91人。与此同时，各级党委和政府对工作不扎实、不作为、慢作为、乱作为的干部严肃问责，仅2019年就处分452人，移送司法机关8人，问责165人。

要干，就干出真情、干出创新、干出成效来！

经过一段时间实践，铜仁市探索创造了许多扶贫工作新方法，比如"76554工作法"，其中的两个"5"，第一个是"5个看"：即通过看贫困群众"屋里摆的、身上穿的、床上铺的、柜里放的、锅里煮的"，就知百姓吃穿愁不愁。第二个是"5个一致"：即对照标准看"墙上挂的、袋里装的、嘴上说的、系统录的、客观有的"，以此作为验收扶贫成果的标尺，就有效杜绝了"数字脱贫""虚假脱贫"现象。这个极具创新特色的"76554工作法"后被国务院扶贫办列入《脱贫攻坚典型案例选编》，《中国扶贫》杂志对此做了专门报道。

值得注意的是，很多扶贫干部都是城里人，对农村生活不熟悉，下村需要一段摸索时间才能摸清门道。有了这套工作方法，他们进入状态就快捷多了。和我一同下去采访的铜仁市文联副主席、女作家谭晓红是城里长大的，她也有包户任务。刚开始下去有点懵，不知从何入手，当地土话也听不懂，坐老乡对面手脚都不知放哪儿。后来学了这个"76554工作法"，很快进入情况。"后来走动时间多了，"她说，"和老百姓亲近了，工作很快上路。不要说平时常来常往，帮着出主意想办法早脱贫，逢年过节红白喜事，我都是必到的。"

按照省委、省政府的部署和要求，铜仁"四大战役"同时打响：

——农村基础设施建设改天换地。到2019年，以往的水、电、路、讯"四不通"现象得到根本扭转，全市共完成"组组通"公路12 103公里，5982个村民组全面畅通，受益人口32万户124.3万人；同时全面完成了农村饮水安全工程，建成项目798处，自来水普及率达95%。以往农户天天挑水上山，每家都要付出一个劳力。一盆水从早用到晚，最后再喂猪浇地的历史，在铜仁一去不复返了。此外，所有行政村基本实现了光纤宽带、4G网络、广电网络全覆盖。

——易地扶贫搬迁进展神速。全市125个贫困乡镇、1565个贫困村，共规划建设安置点144个，总计搬迁29.36万人。其中跨区县搬迁至铜仁市中心城区碧江区、万山区和省级经济开发区大龙开发区、铜仁高新区12.54万人，整体搬迁自然村寨1805个，到2019年11月搬迁完毕。同时铜仁市特别注重做好扶贫搬迁的"后半篇文章"，在搬迁安置点配套建设了学校、医院、商超、工厂、市民活动中心、公共服务系统等。同时千方百计鼓励企业在安置点创办"扶贫微工厂"，让以前不得不远出打工的农民可以"增收兼顾家"，让搬迁群众"一步住上好房子，快步过上好日子"。

——产业扶贫处处开花。全市结合本地实际和优势，集中发展扶持生态茶、中药材、生态畜牧、蔬果、油茶、食用菌等六大主导产业，培育、组织专业合作社11 365家，其中省市级以上的龙头企业达500多家，家庭农场1811家，带动和辐射贫困人口近32万人。一座座曾经光秃秃的山变成了茶园和花果山，一个个整修一新的村寨变成了旅游点和"农家乐"，一片片流转集中的耕地立起温室大棚，一代代只会种苞谷洋芋的老乡学会了脱贫致富新手艺。

——教育医疗住房"三保障"全面铺开。全市严格兑现各项脱贫扶持政策，实现了贫困家庭学生资助和贫困人口住院报销全覆盖。全市彻底杜绝了因贫辍学现象，农村危房改造已提前完成，近30万的贫困人口通过新农村建设和易地扶贫搬迁，大部分住进漂亮的新房。

铜仁脱贫攻坚工作连续8年考核排在贵州前列，2017、2018连续两年排名全省第一。

在扶贫开发工作中，跨区域易地扶贫搬迁无疑是人、财、物投入最多也最费气力的工作。如此大规模的投入，钱从哪里来？赴铜仁市碧江区移民安置点采访时，区生态移民局局长杨兴才告诉我，扶贫作为国家第一民生工程，党中央真正做到了"倾举国之伟力，成百年之功业"。在贵州，经过全面精准排查统计后，中央资金补助每人8000元、省级统筹统贷每人5万元、贫困群众每人再自筹不超过2000元，总共按每人6万元资金匡算，即可完成易地扶贫搬迁建房搬迁。例如，列入易地扶贫搬迁对象的一家五口总共上交1万元，就可获得100平方米的三居室住房，而且搬迁农户在老家的宅基地和承包田使用权仍然属于本人。

我惊呼，这简直是天上掉馅饼的大好事啊！

杨兴才笑道，共产党给老百姓办好事，别以为皆大欢喜。在那些一方水土养不活一方人的地方，党和政府给政策、给房子、给好处，让农民进城当市民，这是做梦都梦不到的好事，可很多贫困户就是不愿意搬！

为什么？我很诧异。

杨兴才说：一是因为故土难离，特别是老年人，他们苦惯了穷惯了，怎么也舍不得离开世世代代生活的地方；二是贫困户缺少自理能力，担心进城后花费大，吃水要钱，弄根葱也要钱，他们怕吃不消；三是一些农民害怕死后火葬。为动员这些人搬迁进城，我们扶贫干部天天上门讲政策讲道理，有时候就像拉贞节寡妇上轿一样困难，不少人嘴上起了大泡，费老大力气呢！比如一位农家妇女生下孩子两个月就没奶了，山上一时买不到奶粉，一位抱着半岁大婴儿参加扶贫的女干部二话不说，抱起农妇孩子就喂。过年了，一位老农为表达心意，一定要给结对子的扶贫干部送块新鲜猪肉。干部再三推辞，老人生气了，说，你要不收，等考评组来了我就乱说，说你工作"不合格"！那位干部只好收了。我不禁哈哈大笑。

一路走来，我深感广大扶贫干部在工作中，思想情感受到深刻的洗礼。他们水乳交融般地同父老乡亲结合到一起，共商脱贫之计，共谋致富之路。铜仁市印江自治县于2019年4月正式退出贫困县序列。这一年的除夕之夜，一位扶贫干部有感而发，写了一篇感怀小赋：

献给我的兄弟、战友和同志们——

除夕感怀

爆竹声疾，辞岁如驹，过隙而逝。忆往昔，脱贫令举，旗之所向，如臂之所使。梵山脚下，邛水之滨，白沙大坡，泡木梁上，挂榜山旁，何家梁下，两千战士驻村，六千健儿入户。以一（本书笔者注：即"一达标"）为标，二三（即"两不愁""三保障"）为准，识之治之。

路通乎？水净乎？行便乎？寨美乎？食洁乎？事顺乎？凡此种种，皆为所忧，俱为所虑。于是乎，走村有遇，执子之手，释尔之惑而推心。相约有命，入民之宅，俯身相就而置腹。每有民困，事难办者代之，房破者修之，屋漏者维之，路不通者修之，行不便者连之，水不净者引之。事之所具，为之所细。凡民有呼者必有所应，凡民有求者必有所行。渐行渐近，终为民心所向；始得干群一体，日渐功成，众心甚慰。

然，行之难，得之艰。欲诉难声，欲泪难下。驻村之行，帮扶之路，虽万苦而俱往。身体发肤，苦累不言。唯其煎熬，有老难孝，有子难教，有妻难慰。每有怨言，软语相谦，触其心之痛者，于无人处仰掩泪痕，于夜静时掩被而泣。最难情堪，稍有疏忽，民怨之；偶有小过，上责之。虽屈之在心，然未尝有怨。想组织之重托，百姓之翼望，更生赶超之切，拭泪而行，舔血而战。连心会竭尽声嘶，解小争破积怨，补短板赤膊上阵，伤而不退，病而不假，终年无暇。晴裹灰，雨滚泥，虽苦而乐矣。

天降大任，苦体肤，劳筋骨，磨心智。一路行来，纵苦难怨，甚或问之切，责之重。然，蚁行之你，蝼为之我，未有退缩之意，弃责之举。一如本来，毕其心智，攻其艰，战其难，终得众心所依。乃再现干群之鱼水之大局，苦也罢，累也罢，恨也罢，俱无悔也。

行百里，半九十。硝烟越浓，战鼓劲催。翼望来年，催尔曹，携君等，再接而励勉，再战而功成。脱贫之时，烧大锅，鼎牛羊，执大碗，捧烧酒，望天而袒饮，引啸诉衷肠，擂鼓摇旌旗，跨马奔新程。

2018年11月13日至2019年3月20日，"伟大的变革——庆祝改革开放40周年大型展览"在国家博物馆展出。这是何等庄严隆重的国家级大展啊！印江人万万没想到，当地一位25岁的扶贫干部冉魏写给领导的一份文言文请假条竟然入选展出，令全县大为振奋。冉魏是凤仪村脱贫攻坚队最年轻的驻村干部，平日严守工作纪律，从未有过请假记录。2018年8月1日，铜仁脱贫攻坚的"夏秋攻势"正在如火如荼进行时，恰逢他的妹妹大婚之日。一边是紧张激烈的脱贫攻坚战，一边是出嫁小妹的翘首期盼。冉魏思量再三，用文言文

写了一张请假条,向组织请假:

　　余驻村之时日甚久矣,多承各级领导之关怀照顾,在此深表感涕。近日舍妹将要出嫁,忆童年趣事,余常捧腹开怀。已然二十春秋,不言青梅,常言手足情深。作其兄长,理应到场祝福,也表兄妹之情,并安抚嫁女之痛于二老,二三日足矣。奈何脱贫攻坚并无闲暇,未能早日到场团聚,对此,父母家人怨言颇多,余心亦深感不孝。故欲借此机会,归至家中,与家人团聚一番,尽子孙之孝道。合假三日,还望各领导予以体谅,成全之。待送舍妹出嫁,必快马加鞭返回。批准为盼!

　　冉魏的请假被批准。有趣的是,在请假条上签字的领导,均赋诗予以批复,这大概是扶贫工作高度紧张劳累之外的一种"小心情"吧。

　　凤仪村攻坚队队长批复:"自古忠孝难两全,脱贫攻坚冲一线。而今小妹出嫁时,理应及时把家还。"

　　印江县委组织部批复:"脱贫攻坚为人民,公私有顾应周全。于归之喜天作合,斯文如此太矫情。准假三日聚堂前,烛花开后赴一线。"

　　后来,不知怎么这张文言文请假条传了出去,如同一条"花絮"先后在官网"政前方""今贵州"、贵州日报、人民网、中国经济网等媒体发出,各界网友纷纷点赞,影响不断扩大,过后成功入选北京的"伟大的变革——庆祝改革开放40周年大型展览"。

　　一张小假条,激起千层浪。印江文风之盛,可见一斑;驻村扶贫之累,足可体味。他们用自己最朴实的文字,讲述着果敢与无畏的坚守,传递着爱心与奉献的执着。他们在酷暑中穿越、在寒冬里跋涉,他们用脚步丈量每一寸贫瘠土地,用汗水浇灌每一个脱贫梦想。他们克服重重困难,用辛劳和心血,用坚韧和坚守,演绎了一个个可歌可泣的感人故事。

在大山深处的一个脱贫出列的山村村委会门口，我还看到这样一副对联，是村支书写的：

哭了，笑了，胜利了，定被历史铭记；
苦过，累过，参与过，全是脱贫英雄！

广场大了还是小了？

来到沿河自治县的移民安置点官舟镇，那是一片巍然耸立的楼群。沿河自治县有68万人口，是铜仁市最大的也是唯一的深度贫困县。

正在这里调研的一位县移民局干部感触万千地说，你以为动员老乡搬进城里住好房子，过好日子，大家都欢天喜地吗？不，我都快要累哭了！

他说："让那些恋家恋土的老农搬出来，比建新楼房还难，我真恨不得拿条绳子，把人捆到新房去！"

沿河自治县共有51 089人需要易地扶贫搬迁，其中县内安置24 774人，铜仁市区安置26 315人。这项工作的基本方针是"政府提供，群众自愿"，不能来硬的。为了完成搬迁任务，移民局真是想尽了千方百计，说尽了千言万语。他们多次雇大巴拉着老百姓进城看房子看环境；请老乡的亲朋好友上门劝；请已迁住户回乡讲新居的好处，比如上学近、就医近、就业近等等；后来他们想出一招叫"小手牵大手"，拉着上学娃娃去城区看新房看学校。孩子们欢呼雀跃，回家就开哭开闹，爹妈爷奶立马"遵命"，这是中国通例。

全县5万多人一批批搬迁，移民局的干部们一次次跟着，经常是当天去当天回。数十公里的路程，可以想见他们多忙多累吧！不过他们也有很欣慰的时候。一次在铜仁市万山区安置点旺家花园，有个扶贫干部遇到3个放学娃娃，都是沿河自治县来的。他问，进城上学好不好啊？娃娃齐声说，好！为什么？一个12岁的女孩说，在村小学我们只有两本书，语文和算术。进城了，我们还有音乐、美术，还能学唱歌跳舞，可开心了！另一个小点的男孩长得虎头虎脑，土话讲得很直很糙，他说，这儿的女老师特别漂亮，村里那个是"糟老头子，可难看了"！周围老乡哈哈大笑。

还有一次，几位干部把一批移民送到万山区。晚上6点多了，他们准备打道回府。这时路边匆匆跑来一位中年人问，你们车上几个人？干部说，加上司机4个人，你有什么事吗？中年人说，你们等等，我就来。只见他回身进了路边小超市，捧出4罐红牛饮料送过来，然后特别诚恳地说："我是从一口刀村搬来的移民，在这儿住两个月了。你们太辛苦了，我没有更多的东西，给你们每人买瓶水吧，算是我的心意，我只有这个能耐。"

干部们的眼睛湿了。回程路上，一位在朋友圈发了一条微信："今天我们四人在车上喝了一位老乡送的4罐饮料，我觉得比在大宾馆喝茅台都幸福！"

晚饭后，我在官舟镇新社区转了转。社区主任告诉我，这里建了智能管理中心，监控全覆盖，孩子丢不了，小偷跑不了。住户有什么事情，可以立即与中心通话。此时夜色已深，望四周高楼林立，灯光灿烂，各色各样的窗帘后面，生活着一个个安详、宁和、幸福的家。尽管秋风很凉，我依然觉得心里涌流着深深的温暖。走着走着，我发现这里的每栋楼都有一个名字，如勤俭楼、自强楼、感恩楼、知恩楼、廉政楼、公正楼等等。楼名下面还各有一副镀金对联，比如勤俭楼的名字下面是："勤以致富，俭以养德。"

我问，这些楼名对联都是谁想的？

主任说，移民局的几位秀才，为的是给老百姓一些提醒和教育。

恰好一位老汉路过。我问他，你知道勤俭楼是啥意思吗？老汉笑道，晓得，就是让我们过日子省一点，做工勤快一点。我又问另一位，你知道自强楼啥意思吗？老乡用土话说，就是让我们做事甲（强）一点。

山区里的月色很亮。路过几家饭店、超市、鞋店、服装店——都是移民到此的年轻人办的。走到社区广场上，前面立着一座很有气势的巨大原石，像一头抽象派的雄牛。广场周围有一圈固定的圆石凳。社区主任说，当初老百姓来看房，都埋怨广场修大了，浪费地方。现在大妈们天天出来跳广场舞，又说广场小了。给老百姓把好事办好，实在众口难调不容易啊！接着他让我仔细看看每个石凳的周边，奇特的是，上面都刻有一句成语，但每句成语都少了最后一字，如"众志成城"没有"城"字，"饮水思源"没有"源"字，等等。我明白了，这是他用来考孩子的。

呵呵，这个月夜，月光真是很舒朗。

星罗棋布：新时代"农民讲习所"

2015年12月，贵州举行新一轮易地扶贫搬迁项目集中开工仪式，拉开了全省历史上最大规模易地扶贫搬迁的序幕。经过4年多努力，2019年12月，188万人的易地扶贫搬迁任务全面完成，搬迁规模相当于冰岛人口的5倍多，其中95%以上实现城镇化集中安置。从"乡下人"一夜之间变为"城里人"，从古老的农耕时代一步跃入信息化的现代社会。这对每个搬迁家庭和他们的后代来说，必将是永久改变家族命运的一大步。

这让我想起了当年声势浩大的三峡移民。总计120万人，从1992年到2006年，用了14年时间才基本完成。相比之下，贵州省易地扶贫搬迁188万人，仅仅用了4年时间，这是前所未有的力度和速度，太快了！2002年，三峡移民工程获得央视评选的"感动中国人物"特别大奖，贵州该获得什么奖呢？《瞭望》杂志就此评论说："安居与乐业并重、搬迁与脱贫同步，贵州走出了一条独具特色的搬迁安置路径。"

2019年12月19日，我抵达铜仁市万山区移民安置点旺家花园，正赶上一批移民入住新居。广场上人山人海，红旗飘飘，欢声雷动。当鞭炮鸣响、烟雾腾空而起的时候，一场激动人心的"广场盛宴"开始了。

所谓"盛宴"其实就是几大车盒饭。总共三排，一百余桌，近千人聚餐，管饭的是党和政府。移民们拖家带口，但没大行李，因为老家一贫如洗，没什么可带的。他们清早从大山深处出发，到安置点已过中午。党和政府便组织集体就餐，也算庆祝大家的乔迁之喜。送水送饭的服务员都是党政机关干部，有局长、主任、科长、扶贫干部，有跟来的乡长、镇长、村书记。很多老乡特别是娃娃第一次进城，怎么能坐得住呢？他们捧着盒饭到处看新鲜，看楼、看路、看绿化带，看周围的物业服务中心、爱心餐厅、幼儿园、图书室、文化娱乐室、超市等等，怎么也看不够，老人笑得脸上皱纹都扯平了。那些娃娃黑红的小脸蛋上挂着饭粒儿，在人缝中钻来钻去，欢叫声响彻天地。

激动和感动的光芒在每个人的脸上绽放。这一天宣告了许多个极具历史意义的"第一次"：他们第一次坐大巴，第一次上高速，第一次进城，许多人家第一次不再与牛羊同居，第一次安家在高楼大厦，第一次进电梯和超市，第一次使用抽水马桶，第一次站在高层阳台上眺望城市风景……他们犹如坐了一把疯狂过山车，下来已是万紫千红、光怪陆离的新时代了。

党和政府以及所有扶贫干部的心太细了，为移民们想得特别周全。考虑到搬迁来的都是贫困户，很多人家没钱置办家具和生活用具，他们便广泛调动社会力量和爱心人士，尽力筹措资金，为移民新居送去木床、饭桌、彩电、热水器，甚至还有米面肉菜，让他们拎包进屋就能开始新的生活。

铜仁市沿河自治县有个著名的深度贫困村叫一口刀。从村名就可以想见那里的地势多么凶险和贫困：农户散落在乱石嶙峋的高峰深谷之上，山坡陡峭斜长，望去犹如一口刀，800米高的峭壁下就是波涛滚滚的乌江。因为村里到处是山岩石头，田亩极少，村民生活极为贫苦。分田到户后，有一块1.5亩的丘田不得不分给34家种。一年的收成下来，每家只能收半袋米，后来只好协议商定实行轮种，每家种一年。但谁家排前排后又成了大问题，村民们不得不用上中华民族最古老的办法来解决——抓阄儿。到移民搬迁之前,那些人家还没轮完。

在旺家花园,我走进来自一口刀村的一个移民家。听这家主妇袁新芝一口河南口音,我问,你怎么跑到一口刀去了?你老家再穷也比一口刀好啊。

袁新芝不满地瞥了一眼老公朱永喜,说:"别看他装得老实巴交,是他给骗去的呗。"原来,两人年轻时在广东一个企业打工时相识相爱,没事儿聊起家乡,朱永喜把一口刀说得那个美呀,山下的乌江渔舟唱晚,山上到处花果飘香,家家住着漂亮的吊脚楼。袁新芝听得心醉神迷,每逢年节便催朱永喜带她回老家看看,但永喜就是不动。直到第一个孩子快到上学年龄了,一家三口才回到一口刀。一路乘车坐船,上山爬坡,七弯八拐,登上山顶,头一眼看到丈夫的家——半间惨淡的破板屋家徒四壁,里面还躺着半瘫的老

万山区移民安置点旺家花园(贵州省生态移民局 / 供图)

爹。袁新芝哭嚎着扑上去,差点把丈夫撕碎。但木已成舟,后悔也来不及了。爱情就是这样,打归打闹归闹,后来又生了两个小崽子。数月前,全家搬迁到旺家花园,交了1万元,获得100平方米、三室一厅的新居。天哪,简直是白给啊,连我都眼红了!经社区安排,朱永喜当了保安,袁新芝当了保洁员。日子过得舒心了,袁新芝买了一套红绸绿裤,天天晚上去跳广场舞。她领我看了看新居,然后说了一句让我极为感动的话:"没想到幸福生活来得这么快!"

不过新生活也有"快乐的烦恼",比如,兴办新产业,种植新作物,发展养殖业,培育精品菜,习惯了刀耕火种、大把撒种子的农民不懂技术。还有些农民穷惯了,宁愿苦熬,不愿苦干,就愿意当贫困户,让干部送吃送喝。搬迁进城的老农初来乍到也是一脸懵:不会开防盗门,不会用电磁炉,进超市不会刷手机,走路不懂红绿灯和斑马线,到银行不知怎样取款。在乡村老家,哪有什么路牌门牌啊?闭着眼睛都能摸到家!

新发展、新业态、新生活,让老乡撞了新难题。

毕节市黔西县通过广泛调研,同时借鉴革命历史经验,想出一个高招儿:创办"农民讲习所"。各村寨纷纷把村民召集起来,讲发展、讲政策、讲法制、讲产业、讲技术、讲典型、讲道德。同时还推行了"菜单制"和"点餐制",农民需要什么讲什么,大大解决了农民们在知识技术上的空白和心存疑惑的问题,也有针对性地解决了基层干部"脑袋有想法、手上没办法"的困扰。全县最高峰时曾创办了514个讲习所。省委敏锐地发现了这个创新经验,迅速下文推向全省,深受基层干部欢迎。中央各大媒体多次进行报道,两次上了《焦点访谈》。

各安置新区及时办起了新的农民讲习所,教他们学看红绿灯、走斑马线,不可随地吐痰、乱扔垃圾。街头都有摄像监控镜头,被管理部门发现了要罚款的。爷爷奶奶们立马记住了。可有关现代化生活的各种"技术活儿"，他们今天学会了，明天又忘了，比如开煤气灶、防盗门、电磁炉之类，那就再教。有些糊涂老人总走丢，社区干部干脆在他们胸前挂上一个牌子。每次在模样一致、道路一样的楼群中迷失了方向，总会有好心人把他们引导到家。

在一家超市，我遇到一位个子矮矮的老太太，名叫卢老婵（小时候一定不是这个名字），土家族，是从印江自治县搬来的。我问住新楼好不好？她连连摇头说不好。陪同前来的区宣传部干部张文娟问，为什么？她说，楼太多了，长得都一样，我不识字，好几次找不到家。旁边的群众都笑了。老人家性情爽朗，说话直来直去，很可爱。我刚想去给卢老婵买点什么作为礼物，细心的文娟已经拎来一袋水果塞进她手里了。

老太太跟着人群走到门口那儿，突然回头冲我们喊了一声："感谢共产党！"

有一次和铜仁市扶贫办副主任——一位年轻的女干部闲谈，她说，2019年夏秋之季是移民搬迁的高潮，上万移民搬进市区。据说一个月内，碧江区几家大商场的高跟鞋被抢购一空，断档了。

我笑道，村里的小芳们进了城，肯定想扭扭猫步了！

正如一口刀村民袁新芝所说："没想到幸福生活来得这么快！"

"搬得出，稳得住，能致富"

到2019年底，188万农村搬迁群众全部搬进城镇新居，农家人破茧成蝶，华丽转身，梦想纷飞。

同时，一部沉甸甸的历史也被扛进城市。这部历史在谁的肩头上？在千千万万普通扶贫干部的肩头上。

德江县的牟长高是一名教师，文质彬彬，性情温和，人生半径就是小小

第一篇　初心铿锵

的三尺讲台，满脑子的课本和学生。但县委突然打开了他的视野，让他走上广阔的脱贫攻坚战场，前期任务主要是动员移民搬迁。牟长高打开小本本，向我叙述了他的五大"运动战"：

2017年1月，德江县开始第1批搬迁，总共承接209户986人，入住大龙开发区大德新区。挨家挨户统计搬迁人口、性别、年龄、家产（当然不多）、是否有病人有残疾人需要特别照顾，等等。对那些难离故土的乡亲，特别是老年人，一次次上门做思想工作，劝得口干舌燥。还要雇大巴拉他们和孩子进城看风景、看新居、看学校。

2018年1月，德江县第2批搬迁，承接1200户5837人入住德龙新区。一路上孩子喊饿的，老人晕车的，婴儿排便的，途中下车解手的，麻烦那个多呀！这对工作一向清静的老师来说，仿佛第一次感受到生活的复杂性，脑袋都大了！但他不能急，还要反应敏捷，满脸带笑，像是对待自己的亲人。

同年8月，德江县完成第3批搬迁。

2019年1月第4批搬迁进城，承接408户1468人。

同年3月，第5批搬迁540户2532人，德江县搬迁任务宣告完成。

3年间5批搬迁，上万移民从动员、组织到最终全部入户，其工作的繁复与操劳，显然是外人难以想象的。3年奔波路，牟长高瘦了一大圈，而且黑得像煤块。后来回学校看望同事们，乍一看不认识了，有人以为是一个农民冒失走错了地方。

事实上，易地扶贫搬迁是一个极其复杂的社会系统工程，绝非一搬了事，万事大吉。党和政府的最终目标是让移民"搬得出，稳得住，逐步能致富"。

贵州省委、省政府通过总结各地易地扶贫搬迁工作的实践经验，创造性地提出"六个坚持"和"五个体系"的全方位指导方针，使全省188万人移民搬迁安置工作很快进入井然有序、有章可循、加速推进的快车道。虽然工作经验很不文学，读起来有些枯燥，但请记住，这些条条后面，就是生机勃勃、日新月异的创新实践和老百姓的笑容啊！

指导"前半篇文章"即搬迁工作的"六个坚持"是：坚持建设资金省级统贷统还、坚持自然村寨整体搬迁为主、坚持城镇化集中安置、坚持以县为单位集中建设、坚持不让贫困户因搬迁而负债、坚持以产定搬以岗定搬。仔细深究其中的每一条，都显示出省委、省政府对基层工作、贫困群众和实际情况的深度关切。

指导"后半篇文章"即后续扶贫工作的"五个体系"是：建立健全基本公共服务体系、培训和就业服务体系、文化服务体系、社区治理体系和基层党建体系。通过"五个体系"的协调运作，确保满足搬迁户子女就学需求，确保每个安置点有1个卫生服务机构，确保有劳动力家庭1人以上稳定就业。

这些大举措和理论性概括，读起来不免有些枯燥，距离文学似乎甚远。但是，所有科学和正确的思想理论都包含着巨大的感情能量和对国家、民族命运的深刻关切。人民的情感和力量犹如地壳下积蓄的沸腾的岩浆地火，改天换地、狂飙突进的磅礴力量则一定来自科学理论的指导。

为落实上述各项"确保"，真正解决移民的后顾之忧，贵州各地制定了许多优惠政策，比如：利用安置区的"人口红利"鼓励创办小微企业，加大招商引资力度；创办店铺经商一条街，广开就业门路。在铜仁市德龙安置点，引入东亿电气公司，创办了箱包园区；在万山区旺家花园，引进阿里巴巴人工智能实验室。其他还有大名鼎鼎的农夫山泉，来自湖北的裕国菇业公司，来自山东的九丰农业集团，来自贵阳的好彩头食品公司，还有许多加工业、鞋业、服装业企业，纷纷来移民安置区建厂落户。移民有了就业岗位，消除了后顾之忧；企业就近获得大量劳动力，大大节省了经营成本。裕国菇业计划在铜仁市碧江区建设3000个大棚，可以解决3000个移民家庭的生计，目前这项工程正在热火朝天地建设中。

在安置点的一次调研中，省领导指出，易地扶贫搬迁是手段，就业安居才是目的,我们不能投入了很多财力物力人力,最后搬进一个"城中村"。周围干部都笑了,一位社区干部说,我们的扶贫工作很精准,领导说话也好精准啊!

终于,沸腾的快速的万花筒般的现代生活按响了一片片移民新区的门铃,城市上空铃声大作。农民们一时间有些不适应、不习惯,有些手足失措,甚至有些留恋老家那简单清静的日子,这一切是难免的。他们要学会做"城里人",城市也要教会他们过"打卡"的日子。也许,这需要一代至两代人的时间。

经过4年奋战,至2019年底,贵州全面完成188万人、10 090个自然村寨易地扶贫搬迁任务,加上水库移民、生态移民,有近200万群众搬出了世世代代居住的偏僻山沟。累计建成安置项目946个、安置住房45.39万套。全省城镇化

德龙安置点的劳务合作社(贵州省生态移民局/供图)

一跃提高了5个百分点。而在过去，这5个百分点需要花费十几年甚至几十年的时间啊！

易地扶贫搬迁一举多得，意义宏大而深远：

——充分彰显了中国特色社会主义集中力量办大事的制度优势；

——以最快速度彻底阻断了贫困的代际传递，为移民后代开辟了更加广阔的发展空间；

——整个工程全省投资1000多亿元，推动了许多相关产业的发展；

——为区域经济和城镇企业发展提供了大量年轻劳动力，农民变工人、白领的进程大大加快；

——迁出地的生态压力明显减轻，满目青山的伤疤和补丁大量消失。青山绿水正在成为完整、绚丽的江山胜景图。

贵州易地扶贫搬迁一举多得的成果和"六个坚持""五个体系"创新经验获得国家有关部门高度赞赏，先后两次在贵州召开现场会，三次受到国务院办公厅激励表彰。

此刻，我的目光随着党和国家的暖流，涌向一个深山村寨的一个小姑娘——16岁的小移民李清萍。

姑娘的老家在一个偏远的山村。她幼年丧父，母亲长年在外打工，平时都是奶奶带她。这样的家庭，这样的生存环境，令小清萍性格十分孤僻，不敢见生人，从早到晚也说不了几句话，有同学私下叫她"哑巴"。每年过生日，妈妈回不来，奶奶记不住。后来奶奶在外乡找了个老伴远走他乡，家里只剩下小清萍一人。生日那天，她唯一能做的，就是俯身灯下，在纸上给自己画一个彩色蛋糕，然后流着泪默默祈祷自己的未来，直到泪水把"蛋糕"打湿。搬迁到正安县城的新居，家里时常还是小清萍一人。就在这年生日的前一天，清萍又给自己画了一个蛋糕。恰好扶贫干部、街道主任吴太玺来家访，看到姑娘在纸上画的蛋糕，不禁一阵心酸。他没吭声。等到晚间小清萍放学回来，一开门，灯亮了，吴太玺和几位街道干部、邻居，还有特意被吴主任接回家的奶奶，大家一起为她拍手唱起生日歌，桌上红烛闪闪，摆着一个真正的香喷喷的生日蛋糕！

那一刻小清萍哭成了泪人儿。奶奶把她揽在怀里，也是老泪纵横。

小细节往往可以说明大历史。这就是脱贫攻坚、易地扶贫搬迁的伟大而温暖的意义——

贵州易地扶贫搬迁的指导方针"六个坚持"和"五个体系"，你还觉得那么抽象、那么没感觉吗？

正因为党和政府这些坚定不移、充满感情的工作，小女孩的纸蛋糕才能变成真蛋糕！

以往的小清萍，多像安徒生童话中那个卖火柴的小女孩啊！

第二篇 尽锐出战

第八章
"拼命书记"姜仕坤

　　生活中的细节经常是试金石。当你遇到或看到某种事情，电光石火般的第一反应很重要。它既出于本能，也出于最基本的觉悟。比如遇到猝不及防的危险，有人立即仓皇逃遁，有人迅即挺身而出，有人首先想到自己，有人立即想到他人，品格之高下立见。第一反应是最真实的，没有之一。

"天下大事，民生为要！"

贵州省黔西南自治州的晴隆县，地处偏僻，民生艰难，是国家级贫困县。很多年前，县城里的车辆极少，据说很长时间只有一台破旧的大解放，拖着一条尘土飞扬的尾巴在街上呼啸来去。后面一群看新鲜的脏孩子跟着尖叫疯跑。

2010年元旦刚过，41岁的苗家汉子姜仕坤调任晴隆县委副书记、县长。报到第一天，县政府工作人员贺伯果送他进了下榻的宿舍，姜仕坤发现墙角放着两只装满水的塑料桶，他很奇怪，问贺伯果："这是做什么用的？"

"给您备的生活用水。"贺伯果说，"晴隆县缺水严重，县城分时段供水，所以平时要储些水。"

姜仕坤的眉头紧皱起来："县长住的地方都要储水，老百姓用水是不是更困难啊？"这是他的第一反应。

贺伯果说："是的。县城水源地是4公里之外的西泌河，扬程900多米高，经过五级提灌才能到水厂，成本很高，水量有限，所以只能分时段供水。"

"没想到晴隆吃水还这样困难。"姜仕坤说，"你通知自来水公司，我明天去水厂调研。"这是姜仕坤到任后给自己安排的第一项工作。

第二天他到了水厂，这是他进行的第一项公务活动。看到满院乱七八糟堆了钢筋、铁管、砂石等许多建筑材料，他问："这些东西是干什么用的？"经理李文冲介绍说，2007年计划改造五个抽水站，还没改造完。

"3年都过去了，为什么？"姜仕坤的脸色严峻起来。

李文冲一脸无奈："改造指挥部是独立单位，我管不了人家，他们也没跟我解释。"

"你们每天能供应多少水？"

"2000吨左右。"

"县城居民每天需要多少？"

"最少3000吨。"

"改造后能供水多少？"

"4000吨。"

"这说明抓紧把改造工程搞完，县城居民用水难的问题就可以解决，为什么不抓紧办呢？"姜仕坤严肃地说，"这样吧，下午请改造指挥部的负责同志，还有你，还有哪些相关单位，都请到我的办公室，我们一起来研究怎么办。"

高原上的冬天是很冷的。下午，姜仕坤和与会同志围着一个火盆，研究了加快工程进度的举措。改造指挥部的同志检讨了自己督工不力的错误，姜仕坤挥挥手说："现在不是检讨的时候，要加快施工速度立即办。"他决定，从现在开始建立周调度、月报告的制度，"天下大事，民生为要！你们要倒排工期，每周给我一次电话报告，每月送一份进度报表，有困难立即向我报告。"末了他叮嘱干部们说，"老百姓的难处，就是我们当干部的痛处，一定要办快办好！"

出了门，所有与会同志都很激动。他们觉得，新来的县长带来一种新作风，叫雷厉风行，责任到位。

一般而言，领导开完会，把任务交代下去，过后随时问问情况、多加督促就行了。姜仕坤不这样，解决问题一定要全方位、多角度研究问题是怎么发生的。从根上彻底解决，否则问题还会卷土重来。经过追踪和深入调研，姜仕坤发现，晴隆县用水回收率只有40%，与国家标准要求的80%相差甚远，导致全县水费很高。在相关干部会上，他痛心地说："一个深度贫困县的老百姓，吃着全省价格最高的水，这不是雪上加霜吗！"过后，他从西泌河到水厂，再到县城上下水管道一路踏查，所有问题现场办公、当场解决，着力加强废水处理能力，当年废水回收率提升到60%，第二年提升到70%，第三年达标。水费降到每吨3.41元，老百姓额手称庆。但这件事还不算完，姜仕坤仍不放手。为一劳永逸解决晴隆县生产生活用水问题，他又跑省进京，申请项目，并请水利专家前来晴隆考察。专家经现场调研，给出一个好主意："西泌河水资源丰富，落差大，如果在河上建一个水库，用水发电，用电抽水，不仅可以实现以电供水、以水养电，政府还能创造一定的财政收入，对两岸扶贫工作也会有很大的帮助。总之一举数得，何乐而不为？"

这个金点子让姜仕坤大喜过望。经他多方奔走，获得国家有关部门和省政府的大力支持。2013年11月8日，西泌河水库工程举行了开工典礼，2018年建成蓄水，从此困扰晴隆县数十年的用水难、用电难问题得到彻底解决。

这就是姜仕坤第一天走进晴隆县，第一眼看到宿舍里的两桶水而引发的后续故事。从一个小小细节的发现到建设千秋铭记的惠民工程，只是因为他的第一反应。心里装着老百姓的疾苦，才会有这样的反应和作为。

"羊司令"和没有角的晴隆羊

晴隆县有14个乡镇，人口34万，土地面积1331平方千米，大部是山区和石漠化地带，山高谷深，土地破碎。总共181个行政村中有122个是扶贫开发重点村，1995年因此上过央视的《焦点访谈》。一首顺口溜这样唱道：

石缝种苞谷，只够三月活。
姑娘往外嫁，媳妇找不着。
乱石旮旯地，土少地又薄。
春耕一大坡，秋收几小箩。

1969年，姜仕坤出生于册亨县山区一个苗寨的贫苦农民家庭，吃不饱穿不暖，赤脚上学，割草喂猪，是他少年时代最痛切的记忆。因此他常说："我是农民的儿子，不忘乡亲们的疾苦，是推动我努力工作的最大动力。"

在晴隆，大田乡是县里的极贫乡，董箐村是乡里的极贫村。2010年元旦过后，正是干部大走访的时候。新到任的县长姜仕坤选择到这里慰问乡亲。走进村民刘助伦的板房，看到三块石头上支着半口锅，烧着一点野菜粥，另一半破损掉了，姜仕坤的眼睛湿了。他掏出200元递给刘助伦说："买口锅回来，先把年过了。"

"先把年过了"——这句话的后面，意味着他意识到今后肩上的担子是多么紧迫了。

刘助伦抹着眼泪接过钱，说："谢谢你们年年给我送救济，其实我也不想这样穷，只是不知道怎样才能富起来。"

"你想做什么？"姜仕坤问。

"我想养猪或养羊，就是没本钱。"

姜仕坤对跟来的大田乡党委书记蒋虎说："这事你负责，今后你就是老刘的扶贫联系人了。"蒋虎当场答应，过几天就给老刘送一头猪来。路上，蒋虎说："种草养羊是晴隆的主打优势，但我们没发展好。主要原因是有些群众养羊失败了，大家就怕了。"

在晴隆，从2000年开始，种草养羊就是各级党委和政府大力推进的扶贫项目，一可增加植被、改善生态，二可帮助贫困群众增收。为此县里专门成立了正科级的县草地畜牧中心，经过多年努力，取得良好效果，被国务院扶贫办、农业部等部门誉为"晴隆模式"，在全国石漠化较为严重的地区广泛推广。其具体做法是：由县草地畜牧中心免费发放基础母羊给养殖户，产权共享，羊羔长成出售后，双方分成。

"晴隆模式"成为闻名全国的先进典型，大家都很光荣。

但是，2011年春，姜仕坤经过深入调研，发现了这个模式最终失败的缘由：对多数村民来说，反正母羊不是他个人买的，故而喂养不精心，病了死了也无须赔偿，反而有涮火锅的下酒菜了。结果扶贫目的没达到，国家还遭受不少损失。姜仕坤意识到，这个"晴隆模式"必须进一步改革。

经过深思熟虑和一番论证,姜仕坤向新到任的县委书记许风伦提出一个雄心勃勃的计划:在大规模发展种草养羊的基础上,搞个"晴隆模式2.0版",具体叫作"1238工程"。他的构想是:

——"1"是把养殖100万只羊作为全县努力总目标,这意味着全县平均每人有4只羊;

——"2"是发展2万户以上的养殖户;

——"3"是每户饲养30只以上基础母羊;

——"8"是户均年收入争取达到8000元以上。

为达到这个宏伟目标,姜仕坤进一步提出,需要制定一系列配套政策:一是县财政每年预算500万元作为专项发展资金;二是农户可到信用社贷款3万至5万元购买基础母羊,政府贴息两年;三是给每户补贴4000元修羊圈;四是分片区派驻技术人员,免费为养殖户提供技术指导;五是鼓励土地流转和

晴隆县草山草坡放牧杜泊羊(贵州新闻图片社／供图)

种草户承包。

两人志趣相投，一直商量到下半夜。许风伦高度赞赏这个"1238工程"并补充了许多细化意见，事后县委常委会顺利通过。

请注意，姜仕坤这个"1238工程"的核心思想有一个根本性的位移：以往的政策是由县草地中心购羊，免费发放给农户，双方产权共享，利润分成；现在改为由政府帮助农户贷款购羊，资助建羊圈和种草，农民拥有羊只的全部产权，让养殖户由原来为县草地中心"代养"变为自己养羊，收益归己，等于政府全部让利给老百姓。这就大大激发了群众的积极性和责任心，从而实现了养殖户的利益最大化。政府成为真正的服务者，群众成为劳动成果的完全享有者！

"晴隆模式"升级版一经发布，全县沸腾，群情振奋。在外打工的民工纷纷接到家人电话："咱家养羊，国家给补贴、帮贷款，不收一分利，快回来创业吧！"

"咩、咩……"羊的叫声很快响彻晴隆大地，像在呼唤自己的主人尽快回家。据不完全统计，2014年全县外出打工的人比往年少了1.5万人以上。三合村村民潘辉龙因家里缺少劳力、老人重病，生活极度贫困，不得不远赴浙江打工多年。应召归家后，他和妹夫合资养羊，2013年卖了90只羊，每人分得4.5万元利润。到2015年他们先后卖了三茬羊，赚了20多万元。小寨村的李国从2012年开始养羊，年均存栏近百只，出售四五十只，每年收入5万元左右，成了大田乡远近闻名的养羊能手。

姜仕坤常对干部说："扶贫项目一定要想好、稳住，千万不能失败。失败了，老百姓就失去信心了，再扶起就难了。"

望着漫山遍野的羊群，看着叫人欢喜，可他在调研中又发现了新问题：老百姓普遍文化很低，不懂防疫和科学喂养。他们最怕羊儿生病，今天病几只，明天死几只，一群羊不久就死光了。老百姓宰了死羊吃肉，一边喝酒一边流泪，毕竟那些羊都是自己亲手养大的呀！为加大全县科技力量，县委、县政府特别制定了一系列吸引人才的优惠政策，姜仕坤在这方面下了很大功夫。中国农业科学院北京畜牧兽医研究所的刘树军、伊亚莉夫妇的老家都在内地，两人获得硕士学位后，原计划留在北京当"北漂"，却被姜仕坤的一番热情游说，改变了人生选择，于2010年底毅然落户到晴隆县。

最初住进漏风漏雨的板房里，两人冻得哆哆嗦嗦……

青春奔走在高山深沟，刘树军变得又黑又瘦……

乘车驶过弯弯曲曲的山路，伊亚莉吐得翻江倒海……

但两人还是坚持下来了。学有所用，就意味着近20年的青春岁月和刻苦攻读没有白费、没有归零，这是他们最感欣慰的地方。不少学友为了去京沪广深，不得不放弃了自己的专业，一切从头开始，他们认为代价太大了。生命只有一次，青春不能重来，人的一生有几个20年啊！

2012年夏，姜仕坤到光照镇马京村看望几家养羊大户，发现许多羊子的蹄子腐烂，走路一瘸一拐的。他立即打电话叫刘树军和草地中心负责人前来查看，两人很快给出诊断结论：晴隆雨多潮湿，地面泥泞，再加上养殖户不勤快，羊圈不及时除粪，所以羊子患了腐蹄病，还有皮肤病、角膜炎等。

姜仕坤忧心如焚，立即布置相关部门上人、上门、上药，全力避免疾病蔓延，同时动员大家想办法，如何从根本上解决问题。最后还是他想出一个主意："布依族历来喜欢住在水边，湿气很重，他们就建起吊脚楼，人住楼上，空气就干爽多了。如果把羊圈改成吊脚楼，羊子上楼，大小便可以随时排泄到楼下，既有利于积肥，又可避免患上腐蹄病、皮肤病什么的，这个办法是不是可行呢？"

一试验，十几天后羊子就好了。从此这个经验在全县潮湿之地广泛推开。羊子住进吊脚楼，成了晴隆一大奇观。

这时，姜仕坤又想到品牌问题。在扶贫工作中，全国各地农村都在大力发展养殖业，市场竞争日趋激烈，没有品牌就很难打开销路占据市场。在省、州政府的支持下，晴隆县在三合园区建立了繁育工程中心，姜仕坤下大气力从国外和国内科研机构引进两支顶级胚胎移植科研团队，刘树军、伊亚莉成为中心负责人和技术骨干。通过本地羊和国内外多种优质羊杂交，再经过六代繁殖进化，培育出的"晴隆羊"已经没有角了，而且屁股滚圆如猪，又肥又壮，肉质细嫩鲜美。用别地方的羊下火锅，不多时就会浮起一层灰沫或白沫，用这种新品种的"晴隆羊"下火锅，汤水始终保持清爽。

"我的天哪！"姜仕坤惊喜万分，"没有角的晴隆羊，这就是最大的卖点啊！"刘树军骄傲地说："有角的羊喜欢打架，没有一张好皮。羊受了伤，要一周时间才能恢复，影响发育生长。没有角了，羊就能和谐相处，吃草睡觉各不干扰，肯定长得膘肥体壮，县长你就等着吧！"

没有角的晴隆羊一炮打响，供不应求，有多少卖多少。姜仕坤还亲自为晴隆羊想了一句精彩的广告词："一生鲜草，一碗好肉。"

每每进入养殖户家，姜仕坤就提醒：进羊的3天内都要喂草药，等身体正常后别忘了再打疫苗……

路上见到种草的农民操作不规范，他要来铁锹当场做示范，一个个草窝间距60厘米，横竖成行，整整齐齐……

下乡见到基层干部和技术人员在指导养殖户，他就感动不已，紧紧握着对方的手表示感谢，好像对方正在给自己的羊看病，那份真情溢于言表……

姜仕坤的扎实作风和一切为群众着想的亲民情怀对全县干部影响极大。他没有所谓"微服私访"之说，因为平时坐公交，假日期间和妻子上街买菜，和菜农聊聊天，半道下车问问路边的村民生活怎么样、有什么困难，这些对他来说都是家常便饭。因为他太了解基层实情了，干部在他面前从不敢吹牛撒谎、弄虚作假。一只羊从小长到大的各种费用乃至新近的市场价，姜仕坤记得门儿清。因为他对工作坚持一抓到底，紧抓不放，务求落实，晴隆羊产业日见兴隆，实现了发展、生态、扶贫同步跃升，"三羊开泰"成为全县津津乐道的流行语。老百姓记不准他的名字却记住了他的民间官衔——"羊司令"。

人民口碑，成了他一生最高的光荣。

2014年8月，45岁的姜仕坤升任晴隆县委书记。

2015年5月13日，省领导到晴隆县考察扶贫开发工作，对新的"晴隆模式"给予高度肯定。至2015年底，全县种草面积发展到48万亩，晴隆羊存栏数发展到52.8万只，养殖基地发展到88个，养羊户超过2万户，户均年收入2万至3万元，创收总额达4亿元以上。

令人遗憾的是，前几年晴隆县养羊业遭受一次大的挫折，曾长期担任县草地中心主任的一个人因违法乱纪被撤职查办，他的一系列胡作非为严重影响了全县养羊业的发展。接任草地中心主任的正是姜仕坤从北京引进的人才刘树军。在县委、县政府的领导下，他借助脱贫攻坚战的强劲推力，正带领干部群众埋头苦干，目标就是重振"晴隆羊"的雄风！

再为晴隆打造两大"品牌"

同事们注意到，姜书记办公室的灯光总是亮到半夜甚至下半夜，他的工作节奏越来越紧张，身体也越来越孱弱了。他患有高血压、心脏病，还有痛风。平时吸烟很凶，频繁喝水，胸口不时痛得他一个劲儿捶打胸脯，开会清清嗓子才能说话。大家劝他放慢工作节奏，他说："千头万绪的工作，都事关民生，怎么放得下呀！"大家劝他去看看病，他说："等忙过这段时间再说。"可他就这样一直忙下去，坐车上也在批阅文件。县长查世海担忧地说："我来半年多，看你吃的药足有一背篓了！这样不行啊，还是下决心把病治治吧。"但无论谁劝他都当了耳旁风。有几次姜仕坤晕倒在办公室，幸亏他的事情多，来往干部也多，大家发现得早，把他抢救过来了。身边的工作人员贺伯果含着眼泪说："书记，你的命不属于你个人，属于全县25万老百姓啊，别太拼命了！"姜仕坤说："正因为这25万人，我才必须拼命啊！"

到了晴隆，姜仕坤才发现，中国茶的老祖宗在晴隆。

20世纪70年代末,晴隆县农业局高级农艺师卢其明在晴隆和普安两县交界处的一座大山上,发现了一枚茶籽化石。茶科植物化石在我国以及世界上极为罕见,当时仅有茶叶面化石在浙江被发现,种子化石可说是世界上绝无仅有。后来几经辗转,这枚珍贵至极的化石被送到中国科学院南京地质古生物研究所做了权威性鉴定,专家的结论是:此茶籽生于第三纪至第四纪年代,上限可逾千万年,下限也有两百万年。这充分印证了贵州是世界茶树原产地的核心地带之一,黔茶有着自己的历史文化渊源。据载,明代天启年间,因民间饮茶之风日盛,驻守晴隆县的总兵邓子龙特在驿道边建造了一座"莫忙亭",供来往行人饮酒品茗歇息,并请文人撰写了一副楹联刻在红柱上:

为名忙,为利忙,忙里偷闲,且喝一杯茶去;
劳心苦,劳力苦,苦中作乐,再倒一碗酒来。

有此历史渊源,大力发展晴隆茶产业,成为姜仕坤的强烈兴趣。他到县国有茶业公司进行了调研,发现:

第一,晴隆茶品质优异,口感甚佳,但品牌多而乱,甚至相互杀价打价格战,形不成规模;

第二,每年80%以上的明前茶茶青遭外地商人抢购,给价也不低,茶农腰包鼓了,但本县受益甚少,难以做强做大产业链;

第三,国有茶业公司缺少流动资金和拓展能力,反而被挤到市场一角,眼下连印刷茶叶包装盒的钱都拿不出……

姜仕坤找来政府各相关部门,共商振兴茶业大计:调集专业人才充实茶业公司,投资20万元作为品牌推广费,借款100万元作为流动资金;聘请富翁巨商承包荒废的茶场;整修山区道路,扩大种茶面积;组织养殖户把羊粪卖给茶场,坚持搞绿色茶、有机茶,农户有收益,茶叶价更高。2013年1月18日,新任茶业公司总经理田连启召集茶农代表开会,宣布今年春茶优质茶青价格定在40元一斤，大宗下秋茶1元一斤，请大家广而告之。各位铁嘴钢牙，统一口径，外来的茶商就讨不到便宜了！

这个价格比去年翻了一番。统一定价，也成为晴隆县史无前例的第一次！

茶农们眉开眼笑，说："如果是这样，我把在外打工的孩子也叫回来种茶了。"

元宵节过后，浙江、江苏、福建等地的茶商纷纷到晴隆抢购茶青，他们开始相互"厮杀"，从底价40元竞相抬到50元以上，晴隆茶农大获全胜。2013年，晴隆县茶园面积达到12.9万亩，冲进贵州重点县行列，当年获得中央财政400万元的项目奖励资金。

2015年，晴隆的名茶"金观音""凤欲飞""福鼎大白""黔湄601"等很快打开市场。茶商们得知晴隆是中国茶老祖宗的诞生之地，前来抢购茶青、茶

宁波市援建晴隆县沙子镇绿茶深加工项目（贵州新闻图片社／供图）

叶的越来越多。这一年，全县茶叶总产量3206吨，产值达1.58亿元。

姜仕坤的目光又瞄向距离县城仅有千米之遥的"二十四道拐"。

"二十四道拐"始建于1935年，从山脚第一拐到山顶的第二十四拐，以S形盘旋而上，全长4000多米。二战期间，中国政府组织晴隆人民，在美国盟军工兵营的帮助下拓宽路面，加固路基，成为中缅印战区交通大动脉。国际援华物资从这里源源不断运往前线和后方城市昆明、重庆等地，被誉为"中国抗战生命线"。各国摄影家为它留下的影像作品千姿百态，壮美无比。恰好，2012年影视界人士要投拍电视连续剧《二十四道拐》，需要尽快建起一个外景地，但县里一时拿不出足够资金。姜仕坤大胆决定，通过贷款和招商引资，为该剧建设一座具有民国风情的古镇。他高兴地说："这以后，古镇、茶园、吊脚楼上的晴隆羊、满街的火锅店、羊肉粉和二十四道拐，都将成为晴隆县招徕天下宾客的旅游热点了！"

城门建好了，门头上写古称"安南"还是现称"晴隆"？大家争论不休。主张写"安南"的理由是还原历史，主张写"晴隆"的理由是扩大影响。姜仕坤一锤定音："我们用了很大气力建设了这座古镇，为的就是向世界推介晴隆，当然要写'晴隆'！"

《二十四道拐》热播以后，投资方掏钱买下了古镇，晴隆的投资全部收回，还拥有了一个特别火热的旅游景点。2015年9月4日夜，为纪念全面抗战从爆发到胜利经历了2947天，晴隆征集了2947名火炬手，徒步登上二十四道拐。他们有节奏地高喊着："晴隆，晴隆，抗战光荣！"一道火龙蜿蜒而上，气势如虹，映照夜空，县城几乎为之一空，很多人流下激动的泪水，这是晴隆从未有过的火热景象啊！

10月1日，来晴隆旅游的人超过10万人。山下一位老汉灵机一动，批发来大批小国旗，站在道口售卖，一天赚了800多元。此后，"二十四道拐汽车爬坡赛""二十四道拐摩托车越野赛""晴隆县摄影比赛"等大型活动相继举办。一个县委书记，就这样创造了晴隆历史上的奇迹，也创造了自己的奇迹……

每天晚上10点55分

  党的十八大以后，脱贫攻坚战的热潮席卷中国大地。身为县委书记的姜仕坤更忙更劳累了，胸痛、头晕的次数越来越多。同事们劝他休息、治病、住院，他一律婉谢。一项项工作，都是关系扶贫、民生和晴隆发展的大事，他心心念念，一项都放不下，他动情地说："要让晴隆和全国全省其他县一起摘掉贫困帽子，不拼命是不行的，一天也耽搁不得呀！"2016年2月26日，晴隆召开"脱贫攻坚·千名干部包保帮扶"誓师大会，姜仕坤率领与会全体干部，面向党旗，庄严宣誓："脱贫攻坚，我是党员（干部），跟我冲锋，不脱贫不收兵……"会后，姜仕坤到了自己的结对帮扶贫困户肖长青家，帮他把出走在外的妻子找了回来，一家人和好如初，又帮肖长青办了一个焊接加工铺子，让他得以发挥自己的一技之长。然后又到了陶金翠家和王兴平家，通过协调资金，帮两家各买了一头牛，还用自己的工资给陶金翠买了一头怀胎的母猪。临走时，他把自己的电话留给这几个贫困户，说有什么困难就找他。

  在晴隆工作近6年，姜仕坤的头发掉了一半。

  姜书记夜以继日地工作，是全县干部公认的。

  下半夜接到姜书记的电话，是全县干部经常经历的。

  现在来看看他逝世前几天的日程：

  4月6日上午，在黔西南自治州首府兴义市参加"发展倍增计划"专题研讨会。中午赶回晴隆，下午召集干部研究易地扶贫搬迁工作到深夜。

  4月7日，参加全省项目观摩会。下午5点随与会同志到晴隆县参观点沙子镇三合村。晚7时吃完饭，立即和县里同志商量工作到10点，过后连夜赶到兴仁。

  4月8日上午，随观摩团一道来晴隆，到参观点向与会同志汇报工作，下午随团观摩普安项目。

4月8日下午,召集晴隆县相关干部到贞丰,商量易地扶贫搬迁工作,会议开到晚10点半。

4月9日上午,贞丰项目观摩结束后,赶到省里参加下午的总结会。晚上在省政协三楼会议室听取县旅游工作汇报,然后连夜赶回兴义。

4月10日中午,回到家中吃午饭,由于咽不下去,一碗饭吃了两个多小时。下午4时许,他硬撑着病体,飞赴广州会商合作项目。行前妻子王作艳见他状况不好,让他带一个工作人员随行。他拒绝了,说给县里能省就省点。飞机落地之后,他觉得胸闷异常,浑身乏力,心颤得不行。王作艳十分担心,不断打电话询问情况,姜仕坤说:"看来我真得去医院看看了。"随后他自行前往暨南大学附属医院,经检查医生立即安排他入院治疗,王作艳闻讯紧急飞往广州。

2011年2月24日,在马场乡马场村与群众座谈的姜仕坤(左四)(晴隆县委办/供图)

4月12日凌晨6时，姜仕坤出现心脏骤停。医院进行了多方抢救，但已无力回天。6时40分，姜仕坤停止了呼吸，溘然长逝，年仅46岁。噩耗传回晴隆县，全县干部群众悲痛万分，追悼会上泪飞如雨。人们走在新建的城中心抗战广场上，走在改造一新的宽阔大街上，走在绿草如茵、羊群如云的山坡上，走在西泌河水库的建设工地上，都在念叨着自己的好书记。

5年，姜仕坤为晴隆人民做了这么多的大事、实事、好事！

46岁！如果姜仕坤能够稍稍放慢一点工作节奏，如果他能多注意一下自己的身体，如果他能及时治治病，他还能为晴隆人民做多少工作啊！但他不能。他舍不得拿出一点时间为自己做点什么。他觉得为了让晴隆人民过上幸福美好的生活，一天一刻都耽搁不得！

鞠躬尽瘁，死而后已；一息尚存，拼搏不已。这就是姜仕坤一生的写照。

2016年11月11日，人力资源社会保障部、国务院扶贫办召开全国电视电话会议，追授姜仕坤同志"全国脱贫攻坚模范"荣誉称号，同时举办了姜仕坤同志先进事迹报告会。

她的女儿在会上泣不成声地说，爸爸确实太忙了，分不出一点时间给妈妈和我。许多年来，我和爸爸有一个约定：每天晚上10点55分通一次电话。那是我每天最幸福最快乐的时光，只有这时爸爸是属于我的。他会鼓励我好好学习，激励我自立自强，树立远大理想，勇于战胜困难。爸爸那充满温情和父爱的话语，总让我感到无比温暖。我和爸爸约定的电话，就这样陪伴了我中学时代整整六个年头，又陪伴我进入深圳大学传播学院。在和妈妈一起收拾爸爸遗物的那天晚上，爸爸的手机突然响了起来，原来是他一直保留着的晚间10点55分的提醒闹钟响了起来。听着铃声我放声大哭，可我再也听不到爸爸的声音了……

2018年6月，中组部追授姜仕坤同志为"全国优秀共产党员"。

晴隆的山山水水，永远铭记着姜仕坤的名字———一座丰碑！

第九章
黄大发——绝命崖上开天渠

骨头硬还是石头硬?这位山神的故事证明,还是骨头硬。就这样,千百年来,贵州人的硬骨头把大山撞得叮当作响……

驱车在路上，连绵不尽的山峰从车窗外匆匆流过。

我经常感叹，上天造地，怎么就不给贵州留几块宽阔的平原？山山相连，沟沟坎坎，密密匝匝，完全看不到所谓"稻浪滚滚"的景象，都是小小的东一块西一块。在我的家乡黑龙江，这么小的地块根本没人种，肯定撂荒了。

让我更为惊叹不已的是，那些寒冷的高山上和半山腰，那些乱石成堆、没水没路的地方，那些生来就可能困死饿死的地方，为什么村民的老祖宗要选择在那上面扎根？让后人一代代受穷？但细细一想，贵州开门见山、处处是山，老百姓只能在山上生活。到山根或沟边安家绝对不行，山洪一来，就可能人财两空。

贵州人的命运和人生，就这样决定于大山。

遵义市播州区平正仡佬族乡草王坝村，也因此发生了一个与大山有关的悲壮故事。

平正乡，这个名称叫得太不准确了。因为这里的耕地既不平也不正，零零碎碎，七扭八歪，全都挂在陡峭的山坡上。20世纪60年代这地方不叫平正乡，叫"野彪公社"，足见这里的地势又野又彪，能把人逼疯。

"石头娃"拜山

"石头娃"黄大发生于1935年，小时候命很苦。在他的记忆中，小时候好像没有家。爹妈是从外地逃荒来的，没地没房子，最初东家棚房睡一夜，西家柴垛躺一宿，下雨天就躲进岩洞里，后来就把岩洞当家了。9岁时母亲去世，13岁时父亲又没了。好在两年后遵义解放，土改工作队把他安顿下来。我问他，小时候为什么叫"石头娃"？他说，我从小受那么多苦没死，老乡们都说我命硬，而且从来不哭，受多大委屈都不哭。有一次他渴极了，捧起罐子猛喝，不小心洒出一些，母亲火了，巴掌呼呼扇过来，往死里打。小家伙不怕疼也不哭,继续喝。石头是不会掉眼泪的,石头的命也是最硬的,"石头娃"的小名就是这样来的。但个头长到一米五几就不长了——饿的。后来老了更矮了——缩水了。

草王坝村的村民,其实和黄大发一样命苦,因为爹妈把他们生在这个命中注定的苦命地方——海拔800米以上,缺田、缺路、缺食、缺衣,尤其缺水。喀斯特岩溶的地界,风化形成的沙壤土,完全找不到水,只能等老天爷下雨下雪。雨来了就像打起一场战争,村民们心急火燎赶紧抢,家里大盆小碗瓶瓶罐罐,凡能装水的在屋外摆一地。平时渴得嗓子冒烟的孩子们等不及,趴地上就吸,吸得小肚溜圆满脸泥,然后和猪崽子一起打滚儿撒欢。爹妈顾不上他们,还要把家里的破烂被单、破烂衣服,还有身上穿的也脱下来,一股脑儿铺在地上,让它们尽可能地吸足雨水,然后小心翼翼捧回家放在木板上。对,还有鞋!他们的鞋子很干净,因为平时下地舍不得穿。尤其

现在的草王坝村,人们安居乐业住上了洋房(贵州新闻图片社/供图)

农田鞋，鞋帮要尽可能立起来，可以装更多的雨水。晚上烧水做饭，当然要先用鞋子里和浸泡在衣服中的浑浊不堪的水，因为存不住。实在拧不出水了，再用盆罐里的水。冬天来了，村民们就撮雪铲冰，能存多少存多少。所以，草王坝村特别喜欢下雨下雪的日子，像打仗一样紧张又像过节一样高兴。听说山外有个泼水节，老人们抽着旱烟袋叹口气说："造孽啊……"

总之，在草王坝村，水比亲娘还亲。

没水又缺田，生活之艰难可想而知。村民们的饭食一年到头要掺绿叶和草根，外加一点苞谷粉——是把苞谷粒和苞谷棒一起磨成干粉的那种，当地叫"苞谷沙"。

水是一切生物的命根子，如果没有水，地球就是一块大石头。

"石头娃"16岁时，经乡亲牵线娶了一个15岁的外村媳妇，也是孤儿。两人同病相怜，搭在一起过日子，一年后生了个儿子。不久，瘦得只剩一把骨头的妻子病亡。一年冬天，两岁多的儿子没人照顾，爬到火盆那儿取暖。火盆碰翻了，两只小手插到炭火里，小命救回来了，手残了。悲剧一个接一个，举目无亲的"石头娃"更像石头了，整天无语无泪无笑，拼命干活挣工分，以养活手残的儿子。下地时，邻居家的大嫂大妈帮他带带孩子。等夜里把儿子哄睡，他就燃一支火把，提着木桶下到深深的山沟里找水，把邻居的水缸水盆装满，上下一趟两个多小时。茫茫夜色，寂寂大山，那支火把照亮了崎岖的山路，也照亮了乡亲们的眼睛。大家都说，这个娃是苦命娃，也是懂人情、热心肠的好娃……

1958年，人民公社兴起，23岁的"石头娃"被任命为草王坝生产大队队长，转年入了党。他没上过一天学，当了村干部不识字，不会写1234，秋后怎么算账？怎么传达上级精神？有大事向公社报告光靠嘴呀？这会儿"石头娃"的聪明之处就显出来了。看到村民家有半本《三字经》——另一半卷烟抽了，"石头娃"满心欢喜地揣了回来。小时他常听村里爷爷奶奶背《三字经》:"人之初,性本善。性相近,习相远……"于是他在煤油灯下一个个字对着认。哦,"人"字这样写啊,太简单了!"之"字这模样啊,像草王坝村的山路。"善"字咋个这么麻烦呢!接着再记全村的姓名,包括"黄大发"三个字。渐渐地,他能算个账,也能磕磕绊绊读一段报纸了。

《三字经》初本是南宋时期大文人王应麟写的,与《百家姓》《千字文》并称"三百千",是中华民族历史文化的三块基石。黄大发上不起学,结果成了"大宋王朝"培养的村干部。

命运像重锤,一次次锤打着"石头娃",崩得他火星四溅。上任没多久,恰逢"三年困难时期",草根挖光了,树叶吃光了,草王坝村的炊烟一条条熄灭了。大人们没力气爬山种田,大脑袋小细脖的孩子奄奄一息,眼瞅着要死人了。黄大发冒着极大的政治风险,下令把生产队唯有的两头耕牛杀了,分给大家。在当时这可是"破坏集体经济、损害集体财产"的重罪,上级追究下来要蹲大牢的呀!但救命要紧,黄大发豁出去了。牛是通人情的,他去牛棚牵牛时,两头牛眼泪汪汪瞅着他,从此黄大发一生不碰牛肉。此外,他还自作主张采取了一些"硬措施",搞了一些"土政策",比如:把队上储存的种子拿出一部分分给村民;上山种地时,指定这家负责这块地,那家负责那块地,交足公粮和集体提留后,剩下归己。这以后黄大发高兴地发现,他再不用狗撵耗子一样,天天吼着嗓子喊村民出工了,因为村民有了积极性,天不亮就主动下地了。

这绝对是"石头娃"石破天惊、不怕杀头的一大创举,比安徽小岗村早上10多年。在当时,这可是地道的"走资本主义道路",罪名比杀牛还大。但黄大发豁出去了,杀就杀吧,为了让老百姓活命,没别的路可走了。所幸,草王坝村藏在重重大山里,上级干部也饿得走不动道了,很少来,给黄大发留了一条活命的缝隙。"三年困难时期"之后,中央迅速调整方针,鼓励包产到户、多种经营,农业生产很快恢复生机,到1962年饥荒基本结束,城市里已经号召市民大买"爱国肉"了。

因为草王坝村在"三年困难时期"没死人，而且生产迅速恢复，上级把黄大发杀牛的"罪名"一笔勾销，还选他去遵义领了一个"学大寨"先进奖，回来就当了村支书。这段经历让"石头娃"威信大增，村里19岁的姑娘徐开美爱上他了。开始父母不同意，毕竟黄大发已是"二婚"，身边还有个手残的孩子，而且个头儿比姑娘还矮。但姑娘坚定不移，非他不嫁。结婚那天，徐开美穿上一件红衣，坐着四人抬的花轿在村里转了一圈，黄大发蹬一双半旧的农田鞋在旁跟着，一帮吹鼓手摇头晃脑，把仡佬族的喜庆曲子吹得山响，十几个光腚娃娃跟在后面疯跑疯叫，村民们哈哈大笑。

黄大发明白，自己讨上媳妇不容易，连买间草房的钱都是老丈人掏的——那是老人家一生的积蓄啊。几十年来，草王坝村的姑娘能跑的都跑了，嫁到山外去了，村里剩下老少光棍一大帮，骨头撞得叮当乱响。尤其是"三年困难时期"，周边一些村庄饿死人的现象，给黄大发留下极为惨痛的记忆。现实逼着他不得不想，自己作为村支书，怎样才能彻底改变草王坝村半年粮半年糠的穷日子？不然这个支书就当得太没面子了，而且太愧对当年无私帮助过他和孩子的乡亲了。

他首先想到的，就是草王坝最缺的——水！有水才有庄稼，有水才有米饭，有水才有家，有水才有活路！

水从哪儿来呢？黄大发蹬着草鞋，在周围几座大山转了好几圈。其实这些地方他很熟悉，从小挖野菜草根早就跑遍了，这是他第一次用村支书的眼光，用下决心改变全村命运的眼光来观察大山，站位就比较高了——尽管他身高只有一米五多，好像大石头旁边的一块小石头。于是，他好似生来第一次发现：隔着高高的太阳山和太阴山，再后面一座大山的灰洞岩那儿，有一处水源洞，长年川流不息，老乡们都叫它螺蛳水。他眯缝着眼睛仔细观察，横向一比，螺蛳洞的水位比草王坝村高出许多。如果开一条渠把螺蛳水引到村里，全村的命运就彻底改变了，白花花的大米饭就能热腾腾端到桌上了！

黄大发在院坝上召开社员大会征求意见，社员们哄地笑了，纸卷的旱烟都从嘴里喷出来了。大家说，从螺蛳洞到草王坝，开渠要经过太阳山和太阴山，就等于穿过"阳间"到"阴间"，没等干完人就死光了！

正在纳鞋底的婆娘们也叫，不行！我家男人上山凿壁掉山沟里，我和孩子咋办？旁边的光棍笑道，跟我吧！

座中有个杨春发，和黄大发同岁却长一辈，小时念过半年私塾，能代读代写书信，这就决定了他在村里地位很高，相当于师爷，那半本《三字经》就是黄大发从他家抄来的。杨春发说，"石头娃"呀，你别做梦娶媳妇了，隔着三座大山那是闹着玩的？给自己留条命吧。

黄大发一下把脸撂下了，黑得像块石头。他目光凛凛地问，老辈子，你的意思是，咱们草王坝村就天天盼着下雨天才有水吃？庄稼不收年年种？孩子们天天饿得耷拉脑袋？一家人一条裤子半锅粥？村里姑娘都往外嫁，扔下一帮光棍汉？自然灾害再来时再杀牛？像别的村那样饿死十几口子？

一声声吼像炮弹轰出来，震得山摇地动。

末了他说，谁愿意再过那样的日子？举手！过半数我就辞职不干了，回家伺候老婆孩子去！

会场死一般地静。

黄大发的大舅子徐开福第一个站起来：我干！

又有几个党员站起来：我干！

接着一片吼声：支书说了咱就干，让老婆孩子吃上白米饭！

第二天，黄大发把开渠引水的想法向公社书记徐开良做了汇报。书记倒背双手在地上转了三圈，表态了：第一，你们干的是愚公移山的活儿，也许我这辈子看不到你们成功的那一天，但毛主席都表扬愚公了，我一个小小公社书记也得支持你们；第二，公社太穷，连个苍蝇拍都买不起，所以别想跟我伸手，要钱没有，要命有一条，但我可以给你们弄点炸药，再把别的生产队的钢钎铁锤划拉划拉给你们用；第三，千万千万保证安全，要是摔了人，你黄大发就从山崖跳下去，省得我组织社员批斗你！

黄大发乐了，说，死了人我保证跳，绝不连累书记！

转天，黄大发拉上大舅哥徐开福，上山又瞄了瞄开渠的线路，当场画了一张设计草图。很简单，也就是一条线从螺蛳洞画过太阴山和太阳山，再往下直抵草王坝村。

工程设计完了，黄大发从背篓里掏出三炷香、半碗苞谷饭和几个野山梨，在山石上端端正正摆好。徐开福愣眉愣眼问，你干啥子？黄大发不好意思地说，咱们都是靠山吃山的人，这么大的事体，我得拜拜山神爷，求他老人家保佑平安。说着他口中念念有词，跪地磕了三个响头。徐开福问，你信山神爷吗？黄大发哈哈大笑说，我信啥？我就是山神爷！这就算咱的开工仪式了，求个心安而已。

1963年元旦过后，黄大发率领200多村民，打着红旗，揣上洋芋和饭菜团子，呼呼啦啦上山了。后面跟着一帮野小子和妇女，黄大发手残的儿子也在里面。他们负责看热闹，同时可以传个信、送个工具什么的，还要保证上山凿渠的人喝水不断供。

工程第一步是要在螺蛳洞口垒起一个蓄水池。炸药放置好了，只听轰的一声，天渠第一炮在洞口炸响了！湍急而丰满的山水顺流而下，小崽子们欢呼雀跃，捧着甜甜的水花喝得小肚儿溜圆。

这一年黄大发28岁，还是个"石头娃"。

"草头王"辞官

高原上的冬天很冷，高山上的冬天更冷。在水源地垒蓄水池的时候，山水冷得沁进骨头缝，三五分钟腿脚就麻木了。黄大发说，年轻人冻坏了蛋蛋，生不下娃娃我可负不起责任，这样吧，没结婚的不许下水，结了婚、有孩子的，跟我轮班上！说着他第一个跳进冰水里。为加快进度节省工期，他们干脆不下山了，夜晚住进附近的山洞溶洞，裹件破棉衣就睡。蓄水池修起了，黄大发指挥大家用绳子或竹竿在山坡上比量着画一条直线，然后一字排开，一手执钎一手拿锤，叮叮当当开干。那些日子站在对面山上一看，草王坝人贴在山壁上，就像一只只蠕动的蚂蚁，钢钎铁锤声响彻天地。到春节前，他们硬是在陡峭的山坡上凿出3公里长的石渠。渠沿的石块咋固定勾缝呢？那会儿他们不懂也不知道水泥的用途，他们用的是土办法：石灰加泥巴。

春节期间下了几场雨，过后上了冻。漫山遍野银装素裹，光亮闪闪，仿佛进了水晶宫。眼瞅上不得山了，干脆放假10天。但黄大发像惦记自己的孩子一样放不下心，没事就用干草捆住鞋子，登山看看那一溜长渠，摸一摸，亲切得要命。石渠沿上挂了一条条冰溜子，他就一块块往下掰。蓦然间他心头一惊，等到天回暖了，再下几场大雨，来一场山洪，这石渠受得了吗？真是想啥来啥，过些天一场"端阳雨"瓢泼而下，山洪像海浪一样冲下来，石渠顿时"房倒屋塌"，乱石七零八落滚了满山坡。两个多月几乎白干了，全村人目瞪口呆，心都碎了。

黄大发血红着眼珠子大吼一声："重来！"

女人们也急了，纷纷跟着汉子上了山，来了"情况"也不顾。那时山里的女性只能用烂布头包几片苞谷叶子当"卫生巾"，血顺着破裤脚往下流，滴在大山上，滴在石头上，让男人们触目惊心，心疼不已。

说实话，当时公社领导对黄大发张罗这样一项水利工程有些半信半疑，担心村民不响应，担心开了头没结尾。但是到现场看到石渠一寸寸、一米米地往前延伸，草王坝村始终士气高昂、坚忍不拔，山洪冲毁后也没泄气，继续干，从头来！公社党委震动了，决定砍掉一半办公经费，支援8000元工费。书记到场宣布时，满山跳脚欢呼，草帽都甩到天上了……

数月后，需要在半山腰打开一个隧洞了，否则围着山体绕过去就太远太费工了。黄大发成立了两支青年突击队，从两头对着干，一边炸一边凿。但是他们没有任何测量仪器，如果打歪了那就惨了，又一次白搭工。黄大发去找"师爷"杨春发商量，问他有啥法子？杨春发诡异地一笑，说，我见过老人盖房子用过一招。他弄来一个茶盘子，装满沙子，让人捧着保持不动，沙子不得撒出来，保证盘子处于平衡状态。然后他用两根绳子，一头用手固定在沙盘上，一根垂直，一根成直角横向——这就是打洞方向了。

黄大发茅塞顿开，吼一声开干，山洞就炸响了。半年后，两队顺利合龙，隧洞通开，黄大发特别请村民喝了一顿庆功酒。此后接着往下干，其间要通过一段170米长的叫"擦耳岩"的大石壁，后来村民都改叫它"绝命崖"了。那是陡立成90度甚至是凹进去的悬崖，人走过去必须身子向内倾斜，耳朵擦着山岩，否则脚下一晃悠，人就栽下去粉身碎骨了。村民们用绳子拦腰系紧，让人从高崖上把自己吊在半山腰，一手锤子一手钎，一块一块石头往下凿。先凿出一个小平台，可以站脚了，再用打磨成长方形的石头砌成沟渠。就这样一米一米地往前凿、往前挪，从"阴间"绕到"阳间"，绕过一个个寒冬酷暑……

一年又一年，而且经历了整整10年的"文化大革命"动乱。草王坝人不管人世间发生了什么，一切都与他们无关。他们就是天天听着黄大发的指挥，闷头开山凿渠，为了梦想中的好日子，为了让娃儿能喝上干净水、吃上白米饭！

这期间，黄大发付出惨痛的代价。那一次他和很多村民半个月没下山，7岁女儿患了重感冒，村里没有壮实男人，不能及时送往县医院，数天后不幸病亡。为这事黄大发痛心了一辈子，"但我确实不能下山，二百多号人天天等着我看着我呢，我能有啥法子？"

我们无法想象一个村支书组织的浩大水利工程会经历多少年,草王坝人也记不清自己流了多少泪,淌了多少汗,投了多少工。历时整整13年,壮年人成老年人了,孩子成壮劳力了,姑娘成孩子妈了,全村人眼看着一条海拔近千米、长20余里的石渠像一条长龙,穿云破雾,绕山而来,终于抵达草王坝村!这时候,河南林县修建的红旗渠已经名震全国,野彪公社领导看了草王坝的长渠,非常振奋,说,红旗渠是林县举全县之力干成的,咱们比不了,但你们一个小小的草王坝村能干成这条天渠,很了不起了,我给你们取个名字就叫"红旗水利"吧!

1976年通水仪式那天,锣鼓准备好了,挂鞭高高吊起来了,酒宴饭菜也备齐了,全村老百姓喜笑颜开,齐齐挤在渠道边,就等着清爽爽的渠水顺山而来。可久等不来,再等还是不来。不大工夫,村民王正明一脸沮丧,满头大汗跑来喊,不行啊,水下不来!

大发渠俯瞰(贵州新闻图片社/供图)

全村如雷轰顶。什么？黄大发怒目圆睁。他不信，命令大舅子徐开福再去看看。等徐开福跑回来，腿已经软了，一屁股瘫坐在石头上泪如雨下："确实，渠道坡度太缓了，水量也越来越小，在太阴山那儿就顺着石头缝流没了。"说罢他放声大哭，全村人都傻眼了，个个像石柱一样僵在那儿。13年啊，全村人过的是没老没小的日子，拼死拼活的日子，鬼一样的日子，就这么一滴水没见，完了？

黄大发一声没吭，眼睛血红，转身向大山冲去。他不信，他要亲自去看看。果然，渠水流到太阴山那儿，水量愈来愈小，流不动了，一些细细的水流从渠边渗下来，像流着他的血和泪。黄大发一声撕裂般的悲号，颓然坐在山岩上一步也挪不动了。这儿正是13年前他拜祭山神爷的地方，残酷的事实证明：人世间没有山神爷，他黄大发也不是山神爷，他只是一个农民而已。

白干了13年，一滴水也没见。村民们失望至极，心里肯定怨黄大发瞎指挥。但他们都是善良人，理解黄大发领着大家拼命干是出于公心和好心，没人当面指责他。他们想，农民嘛，开山种地都一样，种庄稼也有不收的时候，也许吃"苞谷沙"就是咱草王坝人的命。

但是黄大发过不去。他在家里闷了好几天，不愿意出门见人，也不跟老婆孩子说话。事情搞得这么大，村民跟他整整折腾了13年，结果一事无成，愧疚和压力像尖锐的山石日夜刺痛着他。思来想去，他觉得自己必须负起这个责任，于是主动提出辞职。

村支部以多数票通过了，公社党委通过了。黄大发一夜白发，又变成"石头娃"，整天无泪无言无笑，跟着社员队伍下地，疯了一样干活，好像在赎罪。但他就像牵挂自己的孩子一样，依然深深牵挂着这条渠。他想找机会把这条渠救活，但怎么救？他一无所知。

残酷的事实告诉黄大发：一切都怪他没文化没知识。

"大发渠"上天

不管怎样，黄大发是一个敢做主、敢干事、敢管事的人，而且为人正直公平，没有私心，全村再也找不出这样的领头人。一年以后，在乡亲们的呼吁和支持下，黄大发官复原职。在村民大会上，他主动做了检讨。他说，这些年我像个草头王，领着大家呼呼啦啦上了山，用绳子竹竿比划比划就开干了。这么大的工程，没技术把关，没有准确测量，不是胡干吗？我对不起乡亲……

检讨有啥用？你就说那条渠怎么办吧？有村民在底下喊。

"我们不会白干，这条渠不会全废！"黄大发坚定地说，"三座大山都绕过来了，基础也打好了，下一步就是改造问题。我相信，草王坝一定会喝上天渠水，一定会吃上饱饭，好日子一定会到来！"

黄大发的话像一盏灯，再次照亮了村民的心。

就在这时，一个年轻人——24岁的黄著文出现了。大学毕业后，他被分配到遵义市遵义县（现播州区）水利局工作。不久，他和两位同事步行两天，到野彪公社（即现在的平正乡）检查水利工程。黄大发听说县上来了几个水利技术员，急匆匆找上门。黄著文请他坐下，问什么事？黄大发说，我们草王坝村用13年时间修了条水渠，长20多里，可修成了水却过不来，能不能请你们到我们村看看咋回事？

黄著文问，是县上的水利工程吗？

黄大发说，不是，是我们村自己干的。

黄著文心头一热，很震动。一个小山村依靠自己的力量，用整整13年的时间修筑了这么长的水渠，太不容易了！他对两位同事说，走，去现场看看！三人跟着黄大发步行几十里，先上了螺蛳洞水源地看了看，又沿着渠道一直走到草王坝村。这时天已经黑了，黄大发拉他们住进自己家。这是城市大学生出身的黄著文第一次知道什么叫杈杈房：三面墙都是用苞谷秆和竹竿编起来的，呼呼透风，只有前面的墙和门钉着几块长木板。屋里除了两张低矮的木板床，一个烧着炭火的灶头和一口锅，再看不到别的家当了。黄著文有些心酸，他没想到山里的农民群众会穷到这个程度。黄大发的妻子徐开美给他们熬了一锅苞谷沙粥，没有菜，蘸盐巴，而且粥很黄，有沙子。后来黄著文才知道，熬粥用的是家里存下来的雨水。因为一天走了几十公里路，累极了，三人挤在床上很快睡了。第二天早晨醒来，黄著文发现，仅有的一床被子盖在他和同事身上，黄大发夫妇搂着两个半大孩子在火盆边整整坐了一夜。

通过现场考察，黄著文得出明确的结论。他告诉大发，这条渠的毛病在于你们不懂技术和地理条件。第一，水渠位置太高了，落差不大，流量又小，推力自然不够，很难流到20多里之外的草王坝；第二，这一带都是风化形成的沙壤土，渗水严重，因此修渠必须用水泥防渗；第三，你们用石灰和黄泥巴抹缝，看着挺实，可天一旱泥巴全裂开了，多少水也渗出去了。总之，你们的设计不对，干法更不对，搞这么大的水利工程必须有科学技术保证，光靠蛮力肯定行不通。

黄大发听得直捶脑袋，说，我们那时根本不知道天下有水泥这玩意儿，更不知道它的用途，再说我们也买不起呀。接着他眼巴巴瞅着黄著文问，那你看这条渠还有没有救啊？帮我们想个办法。

跟来的两位同事都是县上的"老水利"，了解情况。他们摇摇头说，重新改造要花几十万，县上肯定没这个能力。

黄大发的脸灰了。

这以后，黄著文再没去草王坝。他不敢去，因为他帮不上黄大发。一年又一年，不死心的黄大发到公社和县上跑了多次，都因为县财政拿不出资金败兴而归。没事的时候，他常常跑到山上，沿着那条渠走走，把石缝里长出的茅草拔掉，用手摸摸那些石头，仿佛仍能感受到当年流下的血汗和留下的温度。走着走着，他就会抑制不住地老泪纵横，唏嘘不已。13年啊，人生有几个13年？而且是全村老百姓共同血拼的13年，就这么荒弃了？他实在心不甘！时间久了，来的次数多了，黄大发有了一个惊人的发现：这条渠虽然荒废多年，石缝中却很少有草，显然都让上山放牛的村民拔了。而且一年又一年过去，渠沟里很少有土。如果没人管，风刮雨冲的泥沙早把渠道埋得没影了。黄大发的心里阵阵发热，泪湿眼眶。这证明村里的老百姓没忘记这条渠，一直自觉自愿护着这条渠！多少年过去了，这条渠一直干干净净、白白爽爽躺在广阔的山坡上和峭壁下，仿佛在等待有一天草王坝人再次唤醒它！

岁月漫漫，又一个13年过去了。

1989年，54岁的黄大发听说县上要办一个水利班，招收各乡初中以上文化的青年参加，为期3年，半脱产，他立马通过电话报了名。那边的工作人员说，老支书啊，你就歇着吧，班里都是年轻人，你跟得上吗？黄大发说，跟不上我也得学！

老伴徐开美嘲笑他，等你学成回来也该挂棍了，还能干个啥？

黄大发两眼一瞪，修渠！

徐开美不敢吭声了，她怕捅到老伴的痛处。

一个白发苍苍的小老头就这样坐到课堂上，成了水利班上最勤奋的学生。笔记本记得满满当当，当然有好多错别字，还跟着老师画了好些图。其中占了整整两页的图，就是草王坝那条渠，上上下下勾了许多线，写了许多字——显然，那都是要改造的地方。

黄大发越学越明白，越明白心里越着急了。1990年腊月的一天夜里，黄大发东打听西打听，一头闯进黄著文的家。这时黄著文已经当了县水利局副局长。大发进门就说，你当局长了，我也老了，现在我们草王坝那条渠还荒废着，我死前要是通不上水，闭不上眼啊！

黄著文为难地说，县财政还是很紧，每年给水利的资金只有20来万，就是全给你们也不够。

黄大发说，能给多少给多少，把水泥买上就行，村民我已经动员好了，不讲价出义工，在外打工的也都同意回来。全村砸锅卖铁，炸石头卖钱，妇女养鸡卖蛋，凑钱也干，关键是你们的技术要上去，给我们做保证！

黄著文的眼睛湿了。

黄大发接着说，从1963年动工到现在，我们就盼着能通水，能吃上饱饭。可快30年过去了，渠还废着，草王坝的日子还是老样子，住权权房，吃苞谷沙，喝地坑水，这样的苦日子啥时到个头啊……

说到这儿他哽咽了，说不下去了。

第二天，水利局开局长办公会，黄著文把草王坝的水渠问题提出来，请各位领导商量怎么办。经初步估算，草王坝水渠整个改造工程至少需要30万元，仅此一项就大大超过全县全年水利预算。局座们都难住了。黄著文恳切

黄大发老支书扛着锄头维护疏通水渠（贵州新闻图片社／供图）

地说："草王坝村的事情无论如何要扶一把,他们从1963年开始动手干,整整干了13年,比河南红旗渠的时间还长,可惜因为技术问题没把握好,水没通上,这件事太悲壮了。到现在已经过去了快30年,那里的乡亲决心再次启动,宁可砸锅卖铁也要把水渠干成。我想,我们必须帮他们一把,那么长的一条水渠扔在山上,太可惜了。这个工程我愿意牵头,负责到底。"

樊运达局长当场拍板:"好!我们先派人把测量和设计搞起来,动工后技术上严格把关,经费不够再说。"

这个决定意味着螺蛳洞引水工程从此列入县重点水利工程。一切都要走程序,按计划和规定办,草王坝村为此又苦苦等了两年。1992年,工程正式动工,黄著文派局里的技术员黄文斗到现场指导监督,另外还有5名技术人员先后参与。

1992年春节后的一天,天还没亮,200多村民在黄大发的带领下,背着背篓,带上工具,举着火把再次上山了。螺蛳洞引水工程沉寂了10多年之后,再次炸响了茫茫群山。为加大水流落差,形成足够推力,渠道必须逐步往下降,而且砌石必须牢固,水泥抹面必须平整和严丝合缝,总之,工程量依然巨大。与此同时,麻烦事也多了起来。20世纪六七十年代,老百姓还没有维权意识,如今炸山开洞,碎石乱飞,不时把附近老乡家的墙砸塌了,房顶砸漏了,祖坟砸出大窟窿了。受害人家成帮结伙跑上来要求赔偿,这一切都要由黄大发亲自出面处置。有一次碎石飞进一户人家,把桌上的祖宗牌位砸碎了,那家老乡不依不饶,吵闹不休。黄大发不得不率领全体村干部,到那个老乡家齐齐跪倒在桌前,向受了惊吓的"老祖宗"赔礼道歉,并送上一笔慰问费。

第一次修渠,因为村里没人力没法送医院,黄大发的7岁女儿病亡在家。这次修渠,同样因为村里没人送医院,他的第二个女儿、23岁的彩彩又因病得不到及时医治去世。当时黄大发正在山上,得到消息他疯跑回家,老伴正抱着冰凉的彩彩恸哭不止。一年以后,13岁的大孙子又因患急性脑膜炎猝然离世。唉，为了开山凿渠，为了全村人的梦想，黄大发一次次白发人送黑发人，这是怎样悲惨和沉重的代价呀！但他擦干眼泪，依然坚挺在山上。第二次挥师大战170米长的绝命崖——擦耳岩，年近六旬的他依然把自己吊在长长的绳子上，足蹬石壁，一锤锤砸向手中的钢钎。一个身高只有一米五几的白发小老头儿，这是为什么呀？为自己，他肯定不干了。为大伙，为全村，不死他就要干下去。再险的山，再陡的坡，再硬的石头，一切都拦不住他！

年轻时他是"石头娃"，老了成了"老愚公"。

1995年端午节，历史性的一刻到了，螺蛳洞引水工程终于通水了！这是一道"疑是银河落九天"的通天长渠。清爽爽的泉水顺着绕山而来的长渠一泻而下，翻腾着雪白的浪花，穿越32年苍茫岁月，扑进仡佬族草王坝村，扑上全村的笑脸，扑向坝上山坡上一块块绿油油的耕田，扑进家家户户的梦乡……

村民们在梦里都笑出声了。

这一年，黄大发正好60岁。

草王坝村同时创造了两个奇迹：一是他们依靠"自力更生、艰苦奋斗"的不屈不挠的果敢精神，建成了全县海拔最高的一道天渠；二是在先后长达10多年的跨山工程中，工地上没死一个人，也没一个重伤。当年公社领导给这条天渠起名叫"红旗水利"，名称很响亮但没叫开，老百姓都叫它"大发渠"。后来好长时间，天还没亮呢，有的村民一激灵就醒了，赶紧蹬鞋找锤子钢钎，习惯了。

老了，天渠干成了，黄大发也从村党支部书记的位置退下来了。这以后，"老愚公"给自己规定的任务，就是每天提着镰刀上山巡查水渠，把水渠里的落叶和碎石清清，把渠边的青草拔拔。迄今又是25年过去了，从开工第一天到现在，85岁的老人家究竟绕地球走了多少圈，他没算过，也不会算。

反正地球就那么大。再长的路也长不过脚头。

后来，草王坝村改名团结村，这是全体村民一致同意的。

第十章
邓迎香——大山迎香来

大山的沟壑，就像一个女人对大山刻骨般的爱恨情仇。泪水是女人成长的洗礼，有时必须让女人放声大哭一次，她才会坚强起来。

母亲出门干活的时候，小迎香总愿意跟着。

贵州群山巍峨，很多地方临到中午，才会看到太阳从山后钻出来，把阳光投向对面的峭壁和山下的平坝。随着太阳升高，坝上的阴影渐渐退却，一块块水汪汪的稻田便闪射出晶亮的反光。母亲是布依族，下田插秧累了，她直起身捶捶腰，仰头看山上的太阳时，绣着彩色花边的黑头帕时常会掉下来，那一刻小迎香就会笑得特别开心。那会儿的她哪会想到，当她长大后，因为爱情不顾一切逃进山窝窝以后，会经历那么多那么深重的苦难。

当然，最后吞下多少苦难都值了。当她头戴蓝布帕，颈上挂着银项圈，身穿蓝黑色带彩绣花边的布依族裙装，面带微笑走上人民大会堂的讲台时，在她充满激情的报告中，人们第一次听说贵州山窝窝里有个麻怀村。

一个普通的布依族女人，打开一部大山的传奇。

山最痛的时候

前天。是的，就在前天早晨。3个月大的儿子小洪球吃完奶，小额头汗津津的，瞅着妈妈咧嘴笑了。这是孩子第一次对妈妈笑，第一次对这个世界笑，邓迎香的心顿时甜成一个蜜罐，而且甜碎了，满心的蜜往外流，流不尽……

当天晚上，小洪球发烧了，邓迎香给孩子喂了几口草药汤水。麻怀村在一个群山怀抱的山窝窝里，罗甸县城在40公里之外，村民和孩子们生了感冒发烧之类的小病，都用草药熬点汤水就对付过去了。第二天，邓迎香和丈夫袁端林下地干了一天活，孩子给奶奶照顾。晚上回来给孩子喂奶，一摸额头，滚烫。接下来孩子眼睛上翻，口吐白沫，小身子直打挺。邓迎香慌了，说，不行，赶紧上医院！袁端林背上孩子，邓迎香拿上手电筒，两人匆匆出村上了山。城里人懂得什么叫绝对黑吗？我懂，因为我下过乡——一个暴风雨之夜，在小兴安岭，世界没有一丝光亮，我活着和死在这儿没有任何区别，就像躺在坟墓里一样黑，比死还黑。这是1993年，麻怀村没有电，为了省点煤油，入夜一片漆黑，上了山更是绝对黑。因为重重乌云压着重重山，像要来雨的样子。幸亏有一支手电筒，那是照亮孩子生命的唯一希望之光。两人顺着羊肠小道气喘吁吁大步往上爬，草棵子在脚下刷刷作响。孩子一直没声，不哭，邓迎香多么期望他能哭出来啊！最好能把大山哭倒，这就证明儿子还有力气活着。上了山顶，绝对黑的前面还有四座山，必须全部翻过去，还要走十几公里，才能到达县医院。麻怀村有多少乡亲孩子就这样死在路上，没人统计，因为没人敢统计。袁端林觉出一种异样，原本火烫的后背渐渐凉了。他背过手摸摸孩子额头，确实。他心里一沉，不敢说又不得不说："怕是不行了吧？"声音里全是泪水。邓迎香发疯似的扑过来抢过孩子，拍拍孩子的脸蛋额头，又拍拍后背："洪球，洪球！你醒过来，快醒过来，给妈妈笑一笑，哭一哭！"

没反应。3个月的小生命就此终止。他对妈妈、对这个世界只笑过一声。第一次当妈妈的邓迎香也是有生以来第一次哭得这么惨烈，她跪倒在地上，一手抱着孩子一手发疯地捶打着大山号啕大哭："还我的洪球！还我的儿子！还我的……"

嗓子崩了，彻底哑了。她的哭号仍在绝对黑中久久回荡，一声接一声，那也是大山的悲号。

袁端林坐在不远处的石头上，也在无声地啜泣，泪流满面。

久久，邓迎香没声了。袁端林怯怯地说："我们回吧。"好像自己办了什么错事。

"你走！"邓迎香吼道。

袁端林默默起身走出十几步，又坐下了。他晓得自己不能走。

邓迎香抱着冰凉的孩子，僵木地瞅着眼前无边无际的绝对黑，山望不见，村子望不见，连根草也望不见，连她和孩子和丈夫都成了绝对黑。父亲当年的一句话突然打雷似的在她耳边轰然响起："你嫁吧，嫁吧！别等到后悔那一天再回来找我们！"

是啊，她当年咋那么傻心眼呢？

迎香生于1972年，娘家在羊场公社（现高峰村），那是一片肥沃的田坝。布依族世代相传有两大高超的手艺，一是织布，二是种水稻。迎香读了半年书就不念了，因为家里有四姐妹，没男孩子，她是老二，父母需要她帮着种田。虽然日子很艰辛，年年愁吃愁穿，但条件比山上没地种的那些村寨还是好许多。风里雨里阳光里，迎香出落成一个标致姑娘，一米六五的身高，在山里就算很高挑了。父母一心一意想找个有本事、离家近、吃公粮的上门女婿当家里的顶梁柱。家里不断有媒人来介绍，迎香19岁那年春天，一位公社副书记领来一个年轻人袁端林，说是自家亲戚，还带来两匹布和12元钱，算是相亲礼。小伙子长得白白净净，五官端正，坐在那里老老实实，一看就是本分人。父亲问他是哪里人？做什么的？袁端林说，是麻怀村的，现在罗甸县城一家合金厂当工人。

什么？麻怀人？父亲早年当过兵，天生火爆脾气，一双眼睛顿时瞪得牛大，吼道："你们走吧，我家姑娘不嫁！"连在座的公社副书记的面子也不给了。

麻怀是方圆几十公里有名的一个穷山寨，汉族、苗族、布依族杂居，外面围着四五层山，山里连绵着起伏不平的石头坡。5个村组、168户村民散布在沟沟坎坎上，人均耕地不到1亩，家家住的是茅草房、土坯房、杈杈房。因为大山阻隔，到20世纪90年代了，电进不来，水进不来，马车进不来，日子过得十分艰难。有一年罗甸县政府下决心给麻怀村解决电的问题，施工队拉着电线杆子来了，呼呼啦啦喊着号子抬杆上山，登上山头一看，前头还有四座山。施工队不干了，说立杆要翻过五座山，投资得翻十倍，你县政府掏得起吗？罗甸县是贵州有名的贫困县，自然掏不起，通电工程就算吹了。就这样,麻怀人坐在山窝窝里,世世代代看着一块古老的天,就像坐井观天。

这些事远近都知道,所以几十年没有一个山外的姑娘嫁进麻怀。

迎香的父母当然舍不得姑娘跳火坑。母亲甩脸子,父亲吼嗓子,很快把公社副书记和小伙子轰出去了。

奇妙的是,就像三生三世前订下的姻缘——谁都没想到,袁端林在邓家就坐那么两分钟,他和迎香竟然一见钟情,谁也舍不下谁了。当时邓迎香心里还想,长得好看的小伙子怎么都在山里呢?

公社副书记气呼呼带着小伙子出了门。袁端林回头看了迎香一眼,她感觉到那眼光里的一脉深情,于是心里有了准主意。

两天后,趁着赶场的日子,迎香跑到县城,径直找到那家合金厂,把袁端林叫了出来,羞红着小脸问:"你想和我好吗?"袁端林说:"想!"迎香说:"那我就跟你一辈子了。"袁端林说:"要得!"两人就算私订终身了。

这事当然总要跟父母说的。两人私下来往了一阵,感情越来越深。按当地习俗,没过门的媳妇要给男方老人和亲戚做许多布鞋和鞋垫,鞋垫还要绣上一些吉祥如意的话。迎香只上过半年小学,但她还是东问西问,把字描回来偷偷做了十几双,足见她爱之深、情之切。父母感觉到女儿有些异常,嘴里哼着歌,走路像跳舞,每逢出门都用心打扮一番。在母亲逼问下,迎香便坦白了。父亲暴跳如雷,母亲连骂带哭,但软的硬的一切都不管用,迎香已经铁了心。

爱情这东西很奇妙,它是世界上最柔软的感情,可遇到困难和障碍的时候又是最刚硬的。深陷其中不能自拔的情侣不是壮士就是烈士,刀按在脖子上都不带低头的。迎香天生是个倔姑娘,认准的事别想让她回头,更何况袁端林这个"鬼"会温柔、会体贴,让迎香彻底鬼迷心窍了,无论父母怎样激烈反对她都不改口,非袁端林不嫁!

有一天冲突达到顶点,火爆脾气的父亲抡起竹竿狠狠抽了女儿一顿,迎香痛得抱着头满地打滚。当晚，她悄悄收拾了几件衣服和十几双做好的鞋子鞋垫，第二天是赶场的日子，天蒙蒙亮她就出了门，直奔她和袁端林约好的会面地点沐阳镇。路上要过一条小河，平时只是齐膝深，这天却淹到胸口，而且水流特别急。幸亏一位老乡把她拉了过去，否则她很可能就殉情了。迎香的姐姐家在沐阳镇，两人在姐姐家见了面，袁端林见邓迎香像天女下凡一样出现在他面前，乐得直搓手，能搓下半斤泥。

别看迎香像鸟儿飞出了笼子，但她是品行端正、对爱情对自己很严肃的姑娘。按照事先约定，她要求袁端林把1200元彩礼带来，如果带不来，她立马回家。袁端林说带来了。迎香把这笔钱交给姐姐，让她转交给母亲，然后又把十几双鞋垫也交给姐姐，说："等我和端林正式结婚，你再给我。"两人准备上路去麻怀村了，迎香问袁端林："我住的地方找好了吗？"端林说："找好了，就是介绍人公社副书记的姨妈家。"迎香说："我虽然从家里跑出来了，但不是私奔。我们得分开住，直到咱们堂堂正正办个婚礼，不能让乡亲们笑话！"

两人翻山越岭走了四五个小时，终于到达麻怀村。第一眼看到麻怀村穷困破败的样子，迎香确实有点触目惊心，但为了袁端林，她毫不在乎，爱情足以抵挡一切。当晚她住进公社副书记的姨妈家，入睡前脱了衣服，她对镜细细数着身上腿上父亲用竹竿留下的紫红伤痕，共21条，她哭了。

第二天，迎香跟着袁端林下田插秧。她特意穿上一件长袖衣衫，也不好意思卷起裤腿，免得乡亲们看到她的伤。

山最冷的时候

数天后，姐姐把袁端林的1200元彩礼送回家，母亲坚决拒收，父亲火冒三丈。

迎香"私奔"麻怀村的事情很快传遍羊场。父亲咽不下这口气，那天腰里插上一把开山斧，拉上20多个弟兄，一路呼啸着向麻怀村杀去。麻怀那边的山头上有放牛娃，见气势汹汹来了一群提斧拿棍的老少爷们儿，心知大事不好，扔下牛疯跑回去报信儿。

麻怀人立即行动起来，其中有不少光棍。确实，这关系到他们的面子。几十年来麻怀好不容易招进一个新媳妇，再让娘家抢回去，光棍们就再没什么指望了！一声吆喝，30多人举着棍棒扁担铁叉子，呼啦啦汇合到村口，两军火气冲天顶上了。父亲怒喊："赶快把我女儿交出来，不然我就把袁家的房子烧了！"那边说："婚姻自由，天王老子都管不着！"数言不合，几个莽撞小子的家伙什儿叮叮当当撞起来了。这会儿迎香和袁端林正在地里干活，听说村口打起来了，两人一路疯跑过来，边跑边喊："别打了，别打了！"双方见事主来了，都停了手。

迎香冲进人群，扑通一声给父亲跪下，泪流满面说："爸，别打了，要打就先把我打死，女儿对不起你，让你和妈操心了。我虽然跑到麻怀来了，但还是清白之身。袁端林的彩礼钱已经备齐了，我就想要个明媒正娶的日子，堂堂正正出门，不给自己丢脸，不给爸妈丢脸。爸，你就不能给女儿一个机会吗？"

全场泪下。

羊场人觉得这样做不对，人家姑娘是自愿的，于是默默返回。当天晚上，父亲在麻怀的山头整整坐了一夜，老泪纵横。

1991年农历六月二十二，一架马车把邓迎香拉出羊场，拉进麻怀。送别的村口，母亲泪水涟涟，父亲闷坐在家里没出门。迎香至今还记得前天晚上父亲对她说的话："爸是心疼你啊，人家姑娘出嫁是糠箩跳米箩，你是米箩跳糠箩，以后的日子咋个办啊……"

邓迎香成了数十年里第一个嫁进麻怀的姑娘。不管怎样，初婚总是甜蜜的。"你挑水来我浇园,你织布来我耕田",麻怀的日子虽然比老家苦,但夫妻相敬相爱,什么苦都觉得甜……

两年后,迎香生了儿子小洪球。但刚过3个月就不幸夭折,这给了邓迎香猝不及防的打击,她崩溃了。她突然意识到,麻怀就是麻怀!是饿死病死穷死也走不出大山的麻怀,翻过一座山,前面还有四座山。大山夺走了她的儿子,打碎了她甜美浪漫的幻梦,毁了她的一切!那个夜晚邓迎香抱着冰凉的孩子,她的心是冷的,她的泪是冷的,她的身子是冷的,浑身的血好像已经不流动了,她觉得自己快要死了……

按当地习俗,死在外头的孩子不能进村,不能立坟头。迎香抱着孩子等在村口,袁端林进村叫来几位乡亲。沉沉夜色里,乡亲们扛着铁锹,打着手电,抱着孩子上山了。这一年邓迎香21岁。数十年过去,她迄今不知道孩子埋在哪里。不敢问。

穷困的地方,命运就是惨。

山最硬的时候

日子不再甜蜜,变得沉寂而坚忍,没有笑声。

心里煎熬着丧子之痛,迎香不想待在这个愁惨的山窝窝里了。两口子到了罗甸县城,端林继续在合金厂上班做工,生活渐渐稳定下来,又有了一对可爱的儿女,又有了来之不易的笑声。日子就这样过下去,就像路边的小草也行了,一岁一枯荣的小草还能有什么奢望呢?

父母还憋着气,整整3年拒绝和女儿联系,直到迎香生下外孙,态度才缓和了。

1999年春,两口子的平静日子突然被打破。

麻怀村委会副主任李德龙突然找上门,告诉他们一件很惊人的事。县里决定发展电网，争取村村通，电业局的人到麻怀测了好几天。一看好几层大山围着，电线拉不进来。把杆子栽到山上吧，坡太陡，人少了扛不动，人多了没地方下脚，而且耗费太大。

得，又遇上前些年施工队无奈撤退的事情了！

邓迎香问："那有啥法子？"

李德龙说："党支部商量了，几次三番拉不进电，再不想法子，麻怀就得困死了，我们决定打个洞。"

"打洞？打什么洞？在哪儿打洞？"两口子瞪大眼睛一起问。

李德龙说："广山坡半山腰那儿有个溶洞，我们几个村干部去探了。如果从两头打进去，打通了，电线杆子就可以顺过去了。"

迎香说："想法是好。可那地方我晓得，坡太陡了，几乎直上直下，根本站不住脚，怎么打洞啊？"

李德龙的表情严肃起来："麻怀再不拼一把就活不下去了！我们商量了，把绳子捆腰上，从山头吊下去，一锤锤凿，我就不信打不通！"

迎香一下激动了："人手够吗？"

"当然不够，所以我才来找你们。"李德龙说，"全村总动员！现在所有党员、干部正在挨家走，让大家把外头打工的人都叫回来，一起干！"

"怎么干？"袁端林问。

"家家出一个劳力，一天三班倒，天不黑不停工。"

袁端林紧紧腰带对妻子说："好，我去干！你在家照顾孩子。"

共同的梦想、共同的事业就像大江入海，总能吸引千河万溪。

入冬，大山轰响了。原以为打洞主要是男人来干，实际上因为男人要种田，还要上山采药材以维持家用，女人反而成了打洞的"半边天"，迎香自然也上了山。大家无分男女，一律破裤烂衣，一个个把绳子捆在腰上，另一头捆在岩石上，然后顺着绳子溜到洞口，便开始叮叮当当开凿。洞深了些，就坐着跪着躺着凿，凿一阵，再把石渣捧出来，撒到山沟里。洞更深了些，越来越黑，就带上蜡烛或煤油灯照亮。粉尘也越来越浓，呛得喘气都难，耳朵、鼻孔、嘴里全是灰。迎香的手脚、膝盖都磨出了血。而且，贵州的岩层都是缝，涌流着溶洞的水，夏天一身水淋淋，冬天就泡僵木了。洞再深的时候就缺氧了，需要不时爬出来喘一喘。

愚公移山，也就是这样子嘛。

那几年麻怀人特别团结，家家户户从不吵架，为什么？累的！干满8小时从山上下来，吃过饭往床上一瘫就睡死过去，哪有气力吵架呀。

2001年腊月二十四那一天，洞两边的人终于听到对方的响动了，那个热血沸腾啊！再猛来几锤，岩层露出一个小洞，两边伸过来的伤痕累累的大手紧紧握在一起。村副主任李德龙爬到洞口，仰脖朝山上的人大喊，朝茫茫群山大喊："洞打通了！我们胜利了！"那一刻他四仰八叉，躺在石渣上，泪水止不住地流……

经过两年苦战，216米长的洞终于打通了，电线杆子顺进去了！然后麻怀村亮了，孩子们能在灯下写作业了，接着有广播有电视了，村民们可以看到大中国和大世界了。

但是，仍有一个巨大的困扰摆在麻怀人面前：山打通了，可那仅仅是个洞，不是路。除了通了电，生活基本还是老样子，只是多了一样：电费。村民要买盐巴、卖鸡蛋还得翻山越岭。要想不爬山，就得从洞的这头爬进去再从那头爬出来，那还叫人吗？那不是狗吗！

好在麻怀人胆气壮了，有经验了，接着干！又过了两年，到2003年秋，这个洞可以通摩托车了，可以改名叫隧道了。日子嘛，过去叫生存，现在可以叫生活了。

袁端林一家又回到罗甸县。两个孩子嗷嗷待哺，前些年的积蓄都垫进去了，那个合金厂连年亏损倒闭了，袁端林决定去小煤矿挖煤，这样可以多挣些钱。没想到2004年6月，小煤窑一声巨响，袁端林被埋在里面了。为丈夫送葬时，邓迎香哭喊着："我的命咋这么苦啊？你怎么忍心就这样扔下我和孩子走了……"

亡魂已去，无人回应。

在县城无法生活下去了。32岁的迎香带着一对儿女和煤矿赔偿的4万元回到麻怀。犁地，挑肥，喂猪，割苞谷，还要照顾两个娃娃，照料袁端林多病的父母，一个独身女人，太难了。但是大山硬，迎香的骨头更硬，那一双柔弱的肩膀硬是把这些扛了起来。

艰难之中，有一双手默默帮着她。很多重活累活，她还发愁呢，人家已经帮她干完回身走了。他就是村委会副主任李德龙。李德龙也很不幸，前几年妻子遭遇车祸遇难，扔下3个娃。因为多年参加打洞，耳朵被放炮声震得听力大减，跟他说话得喊着来，他也喊着回，听着就像吵架谁也不让谁。两年后，两个苦命的人决定合成一家，共有5个娃和4位老人——其中包括袁端林的父母。迎香时常去端林家看望老人，帮着干这干那。乡亲们都说，谁家娶了迎香这样的贤惠媳妇是"前世修来的福"。

到这时为止，邓迎香还是个非常普通的农家妇女，除了麻怀没谁知道她。山里太闭塞了，她很可能就这样在山路上来来去去，围着孩子和锅台转，直到满头白发默默老去。但是，历史终归要变化，生活终归要前进。时光一定会等一个人或一群人，在需要的时候和关键的时候，站出来登高一呼，这就叫时势造英雄。无论谁，都有这个可能，就看你骨头硬不硬，就看你胆子大不大，就看你有没有热心肠和大情怀，就看你对自己狠不狠。

就看邓迎香的今后了。说实在的，5个娃吃饭上学，4位老人需要照料，够她忙了。

有趣的是，耳背的李德龙无意中给她搭建了一个平台。村民找李德龙办事，或者问政策规定，哇哇喊着嫌费力气，于是就找迎香说，让她向李德龙转告。回头迎香听李德龙说了，这事该这样办，那事该那样办，一来二去她对政策规定、上级精神全明白了。再有村民来问李德龙，迎香笑道，你不用问他了，我就能给你说明白！

迎香不识几个字，但她聪明灵慧、做事用心，李德龙讲的那些条条过耳不忘。麻怀村党支部和董架乡党委一看，邓迎香成了"政策通"，有问必答，而且热心肠，有主见，敢管事，是个好苗子。乡党委书记金玉才当过多年麻怀村支书，对迎香很了解，于是问她想不想入党？迎香说："咋不想呢？可我只念过半年小学，不会写申请书啊！"金玉才说："你家里放着个李德龙是光吃饭的呀？"迎香恍然大悟，赶紧让李德龙代写了一份申请书递了上去。2009年，37岁的迎香入了党，接着当了计生员，这平台可就大了，麻怀"半天边"全归她管了。

当了"村干部"，迎香意识到自己责任大了，不能说错话办错事，于是开始跟老李和孩子认真学文化，手指头按着《党章》和报纸上的字，一个个念、背、写，念错了自己哈哈大笑。

山最香的时候

自从和李德龙结婚后，邓迎香对老李的3个娃儿视同己出，和自己的孩子一碗水端平，甚至更好，绝对够亲妈。大女儿李琼上职校时家里很紧巴，迎香东借西凑给解决了。李琼去报到出门时，抱着迎香亲了一口，亲得迎香眼泪汪汪。后来李琼结婚，婆家给了8.8万——吉祥数。迎香又给了1.2万，凑成10万。大儿子李飞结婚，迎香又给了8万。李飞说："我爸眼力真好，给我找了个亲妈。"

2010年9月，李琼结婚，在男方老家苏州办了一场婚礼，但她要求在麻怀也办一次，让爸妈高兴高兴，日子定在十一。不管哪家孩子结婚，都是全村的大事。那天大人小孩呼呼啦啦都聚到隧道口，等着新郎新娘的到来。哪想到老天不长眼，突然下起大雨。车队到了隧道口，发现根本开不进来！这个隧道确实太窄，只能通单挂马车和摩托。大雨瓢泼，新郎新娘只好下车，徒步穿过隧道。李琼穿了一套雪白婚纱，像天女下凡一样漂亮鲜丽。但没法子，只能走。李琼脱下红高跟鞋，换上拖鞋。隧道里高的地方只有一米三四，只能提着裙纱弯着腰往里钻。新郎想把妻子抱起来走，但高度不行，弯着腰不可能再抱起一个人。隧道里泥水遍地，头顶滴着水，石壁淌着水，都是溶洞渗出的。没走多远人人都湿透了。有人脱下衣服递给李琼，让她披在头上别把发型搞乱了，但不管用。好不容易走出216米长的隧道，迎接新郎新娘的本该是一阵热烈的欢呼，但看到小两口已经浇成浑身泥巴的落汤鸡，头发脏兮兮贴在脸上，这大大出乎乡亲们的意料，好些人不禁发出一阵哄笑。狼狈不堪的李琼一头扑进迎香怀里，哭了。乡亲们这才觉得刚才的笑声太不礼貌了，一时都沉默了。

新人在麻怀待了3天，走了，回苏州了。

好多天，邓迎香坐在院坝上发呆。李德龙问她："你想什么呢？"

迎香说："我想继续打洞！把那个隧道打大，让车能过！"她的声音很大，因为声小了李德龙听不见。

李德龙惊了："乱想个啥子啊！麻怀人为这个洞拼了十几年，人人都烦了累了，能通摩托就不错了。再说，隧道通了，很多年轻人出去打工了，村里就剩些老人妇女孩子，谁打得动啊？"

"我去动员！"迎香腾地站起，"你没见新婚日子李琼哭得跟泪人似的？咱家孩子这样，以后别人家孩子也这样啊？现在外头好些人家都有车了，麻怀人永远不买车啊？"

为了给麻怀彻底打开山门，打开一条大路，让幸福生活能过来，邓迎香开始挨家挨户做动员。一听她说还要打洞，村民们吓坏了。不不不，累死了！有个洞能进出能拉货就行了，谁总跟大山玩命啊？

迎香说："孩子在外头赚了钱，回来要给家盖新房，大梁房柱、砖瓦水泥、大电器、大沙发，没有大通道，大车能运进来吗？年轻人都喜欢时髦，要是孩子再买车呢？"

"买车？"村民们笑了，"别做梦了，能买个玩具车就不错了！"

总之，没有一家同意。

总之，几十年来中国有一个通病，就是从官员到老百姓，包括我在内，对国家的发展速度总是估计过低。各个城市原来设计道路时，总以为够宽了够用了，没几年全成"堵城"了，倒是人家一个山里农妇邓迎香看得比较远。

她铁了心，提起锤子钢钎就上了山。她心想，愚公移山不就是这样开始的吗？说实在的，她也明白靠自己完不成这个宏大心愿，但她当村干部了，懂得一些大道理了，也认得"以身作则""率先垂范"这八个字了。山是硬的、冷的，但她相信老百姓的心终归是软的、热的。只要她带了头、坚持住，村民一定会跟上来的！

李德龙心疼媳妇，第三天也上了山。叮叮当当的声音再次敲响了大山，全村人都能听到。在苏州的李琼也听到了，心疼爸妈，捐了1万元过来。这事一下激发了邓迎香的灵感。以前她是纯农民，不懂组织上的事，现在是党员是村干部了，她忽然明白了：对呀！有困难找党找政府啊！她一个高儿蹦到董架乡，又一个高儿蹦到罗甸县，再后来李德龙和她一起跑，希望组织拨一笔资金给麻怀。乡党委书记金玉才无条件支持，帮着迎香给县领导打电话，向省政府有关局委办反映情况，请求支援。

这会儿一直封闭在大山里的迎香才惊喜地发现，前几年麻怀人团结一心艰苦奋斗，打通了一座山的事迹，通过媒体宣传报道，很多党政机关都知道了。听说麻怀人要继续扩洞，让小轿车大汽车开进去，立即纷纷给予支持。省环保局第一笔3万元最先到位，最终邓迎香总共筹到7万元、水泥80多吨，尤为令人感动的是，县残联还捐了3000元。

邓迎香有底气了。村民大会上，她激情澎湃地宣布："一定让大汽车把幸福生活拉进麻怀！"有党和政府支持，再不用拿手指头抠石头了，绝大多数村民都来劲了，但还是有几家缩着脑袋不吭气，大概孩子在外打工，家里不愁吃不愁穿了。

邓迎香是经历过大山磨难的人，一身骨头被石头磨得像钢铁一样硬。她火了，狠着脸说："等洞扩大了，安个挂锁的大铁门，不出工的人不许进车，只许走小门！"其实她知道自己不会这样做，也就是吓唬吓唬呗。

2010年底，麻怀隧道扩建工程全面开工，被"小门"吓住的人家都来了。邓迎香成了领头人，她要带头出工，要天天计算成本、节省工费，要东跑西颠继续争取支持，忙得天昏地暗。但自家的工必须有人顶上，没二话，她让14岁的女儿袁红梅顶上。时代变了，农村女孩也懂得美、知道保护自己那双纤纤玉手了。那不行！咱家一个工不能缺，没话说，必须上！红梅和迎香的脾性一样硬，不说不争不哭，进洞撮石渣、推小车、搬石头去了，回家成了"灰姑娘""白毛女"，满手血泡满头灰。晚上回家，红梅瘫在床上就睡。手一痛，她睁眼一看，妈妈正在给她挑泡点药水，眼泪吧嗒吧嗒掉下来。红梅赶紧闭眼继续装睡，她怕自己哭出来，妈妈更伤心了⋯⋯

有各级政府的巨大支持，可在隧道内运转的机械也派上来了。

隧道变宽变高了，在岩溶地质条件下，为保证安全坚固，县交通部门用水泥和钢筋对洞壁做了加固。

2011年8月16日，历经200多天苦战，麻怀隧道变成宽3.5米至5米、高3.9米至6米的穿山大通道！洞口挂起一幅激动人心的大横幅："一等二靠三落空，一想二干三成功。"村民们跳啊，喊啊，笑啊，跟着披红挂彩的大汽车跑，崭新的大时代轰轰开进大麻怀！

邓迎香默默站在洞口，直擦眼泪。

邓迎香(右四)和当地村民在麻怀隧道前合影(班方智/摄 贵州新闻图片社/供图)

党的十八大之后的2014年1月,邓迎香当选麻怀村委会主任,两年后又全票当选村支书。这一年她荣获"全国优秀共产党员"称号,并获得全国脱贫攻坚奋进奖,实至名归。她为得奖高兴,更为麻怀老百姓高兴。有了敞敞亮亮的大通道,大汽车呼呼跑,贵州惠民大工程"组组通"水泥路进来了,瓦亮瓦亮的路灯进来了,一栋栋闪闪发光的白瓷砖大瓦房进来了,环境干净了,垃圾处理有规定了,家家厕所改造了,洞口边的一处洼地变成碧波荡漾的湖泊,岸边立着古香古色的小亭子,铺着曲曲弯弯的甬道。便民服务中心门前闪着大彩屏,里面现代办公设施应有尽有……

没有30年前那一锤一锤的凿山声,没有农家女邓迎香不屈不挠、奋发蹈厉的登高一呼,没有麻怀人不等不靠、誓与贫困奋战到底的钢铁意志,这一切可能吗？

外出打工的小青年回家探亲，一到高高大大的洞口，惊得不相信自己的眼睛了！一出高高大大的洞口，天哪，世外桃源吧！

时机已到。该把漂泊四方的年轻人召回来，共建麻怀新未来了。让全村老百姓尽快脱贫，2020年和全国人民同步进小康，这就是迎香从北京回来后心心念念的梦想！

在女儿的帮助下，迎香学会了微信，从此微信成了她最喜爱最得力最响亮的"号角"，尽管只是轻轻的那么一个提示声。在她的督促下，村民们也学会了，在微信里七嘴八舌给她提意见、提建议、提项目。眼下为打好脱贫攻坚战，省委正在大力倡导"来一场农村产业革命"，迎香想，改变过去各顾各的经营方式，把村民力量集中起来搞产业，正是时机。但搞什么产业呢？

正琢磨着，袁端胜他爹把儿子"出卖"了。

袁端胜十几岁远去福建一家鞋厂打工，老板看他聪明能干，很快提拔他当了中层干部。数年后，从技术到管理都学得差不多了，而且攒下一笔不小的积蓄，于是挂印封金，跑到泉州，自己开了一家鞋厂，西装革履一套，当了老板。他忙得脚打后脑勺，难得体会到爹妈的思子之情。可老爹熬不住了，对邓迎香说，你把我家那娃招回来吧，他能干事。

邓迎香问，能干啥事？

老爹说，我和老伴想儿子了，不管干啥，喂猪都行！

对呀！邓迎香一蹦老高。这几年全国猪肉紧缺，价格猛涨，养猪大有前景，就干这！

恰好袁端胜回家探亲，邓迎香笑呵呵闯进门。

什么？我老板干得好好的，你让我回来喂猪？

不是一般的猪，黑毛猪，纯绿色食品，肉质好，肯定赚钱，比你做鞋赚钱！要论做鞋，你赚得过温州、深圳、大上海吗？

一句话捅到袁端胜的痛处了。他小本生意,技术落后,虽然每年能挣个一二十万,但确实"杀"不过人家,确实有点憋气。

再说,你爸妈想你想得吃不好睡不好,你女儿上学成绩也不好。我问她为什么?她说,我想我爸爸,可他一点不管我……

坐回屋的女儿呜呜哭了。

女儿一哭,爸爸一定哭。

袁端胜抹抹眼泪,沉默半晌,说,好吧,邓书记,你让我想想。

几个月后,30多岁的袁端胜把泉州的厂子卖了,带着50万现金回到麻

麻怀村新貌(刘文俊／摄 贵州新闻图片社／供图)

怀。邓迎香魄力十足，把上级送来的扶贫项目——76头黑毛猪（在卡贫困户一家一头）全部交给袁端胜"抚养"，还把扶贫办拨下来的20万元建舍费全部借给小袁当流动资金。但绝非"白给白借"：一年后一头猪还两头；每年付给10个深度贫困户每家1.2万元资助金；获得的纯利润村委会提取40%，用于发展集体经济和帮扶其他贫困户；5年后20万元建舍费全部还清。

条件够苛刻。袁端胜已经做过市场调查，认了。

如今麻怀的黑毛猪已经发展到1200多头，袁端胜还当选了村委会副主任，可以想见他干得多么热火朝天吧！

接着，邓迎香又把打工仔曹响国、邓鹏等人"拉下水"。山窝窝里没空地了，邓迎香动员村民把祖坟迁走，自己带头先把前夫袁端林的坟迁了。2018年，50个白爽爽的食用菌大棚像军阵一样，整整齐齐浩浩荡荡在麻怀坡上站了起来，在阳光下亮晶晶的直晃眼。

上面派下扶贫工作队后，麻怀又增加了中草药种植基地、现有4万羽的鹌鹑养殖基地，迎香生态农业发展有限公司随之成立。

事业越做越大，小山窝窝铺不开了，不够干了。上级把附近三个村与麻怀村合并到一起，仍然展不开身子。邓迎香仿佛从山寨呼啸而出的"穆桂英"，杀出山外，组织建筑队，合办企业，广揽订单，反正"迎香"成了罗甸县响当当的最有影响最有诚信的大名牌，走哪都大受欢迎。

2010年，麻怀隧道未拓宽之前，麻怀人均收入800元，贫困户69户281人。如今，人均收入已突破万元大关，贫困户全部摘帽，全村拥有车辆近百台。2010年，全村高中以上文凭的仅有1人，现在已有大学生25人。

大山迎香来，处处花儿开！

2017年，45岁的邓迎香当选十九大代表。当她身着布依族民族服装，健步走进北京人民大会堂时，我们能想象到，这位从大山里走出的普通农家妇女，内心该是多么激动啊！

邓迎香在中国共产党第十九次全国代表大会贵州代表团集中访谈活动中发言
（李枫／摄　贵州新闻图片社／供图）

贵州知名女作家肖勤给邓迎香概括了一句话："一辈子，一条路。"

这条路很神圣，因为它连着"中国梦"。也因此，麻怀是个很小很小的地方，又是一个很大很大的地方。

中华大地，四面八方，人潮涌动，气势磅礴，所有奋斗者都在路上，所有的路都通向实现中华民族伟大复兴的"中国梦"。

这就是中国一直伟大的力量。

第十一章
谢佳清——41个村组的第一书记

我们来了！把深情变成一颗颗硕果，
挂满十万大山、黄土高坡上的果园！
我们来了！用牵挂筑成广厦千万间，
让所有茅屋成为历史的底片！
我们来了！把臂膀变成一条条道路，
直通天山脚下、欢声如潮的民族新村！
我们来了！把力量变成一支支画笔，
为农家娃画出最新最美的画卷！
…………

这是我为驻村第一书记写的一首诗,曾在中国文艺志愿者举行的基层演出朗诵过。

在全国脱贫攻坚的广阔战场上,活跃着一支"奇兵"——驻村第一书记。他们全部是县级以上党政机关、国有企事业单位派下来的中国共产党党员。

他们是扶贫大军中的先锋部队。接到任务后,他们便第一时间告别亲人,打起背包奔赴一个个贫困村,勇敢担负起第一使命和第一责任,与那里的干部群众同吃同住同劳动。他们本来都是城里的干部,长年过着两点一线的有序生活。驻村以后,他们与乡亲们朝夕相处,调查研究,积极扶贫。风天两肩灰,雨天两脚泥,阳光烤煳了脸膛和脊背,模样气质越来越像农民了。回城办事或者放假回家,即使换上整洁的衣服,那黑黑的脸膛还是闪现着农民的风采,常引得家人发出善意的笑声。一位第一书记是这样回答家人的:

"这就是中国特色!"

我被震撼了。是啊,这就是中国特色!

是的是的是的!只有中国能开创和完成规模如此宏大的民生工程,只有中国共产党有如此强大的动员力和高度统一的纪律性,登高一呼便有千百万忠诚战士潮涌而来!

2019年7月1日,贵州省委、省政府召开全省脱贫攻坚表彰大会,表彰了300名优秀的驻村第一书记。我翻阅了大量事迹材料,我感叹,面对"遍地英雄下夕烟"的壮阔景象,几乎无从下笔,因为每个人都是有贡献有故事的。但我发现了一位中年女性谢佳清。她是二次重返战场,而且她去的竹元村拥有41个村民组,我绕行全国一圈也没发现一个行政村有这么多村民组的,于是我把目光瞄准了她。

远上寒山石径斜

雨,在贵州是用来清洗青山绿水的。

2016年3月的一天下午，雨后的阳光扑进窗口，明亮而热烈，踩上去仿佛能溅起浪花。窗外群山连绵，最引人瞩目的就是著名的娄山关，那是被红军热血染红的地方。

遵义市检察院。一张大大的写字台上堆着许多报纸、卷宗和书。谢佳清坐在这边，检察院的领导坐在那边。领导讲完自己的意思，然后热切地瞅着谢佳清，目光充满期待。

谢佳清的回答很简单也很明确："行，我没意见，一定完成任务。"

也许她如此爽快的态度有些出乎领导的意料，他一下被感动了，甚至有些心软了。

领导知道，谢佳清已在检察院工作了27年，从书记员做到检察官，为人正直，工作严谨，性格柔中有刚，对法律法规烂熟于胸，从未办过错案，是单位的中坚力量。把她派下去当驻村第一书记，院党组是舍不得的。但中央要求脱贫攻坚必须尽锐出战，选她出山当然是合适的人选。领导还知道，谢佳清上有老下有小，家里家外都需要她顶着。最重要的是，市检察院是芝麻镇的对口帮扶单位，2015年谢佳清曾被派到芝麻镇新民村，担任驻村工作组组长和第一书记，工作业绩突出，当地干部群众反应良好。转年，新民村脱贫出列后，芝麻镇党委和政府强烈要求把谢佳清留下，期望她再去省级深度贫困村竹元村当第一书记。

面对地方党委和政府的意见，院领导既心疼又无奈，于是给她出了个主意："要不这样吧，明天我派车送你到芝麻镇竹元村看看，你要是觉得身体和工作条件适应不了就提出来，我们再换人。"

第二天早晨，48岁的谢佳清带上行李卷上路了。她的内心有没有一点犹豫呢？实事求是地说，有一点。一个女人，身后拖着老老小小一家子，父母都年近八旬了，能不惦记吗？但是，自从走上工作岗位，她从没和组织上讲过什么困难，办理任何大案要案从没退缩过。她不想打破这个纪录。只要党组织一声令下，她必须上！就这样，谢佳清再次加入贵州脱贫攻坚战的行列，出任竹元村工作组组长和驻村第一书记。聊起来我才知道，她的选择虽然需要勇气，却是有来历的。

1968年，谢佳清出生在遵义市汇川区高坪镇。父亲谢大勋是镇粮管所干部，当时粮管所所属的高坪、大桥、沙湾、混子等粮站职工有很多文盲，管理很难，记账把关更难，季终或年底盘点短缺个几百斤是常事。于是粮管所办了个扫盲班，意在培养骨干，让谢大勋负责扫盲工作。结果他发现农村来的党员姑娘王治未脑瓜灵活，学得很快，而且为人刚正火辣，爱管闲事，眼里揉不得沙子，连所领导办了什么不妥的事她都敢当院嚷嚷。后来领导让她专管出入库记账，从此粮库有了一杆钢尺——人称"王孃孃"。无论谁来送粮，口说多少斤，她都亲自过秤，而且天天晚上盘点，到了年底，库存和账目分毫不差。这样的"钢铁姑娘"当然让领导放心也招人喜欢，谢大勋和王治未顺理成章成了夫妻，接连生下六朵金花。谢佳清排行老二，从小是个爱干净的姑娘（她自称有"洁癖"）。有一次放学回家，她发现家里扫帚磨损得短短的，几乎不能用了，于是跑到隔壁粮库拿了一把扫帚回来——反正粮库里到处都是扫帚，多得不计其数。结果被母亲发现，把小佳清狠狠批评了一顿说："公家的东西就是扔在地上，坏了烂了也不能动，拿了就是犯法！"佳清说："因为母亲管教特别严，我们从小不敢做坏事，对人生道理特别有敬畏之心。"后来母亲年纪大了，成了镇上有名的王孃孃，谁家或邻里之间吵架了，都找王孃孃去评理，老人家也不怯场，去了把是非条理一说，大家都服。此外，老人家还默默做了一件无名英雄的事，数十年间资助帮扶了20多个辍学的中小学生。那些孩子后来考上中专或大学，写信回来向王妈妈和谢爸爸表示感谢，但母亲从不让女儿们回信。她的意思是："不要让人家觉得欠了咱家一笔债，他们能有个好前程就行了。"有个女孩后来考上沈阳的一所大学，王孃孃给她置办了全新的被褥——"而我们几个姐妹用的都是破旧的",谢佳清补充说——然后父亲亲自送女孩到贵阳,再到北京转沈阳。还有一个湖南籍的高中生流落到高坪镇,王孃孃收养他一年并让他专心读书备考。第二年男孩回到湖南,考入当地一所大学,多次来信感谢佳清父母,表示毕业后一定来贵州工作,以报答二老的恩情。母亲还是坚决不让女儿写回信。男孩很奇怪,以为谢家发生什么变故或者搬迁了,于是写信给遵义电视台,讲述了自己的故事并请求帮他寻找谢大勋、王治未一家。遵义电视台觉得这事很感人,带上摄像设备一路找到谢家,没想到看到一堆来信,都是被资助孩子写来的感谢信。遵义电视台很快播出了这个故事,事情传到北京,1995年,央视专门来遵义高坪镇为老人家做了一个专题《助学母亲王治未》,先后在各频道播出多次,轰动了全镇。

也是巧,2020年8月14日星期五上午,我和谢佳清正谈着,老母亲来了电话,问女儿回不回家,谢佳清说回去。然后她对我说,老母亲今年82岁,神智有些犯糊涂了,有时连老伴都认不得了,但有两件事一直记得牢牢的:每到星期一都会来电话问她走没走,星期五问她回不回。

呵呵,多么温暖的母爱啊!

有这样一位伟大的母亲在旁守护,我们完全能够想见谢佳清是怎样成长过来的。她毅然选择继续驻村,担任竹元村驻村第一书记,显然在情理之中,家风使然,道义担当!

竹元村在什么地方呢?当地干部称之为"高原孤岛",我称之为"人间边缘",因为过了竹元村,深山里就没有人烟了。

本书第九章写了"绝命崖上开天渠"的老英雄黄大发,他所在的平正仡佬族乡——那个曾经叫"野彪公社"的地方,就距离芝麻镇竹元村不远,不过还要往深山里钻。路上经过奶子山、太阴山和太阳山,便可以看到黄大发老汉率领村民开辟的天渠,像一条细细的白线把三座雄峻的青山系住。这里的山势陡峭峻拔,绝壁连绵,裂缝重重,简直就是"虎狼之窝",山路更是命悬一线。深沟的底部海拔600多米，陡壁最高处海拔1650米，盘旋的山路落差达数百米。山和山之间就像张开的血盆大口，历史上摔下多少人和多少摩托车，不知道，因为亲人埋了就得。

谢佳清从遵义出发了。单位的越野车拉着她翻山越岭，贴着石壁小心翼翼驶过狭窄的碎石路，历经2个多小时到达芝麻镇。然后拉上镇党委领导，又上山下山辗转近3个小时，才进入群山怀抱的竹元村。下了车纵目四望，数十个村民组散落在四周的山坡和沟沿上，简直就是"星罗棋布"。林木中时隐时现的羊肠小道七拐八弯，连接着一个个村民组，更像一张断了线的烂网。

谢佳清是贵州省作家协会会员、诗人，她们五姐妹合写过几本诗集。瞧着远近高坡上的小村落和弯弯曲曲的小路，让她蓦然想起大唐诗人杜牧《山行》那首七绝："远上寒山石径斜……"没想到，这首诗就是她投入竹元村脱贫攻坚战的生动写照。

后来司机回到市检察院，向领导报告说，去竹元村的路况太危险了，前些年有一辆警车摔进深沟，几位警察当场殉职。检察院领导当即决定：谢佳清每周回家，由单位专车接送。

白云深处有人家

谢佳清说："尽管我已做好了吃苦的准备，但竹元村的偏僻、荒凉和贫穷，还是远远超出了我的想象。路上经过四五个小时的颠簸，头一眼看到竹元村的惨状，那一刻我真是有点犹豫了，想撤退。"

当晚，镇、村干部在村委会的旧木板房里招待谢佳清吃了一顿便饭。大家正聊着，头上的楼板突然响起一群老鼠打架撕咬的声音，谢佳清顿时吓得脸色惨白，浑身僵硬，手中的筷子都掉了。她从小在粮库长大，见过太多的老鼠，所以一生最怕老鼠，从而也养成一种洁癖，任何东西都必须擦拭得干干净净。她瞪大眼睛惊惶地问，上边响的是不是老鼠？镇领导和村干部也被吓住了——不过是被她的惊恐模样吓的。大家都不敢说是或不是，村支书赶紧打岔儿，指着对面办公室那栋砖房说，你放心，住那边没老鼠。

桌上，镇领导和村干部讲了很多真诚和热情的话，期望她留下来。谢佳清终于明白了检察院领导为什么让她二次出山——确实出自芝麻镇的强烈呼吁。此前她在新民村任劳任怨，亲力亲为，尽自己的一切可能调动社会力量，在修路改房、帮扶贫困方面做了大量工作，使新民村发生很大变化，给当地干部群众留下深刻印象。竹元村是省级深度贫困村，且十分分散，如果换一个没经验的年轻人或能力不强的人来当第一书记，上上下下都担心不能如期完成脱贫任务。

望着当地同志热切的眼神，谢佳清原本想撤退的心一下软下来。

第二天早晨，云雾茫茫，谢佳清顺着羊肠小道走下山坡，跨过深沟，爬上对面的山坡，想去看看那里的几个村民组。走着走着，她发现村民家的屋旁都有一个水窖。她知道，这是前两年市检察院作为对口帮扶单位，多方筹集了110万元资金为村民修建的。她还发现，好几个水窖的盖子上都刻着"吃水不忘共产党"几个字，而且笔画歪歪扭扭，显然是村民自己刻的。那一刻，她的心被深深打动了。她想，淳朴的老百姓尽管过着十分艰苦的生活，但他们对党和政府做的每一件好事都怀着深厚的感恩之情并且铭记在心。自己作为一名共产党员，难道不应该为人民群众做得更多更好吗？她"上山下乡"又看了几个村民组，最高的竟然挂在云雾掩映的山头斜坡上，真个是"白云深处有人家"。诗情画意倒是不错，可走近一看，家家都是东倒西歪的茅草房或杈杈房，有些人家甚至人畜同住。再看那一块块狭小的坡田，栽着稀稀落落的苞谷秧。她想，这种缺田缺水、耕作单一、只能果腹的落后生产方式不改变，贫困的日子就永远不会结束。她能忍心扔下这些老百姓走掉吗？作为党派来的驻村第一书记，当然不能！思来想去，她下定了决心，豁出去了。反正横竖是个苦,既然来了就得拿出精气神儿,干出样子来!

当天,她做了入村的第一件事——也是出于洁癖:用自己买来的硫酸,强忍着恶心,一刷子一刷子地清洗村委会那个肮脏不堪的厕所,再把村委会前的地面打扫干净。谢佳清的一个小动作,让村干部和村民对她投来异样的目光,哦,生活原来可以这样啊!这以后,谢佳清定下制度,村委会成员负责轮流打扫厕所,并动员全村全面清除垃圾。短短十数天,村貌的第一个改变就发生了。村民们看在眼里,都觉得这个女书记不一般,能吃苦,有主意。

不到一个月,在老支书夏时乾、村主任夏应礼等人的陪同下,谢佳清或者搭乘他们的摩托车,或者步行攀爬,把41个村民组全走遍了。她把自己的感受写进一首诗,其中有这样几句:

走进大山
就走进无边的空寂和孤独
贴近土地
我便无法逃离她的苦痛与忧伤……

竹元村有937户人家、近5000人,建档立卡贫困户400多户,几乎占全村的一半。经过深入调研,谢佳清意识到,要彻底改变竹元村的深度贫困局面,真正巩固扶贫成果,不能搞小敲小打,不能靠东一勺西一碗的临时接济,必须有一个全方位的整体改造发展规划。于是她选出几位镇、村干部组成规划小组,在汇川区农牧局的协助下,经过反复论证,制定出竹元村历史上第一个发展规划,其中包括基层党建、基础设施建设、危房改造、产业发展、未来设想等五大领域30多个项目。方案递交到市检察院和汇川区委、区政府,领导们大为赞许,称"目标明确,措施得当,立足当前,着眼长远。照这个规划干下去,竹元脱贫致富指日可待!"果真,4年多的时间过去了,竹元村"一张蓝图绘到底",如今还在按这个规划一项项落实。

第一要务,当然是贵州所有地方绕不过去的大难题:路!

路,是竹元人世世代代最痛的那根神经。此前,村民购买生活和生产物资全靠人背马驮,不得已,村里几户人家只好共养一匹马。在区上读寄宿中学的孩子每周回家一次,摩托车单程收费晴天100元,雨天150元,一个月回家4次,来回收费就达800多元,这绝不是贫困家庭所能承担的。很多孩子读不起也走不起,只好辍学了。有时镇领导召集村干部开会,都放过竹元村"一马",传达贯彻上级精神虽然很重要,但让村干部包一辆摩托车就得200元左右,谁掏得起呀。

长期与世隔绝,贫困积重难返,家家一贫如洗,逼得竹元村姑娘纷纷外嫁。小伙子外出打工,好不容易"骗"回一个媳妇,没过上一两年,大多数媳妇就扔下孩子跑了。谢佳清在村民大会上做动员,说起这些悲欢离合的故事,很多村民和光棍流了泪。

那么修路就要占地,怎么办?竹元人的渴盼犹如火山爆发,他们齐声高喊:"让!"很多村民把让地修路当成很荣耀的事,个个争先表态。村民杨明禹当场捐出7亩地,还说:"竹元村终于盼来修路了,占好多地我都愿意!"但祖祖辈辈受穷的日子也令极少数村民心存担忧,怕地少了更填不饱肚子了。一位老奶奶想不开,就是不肯让。施工队伍一上她就哭天喊地去拦,前前后后几十次。村民们都火了,要来硬的。谢佳清劝住大家,多次到老奶奶家拉家常做工作。老人说起她年轻时候为了给儿子凑学费,一个鸡蛋也舍不得吃,等到赶场的日子,天不亮就起身一步步走出大山,把攒起的鸡蛋卖了,再走回来时天都黑尽了。谢佳清说,你儿子已经结婚成家了,难道你还想让儿子孙子和你一样爬一辈子的大山吗?竹元村打不开出山的路,就永远不会有好日子。前后谈了多次,老人家终于想开了,同意让通村公路从她家的自留地上过,而且一分钱补偿不要。

那以后，谢佳清率领竹元村男女老少齐上阵，她戴着草帽，穿着胶鞋，刨石运土什么活儿都干，村民们都被她感动了，连抱娃的妇女都来了。历经两年多的奋斗，他们在悬崖绝壁上修建了总长为60.5公里的1条通村公路和21条纵横交错的通组公路，把三座高山夹着两条深沟的41个村民组统统连接起来。以前走遍全村要花好几天时间，现在开车两个小时就能把竹元村转遍了。

白云深处的人家终于可以开车出山了。世界变大了，眼界开阔了，两只脚变成两轮摩托或四轮车了，山门轰然开，希望滚滚来！

停车坐爱枫林晚

第二件大事：上什么产业？如何脱贫？

竹元村几乎看不到平地，全是斜挂在山上的坡田，石多土薄。大旱一到，一片枯黄；大雨一冲，稀里哗啦，苞谷洋芋留不下多少收成。经过多方考察调研，只有扎根较牢的核桃和高粱比较适合本地。于是谢佳清大力号召村民改种核桃，又省事又好卖钱，没想到遭到全体村民强烈反对。原来，前几年上级曾在村里推广种核桃，一片片树苗长起来了，却连年不见挂果，村民气得把树苗全拔了当柴烧了。这回谢佳清又号召大家种核桃，当然没人听。眼瞅着栽种节气要过去了，谢佳清急得火烧眉毛，天天跑各村组召开会议做动员。有一次会上甚至吵了起来，有村民吼着嗓子问："你是核桃树它妈呀？你说挂果就挂果？"

谢佳清也火了："我就是核桃它妈！而且我还是第一书记，你们必须听我的！"

村民也顶上牛了："如果不挂果，损失谁赔？"

谢佳清脱口而出："大家的损失我全赔！"

谢书记进村以来，一向说到做到。有她这句话，不管愿意不愿意、怀疑不怀疑的，村民们都同意试种了。这下种植面积大大超出原计划，上级拨下的树苗不够用，谢佳清紧急找到本单位市检察院、汇川区扶贫办和贵州红樱桃果业公司求援，甚至"勒令"四个妹妹帮她出资筹款，终于把苗买齐，种下整整380亩，谢佳清可算松了口气。那以后，她天天跑到地里看苗，眼瞅着绿油油的小苗嗖嗖长，心里那个欢喜啊！有一天她在心里默默算账，算村民一年下来能收入多少，忽然间脑袋一炸，天哪！要是这380亩核桃真的不挂果，第一年她就得赔上50多万元！谢佳清不由得吓呆了，腿也软了，可她对谁都不敢说，更不敢告诉家人。这以后再去看苗，没有一点欢喜而只剩提心吊胆了。她暗暗求老天保佑，千万别来什么大灾大难，并从市区请来一些农业专家，对村民进行施肥、剪枝、除虫等方面的技术指导，其余——就听天由命了。

也许因为压力太大，就在这时，她的身体亮起红灯。多年前，她做过一次肿瘤切除手术，因发现及时，效果不错。这件事只有家人知道，她对谁都没说过，这也是她来竹元村稍有犹豫的主要原因。这段时间，她突感身体疲惫无力，饭量大减，于是到省人民医院做了检查。医生说，又出现了癌前病变，恶化扩散的风险很高，要求她马上手术。

手术，就意味着她必须向组织报告，她的驻村任务也必然半途中止。想到两年多来在竹元村艰难奋斗的日日夜夜，想到和乡亲们结下的深厚感情，谢佳清觉得就这样走了，不仅失信于村民，甚至有些群众会认为干部又在骗他们。并且，她领着镇、村干部精心制定的竹元村发展规划也许就此付诸东流。

谢佳清找到医生李东林博士，讲了她在竹元村的工作和规划，讲了那片最让她操心的核桃林，期望暂时不做手术，边观察边治疗边工作。李博士深为她的情怀所感动，答应为她做保守治疗，但期限最多9个月，效果不佳还得手术。李博士还提醒她，这期间要大剂量服用激素，会严重损伤肝肾，对身体有很大的副作用，但谢佳清还是选择了保守治疗。回到村里，她唯一的念头就是抱着最坏的打算,与时间赛跑,一定向党组织和群众交出一份满意的答卷!

在接下来的日子里,谢佳清仍是"核桃它妈",天天提心吊胆地去看自己的"孩子"核桃林,指挥危房改造、整顿村貌、绿化道路、建设新的村委会,还要跑资金,寻找新产业、新项目。家里那边也不平静,年过八旬的父母频繁进出医院,丈夫也一度生病住院,女儿面临大学毕业后的择业,检察院又开始了"员额制检察官"的评选,日子忙得马不停蹄。"这样也好,"谢佳清说,"工作千头万绪,让我也顾不上想自己的病了,能干一天算一天吧。"

俗话说,"种瓜得瓜,种豆得豆",种下的核桃怎么可能不挂果呢?一定是以前的那批苗子出了问题。数月后,380亩的核桃树开始挂果,一个个绿

竹元村第一书记谢佳清(左)正在向村民宣传讲解党的惠民政策、农技知识
(王鸿/摄 贵州图片库编辑部/供图)

盈盈的果苞像小铃铛似的在阳光下闪闪发光。成功了！千钧压力终于可以卸下了！那天谢佳清从核桃地回到村里，关上宿舍的门，一个人躲在房间里痛哭了一场。

没多久，省医院的李东林博士又来了电话，说她的病情已得到有效控制。他还幽默地说："你的好转刷新了我的临床诊治纪录，那么你的扶贫成果是不是也有我的一份贡献啊？"

谢佳清又哭了一场。是啊，在竹元村，在脱贫攻坚的战场上，并不是自己一个人在战斗，身后有多少人、多少双有力的大手在支持她帮助她呀！

她满怀欣喜把核桃挂果的图片发到朋友圈，有村民留言说："书记呀，你真像是核桃它妈，核桃树上都挂满你的影子了！"

第二年，竹元村核桃种植面积扩展到1500多亩。这之后，引导群众调整产业结构就容易多了。不久，通过谢佳清的牵线搭桥，全村群众又开始为茅台集团订单种植有机红高粱，为向黔进集团等企业订单养殖生态畜禽产品，单红高粱一项，每年就让村民增收1300多万元。一项项新产业使竹元村的"石山荒山"正在变成"金山银山"，为村民脱贫增收打开了广阔的前程。

与此同时，规划中的水库、水厂、基站、卫生院、幼儿园、教师公租房、群众文化广场等相继建成并投入使用。新建移动基站后，处于沟底的7个村民组都能用上手机了。全村还新建住房800栋，改造危房132户，院坝村路修缮一新，"弯着腰拄着棍，披头散发掉眼泪"的旧村貌一去不复返。外出打工多年的村民回到村里，几乎不认识自己的家乡了。望着宽阔的通村公路和一条条平展展的通组路，以及一栋栋新建筑和村民新居，他们惊呼，竹元村真是发生了翻天覆地的变化，做梦都想不到！

据统计，从2015年底到2019年底，竹元村的集体经济积累从0增加到62万元，贫困发生率从32.22%降为0，年人均纯收入从876元增加到1万余元。2019年11月，贫困人口全面脱贫，竹元村成功摘帽出列。

这期间，谢佳清从市检察院调到市纪委监察委，任宣传部副部长。但她仍继续驻村工作，她觉得，把美好生活带给人民群众，那是最重要也最幸福的工作。

霜叶红于二月花

教育是阻断贫困代际传递的根本途径。

谢佳清从母亲无私助学的事迹中受到深深的激励。在竹元村，她始终把发展教育当作头等大事，牢牢抓在手里。村里不仅建起了设施齐全的幼儿园，对原有的竹元小学校舍也进行了改造，还建了一栋宽敞的教师公租宿舍，解决了一批来村年轻教师的后顾之忧，并通过个人出资和整合社会资源资助了70多名贫困学生顺利读上各级各类学校。

2017年，村民蔡某的两个儿子一个考上民办的上海建桥学院，一个考上高中。但因民办学院收费比较高，蔡某交不起，只好劝大儿子放弃。谢佳清听说后，四处奔走帮蔡家联系资助单位，最后终于得到飞洋集团遵义分公司的支持，使两个孩子都如愿上了学。还有一个16岁的女孩小蔡，为帮助生病的父母还上外债，决定放弃读高中，带着父母去仁怀市打工。这个女孩的自立自强和诚信精神让谢佳清深为感动，她特意去了遵义市职业学校，请求校领导为小蔡保留一个就学名额，然后又到仁怀市，在一个商务会所找到小蔡，动员她去遵义市职校上学。会所的老板何炯在一旁听了两人的对话，也被深深感动了，当即表示只要小蔡去上学，他就负责帮她家还上3万元的外债。小蔡面对这么多的意外几乎不知所措，扑到谢佳清怀里放声大哭。数天后，谢佳清在朋友圈看到小蔡发了一张在学校操场上的自拍照，笑得那样灿烂，下面写着："学校，真好！"

竹元村还出过一件影响很大的事情。

2017年，中央电视台评选"全国十佳最美孝心少年"，其中6岁的王安娜就是竹元村人。王安娜的父亲王建民早年因犯盗窃罪入狱，被判15年有期徒刑。母亲眼见这个家没什么指望了，生下小安娜7个月后就远走他乡，不知去向，家中只剩下多病的奶奶和90多岁高龄的曾祖母。小小的王安娜很早就懂得了照顾奶奶和曾祖母，为两位老人煮饭、喂药、洗脸、洗脚，事事做得体贴入微。谢佳清在走访中了解到小安娜的情况，特别叮嘱村组干部对小安娜要多加关心，还给她家送去了大米、菜油和棉被，同时把全家纳入低保，小安娜则被送进村幼儿园，由村干部当她的"代理家长"。

2018年7月，93岁的曾祖母去世，村里帮小安娜办完曾祖母的后事，谢佳清和村支书黄光领不约而同地想到，应当设法让小安娜在狱中的父亲回来看看母亲和孩子，这样也会使一老一小得到心灵上的一些慰藉。第二天两人乘车到了遵义监狱，小安娜的父亲王建民就被关在这里。谢佳清说明身份后，询问监狱领导能否给王建民一点时间，让他暂时离监回家奔丧。

监狱领导说，去年王安娜当选"全国十佳最美孝心少年"的节目在央视播放，我们监狱也收看了，在监犯中震动很大，王建民痛哭流涕表示了忏悔。按监狱管理法规，我们同意王建民出监回家奔丧，在家里停留的时间限定为3小时。

第二天早晨，王建民被两名狱警带出监狱大铁门。到了外面，王建民震惊地望着遵义市沿街高耸的楼群、如潮的车辆和繁华热闹的街景，这一切和他入狱时已经大不一样了。警车驶出遵义市区上了高速，王建民东张西望地惊问："这是去竹元吗？"他已经不认识回家的路了。

到了竹元，看到四通八达的水泥路、来来往往的车辆和焕然一新的村貌，他更惊讶了。

"这是竹元吗？"他又一次惊问。

在小安娜和奶奶住的新房周围已经挤满了村民。王建民哆哆嗦嗦钻出警车，看到满头白发的老母亲和7岁的女儿安娜，看到周围的乡亲，他扑通一声跪倒在地，一句话说不出，只是痛哭不止。

泪水中，敬香、磕头、烧纸……

最后，王建民同老母亲和女儿吃了一顿团圆饭，懂事的小安娜不断给父亲夹菜，而王建民满脸是愧疚和忏悔的泪水。3个小时很快过去了，谢佳清要求王建民给现场村民讲几句心里话。

王建民流着泪说："我对不起竹元村的乡亲们，回来看到家乡变得这么好，我后悔也晚了。回到监狱我一定好好改造自己，争取早日回到竹元，为家乡建设出力。"

全场沉默。

那一刻，小安娜那双清澈的大眼睛里充满泪水。她多么期望父亲遵守诺言，争取早日回家。

这个场面，无疑是一场生动的法治教育。

2019年10月17日，第六个国家扶贫日。这一天，党和国家领导人在北京亲切接见了荣获全国脱贫攻坚奖的先进集体代表和先进个人，谢佳清作为全国脱贫攻坚奖贡献奖获得者位列其中。今年她52岁了，从2015年开始到现在，她先后在遵义芝麻镇新民村、竹元村担任驻村第一书记已接近6年，时间不短了，鬓角已见些许的霜白。我想，当2021年全国人民同步进小康的那个辉煌时刻到来，谢佳清一定会为自己的非凡经历而深感自豪的。我用杜牧的七绝《山行》来做本章的小标题，恰好是她奋斗历程的生动写照。

如今的她，正是"霜叶红于二月花"！

第十二章
王明礼——伟大的士兵

本文郑重更正：很多新闻报道说，老兵王明礼在战场上失去了半条腿。不！这是采访不深入的谬误。宣传不准确，说法不统一，会对英雄形象造成损害。我亲自查验过，他失去了两条小腿……

军号吹响初心

乌江如弓，射出一江浩荡，奔腾在红军的铁血故事里！

太阳从山后一跃而起。王明礼双手叉腰，站在高高的山头，眺望着在群山中蜿蜒而去的明亮的乌江。秋风呼啸而过，卷起漫山遍野的黄叶，他屹立不动，犹如一尊山岩。

他是铜仁大山中的一支"老军号"——55岁的苗族老兵。历经九九八十一难，倒下很多次又决绝地站起来，死了很多次又侥幸地活过来。身高曾被弹片削去4厘米，后来又奇迹般地升高5厘米，如今干得生龙活虎，豪情万丈，踏遍青山人未老，时时吹响着一支激励人心的"军号"。

事实上，站在山头的这位老兵的两条腿都只剩下了半只。

上午，我到了思南县大头坡村委会。几位镇、村干部迎出来。握手寒暄之际，有人指着后面一位矮壮汉子说，他就是王明礼。身穿黑羽绒服、足蹬解放鞋的王明礼，肩上挎着一个褐色小皮包，大步走过来跟我握手。方圆大脸，宽额朗目，语音响亮，浑身散发着很硬朗很阳光的豪气……

不是说他腿有残疾吗？怎么走得这样雄健？我想。

交谈中，忽听一阵昂扬的军号声响起，我诧异地四下看看，山窝窝里只有几个村庄，哪来的军号声？回头一看，王明礼走到路边去接听手机了——原来是他的手机铃声。我心中凛然一震，呵呵，不愧老兵情怀！

"走，我们上茶山！"王明礼挥挥手机说。

前天刚下过一场秋雨，车行半路上不去了，我们只好徒步登山。鞋底沾着厚厚的泥巴，重如铅块，王明礼却一脸轻松，边走边介绍这座正在开垦中的千亩新茶山。期间他的"军号"不断响起，看来事务繁忙，又似催人奋进。瞧着他大步向前的样子，我愈发有些恍惚，县里介绍他是断了腿的退役军人,可他走路爬山如此矫健有力,怎么看不出一点异常?

山坡上,几台挖掘机正在平整土地,还有一些打理茶园的男女村民。王明礼和他们打着招呼,问这问那,像老朋友一样亲近。他告诉我,这些都是周围村里的贫困户,来茶山务工后,有了固定的工资收入,日子过得舒心多了。

看过新茶山,我们又驱车赶到他和战友们开发了整整10年的万家山观光茶园。这次不用爬山了,一条水泥路转了十几圈直抵山顶。这里整个山头被削平了,有围栏和观景台,有办公区、会议厅、品茶室,有通往各个景区的木板栈道,有造型优美的几座巨大白色凉棚。登高远眺,群山起伏连绵,云雾缭绕,一条条公路宛似丝带蜿蜒其间,串联起一个个粉墙乌瓦、错落有致的村庄,看上去宁静而温馨。远近山坡上,遍布一排排齐整的绿油油的茶

万家山茶园老茶山部分(王明礼/供图)

树，仿佛层层碧涛连绵不绝。时值深秋，山上很冷，我们入室围坐在"电热桌"（此为贵州特产：桌边围着棉帘子，里面放着电热器，脚可以伸进去取暖）旁，从上午一直聊到傍晚。王明礼的半生经历带着战火硝烟呼啸而来，听得我热血沸腾，激动不已。我说，让我看看你的伤腿，都说你伤得很重，可看你走路健步如飞，怎么一点看不出？

王明礼把两条裤腿卷到大腿上——真实，残酷的真实，猝不及防地显现在我面前！

他的左小腿膝盖下有个皮带系扣，解开后，他把细瘦的小半截小腿抽出来，一只高约30厘米的假肢便赫然立在地上。我震惊不已，探头朝假肢筒里看了看，底层垫着纱布，有一点点猩红，显然是走路磨出的血迹。再看右小腿，皮肉看似正常却凸凹不平，有一条条浅黑疤痕。王明礼说，受伤时炮弹皮把右小腿的骨头削飞了，膝盖下只剩下一条皮肉连着脚。军医们想方设法做了10多次手术，最后用一条钢板做支撑，外面包上移植过来的皮肉，把膝关节和失去神经的脚连接到一起。我摸摸那条小腿，皮肤下森冷、刚硬、平直。王明礼指指左大腿上的一片伤疤说，包着钢板的右小腿皮肤，就是从这儿移植过去的。

近8个小时的访谈，王明礼回忆着，诉说着，时而凝重，时而悲伤，时而大笑，期间他的"军号"不断响起。数十年来的血水、汗水、泪水，仿佛都已融在他那昂扬的军号声中。我和陪同来的同志全神贯注地听着……突然，只见他拎起左腿假肢，"砰"的一声猛地甩到屋角，然后大声说："我现在能上能下，有什么怕的！"这简直是突如其来的"黑色幽默"，我不禁大笑起来，笑完，已是满脸泪水。

钢铁是这样炼成的

哦嗨，哦嗨，大家使劲拉哦，

前面是险滩了,脚步要加快哦!

哦嗬,哦嗬,哦嗬,大家齐心拉哦,

大船要上滩了,脚步要用劲哦!

这是王明礼当场唱给我听的乌江纤夫号子。

他唱着,我听着。在纤夫们的呼吼声中,我面前仿佛有一阵阵冰冷的浪花飞过……

在漫长的岁月里,铜仁市思南县曾是乌江边一个繁华的水运码头,千帆竞过,商贾云集。拉运盐巴、煤油、布匹、粮食和生意人的木船或从思南乌江码头顺流而下入嘉陵江,至重庆涪陵,或从涪陵逆流而上至思南,全程约300里。居住在思南县乌江边的青壮村民多以拉纤为生,一条大木船连人带货可载50吨,需要30个纤夫,上溯航程1个多月,下来要15天。人民公社时期,王明礼的父亲是当地有名的纤夫头和老船长。船过急流险滩,时逢疾风暴雨,他是负责扳舵的掌舵人。遇到险处,他便把舵把交给副舵,自己用粗大竹竿死死抵住江边的石岸或礁石,以防木船撞上巨石,人与货的生死存亡,常常在他的竹篙点拨一瞬间。王明礼生于1964年,是家中的晚来之子,两个哥哥大他10多岁,两个姐姐幼年时不幸因病夭折。春节前,母亲一般做两双布鞋,先给两个哥哥穿到大年初四,以便他们出门串亲找媳妇,初四以后再给小明礼穿——寒冬里两个哥哥就光脚了。因为鞋太大,小明礼只能用麻绳系牢拖着走,拍得大地尘土飞扬,吧嗒吧嗒响,这让他很自豪。为给贫穷的家庭出点力,王明礼12岁时便跟着父亲和哥哥去拉纤,成年人每天记10个工分,小孩子记2个工分。风里雨里,惊涛骇浪,经常超载的木船很容易出事,湿滑的悬崖栈道也常有人滚落山崖,非死即伤。拉纤时,骨瘦如柴的小明礼和大人们一起裸着上身,穿着破布短裤,肩膀上套着线粗针密的布垫,打着赤脚,在栈道上深弯着腰,一边呼喊着纤夫号子,一边拼力拉着百米长的纤绳艰难前行。最初肩膀和脚底磨得血水淋漓，后来结出厚厚的茧子，和石板一样硬了。路途漫漫，白天拉纤，夜里睡船板，小明礼累得饿得直哭。后来不哭了，小小年纪的他学会了咬牙忍耐和刚强。父亲一直干到70岁才从船上下来，每到年底，从生产队分得10块8块就不错了。伟大的乌江就是这样在纤绳的拉动下滚滚向前的。

那些贫苦的日子，纤绳是他的生命，乌江是他的纤绳。

1981年，17岁的王明礼高中毕业，入伍当兵。家里很支持，母亲说："当兵才能吃饱饭。"父亲说："当英雄才能找到好媳妇。"说的都是真理。全村乡亲一分一毛地凑了3块8毛钱，送他当贺礼。进了新兵连，为增强实战能力，教官的"魔鬼训练"极其残酷。顶着毒日头挺直腰板立正3个小时，一动不动，昏倒就抬下去，不许回来了；热带丛林穿行10天，每人负重35到40公斤武器装备，每天跑5公里，不许歇；每人发2斤大米，生米生吃，然后靠野果、草根、树叶，抓田鼠、兔子、活蛇填肚子；黑夜中，百米开外亮着100个不断移动的手电筒小灯泡，看上去就像暗红的烟头，早打完早回宿舍，打不完的接着打。实在完不成任务的坚决刷掉，派去种菜做饭喂猪。王明礼小时候经过大风大浪，炼出一身虎胆和鬼机灵，练什么都高人一头。白天打靶5枪50环；夜里打小灯泡枪响灯灭；投弹近60米获新兵连第一。训练结束后，他获评"特等枪手"和"五好战士"，被分配到云南某野战部队任加强班班长，领导一个步兵班和两个机枪班，共32名弟兄，相当于一个排的兵力。1984年4月28日凌晨，20岁的王明礼率领他的加强班上了西南边境战场，道路崎岖且有很多陷阱，底部插着密密麻麻的竹尖。为防受伤，我军官兵不得不穿上一种特制的长筒铁鞋，鞋底是一块钢板，鞋筒是厚厚的水龙布。讲到前线生活，王明礼说，有一次一只小野猪掉进战壕，战士一把按住把它宰了，每人分了一小条生肉，大家欢天喜地像过年一样。

我问，生吃吗？

王明礼当场起身给我们表演：只见他嘴巴大张，大巴掌往伸出的舌头上一抹，想象中的肉就没了。这个动作他夸张地连做了五次，而且是真舔，巴掌上沾满了亮晶晶的唾液，好像真的吞下一条肉，逗得我们大笑不已。表演战士夜间吸烟时，王明礼起身抓起一支烟，嘴里吱吱有声地用手捂着假装猛吸一口，然后迅速把烟头猛地朝下一捅，塞进想象中的草丛。这个动作他重复了七八次，满屋人再次哄堂大笑，而他的表情却一本正经极其严肃，眼中凛凛生光。我深深体味到，这些动作今天看似"笑料"了，却深藏着他对战时生活刻骨铭心的记忆和对死难战友们的永久怀念。我的眼睛又湿了。

战斗打响后，冲锋在前的王明礼先后在炮火中救回3名重伤战友（那是一个长长的惊心动魄的故事），但他的左小腿被炮弹炸飞，右小腿被炮弹皮削去腿骨，爬回战壕他便昏了过去。事后听说，当时战友们以为他不行了，在他的军衣口袋里翻出战前写的入党申请书，已被鲜血染红。指导员看了大哭不止，吼了一声："我批准王明礼火线入党！"

不知过了多久，王明礼醒过来了，发现自己躺在战地医院里。身上插着各种管子，10多个伤口包着厚厚的纱布，左小腿不见了，右小腿只剩一条筋肉挂着脚。他哭了，心想以后怎么活呀？如果成了父母一辈子的累赘，活着还有什么意义？军医告诉他："你整整昏迷了5天，我们进行了多次紧急抢救，现在已脱离生命危险。"

王明礼流着泪说："我伤残成这样，活着还有什么用？"

军医说："小伙子，你才20岁，活着就是幸福！"

"我救下来的3个重伤员怎么样了？"他问。

军医说："都活着！"

顿时，一股巨大暖流阳光般涌入他的心中。是啊，医生说得对，活着就是幸福！

王明礼住院治疗整整11个月，把伤腿算在内，身高整整缩短4厘米。第一次大手术长达20多个小时，医生从他身上取出100多个弹片。后来又进行了截肢手术、钢板植入手术、修整膝关节手术、植皮手术、食道穿孔修补手术……他已经不记得总共做了多少次手术，迄今头部、胸部、腋下、腿部，仍留有10多个无法取出的小弹片。半年后，靠着一条钢板、一只假肢和一副双拐，王明礼终于艰难地站了起来，他的身高因此又"长"出5厘米。因王明礼所在部队在战场上表现英勇，受中央军委通令嘉奖，他荣立个人二等功。作为英雄，他活过来了，但让我震惊的是，王明礼复员前做出一个出人意料的举动。他的加强班里有一位小战友罗金成，也要复员回四川农村老家。小罗在战斗中表现很好，但没受过伤也没立过功。考虑到小罗的家境极为贫困，很需要一份拿工资的工作，王明礼毅然做出一个决定：把自己的二等功让给罗金成，自己只拿个三等功。

真是天下奇闻！王明礼为保卫祖国和救助战友，无畏无私得太彻底了！20年后，罗金成专程从四川来思南县看望王明礼，生死战友情，两人抱头大哭。

从双拐"邮递员"到转战8个村

1985年11月，21岁的王明礼怀揣四级伤残军人证，挂着双拐退伍回到家乡思南县关中坝乡扑龟塘村。母亲见当年走时活蹦乱跳的儿子归来已成残疾，抱着他落泪如雨。当了数十年老船长的父亲却很坚强，说，哭什么？为保卫国家死了伤了都是光荣，值得！两个哥哥和弟弟慨然表态，你好好养身体吧，家里地里的事我们包了！

王明礼被安排到思南县总工会工作。领导看他行走艰难，特意分配他当收发员，天天坐在门房里收信发信分报纸，这样可以免走许多路。时间长了，王明礼发现，工会寄出的信件文件，大多是发给本县党政机关和各企事业单位的，路途并不是很远。他想，虽然一封信只花8分钱邮资，可积少成多，长年累月加起来就是不小的数字啊！他决定自己送。从那以后，每天下午，王明礼拄起双拐，背上邮件，艰难移动着沉重的身体上路。无论酷暑寒冬、风里雨里，他上坡下坡，过桥坐船，走街串巷，把每封邮件及时送往各个单位。接件人看到他的样子都极为震惊和感动，说，8分钱的事情，寄来就是，为什么派你来送呢？王明礼抹抹汗说，我是自愿来送的，能给国家省点就省点。接件人哪里知道，王明礼不仅拄着双拐，而且两条小腿一只是假肢、一只是钢板啊！走的路多了，左腿残端被假肢磨得鲜血淋漓。晚上回家，母亲帮他清洗包扎，禁不住老泪纵横。王明礼说，妈，不要哭嘛！我的好多战友都牺牲在战场上，我还能喘气，还能活着站在你的面前，多幸福啊！

王明礼从没对家人说过，送信件上山下山，他不知摔过多少跤。一次凝雪天，他从一个陡坡摔下来，一直滚到乌江边，两支拐杖甩得老远，躺在那儿半天动弹不得。就这样，"义务邮递员"王明礼一干就是10年，送信10余万件无差错。同时他还获得一个意外的好处：走了10年"长征"路，身板硬了，两条大腿强壮有力了，王明礼把拐杖甩了！

回乡两年后，经人介绍，一位清秀的姑娘许大华爱上王明礼。最初姑娘全家坚决反对，但大华坚定不移，非他不嫁，父母只好认了。每次去看望未来的岳父岳母，王明礼都把双拐藏到隐蔽处，然后气宇轩昂、大步流星、满面笑容地进门问好。老人问，你的伤腿怎么样啊？王明礼轻描淡写地说，不碍事，小问题！

王明礼有着炽热的部队情结。两口子一儿一女，儿子大学毕业后被明礼送进部队，立了三等功，5年后退役回乡，现在是驻村第一书记。女儿大学毕业后也当了兵，整个家族和乡里乡亲的孩子，先后有40多人听从明礼的建议参了军，现在还有20多人在部队。春节回家团聚，一大家子英武军人、爱国卫士！

1998年，全国兴起"建设新农村"高潮，王明礼主动申请驻村工作。这让亲友同事们大吃一惊：你一个双腿伤残的人，天天翻山越岭吃得住吗？王明礼笑道："活着干，死了算！"

第一站是高山上的石门坎村。残屋破门，漏风漏雨，没路、没水、没电。王明礼到县上各部门奔走呼号，讲得慷慨激昂，入情入理。有了投资，他又带领全体村民出义工，凿石开路，立杆架线，挖沟设管。奋战一年，所有困难粉碎于脚下，全村喜笑颜开。之后，王明礼又转到第二站：山腰上的花坪村。同样是水、电、路的问题和极度贫困，同样奋战一年，钢铁决心硬是把大山撞开一条路。接下来是宫寨村、筑山村、过天村……整整9年，王明礼转战8个国家级贫困村，修建水窖68个，筑路总计60多公里，再加上推动农副产品多种经营，请农业专家指导村民改善种植技术，大部分群众实现温饱。期间县总工会领导多次劝他回来歇歇，别太拼了。但王明礼一次次拒绝，他说，我的很多牺牲了的战友都生长在贫困家庭，我这样干，就是为了替他们做，帮他们的亲人！

2008年，乌江思林水电站开建，要求周边沿江村民全部搬迁。但是很多村民留恋老家，当地干部磨破了嘴也不搬。刚刚转战到柏杨村的王明礼出马了。他或拎一瓶酒，或拎一条肉，上门拜访，讲大局，讲发展，讲有利于孩子上学和医疗方便。酒过三巡，绝大多数农户很快同意，最后只剩下6个"钉子户"，村民杨春茂是其中最硬的。5月的一天，天降瓢泼大雨，王明礼听说杨春茂在对岸山上放牛，觉得这种天气很危险，便披上雨衣匆匆过江去找他。恰在桥上遇见牵牛回家的老杨，两人冒着雨一边过桥一边聊。那座桥是早年修建的老木桥，桥板已经破朽不堪。两人聊着聊着，突然间那头大黑牛踩断桥板，扑通一声掉进江里。王明礼知道，牛是农民的命根子啊，他似乎全然忘记了自己是残腿之人，立马甩了雨衣，纵身跳进风高浪急、雨雾茫茫的大江。王明礼从小拉纤练出一身好水性，但身上的假肢和钢板太沉，很快在急流中不见了踪影。杨春茂急得一边往桥下跑一边大喊，不好了！有人被水冲走了，快来救人啊！

很快，岸边集中了10多个人，大家一起跟着杨春茂往下游飞奔去找人。到了下游200多米远的地方，只见王明礼抹着满脸的江水雨水，浑身湿漉漉地牵着大黑牛一步步走上岸。杨春茂上前紧紧握住王明礼的手哽咽着说，老王，你是没腿的人了还这样不要命，我哪样都不谈了，明天就搬家！

村镇领导说，最后的"钉子户"是老王拿命换来的！

永不离身的战友花名册

驻村9年，让王明礼更加痛切地体验到，山区贫穷艰辛的生活必须加快改变，何况其中还有不少军人家属、烈士遗属和复员战士。我访谈时，座中就有王明礼的一位战友王芝前，他在战场上遭遇地雷炸伤后，肋骨处留有一块小弹片。退伍前，王芝前想到家里很穷，没钱娶媳妇，再拿个伤残证更找不到媳妇了，于是他放弃了伤残证，假装毫发无伤回到思南老家。后来媳妇是"骗"到手了，可肋骨处年年发炎，疼痛难耐，每年都住几次院，医护人员都认识他了，见面就笑道："王副院长又来了？"直到2018年，在王明礼的资助下，王芝前才下决心把弹片取出。每每听到类似的事情，王明礼的心都隐隐作痛，久久不能平静。让复退军人和他们的亲人不再流血又流泪，帮助他们过上好日子，成为王明礼魂牵梦绕的强烈意愿。驻村期间，他注意到农村青壮年大部分都外出打工了，家中老弱病残爬不得高坡，干不动重活，很多坡田荒废了。他想，如果把这些荒山利用起来搞产业经济，让村民来做工，荒山就可变现，农民就可增收。2007年，经过长时间奔走谋划，王明礼下决心把自家房子卖了，和几位战友凑了一笔资金，开始筹建万家山茶场。

万家山海拔高，土地肥，日照充足，雨量充沛，是发展生态茶业的风水宝地。王明礼和战友们身穿迷彩服上了山，没有路，抡起锄头柴刀又砍又刨；资金不够，向亲朋好友一笔笔借贷；住帐篷没有电，点煤油灯；没有水，一桶一桶背上去，一棵一棵浇，满山遍野的茶苗就这样种了下去。日复一日，王明礼的腿骨残端被假肢磨得长期发炎，脓血直流，他就靠消炎药、止痛药咬牙顶着。经过200多个日夜的艰辛劳作，1000多亩荒山终于变为绿油油的茶园。可没想到，第二年铜仁地区发生罕见雪凝灾害，大部分茶苗冻死在地里。还没见收成就亏得倾家荡产，44岁的王明礼坐在山头，泪弹子一颗颗砸在雪窝窝里。几位战友绝望了，想打退堂鼓。王明礼怒吼："咱们都是当兵的，冲锋号一响，不死就得往上冲！眼下这点困难算什么？"接着他又幽了一默，"如果我手里有枪，谁当逃兵就地枪决！"

一股惊天豪气顿时回到战友心中，在新疆当了8年兵的杨秀文笑道："班长枪下留人！只要你不撤，我们跟定了！"

通过银行贷款进行大面积补种茶苗后，第二年万家山又绿了，绿得汪洋恣肆，碧波接天。为帮扶周边老百姓脱贫致富和实现更广泛的辐射力，王明礼和战友们先后成立了鼎盛生态农业开发公司、晨曦生态农业专业合作社、退伍军人创业培训基地。全国各地凡有想来学茶业技术的退伍军人，都免费招待。

58岁的杨秀文在新疆当了8年兵，3个孩子在广东打工，老伴患有严重自闭症，不能劳动，耳朵天天塞着布条，见人就跑。他投奔王明礼以后当了管理人员，每月加绩效工资能拿到4500多元，家境彻底改善，老伴病情大为好转，王明礼进了门，她也知道给大恩人沏茶倒水了。

王明礼走村串户时，发现了土家族特困户许老奶奶，72岁，儿子儿媳在广东打工遇难身亡，留下一个小孙子，家中一贫如洗。王明礼把许奶奶请上茶山，干点喂鸡喂鹅的零活儿，包吃包住，每月发给她2600元，小孙子从小学读到初中，所有生活费用全包，每周还给100元零花钱。节假日，小孙子还可来茶园采茶，周末两天就能挣七八十元。有个村有一男一女两个孤儿，王明礼把两个孩子从小学一直供养到高中毕业,直到外出打工。

多年来,王明礼怀着深切的情怀,把周边10个贫困村、数十个山寨走遍了。一次次请村干部召开村民大会,动员大家就近上茶山务工,每天工资80元并包三餐。仅2019年,合作社总共发放工资就达219万多元。

2020年春,新冠疫情突袭而来,王明礼迅速组织了一支由退伍军人及家属组成的志愿防控服务队,他又像当年领导"加强班"一样投入战斗,分班分组进行沿村巡逻、值勤路口,检查过往车辆,劝阻流动人员,为行人测温,并捐出3万余元钱物支援湖北和思南县抗疫斗争。周边老百姓非常热爱和感恩这个志愿者团队,称他们是"不是军人的军人,不是亲人的亲人"。

如今,万家山茶园面积拓展到5000多亩,精品水果基地300多亩,发展养殖鸡、鹅、羊4000多只。他们通过聘请专家精心打造的富锶"晏茶",吸引

王明礼(右)和战友在茶园查看茶叶种植情况(王明礼/供图)

了英国太古集团、立顿公司来思南落户,并投资建成驻中国茶叶销售总部。2017年,王明礼和战友们又在新茶山开荒种茶2000多亩,产业做得红红火火,产品销售逐年大增,村民收入越来越多。2019年底,万家山茶园周边10个贫困村全部脱贫摘帽,新茶山周边4个贫困村脱贫摘帽。4000多贫困人口人均年收入近万元,80个土地入股极贫户分红近百万元。这是何等宏阔的影响力和辐射面啊!

一位双腿残疾的军人像钢铁一样站立着,托起了一个个贫困山寨的幸福与欢笑!

奋斗至今,王明礼没在合作社领过一分钱,他拿的还是县总工会发给他的那份工资。

访谈中,王明礼从褪了色的小皮包里掏出一本很旧的边缘有些磨损的战友花名册,纸张有些发黄,字迹一看就是当年的老打字机打的,而且每页纸都用透明塑料膜仔细包着,看得出主人的精心呵护。我一页页翻看着,数十个各地战友的名字赫然在目,有些还简要标注了他们的生活情况,其中恰好有我在铜仁市万山区采访过的老兵安景绪。王明礼说,这本花名册我背了几十年,天天不离身。每次翻看,战友们的模样、曾经的战斗情景和现在的生活状况就出现在我眼前。其中有几位牺牲了,有些人已经病逝。每次看,我都觉得为战友、为老百姓,自己有太多的事情要干,根本停不下来……

说到这儿,他流泪了,我也流泪了。

这就是王明礼!烽火战场上是英雄,回乡当"义务邮递员"是英雄,转战8个山区贫困村是英雄,卖房子开办茶山助力脱贫攻坚战是英雄,志愿组织抗疫服务队是英雄……贵州大山深处竟然藏着这样一位伟大的英雄——人民军队培养的一个普通士兵!

因为他,告别时我把自己的手机铃声也改为军号声。

贵州"兵支书",个个是先锋

这是一个不怎么引人注意却具有特殊意义的现场会。

2020年9月,国务院退役军人事务部会同中央农办、国务院扶贫办等部门,在贵州省安顺市联合举办了"全国退役军人村干部决战脱贫攻坚和推进乡村振兴现场交流会"——这个会名有点长。来自全国各省(区市)和国家相关部门的代表共聚一堂,讨论交流了在脱贫攻坚战中发挥退役军人作用的经验和做法,并去安顺多地实地考察观摩,学习安顺"兵支书"的感人事迹和操作模式。

一个个具有铁军气概的英雄典型,一组组激动人心的巨变数据,一片片青山绿水的新村风貌,一名名慷慨激昂的"兵支书",让与会代表深感振奋和鼓舞。

在普定县韭黄村,一身迷彩服的村党委书记杨守亮介绍了全村大力发展韭黄产业、村民劳动致富的故事;在旧州镇,两任"兵支书"讲述了开发浪塘村秀美风景、发展乡村旅游的故事;在阿歪寨村,"兵支书"韦俊讲述了这个村从国家一类贫困村变为乡村振兴示范村的艰难历程;在西秀区新时代军地实践中心,有关领导介绍了"服务退役军人,发挥军队传统"的一系列创新举措。

退役军人是国家宝贵的人力智力军力财富。服役期满,投身国家和家乡建设大业,再造光荣与辉煌;如有战斗任务,立即重归部队,奔赴保家卫国前线。他们是国家和平之路的奠基石,又是国家经济建设的生力军。目前,贵州共有"兵支书"9226人,其中安顺市有916人。我无法拿出更多时间去采访这些新时代"最可爱的人",但在伟大士兵王明礼走过的扶贫路上,他们迈着铁军的雷霆步伐,正在奋勇向前,改变着一个个村寨的面貌。

我在新疆生产建设兵团47团农场遇到一位老兵。1950年,他随部队参加昼夜奔袭,穿越被称为"死亡之海"的塔克拉玛干大沙漠,像神兵天降一样出现在和田,从此他们再没离开过。我去时这位老兵已经糊涂了,连老伴孩子都认不得了。但只要问他是哪个部队的,他会立即像弹簧一样蹦起来大喊:"我是二师四十七团三营二连战士王老根!"

这就是中国的退役军人,长城般的英雄雕像!

我为新疆老兵写过一首朗诵诗,其中有这样几句:

我登上昆仑峰,再没下来过!
我走进大戈壁,再没出来过!
我举起砍土镘,再没放下过!
我种下一棵树,再没离开过!

演出现场,朗诵者泪流满面,数千观众泪落如雨。

致敬!向中国的老兵!

第十三章
余留芬——岩博巨变

一个傻乎乎嫁给贫困的姑娘,一个靠聪明点子致富的母亲,一个用双手举起大山的女支书……她的角色转换,恰好证明一个时代的磅礴洪流,可以把一个女人变成最美的浪花。

光荣的日子,难忘的日子,激动的日子,一个个相继而来,浪花般扑进她的生活……

她记得,那天的会场变成沸腾的海洋,那是激动人心的场面。那天是2017年4月20日,中国共产党贵州省第十二次代表大会选举产生39名党的十九大代表,她就是其中之一。选举结果一公布,全体代表立即报以雷鸣般的经久不息的掌声。

她记得,2017年10月19日上午,党的十九大会议期间,48岁的她作为盘州市淤泥乡岩博联村党委书记在贵州省代表团讨论时做了汇报发言。她兴奋地说,参加党的十七大时,她从村里到北京辗转花了4天时间,这次从盘州坐高铁到北京,八九个小时就到了,中国速度变得越来越快了!

她记得,她在会上简要汇报了岩博从深度贫困村发展为当地"首富"的过程,介绍了村里发掘当地在溶洞里腌制火腿的传统手艺,办起了一座火腿

余留芬(中)在党的十九大贵州省代表团讨论时发言(贵州新闻图片社/供图)

加工厂，还在盘州市办了岩博酒厂，主打产品叫"人民小酒"，1012户村民入股，有效带动了村民脱贫致富。

她记得，2019年3月11日下午，全国政协十三届二次会议第四次全体会议在人民大会堂举行。作为全国政协委员，她在大会上做了题为《当好群众"主心骨"，奋力追梦新时代》的发言，赢得阵阵掌声。

一个偏远山乡的农家女，是怎样把一个贫困村带上致富路的，是怎样走进这些光荣的日子和精彩时刻的？这引起我极大的兴趣。听听她所在的地名吧——淤泥乡，我们就能猜想到她的一路艰辛。"确实，"余留芬笑着说，"有一次开村民大会，村民当场把我轰下台，过后我把自己关在家里哭了三天……"

从一个傻瓜相机开始

年轻时候的余留芬眉清目秀，性情开朗，喜欢照相，漂亮的姑娘都这样。她一定没想到，从嫁到岩博村的第一天开始，就意味着嫁给人生中一个巨大的挑战。

1969年，余留芬出生在盘县鸡场坪乡一个贫苦农家。父母大字不识，一辈子围着地头和灶头转，回家认识门，出门认识山。但很奇怪——奇怪得甚至有些伟大，老两口死倔，一定要把6个孩子都送进学校，一个不落！为这个，父母的双手没一天闲着，种地、喂猪、卖菜、做小生意，为的就是给孩子交学费、买铅笔。众所周知，贵州山区很多人家不肯送女孩子读书，一是因为穷，二是觉得供女孩读书是"给别人家培养的"。于是，余留芬破天荒成了村小学唯一的女娃，没有这个唯一，肯定没有她后来那些精彩的日子。

一本书，就可以打开一个世界。

因为全小学就她一个女生，在学校总受男孩欺负，好几次她不想去上课了，母亲的巴掌就上来了。后来父亲病倒，特意叮嘱两个当了教师的哥哥继续供她读书。小留芬眼见家里生活越来越困难，学到初中二年级她便辍学不念了，帮着母亲做点小生意。每天早晨等母亲做好一锅凉粉，她便背下山到路边去卖，卖光了，再上山帮母亲种地、喂猪、割猪草。

姑娘渐渐长大了。经同学介绍，她认识了岩博村的一位复员军人。1989年1月，刚满20岁的余留芬穿一身红袄，从老家鸡场坪乡嫁到淤泥乡岩博村。岩博村是一个以彝族为主，汉、白、苗、仡佬族杂居的山寨，高挂在海拔近2000米的乌蒙山脉夹缝里，无水、无电、无路，平均坡度50至60度。外来的人怎么也想不明白，岩博村的老祖宗怎么会跑到这么高这么陡的地方安家？大概是古代有个打了败仗的部落逃到这里，再不敢出山了。

全村315户人家，分为3个村民组，散布在高坡沟沿。结婚那天，老天爷迎头给了余留芬一个下马威，大雪覆盖了群山，漫山遍野是被冰雪压断压弯的树木和竹子。余留芬和送亲队伍手脚并用，沿着紧靠悬崖的凝雪路跌跌撞撞爬了4个多小时，才到达岩博村。尽管新郎一直扶着她，一路还是摔了三四跤。进入村里的小道，她发现这里的村民都像古代人一样，特别有礼貌，迎面相遇赶紧侧身让路。为啥？不让路谁也过不去。她还看到，一个农民赶着牛在一条窄窄的坡田耕地，到了拐弯的地头，他一直紧张地死死拉住缰绳，不然牛就会从地边的深沟摔下去。

满眼的穷困、惨淡和凄凉，余留芬的心一片茫然，以后的日子怎么过呀？

没过多久，一件事让她大为震惊。那年按照彝族习俗，全村要举行祭拜山神的仪式，需要一只鸡和一只羊当祭品，可村里没钱买。于是一帮老少爷们儿呼呼啦啦下了山，在公路两边堆上半人高的石头，再横架一根碗口粗的竹竿。村民们横着膀子见车就拦，号称本寨山神爷有话："此山是我寨，此路是我开，要从此路过，留下买路财！"小车收5角，大车收1块。过路司机不在乎这点小钱，扔一枚硬币过来说，你们这是违法的，不过你家山神爷穷到这份上,可见不灵!

村民们满脸通红,赶紧收拾收拾上山了,太丢面子了。

余留芬的新房是3间用竹竿和泥巴捶成的茅草房。其他房子就没法看了,破瓦烂墙,东倒西歪,有门没窗。家家除了一口锅和几张铺着烂席子的床,一贫如洗。邻居老奶奶和她熟了,给她唱了一段顺口溜:"家家住的老土房,出门就是猪粪塘。一年种粮半年饱,有女不嫁岩博郎。"然后问:"傻姑娘,你怎么就嫁了?"

留芬笑而不答,问老奶奶当地为什么起了淤泥乡这个鬼名字。奶奶说,淤泥是彝语发音,意思是"鱼米之乡",岩博也是彝语,意思是"百鸟汇聚的地方"。余留芬禁不住哈哈大笑,地名和现实整个搞反了!

丈夫在盘县的煤矿公司工作,因为交通不便,一个月难得回家一次。数年后,他们有了两个儿子。留芬下地干活时,胸前抱一个,身后背一个。背柴草或苞谷回家时,她便在地头挖一个坑,垫上草叶,让小的坐里面玩泥巴,让大的守在一边,不许走。她把柴草送到家,再赶紧跑回来背孩子。孩子小时不懂得害怕,玩得兴致勃勃。稍大不行了,妈妈一离开就吓得哇哇哭,扯得留芬心都碎了。而且家里连豆腐都买不起,她和孩子顿顿吃酸菜,这样熬下去,哪年哪月是个头啊?

留芬挺不住了。1993年,她带上两个孩子投奔在盘县的丈夫,在那儿开了一家小饭馆。但因为孩子拖累,生意做得并不好,军人出身的丈夫为这事常发脾气,吼起来吓得孩子哇哇哭。

有一次赶场,留芬看到有人拿照相机给人拍照,一张5角钱,这让她大受启发。给人照相不像开饭店那样缠人,时间自己做主。于是她关了饭店,带孩子回到岩博,买了一台傻瓜相机,开始走村串寨当上"专业"摄影师。她有文化,脑瓜灵,待人热情,照相和冲洗技术也练出来了,两年后便成了岩博村开天辟地的"首富"——有了几万元的积蓄。转年,她见公路上的车流人流越来越多，于是把家从山上搬到山下，盖了一间蓝瓦白墙的大房子，办了一个小超市，还买了冰箱彩电，日子过得越来越红火。但村里的乡亲们依然很少下山也害怕下山，一年到头围着苞谷洋芋转，见留芬的傻瓜相机闪光灯一闪就吓一跳，赶紧躲，说"照一下魂儿就被魔鬼吸走了"。

不过，余留芬的"发家史"还是让人羡慕并且有感召力的。1996年的一天，她还在自家超市里乐滋滋地数钱呢，没想到淤泥乡领导在山上主持村民大会搞选举，她竟被村民推选为村妇委会主任！余留芬大吃一惊，但也只好接了担子，一边做生意一边跑跑计生工作。好在岩博管得不那么严，留芬又是天生的热心人，谁家有困难都伸把手。遇上老人生病的，孩子没钱上学的，反正她是"首富"了，掏点钱资助是常事。

2000年，老支书肖直勤重病不起，他向乡党委建议，让余留芬接任村支书。老人不太会那些政治表述，只说了六个字："她能号召大家。"余留芬知道，老支书年轻时就是能号召大家的人。当年岩博村没有下山的路，敖文成和肖直勤两个年轻人发起组织了一支"山鹰青年突击队"，人背马驮，手扒镐刨，硬是在山崖边开出一条可通马车的路。县政府为此奖励岩博生产队一台拖拉机，一直用到当废铁卖了，给村民买了一些饭锅。

现在，轮到30岁的余留芬号召了。一个外来的女人家，能行吗？连余留芬自己心里都没谱，不过她想，为了自己和孩子，也为了乡亲们，那就试一试吧。不管怎样，她把家搬到山下以后，眼界开阔多了，她在媒体新闻报道中看到许多村庄脱贫致富、改天换地的事迹，谁说岩博就不行？

躺在担架上的现场指挥

贵州所有的地方要改天换地，第一件大事当然就是修路。

早年由老支书肖直勤那一代开的路早已破损不堪，下了雨马车都上不来。但要修路，占地、迁坟、拆房是头一个拦路虎。在田地稀少的岩博村，地是命，房是圈（人畜同住），祖坟就是命根子。占别人斗笠大的一块地方，人家都会跟你拼命。第一次开动员大会，余留芬热情洋溢讲了半天，然后号召村民一起行动。结果听到的是一片嘈杂的反对声。余留芬火了，挨个点名让村干部首先表态，村主任见气氛不好，先缩了脑袋，说："我不管了，你要干就自己干吧。"接着全场一阵起哄，把余留芬轰下了台。

余留芬含泪离开会场，把自己关在家里整整3天没出门。她想递辞呈不干了，可又一想，就这么灰溜溜下台，以后还怎么见人啊？不行！为了面子，也为了以后，必须挺住，坚决干到底！当然，冷静下来她也深深体味到，岩

如今的岩博村一角（易俊／摄　六盘水市委宣传部／供图）

博村为什么又老又破又穷？老百姓为什么不肯让地、迁坟、拆房？因为家家几乎一无所有，连块砖头木板都是宝贝啊！说到底，病根就在穷根上。

想明白了，3天后余留芬重新出门，先开了一个党员会。她表态，把自家的田拿出来让村民挑，凡是被占地的，可以和她的田置换。这个态度首先把村主任感动了，他也同意这样做。毕竟，党员都是受过教育、有纪律性、有觉悟的，极少数人不吭声，但多数都同意了。

然后党员们分片包户，都下去做工作。

"火车快不快，全靠车头带。"在中国，党组织就是好使。

有的村民坚决不让动祖坟，怕坏了"祖脉"。余留芬的脑瓜就是灵，也会说："我是有文化的人，你听我的。你家一代又一代穷到现在，就因为祖坟西高东低，脑袋对着石崖，赶快迁了吧！"哈，村民一听是个理儿，赶紧迁了。有个"花岗岩脑袋"死活不肯迁，余留芬怎么劝也不行，她火了："你家祖坟就放这儿吧。等路修好，牛车马车压上千百回，老祖宗托梦能骂死你！"对方立即老实了，把协议签了。

没资金咋办？留芬垫付4万元，购买了大锤、钢钎、铁镐、炸药等等，说等以后村经济发展了再还，然后号召大家出义工。村民们很感动，背后摇头叹息说，岩博村穷了几百年，啥时候能有4万元还她呀？这个女人家，为了给大家通路真是豁出去了！

时值春节，在外打工的年轻人都回来了，男女老少热火朝天跟着留芬上了工地。看到一面红旗呼啦啦招展在石崖上，大家的心都热了。背雷管炸药上山是一个危险活儿，留芬不让别人参与，自己干。每天天不亮她就起身给两个孩子做好早饭，放在灶台边烘着，然后赶到乡政府，背上80斤炸药再往回走，到了工地天才麻麻亮。她算过账，这样一天能背3次，工程可以大大加快。到了工地，她还要和大家一起从山下往山上背水泥。2001年2月的一天，在背炸药回来的路上，她从3米多高的石坎上一头栽下来，不能动弹了。乡亲急急忙忙把她抬到医院,诊断是腰椎粉碎性骨折,下身有瘫痪的危险。很多村民站在医院门口哭了,他们觉得遇上这样一个全心全意为老百姓着想的村支书不容易,老天爷咋就不开眼呢!

幸而余留芬还年轻,手术也很成功。住院36天后,还不能行走呢,她便强烈要求回村,说躺在路边看大家干活心里也舒坦,医生怎么也拦不住。村民们都认定她是工地上的主心骨,没她在场就像少了个魂儿,于是把她抬了回来。每天早晨,余留芬让人用担架把她抬到工地边,不时撑起身子喊喊这个、叫叫那个,当现场指挥。晚上还召集村干部在家里开会,研究布置下一步任务。村民们心疼她,这个送点水果,那个送点蔬菜,几个妇女帮她做饭照顾孩子。10多天后,留芬的伤又严重了,村民们再次把她抬到医院,说以后没有医生的允许,再不会把她抬回村了。余留芬的心里涌起一阵阵暖流,是啊,有这么好的乡亲,就是拼了命也要为岩博村打开一条出山路!

3个月后,余留芬的身体基本恢复,一条4米宽、3公里长的通村水泥路也胜利竣工,鞭炮声和村民们的欢呼声响彻乌蒙山。县委、县政府被岩博村的自立自强精神深深感动了,此后按照中央扶贫政策,不断投入扶持资金,拉电进村,修建水窖,拓展道路。如今,岩博村有了7条通村公路,总里程近30公里。这个彝族山寨彻底告别了人背马驮、点灯靠油的历史。

紧接着,留芬又办了第二件震动全村的大事。

岩博村身后,有一片宽阔的苍翠茂密的林场,总共1480亩,山下就是淙淙流泉。其中有一部分树木是20世纪50年代植树造林运动中老一辈一棵棵栽下的,后来成为村集体的唯一产业。20世纪90年代因为村里穷困,林场被村委会以10万元的挥泪价卖给县残联,县残联又转租给外地人经营。外地人只图赚钱,任意砍伐,伤了大片林子。老支书肖直勤看得眼流泪、心流血,去世前念念不忘的就是这片林场。他再三叮嘱留芬,说这是老一辈的血汗,一定要想办法赎回来。

余留芬是外嫁来的媳妇，此前完全不知道岩博村竟然还有过一片大林场。她兴奋不已，她本能地意识到，这该是岩博村最大的财富也是最大的希望了，有了这片林子，前景就太辉煌了！

她立即出马找林场承租人商议此事，要求赎回林场。

也是巧，国家对森林的保护政策愈来愈严，严禁乱砍滥伐。林场承租人挣不到钱了，也想出手。双方经过一番讨价还价，最后议定村里拿出23万元，林场权重归岩博村。今天看来这个钱并不多，怎么看都是天大的便宜，但对当时穷得叮当乱响的岩博村来说，这绝对是天文数字。余留芬和村干部挨家挨户动员大家集体筹资，可村民买盐巴、煤油都困难，哪有钱啊？半个月过去，只筹到3000多元，这点钱连塞牙缝儿都不够啊！她只好找林场承租人再杀价，对方看岩博村真的攥不出油水了，同意压到17.5万元，不再做一分钱的退让了。

岩博村除了少数上学的孩子，基本都是文盲。初中生余留芬是全村唯一的"高级知识分子"。有文化的人就是思路开阔，她灵机一动想到一个"草船借箭"的办法。淤泥乡一带有许多小煤矿，需要大量坑木。于是她找到那些矿主，游说他们借款帮着岩博村把林场赎回，村里则以林场间伐证为抵押，以后按协议为他们提供坑木。可煤老板不相信一个小小的女村支书能办成什么事，而且他们知道岩博村是有名的穷村，钱扔进去等于打水漂。"对不起，余书记。"他们半开玩笑说，"你要是个男的，这事就是做梦娶媳妇。你是个女的，就是让我做梦娶媳妇。"

余留芬不灰心，坚持找，找到第13个煤老板。此人觉得这个交易还是值得做的，同意借款5万元。可这个数目还是差得太远，留芬走投无路，于是下决心借高息贷款，一定要把林场赎回来。村干部和村民都反对，担心驴打滚儿的利还不上就等于泰山压顶了。余留芬还是有招儿，跟大家说："走，你们跟我去林场数数有多少林木，到底值多少钱？"一帮人从早到晚转了三个山头，才数到十分之一的面积，林木价值已大大超过林场赎金！

"要得！"大家亢奋不已，态度立马转变。

2002年6月，为减轻村民的顾虑，留芬把自家全部家当押上了，用自己的名义贷了款，成功赎回林场，一座失去多年的"金山"终于回到全体村民手中。仅仅3个月后，岩博村通过间伐出售坑木，不仅还清煤老板的5万元借款和银行利息，还赚了8万元，这是岩博村有史以来挣的第一桶金。同时，余留芬还制定了一项极具长远眼光的严格规定：伐1棵树补种3棵。经过近20年的精心守护和经营，再加上后来国家退耕还林政策的激励和推动，迄今岩博村林场面积已超过万亩。

绿水青山就是金山银山——这是何等巨大的财富啊！

闯市场就是闯未来

从小在农村长大，余留芬深刻地意识到，改革以后实行家庭联产承包制，虽然极大地调动了农民的劳动积极性，但村民都是各干各的，生产力单薄，生产方式落后，在人多地少土薄的岩博村，养家糊口都很难。必须把大家的力量凝聚起来，通过发展规模产业、合作经营，才能闯出一条脱贫致富路。如今村集体有了林场这个"绿色银行"，留芬开始四处寻找商机和产业项目。

首先投资22万元，利用林场空间创办了乌骨鸡养殖场，这样一可卖肉卖蛋，二可肥田肥林，显见是好项目。乌骨鸡下的是绿壳蛋，营养丰富纯生态，贵阳市场曾卖到一枚7元。没想到盘州当地老百姓不认，还有谣言说，绿蛋壳是饲料中加了有毒的染料。当时媒体不是很发达，地处乌蒙大山中的岩博村有嘴难辩，无力回天，只好将鸡场转卖了，好在及时收兵，赔得不多。

那会儿正是煤炭市场火爆的时候。余留芬又瞅准时机，将集体资金入股煤矿，约定年年给村民分红。但煤老板看到市场发展势头很好，煤价不断上涨，找个理由把岩博村的股份挤了出来。小小村支书能干过煤老板吗？又失败了。

留芬很沮丧。但命运给你关上一扇门，又为你打开一扇窗。从煤老板的办公室出来，走在矿区路上，两边堆积如山的煤矸石忽然引起她的注意。这东西既污染环境又占地方，让常被环境部门罚款的煤老板很是发愁。但有报道称，有些地方拿它制砖，变废为宝还赚了大钱。余留芬兴奋异常，立即回村和两委干部商量建砖厂的事情。谁放着满地的宝贝不捡啊？大家一致赞同。2003年3月，村集体投资25万元，村民入股15万元，岩博煤矸石砖厂很快建成，当年获利40多万元，全村皆大欢喜。没想到好事多磨，第二年煤矿普遍改用炮采技术，煤矸石大大减少，资源断了，岩博砖厂不得不关闭停产，第三次创业又告中断。

但也有让余留芬特别高兴的事。随着这几年她带领岩博村在市场上冲锋陷阵，很多村民眼界开阔了，胆子大了，脱贫致富的内生动力大大增强了。前几年村里搞乌骨鸡养殖场时，村民肖海龙学会了养殖技术，后来村里因打不开市场，发展缓慢，村民肖海龙和袁会英却坚持下来，乌骨鸡和肉鸡一块养。数年下来，肖海龙存栏6万多只，每天收蛋达5万多枚。袁会英存栏9万多只，资产积累达200多万元。余留芬受到他们的启发和激励，2008年决定重振养殖业雄风，从集体投资到组织村民入股，总计筹得2389万元，再次发展林间养鸡，转年获利200多万元，50名从业村民年收入超过1万元。

2003年，留芬看到蔬菜大棚在外地兴起，她很感兴趣。当时建一个大棚要1万多元，村民们都不敢干，她决定自己先做一个示范，于是在自家后面的坡地上立起一个。有一天盘县县委书记路过此地，发现山坡上孤零零立着一个大棚，他很奇怪，于是下车登坡走了进去。两人一聊，一个是县委书记，一个是村委书记,两人相视大笑。县委书记对余留芬勇于创新探索的精神给予高度赞赏,说她应该尽快带动全村把大棚发展起来。余留芬如实相告,说村民没钱,建不起。县委书记立即打电话协调县农行,请他们发放贴息贷款,帮助岩博村把大棚建起来,利息由县财政贴补。转年,54.5万元的贴息贷款到位,占地200亩的蔬菜大棚群拔地而起。余留芬趁热打铁,又建起存栏2000余头的4个养猪场和2000余亩的无毒洋芋基地,村民们的腰包哗哗进钱了。

有名的穷村转眼变成致富带头村。2005年,上级决定,岩博村与附近的龙山村合并,全村增加到6个村民组。余留芬再次发动群众开山修路,工地上又一次红旗招展,热火朝天。龙山村的村民很奇怪,这个女人家说话怎么这样好使?一招呼连老头老太太和半大孩子都上来了!

余留芬腰伤复发,又一次躺在担架上指挥战斗。

平坦的硬化路爬坡绕壁,不断向6个村组延伸。

有一次因为占地问题,村民和附近煤矿发生激烈争执,末了你推我搡互不相让,铁锤棍棒都吆喝起来了。余留芬得到消息,立即让人把她抬到现场。矿工们都傻了,村里为啥抬来一个病人?这是啥子意思?余留芬扶着腰,艰难走到两伙人中间,凛然说:"我是岩博村党支部书记余留芬,谁要打,先冲我来!"

然后她对村民们说:"你们家家户户烧的煤,是不是从矿上买来的?人家辛辛苦苦把煤从地下挖出来,你们就不懂得感恩吗?"村民们沉默了。

她又转身对矿工们说:"你们都是外地来打工的,这里没家没亲人,吃米吃菜吃肉都是在村里买的。咱们就等于一家人互帮互助,有什么难题不好商量?"

一番入心动情的话,让双方都感动了,火气烟消云散,矛盾迎刃而解。从此四野八乡都知道岩博村有个懂事理、知人心、敢做主的女书记,凡她出面说话,事情能办就办,困难能帮就帮,这证明人缘、品质也是生产力。过后，煤矿特许岩博村组建车队为矿上运煤。这可是脱贫致富挣现钞的大好机会，村民们都红眼了，纷纷凑钱借钱买大车。没几年，全村组建了3个车队120辆大货车，那叫一个威风凛凛、浩浩荡荡！村民赚火了，煤矿运输抢前了，双赢！

这证明，团结和谐、优势互补也是生产力。

从此余留芬转运了，从"八面埋伏"到一骑绝尘。

新时代，向山寨飞奔

岩博村有几户彝家人，祖传一门手艺：酿酒。方法是用优质高粱和山上的清泉做原料，用柴火煨小锅，用陶罐窖藏，其中有些手法诀窍秘而不宣，传男不传女。

余留芬原来滴酒不沾，闻到味儿都晕，所以不知道这酒的好处。

随着岩博村的经济发展，好日子来了，逢年过节以及遇上各少数民族的传统节日，村里热闹起来，敲锣打鼓，吹拉弹唱，男男女女换上绚丽多彩的民族服装，围着篝火跳得那个欢实啊！余留芬也懂得宣传，每有大活动就昭告四方，恨不能把广告贴到乌蒙山顶上。周围几个乡村的村民乃至煤矿上的小光棍们纷至沓来，有钱的叫"农家乐"，没钱的叫"穷欢乐"，大碗喝酒大块吃肉，豁出去把一个月的工资砸到岩博了。当然，那些小光棍"醉翁之意不在酒"，眼睛死死盯着围着篝火唱歌跳舞的岩博姑娘。姑娘也知道那些小伙子的心思，扭着小蛮腰跳得分外妖娆。媚眼飞来飞去，银饰哗哗作响，赤脚拍得大山直摇晃，那叫一个浪哩个儿浪！一般而言，搞完一次大活动，总有几对青年男女进林子深处唱山歌去了。

就这样，岩博彝家土酒出了名。十里八乡传说，只要你敢把自己干倒，肯定能娶到一个漂亮的岩博姑娘，或者当个上门女婿。岩博已经是有名的富村了，谁不愿意啊！

余留芬很奇怪，咱们岩博小酒有这么大魅力吗？

乡亲们笑道，书记你尝尝，那叫"一香二爽三通肺，四甘五透六不醉，七强八壮九回味，干活十天不知累"！

从没碰过酒的余留芬沾沾唇边，不是人醉了而是心醉了。她当即提议，投资建厂，扩大生产，坚决打响。村民们简直要欢呼了。2004年，村集体投资80万元，建起了岩博小锅酒厂。首先在煤矿上打响，以至于煤老板视之为"洪水猛兽"，严令工人上班前不得碰酒。接着十里八乡又打响了，商贩把岩博小锅酒搬到集市上，别的酒厂销售员一看自己没戏了，只好去茶社抽烟品茗歇着，等岩博小酒卖光了再回来卖自己的。再后来，旁边的云南富源、曲靖、昆明等地的订单也雪片似的飞来，前来岩博要酒的销售员和商贩堵得水泄不通。余留芬决定乘势扩建岩博酒厂，按规划需要投资6000万元。这更

"三变"+加工企业——盘州市淤泥乡岩博酒业（孙大方／摄　贵州新闻图片社／供图）

是个天文数字,余留芬急得好多天睡不着,绝不能让市场凉下去呀!可上哪里找这笔巨资啊?思来想去,留芬做了个胆大包天的决定:一是动员村民入股,二是将集体资产林场和养殖场抵押给银行争取贷款。为了给村民做表率,余留芬把自己和弟弟经营的加油站抵押出去,把儿子准备结婚的20万元也拿了出来,但依然不够。那些日子逼得她完全看不到出路,有一次闷坐在村委会的空房里呜呜哭。恰好这时在外工作的儿子回来看她,见母亲哭得泪水涟涟,惊问,妈怎么了?留芬哭得更厉害了。

儿子说:"妈,你一直很坚强很能干,是我们学习的榜样。我们觉得什么事情都难不倒你,今天你怎么会这样?"

儿子的几句话一下把留芬点醒了。她擦擦眼泪,打起精神说:"儿子,谢谢你激励了我!"

过后,她决定直接去找六盘水市委领导陈情,请求帮助。听了余留芬陈述她的宏大设想和面临的困难,市委领导十分感动,当即打电话给盘县县委书记,说六盘水没有好酒,是个遗憾,你们应该对岩博支持一下。很快,在市、县政府的帮助下,盘江精煤集团决定注资2000万元,县信用社也同意提供信用担保。

2013年底,总投资达1.5亿元、年产达5000吨的岩博酒厂隆重开业。100多户村民占股55.1%,集体资产总额上升到5680万元。不久,一位省领导到岩博村考察,对村经济欣欣向荣的发展、村容村貌的整洁和生态环境的优美深感欣慰,他当场打电话给茅台集团的名誉董事长、著名品酒专家季克良说:"季老,拜托你过来支持一下岩博村吧。"后来季老应邀而至,对岩博彝家酒的口味和品质给出高度评价,并当场题写了"人民小酒"四个字,岩博酒的最亮品牌就这样定了。随后,贵州大学教授黄永光带领的科研团队也成了岩博的常客,帮助酒厂在酿造技术和科学管理上获得全面提升。

酒产量大增,水的需求量也大增。在各级党委和政府的支持下,岩博建成一座水库，道路也全面扩建，大货车可以直接开到酒厂门口。接着，余留芬马不停蹄，集体出资20万元，村民入股980万元，又创办了盘县火腿加工厂。这并非异想天开。盘州属喀斯特地貌，山陵起伏，到处是洞穴，古代的当地人就有把猪后腿用盐水浸泡晾干后，放进洞穴发酵保存的传统。余留芬借着去北京开会的机会，上了央视"广告精准扶贫"栏目，亲自为"盘县火腿"代言。2017年11月4日，《人民日报》发表报道《盘县火腿：舌尖一味鲜 咸香飘百年》，文中称："盘州人腌制火腿，已有数百年历史。""盘县火腿成功申报国家地理标志产品，成为继浙江'金华'、云南'宣威'之后的中国第三个取得'国家地理标志产品'的火腿品牌。"

村委会560平方米的新办公楼建起了，开展农家乐的藏龙山庄建起了，岩博宾馆建起了……一个个新项目，一个个新企业，一个个新景观，伴随着伟大的新时代，向岩博村飞奔而来。为加强岩博村的带动作用，增加人力资源，淤泥乡决定将周边的苏座村、鱼纳村并入岩博，统称岩博联村，余留芬担任联村党委书记。2018年，省领导先后到岩博联村考察，他们对余留芬扎根基层、长期奋斗，勇敢带领群众调整结构、脱贫致富的精神给予高度评价。岩博村的发展事实证明，完成脱贫攻坚伟业，关键在强化基层党组织建设，选好配强村党支部书记。

如今，在通向山上岩博村的路口，高高立着一个门坊，上书"美丽岩博"四个大字，沿着宽阔的公路漫步上山，处处鸟语花香，处处风情民居，家家大理石地板、花纹墙布、沙发冰箱……

这是乌蒙山深度贫困区发生的一个奇迹。你无法想象，20年前，这里"家家住的老土房，出门就是猪粪塘。一年种粮半年饱，有女不嫁岩博郎"。你更无法想象，一个外嫁来的新媳妇，勇敢担起了改造历史、创造梦想的使命，而且她做到了。同时她也创造了自己的人生奇迹：连续6届当选村支部书记，连续当选了党的十七大、十八大、十九大代表和全国政协委员，获得国家及省市种种光荣，称号无数。

到2019年，岩博村2万多村民人均年收入达2.6万多元，贫困人口全部清零。

巨变，从农民到村庄的巨变，从穷困到富裕的巨变，无法想象的巨变！这是中国伟大的改革开放进程带来的，是气象万千的新时代带来的，是贵州气势磅礴的脱贫攻坚战带来的，在岩博村，是一个普通的农家女、村支书余留芬带来的。

留芬——父母给她起了这么好听的名字，于今实至名归。

年轻时，眉清目秀的余留芬特别愿意给自己照相，现在她特别愿意给岩博村照相。那时她为自己的小模样骄傲，现在她为全村的大模样骄傲。

第十四章
陈大兴——万变不离其宗:"干!"

曾经,花园和公园是城市人的"生活专利"。农民工进城忙着打工挣钱养家。他们端一盒饭坐在路边,望着城里的红男绿女、全家老小笑语欢声地走进公园,目光很迷离很遥远又有些茫然。花园好像不是他们去的地方。突然,一条汉子站起来吼了一声:"我们自己干!"

历史翻篇了——以往花园建在城市里，现在农村建在花园里。

你看，在玻璃水泥框框里的城市人几乎憋疯了，每逢假日就像以前没见过世面的农民一样，开着私家车潮水般涌向青山绿水和点缀其间的"农家乐"。

在贵州，千户苗寨、侗族大歌、瑶族彩衣、彝族花裙、布依族吊脚楼，还有土家族、仡佬族、水族、回族、白族、壮族等各少数民族的多彩歌舞，正在等待你和情侣及家人的到来……

我们都知道，"世界那么大，我想去看看"——写下这两句名言的女孩潇洒地走掉以后，果真在风情小镇上遇到真爱，邂逅了意外的幸福。

多彩贵州，曾经那样穷困闭塞的贵州是怎么冒出来的？现在就让我们把镜头推向贵州省安顺市30公里之外的一个乱石成堆的小山村。当地党委和政府喝一声："变！"一位村支书喝一声："干！"灰暗陈旧的老照片霍然消失在青山绿水和时光的后面。

这位村支书就是陈大兴，一个黑壮汉子。

一把火烧出来的"护林员"

少数民族喜欢跳舞唱歌。因为生活困苦，围着篝火跳个播土扬尘，唱个山摇地动，仰脖再干上三大碗土酒，啥愁事都忘了。过后男女青年手拉手钻进林子，大杏眼对细眯眼，甜蜜感觉就把苦日子顶了。第二天，出门没路，烧饭没米，破衣烂褂，一切照旧。眼泪汪汪的姑娘一跺脚，不是"走婚"外乡就是去城市打工，扔下一个又一个光棍。所以，贵州山寨里十六七岁嫁人的姑娘很多，因为双方家庭很早就把关系定了，有的甚至指腹为婚。女方父母是希望姑娘早点出门，减轻负担；男方则是怕姑娘跑了。神圣浪漫并创造了世界所有文学艺术的爱情，就这样沦为最低需求：生存。

也因此，文学艺术里有许多悲剧。

出安顺市东南方向30公里，沉寂在群山怀抱的大坝村就是如此。"大坝大坝,烂房烂瓦烂坝坝,小伙难娶,姑娘外嫁。"大坝村的历史不足百年,366户,1600多人,他们自称"辗家人",祖辈都是因战争或贫困从外地逃难逃荒"辗"来的,可见苦上加苦。改革开放后老支书陈万德奔走呼号多年,村里有了水、通了电,但贫困就像满坡满村的石头,搬不动也搬不尽。1996年,老支书病重卧床,这个摊子交给谁呢?双堡镇党委派干部来征求意见,老爷子提了一个人名:"陈大兴。"

"还有谁?"干部问。

老爷子闭上眼睛说:"就他!"

这会儿,28岁的陈大兴正在林场当临时护林员。这个活计是一把火

大坝村曾经的"烂房烂瓦烂坝坝"(程立/供图)

"烧"给他的。那是1984年春天，大兴的妹妹在自家地里引火烧灰当肥料，不想风势突然转大，火头扑向旁边的林子，烧毁了22亩林地。林场很生气，派人上门要求赔偿500元。父母老泪纵横，说，你们看我家有啥值钱东西，想拿就拿吧。林场人一看，屋里除了一口锅、几只碗和3张破草席床，再没别的了。总不能把人家的锅给拔了吧？再说这些东西还顶不上一棵树的价钱，林场人员犯了难。这时陈大兴自告奋勇说："我妹妹烧了林子，我家该担！这样行不？我原准备去贵阳打工的，不去了，给你们当一年义务护林员，不要钱，抵赔款。"

林场领导听说了，很感动，说，小伙子有担当，行！

陈大兴生于1968年，下边有七姊妹。母亲患病多年，只有父亲一个劳力，家里的贫困程度可想而知。7岁时大兴上了学，1.5元的书学费是伯父替他交的。读到四年级，由于家里工分不够，11岁的大兴只好辍学去生产队劳动。两年后，父母让大兴继续读书，终于完成了小学学业，但初中是不能上了。

按照和林场达成的口头协议，陈大兴顶岗上班了。那是一片浩瀚的森林，春夏秋冬，风霜雨雪，大兴戴着红袖标，每天沿着林边走10多公里。巡查每一个路口，严禁吸烟，防止盗伐，检查过往车辆，赶走啃树皮的羊群，扶正被大雪压弯的树苗。没有一分钱收入，每天还要自己带饭，陈大兴却干得尽心尽力，呵护树木就像呵护自己的孩子。遇到技术人员或专家来了，他便蹲在一旁，细心听他们讲解，学习他们的动作，增长了很多有关育苗和防治病虫害的知识。一年"义务服役"到期了，林场领导对他说："小伙子，我看你人品不错，别走了，我聘你当临时护林员。"从此，陈大兴每月能领到45元工资。再后来，他一年接一年干下去，工资一路涨到400元。大兴是勤快人也是热心人，放假时常到附近村庄帮着乡亲们干点活，结果一个俊秀的姑娘刘泽英看上了他，两人喜结连理。

1996年，双堡镇党委突然通知陈大兴，根据老支书陈万德的力荐和征求的党员意见，由他出任新一届村党支部书记。刚听到这个消息，大兴有点懵，大脑一片空白，不知道为什么会选到他，完全没有一点思想准备。妻子刘泽英的心情也有点矛盾：一是觉得脸上有光，党看上自家男人，说明当年她有"伯乐"的眼光，选中了一匹"千里马"；但也担心大坝村的穷根太深，难拔。她说："这是光荣的事，也是难干的活儿，家家缺吃少穿，年年半糠半菜，老支书拼了30多年都没翻过身来，干不好可就丢死人了！"

陈大兴当了10多年护林员，管路管人管林子，已经炼出一身虎胆。他笑笑对妻子说："俗话说，江山易改，本性难移，这说明江山很容易改嘛！"

说得容易，真那么容易吗？

那些屡干屡败的日子

陈大兴一声长啸，犹如猛虎下山。村民大会上，他话语铮铮，掷地有声："第一，我决心……第二，我决心……第三，我决心……"那些话就不用我重复了，都是新官上任该说的。接下来他虎虎生风开干了，第一把火当然是"要致富先修路"。"这不需要什么高明的头脑，"大兴笑着对我说，"上学孩子、卖蛋奶奶都想得到。"

铁锹、铁镐、土筐、小车呼呼啦啦上阵了，工地上热火朝天。没几天，忽然一群棍棒锹叉气冲冲挡住了去路，双方叫喊得眼睛血红，地动山摇。原来，大坝村规划中的路要去弯取直，必须占用邻村的部分耕地。对方说："你们大坝村要拔'穷根子'我们不反对，但你们要砍了我们的'命根子'那可不行！"越说火越大，棍棒和铁锹甚至把天空支起来了！双堡镇领导火速赶到现场调解——出人命可就是罢官撤职蹲大牢的大事了。领导一到，叉腰一站，大家都冷静了。邻村书记很有头脑，说，这样吧：第一，如果大坝村一定要占地，那么被占土地该缴的公粮全部由你们代缴；第二，包地农民的口粮由你们负责；第三，给我们村集体一定的补偿。

人家说得在情在理。陈大兴一口答应了。

仔细一算账，把这些补偿均摊给全体村民，每年每人要多交2公斤稻谷，一个五口之家要交10公斤，这像割肉一样痛啊！

经过动员，全村都接受了，大路通了。

陈大兴一战成名，威望大增。接下来他瞄准市场，率领村民大力兴办产业。

——号召村民承包荒山，大量种植中药材黄柏，中间套种薏仁米和花生。村民们没钱买苗，大兴个人借钱买苗无偿分给大家。但因山上缺水，黄柏长得又瘦又小，卖相不好。秋天又遭逢连雨天，大部分薏仁米和花生霉烂在地里。失败了。年关时债主纷纷上门索债，威胁要把大兴的儿子抱走，吓得妻子刘泽英抱着孩子躲在亲戚家不敢回来。大年三十，陈大兴不得不独坐在家里喝闷酒，止不住双泪长流。

——上级号召发展烤烟订单产业，大坝村带头响应，头一年大家都赚了。第二年突然遭遇烤烟市场断崖式下跌，连投入的化肥钱都收不回，村民血本无归，家家愁云惨雾。失败了。

——听说竹荪市价达到500多元一斤，陈大兴从织金县购进5000瓶分给村民培育栽种，当年赚了10多万元。第二年发展到5.5万瓶并立起几座大棚，没想市场挤满了，价格降到不到50元一斤，大棚又突遭严重病虫害，连请的技术员都没办法了，所有投入又打了水漂。

——陈大兴决定发挥自己的特长，组织村民建苗圃种树苗卖钱。长势不错，大家都怀着希望。有人传来消息，说罗甸县正在大力发展香椿产业，急需大量香椿苗。2003年冬，陈大兴押车拉上20万株香椿苗，驱车260公里赶到罗甸县，没想到信息有误，而且当地种植节气已过，没人要了。大兴遭遇当头一棒，傻了！拉回村还要雇人雇车，栽回地里更要花费大量人力，大兴一气之下把20万株香椿苗卸进大沟，独自一人孤苦伶仃回到大坝村，闷在家里两天没见人。等他出门时村民都不认识他了，一夜白头！

屡战屡败让陈大兴威望大降,村里有些人提议换将。双堡镇党委当然一直关注着大坝村的发展和陈大兴的表现,他们派下干部征求村民和党员意见。陈大兴不再那么风风火火、气势如虹了,性情变沉稳了,表情也严肃多了。他也冒出过主动辞职的念头,妻子也赞同:"凭你的本事,这几年自己干怎么也能赚个几十万了。干这个村支书,把自家钱都赔了进去,今天帮补这个,明天帮补那个,操那个心干吗!"

陈大兴是要脸面的人,更是要骨气的人。思来想去,他决定还是挺住不辞职。五尺男子汉,堂堂村支书,就是遇到天大的难处,刀按在脖子上也不能低头啊!主动辞职就意味着自己认栽了,认熊了,以后还怎么抬头见人、面对乡亲?如果上级罢了他的官,那就自认时运不济,倒了大霉。总之,他忍不下这口气。

俗话说,群众的眼睛是雪亮的。镇党委一调查,多数村民认为,陈大兴"为人正派公道,肯弯下腰为群众办好事,是个好支书","只是心太急,做事太猛,看不到那么远"。甚至有一位念过几年书的白胡子老头站出来,神怪兮兮说:"我给大兴掐算过八字,这几年他该走霉运,转年就好了。"大家哄堂大笑。

上级决定留任,"以观后效"——后面这四个字是我加上的。

天下再直的路也得拐几个弯,因为地球是圆的。

从"陈百万"到"陈白劳"

2007年中秋节前,陈大兴的心情很不好。西秀区林业局管理员陈兴明当年和他一块儿当过护林员,两人名字差一个字,亲如兄弟,常有联系。那天陈兴明来了个电话,邀大兴到林业局苗圃转转,喝顿小酒散散心。陈兴明在那里当临时管理员,犹如"山大王",每棵小苗都听他的。

酒足饭饱,两人一块儿上山散步。陈大兴看到苗圃种了很多"刺蓬蓬"

（即刺梨），已经挂了果，黄澄澄的一大片。他说："这玩意儿到处都是，你们种它做啥子？"

陈兴明说："这是林业局培育的新品种，叫无籽刺梨。"

陈大兴很奇怪，说："我怎么没听说有无籽的？"

陈兴明说："这是前几年林场一个老职工在山沟沟里无意中发现的，属于变异品种。老职工回来向领导做了汇报，便移栽到苗圃，准备大规模育苗，培育发展。"

"这东西野生的很多，"大兴说，"吃起来又酸又涩，娃娃都不碰。我小时候饿肚子时吃过，酸得浑身直拧巴，你们培育它做什么？"

陈兴明笑道："这你就外行了。经过专家检测，刺梨营养丰富，维C、铁、硒、锌、胡萝卜素，什么都有，尤其这种无籽刺梨，而且甜度是普通刺梨的好几倍，不信你尝尝。"

陈大兴摘了几颗，拂掉表皮上的刺，入口一尝，果然酸甜可口，而且肉嫩多汁。眨眼工夫手里的几颗全吞下去了，身子也不拧巴了。

大兴一下来了兴趣。他想，现在全世界全中国糖尿病患者多如牛毛，大家视糖如虎，太甜的水果和食品都不敢多吃了，刺梨这种纯绿色、多营养、低糖度却味甜的野生水果要是开发出来，一定很有前景。

大兴问："你们种了多少？"

陈兴明说："这里种了100株，区林业局其他基地还种了许多。但因为大家都以为就是野刺梨，没人愿意种，到现在都推广不出去。"

大兴来了虎劲儿，说："我包了行不行？"

陈兴明说："这我得请示一下领导。"

两天后陈兴明回话，同意将刺梨苗卖给陈大兴。

这回，大兴吸取了以往的教训，没有贸然号召村民一起种。他要先自行试验，拿自己的命运试一试，赌一把。他出双倍价钱租了别人家的30亩地，然后和妻子把100株树苗细心种下。村民问他，种啥子呢？两口子说种花。刺梨枝丫天生带刺,看着确实很像玫瑰花。这以后通过扦插繁殖,树苗发展到1200株。30亩全面铺开后,除草、松土、浇水、施农家肥、打枝、治虫,每株树一道工序忙上5分钟,1200株就得干上七八天。与此同时,大兴还领着村民大力建设"新农村",清除垃圾,分类管理,平整道路,种花种草,整修房屋,用足用好国家扶贫政策,大力发展养牛产业,扩大稻谷种植面积,大坝村的面貌为之一变。

面对30亩的刺梨树,大兴等了3年,村民也看了3年。3年后,1200株刺梨树挂果了,整整一个大山坡,丰收的金刺梨黄里透红,一簇簇把枝丫都压弯了。村民们一尝,惊得两眼溜圆,说祖祖辈辈没吃过这么香甜可口的刺梨,而且还无籽!消息传开,前来品尝的游客和客商蜂拥而至,价格飙升到20元一斤。有人计算,每株产果50斤左右,1200株总产达6万多斤,可卖钱120万

大坝村的金刺梨(吴忠贤/摄 程立/供图)

元以上！村民们艳羡不已，说"这回大兴可真叫大兴了"。就在这时，陈大兴做出一个惊人的决定：全部果实不对外销售，所有村民和游客可以免费采摘品尝，并免费提供给各级政府和林业局进行推广宣传！

区领导都被惊到了，问他为什么。

大兴说："这个项目肯定是大有前途的新产业，推广好了一定会带富老百姓！"当然，他还有心里话没说，他一直没忘记上任时决意带领村民脱贫致富的初心，没忘记在最困难的时候村民给予他的信任和理解，没忘记镇党委在他情绪十分低落时给予他的鼓励和支持，没忘记区林业局为他提供的树苗和技术帮助。在村民会上说起这些事，他掉泪了，很多村民也掉泪了。

2011年11月12日，由西秀区林业局组织的无籽刺梨现场品尝会在大坝村举行，来者上万，村里村外、田间地头人山人海，车子挤得停到山上去了。这是大坝村有史以来最热闹的一次大聚会。6天后，由安顺市委、市政府出面组织，全市无籽刺梨推广现场观摩会再次在大坝村召开，省市媒体记者纷至沓来，对陈大兴进行了采访。市主要领导出席，决定把这种无籽刺梨定名为"金刺梨"，并宣布将金刺梨作为安顺的重要产业项目加以推广。后来金刺梨大规模推向市场后，其丰富营养和抗病、抗衰老作用广为人知，不知谁又给它起了个"延年果"的名称，也在市面传开。

不过，眼瞅着陈大兴放着百万元收入不赚，偏偏免费提供给政府和林业局搞宣传，有些村民私下笑他太傻，把个"陈百万"变成"陈白劳"，但更多的村民对陈大兴表达了深深的钦佩和敬意，"为了帮咱老百姓，大兴啥都豁出去了！"

这回村民"吹糠见米"，看到实打实的发展前途了，大家热情高涨，一呼百应。2012年3月，"大坝村延年果种植专业合作社"宣布成立，当年种植面积达2300亩，两年后增加到5000多亩。大坝村成为安顺市最大的金刺梨种植基地和育苗基地，村民收入来自三个渠道：一是以土地入股分红；二是承包管理果地；三是参与基地务工。很多贫困人家过上了好日子。卢贵长一家曾是村里建档立卡的贫困户，合作社安排他当了驾驶员，妻子当了炊事员，两口子月工资合计6000元，脱贫了。村民胡小琴种了30亩金刺梨，按3块钱一斤卖出，一年收入就达18万元。大坝村名声在外，"全国优秀基层党组织""全国文明村""贵州省四在农家·美丽乡村示范村"……一块块荣誉牌匾挂进村委会办公楼。

党的号召力、凝聚力大大加强。2017年，75岁的村民黄礼祥向村党支部交上一份入党申请书，介绍人是88岁的老党员代炳陈。陈大兴上任之初，全村党员9名，现在发展到36名。

奇迹还在发生

2012年7月，陈大兴参加省委组织部举办的村支书培训班，有机会去江苏等沿海发达地区的农村参观，这一行让他久久不能平静。在支部会上和村民代表会上，陈大兴给大家放了沿海地区农村的光碟，然后激动地说："无论经济实力还是村容村貌，跟人家一比，大坝村都差了十万八千里。咱们绝不能小富既安，还得拼命干啊！"他还说："咱们大坝村处在青山绿水之中，距离安顺市不远，交通道路也发达了，为什么不能把旅游搞起来？"

村民们丈二和尚摸不着头脑："咋个搞啊？咱一个不起眼的小山村，家家房子又破又旧，谁愿意来呀！"

陈大兴说："大家说到点子上了，所以我们要下决心改变面貌！沿海农民能住上大别墅，大坝村也能变成别墅村！"

村民们哄地笑了："陈书记，你已经有个好媳妇了，别再做梦娶媳妇了！"

这次，村两委史无前例开了一个"大尾巴会"，争论了一星期，最后同意了陈大兴的设想。经过仔细研究，班子确定了"科学规划、统一建设、超前发展、群众自愿、量力而行"的建设方针，但两大难题也尖锐地摆在面前：一是缺资金，二是要占地。

陈大兴一不做二不休，动员妻子把近几年自家包地种植出售金刺梨树苗赚的500万元积蓄拿出来，为改造建设别墅村垫付了启动资金。镇党委得知陈大兴的雄心也深为振奋，拨下30万元"建设美丽乡村"专项资金。陈大兴出面请地质队来村测量地形，队领导知道他是大名鼎鼎的"金刺梨书记"，费用从7.8万元降到1.2万元，只收个仪器磨损费和人工费。请规划设计院做设计，9万多费用降到1.2万元。

"只要是为群众办好事，所到之处都得到大力支持，真是得道多助啊！"大兴感叹地说。

按照设计，每栋别墅3层，340平方米以上，刷粉墙、铺红瓦，外加独立院落。室内2个客厅、7间卧室、2个卫生间、1个书房、1个杂物间，楼下还有1个车库。别墅群沿村中大道一字排开，并建有中心广场、花池、文化活动中心等，每栋造价30多万元。

村民们异口同声嚷嚷起来："买不起！"

陈大兴给大家算了一笔账：现在平均每户种植14亩金刺梨，每年收入14万元左右。别墅村建成后，凭借金刺梨采摘旅游活动和开办"农家乐"，收入还会明显增加。同时别忘了，家里孩子多的，以后孩子结婚不用盖新房了；家庭人口少的，别墅建起来可作为客栈出租，等于办个小旅馆啊！村民们顿时眼睛一亮，脑洞大开，对呀！同时陈大兴宣布：房价30万元，每户由他垫付10万元，信用社贷款10万元，其余10万元在村里发放的拆迁补偿费中扣除，村民等于一分钱现金不用掏就可以住进大别墅！当然，装修还是要自己办的。

难题迎刃而解，村民纷纷签名画押，同意了。

一批批造型各异、风情独具的别墅建好了，太漂亮了！"辗家人"几代人做梦都梦不到这样的好房子，村民们激动得心跳加速，红眼了，纷纷抢着要靠中心广场、靠青山绿水、靠路边的好地点，如何分配成了新难点。经陈大兴和村两委反复研究，编排出一百个方案也摆不平，唯一公平的办法，就是搬出中华民族老祖宗创造的方法：抓阄儿——地点好不好就看手气了，神仙也怪不得。经村民代表会正式通过，抓阄儿那天，全村集中在中心广场上，一家老小齐上阵，大呼小叫给自家人加油。

就这样，截至目前，大坝村搬进别墅的已达184家，建设工程还在抓紧进行中。如今的大坝村多么美，不用我在这里形容了——文字总是苍白的，看看大坝村的照片就足够惊叹了！

如今大坝村的村民都住上了这样的别墅（程立／摄）

为了继续推进大坝村的巨变，陈大兴仍未止步。随着金刺梨产业在安顺乃至全贵州的快速发展，市场价格大幅下滑。陈大兴对此很早就有预判，在市、区政府的帮助下，大坝村与贵州科学院生物研究所联手创办了"贵州大兴延年果酒公司"，设计年产5000吨，生产厂设在大坝村，品种有金刺梨干红果酒、金刺梨白兰地、金刺梨啤酒等。该公司有一个全国独有的天然大酒窖：旁边就是一个深达200米、高20米、宽10米的大溶洞，当地人称为"穿洞"。洞内四季温差不大，空气清凉，湿度适宜，果酒经过一段时间窖藏，以"洞藏酒"的名号推向市场，大受欢迎。与此同时，大坝村又办起了肉牛养殖业、蚂蚱养殖业、金皇菊种植业等等。村民们白天去各类基地上班劳动，晚上回家在别墅看电视连续剧，日子那叫一个美呀！

看到陈大兴夹着包开着车又出门了，他们笑道："不知陈书记回来又会出什么新招了。"

村民不善表达，对村里的变化，他们只会重复一句话："做梦都想不到！"

当然，那个"烂坑坝"的大坝村还在，在全村人的记忆中和老年人的絮叨中，他们总是这样开头："唉，那时候……"

"刺柠吉"——一罐"小青春"

就像世界大牌和巨商多用美女打广告，当代经济在一定程度上就是"注意力经济"。经过媒体广泛宣传报道，漫山遍野的小小刺梨引起贵州各地广泛注意。以优良品种带动产业化发展和扶贫就业，引发了全省的巨大热情，很快，刺梨种植业蓬蓬勃勃发展起来，市场一下挤满了！

就在这时，广东省伸出援手。广东省及广州市和黔南自治州是对口帮扶关系。2018年8月，贵州、广东党政代表团达成了"深化产业帮扶，加强特色资源开发、现代特色农业等领域深度帮扶合作"的共识，贵州方面郑重推荐了刺梨开发项目。广东省领导立即指示广州市协调广药集团，对贵州刺梨产业深度延伸开发进行深入调研论证。广药集团随即成立工作组和研发攻关团队，赴黔南展开工作。当年12月，广药集团拿出一份《贵州刺梨时尚生态产业"136"发展方案》，同时在黔南自治州的全力配合下，仅用98天，广药集团便完成了一种颇具时尚风格的全新饮料的配方研发,即"刺柠吉"(主要原料为刺梨和柠檬)复合果汁饮料。此外,"刺柠吉润喉糖"等系列产品也顺利推出。一个"借力发展""优势互补""互利共赢"的新产业,通过两省牵手合作胜利诞生,胜利突围而出!

2014年,贵州潮映大健康饮料有限公司落户黔南自治州惠水县,成为广药王老吉罐装凉茶在西南地区的唯一加工基地。公司占地300亩,总投资6亿元,拥有两条先进的罐装饮料生产线。接到批量生产"刺柠吉"的任务,贵州潮映公司迅速对其中一条生产线进行技术改造,仅用1个月时间,就完成技改并投产。

借助"王老吉"的广泛影响,"刺柠吉"一炮走红。2019年5月14日,该公司首批10万箱"刺柠吉"饮料正式上线并迅速进入全国市场。当年,该公司完成罐装凉茶400万标箱(24罐/标箱),实现产值2.5亿元;罐装"刺柠吉"饮料100万箱,实现产值0.6亿元。其开发用时之短,上市效果之好,消费者反响之热烈,被业界认为是一个传奇。同时线上在苏宁易购、天猫旗舰店、京东商城、天猫超市等电商平台上架,在全国4万多个销售门店均有销售,并在全国各地先后开展"刺柠吉"消费者互动活动3万多场次。

如今,黔南自治州刺梨种植面积超过60万亩,涉及30万当地农民。经过多年打造,黔南拥有了"龙里刺梨""龙里刺梨干"两个地理标志保护产品和"贵定刺梨"国家地理标志证明商标,贵定、龙里两县被授予"中国刺梨名县"称号。刺梨不仅为市场提供了一种营养超高、异军突起的新型饮料,同时在山地大面积种植刺梨,为贵州守住生态底线、治理土地石漠化开辟了新途径新办法,成为山区老百姓"点石成金"的经典案例。

刺梨强身健体的功效不是吹出来的,全国人民最信任的科学家都表了态。2020年4月28日,贵州刺梨产业发展论坛暨"刺柠吉"2亿元"扶贫消费券"上线仪式在广州召开,中国工程院院士、国家呼吸系统疾病临床医学研究中心主任钟南山出席并发表了讲话。作为以严谨的科学精神闻名全国的医学家，钟南山充分肯定了刺梨产业的发展前景，并表示将与贵州省呼吸疾病研究所、广药集团合作，成立刺梨防治呼吸疾病产学研联合攻关组，更加深入研究和挖掘刺梨的功效。

此刻，在遥远的安顺大坝村，陈大兴看到了这一镜头。作为刺梨产业的开拓者，他很高兴也很骄傲。

如今，大坝村在他的带领下，刺梨种植面积达到5000多亩，加上生态鱼、农家乐和避暑期间出租别墅（每幢最多可入住10人）的收入，2020年村民人均年收入可望达到16 000至18 000元。美好幸福、安居乐业的好日子终于到来了！

看到村民们住在那么漂亮的别墅里，我真想申请当个大坝村"贫困户"。不过党的精准扶贫政策管得太严了，我企图钻政策的空子只能头撞南墙，满脸开花。我是万万只能远远地看着，看着那片美景，像画一样绚丽，像梦一样灿烂。

第十五章
曹以杰——乡愁·雄心·创举

在我看来,写文章不是靠手而是靠脚。时隔14年,两度进深山采访曹以杰,恰好见证了一个时代的变迁——从贫穷到繁荣,从灰暗到亮丽……

我们的车分开夜色，进入漆黑的大山，不免有些胆寒。一条不宽的土石路蜿蜒在浓浓的黑夜里，一边是峭壁，一边是深谷——真正的命悬一线。只要车轮一滑，一切皆有可能——不，一切都没可能了。

我依然记得2006年初春的那个夜晚，云纱里月影依稀，重重山影犹如层层巨涛凝立在星空下。曹以杰亮着车大灯，身体前倾，小心翼翼驶过土石哗哗作响的盘山路，在黑暗中开进一个影影绰绰的小乡镇。春天的大山里寒气逼人，曹以杰给我找来一件棉袄，我们围坐在挂着棉帘子（用来盖腿的）的火炉旁。炉上放一块铁板，铁板上是一个煮着沸水的铁盆，旁边放几样青菜和一盘生鱼片，每人一碟辣椒蘸水，我就这样吃了一顿创业者的饭。那一年我走了大半个贵州，到乡镇或山寨吃的都是这种方式的招待饭。简单，简朴，简陋——并非主人不热情，从昏黄的灯光四下望出去，是深深的贫穷的痕迹。

饭后，聊罢，我在曹以杰的山寨上睡了一夜。半夜冻醒了，我把衣服又"全副武装"上了。早晨起来，我找不到曹以杰，不知道他是不是睡进山洞了。我在寂寥冷落的小镇上找了一家小面馆，佐料只有辣椒和盐巴。出了面馆撞见赶来找我的曹以杰。他赔着笑，满脸歉意。我说，你正在创业，不容易，就当我给你省下一块瓦片吧。

1970年，曹以杰生于距贵阳六七十公里之外的开阳县禾丰布依族苗族乡马头村，现今大路朝天，驱车一个多小时就到贵阳。早年坐牛车加徒步，翻山越岭两三天才能到贵阳。从童年到现在，曹以杰走了一条人生环行道。小时候的梦想是走出大山，结果还是因为一脉乡愁割不断，回来了。

"我要做一个穿鞋的男人！"

刚上小学的时候，父亲领他去了一趟开阳县城，泥头花脸的孩子打着赤脚，紧紧拉住父亲的手在水泥路面上走，他瞪着一双好奇的眼睛东张西望看不够，哇，多大的城市啊（其实当时很破很小）！多高的二层楼啊！多平的大马路啊！尤其让他感觉新奇的是，县城里除了卖农产品的农民，男女老少都穿着鞋子，有皮鞋、布鞋、塑料鞋。在村里，所有的长辈和娃娃都打赤脚，只有出远门的人才会穿上草鞋。过春节的那几天，有些小伙子也会蹬上一双崭新的黑布鞋，姑娘穿上花布鞋，那是为了相亲和说媳妇。节后就脱下来，刷干净放起来，留待重要的日子再穿。小曹以杰跟着父亲光脚走在开阳的人行道上，觉得脚底板特别舒服，他甚至很奇怪，这么平展展的路面，城里人为什么要穿鞋呢？哦，这就是城里人比乡下人"高贵"的地方吧！

鞋，成了他最初也最小的"中国梦"。

在村小学读二年级的时候，有一次老师在课堂上问同学们，通过学习，你们树立了什么理想？一个个同学站起来，按照老师和课本的教导，这个说："我要好好学习建设祖国！"那个说："我们要做共产主义事业的接班人！"9岁的曹以杰站起来大声说："长大了，我要做一个穿鞋的男人！"

同学们哄堂大笑，都以为老师会批评曹以杰太没理想了。可是，那位在村里当了10多年代课班主任的老师脸色顿时严峻而深沉起来，他似乎有些动情，眼里有了泪光。沉默了一会儿，他说："曹以杰同学的理想没有错，大家长大后，都应当做一个能穿上鞋的人。"

老师感触如此之深，因为此刻他也打着赤脚呢。

但是，穿鞋的愿望，早早地被父母——不，被贫困粉碎了。

初三下学期开学了。那天早晨，天还没亮，阵阵雨丝从茅草房的窗口飘进来，家里凉飕飕的。曹以杰很自觉地起了床，喝下妈妈端上来的一碗热乎乎的野菜粥。然后，他把露了脚指头的一双破胶鞋放进背篓，其中一只鞋面与鞋底已经分离，是妈妈用麻绳缝起来的。然后再把课本、学习用具、带到学校的苞谷糠团和洋芋装进背篓。一切整理完毕，他背上背篓，却不走，默默瞅着母亲，眼睛里有一种畏怯却混合着渴望的光亮。他在等母亲掏学费。穷人家的孩子很早就懂事了，他知道家里很困难，有时买盐巴和煤油都掏不出钱，所以他从来不敢张口跟母亲要，只能等，用渴望的畏怯的眼光等。

母亲掀开破旧的衣襟，掏出一叠脏兮兮的零钱："揣好了，小心别丢了。"曹以杰默默接过来，转身要出门，母亲又叫住了他，脸色很愁苦，说："读了这学期就别念了，家里供不起，回家帮你爸干活吧。"

曹以杰怯怯地说："不，我还想上高中呢。"

母亲说："家里实在太难了，拿不出钱啊……"

曹以杰咬紧嘴唇，含着眼泪默默离开家，一双泥泞的脚在泥泞的山路上艰难前行。他第一次产生了一种绝望的感觉，被大山拦住去路的感觉。这山路好长好长啊，好像一生都走不到尽头……

两个多小时，30多里路。到了学校门口，他从背篓里掏出那双露脚指头的破胶鞋，小心翼翼套在脚上。

赤脚磨不平大山，大山却像嶙峋的狼牙，把他的脚扎得鲜血淋漓。

初三毕业，曹以杰终止了学业，把自己在学校的行李和所有用品都背回了家。命中注定，他将和父亲一样，成为马头村一个普普通通的农民。那天夜里他走出马头村，坐在一处高高的石崖边上，面对黑黢黢的重重山影，流了很多泪。

山洞里的老奶奶

艰难困顿的日子逼出了曹以杰的灵性。他不甘于像父母一样，过着日出而作日落而息而又毫无指望的生活。那是20世纪80年代中期，政策已经放开了。曹以杰借了一点小本钱，逢上赶集日子就蹲在路边卖豆腐干，一块赚5分钱，一天下来能赚五六元。半年后，他给母亲买了一双布鞋，给父亲和自己各买了一双农田鞋。父亲舍不得穿,曹以杰说:"爸爸你就穿上吧,穿坏了我再给你买。"这小小的成就感让他悟到,只要脑瓜灵,有胆量,会找门路,就能改变穷困的命运。

1990年,20岁的曹以杰积极报名当了兵。他的第一愿望是保家卫国,第二愿望是吃饱饭。而且,对于农村青年来说,参军入伍很可能成为一条改变身份和命运的路。抱着这样的希望,他成了连队里有名的"小老虎",训练比武、行军拉练、种地开荒,样样冲在前头,样样都玩命。第一年当了班长,第二年入了党,还练出一身高超的散打本领,拳脚一动虎虎生风,四五个人近不了身。但他有一个小小的"缺点",就是任何时候任何情况下都不请客。那点可怜的津贴,能够节省下来的哪怕一分钱,能够存下的军装哪怕磨出几处窟窿,他都寄回家。

曹以杰本想在部队好好干,好好发展,将来提干当个小军官。但是,有一件事情让他改变了人生的选择,改变了他的一生。

那是在贵州省安顺地区执行任务的时候,有一次他去县城为部队食堂采购蔬菜肉食什么的,爬过一道山坡,忽然发现一片稀疏的树林后面似乎有个人影见他就跑。这么荒僻的山野,什么人在那里?曹以杰很警惕,立即追过去一看,一个穿着破短裤的半大男孩消失在路边的山洞里。洞外蹲着一位枯瘦的白发苍苍的老奶奶,几乎半身赤裸,正在为石灶吹火,灶上支着一口破锅,里面是黑乎乎的野菜粥,身边还有两个一丝不挂的孩子缩在草铺上。朝洞里一望,里面坐着那个半大男孩,更深处还有一头黑牛。

曹以杰在家乡马头村见过穷的,但没见过这样穷的。他蹲下身子问,老奶奶,你们怎么住在这里啊?

老奶奶说,孩子的爸妈都生病没了,家里的房子因为失火,全烧光了,她只好带着3个孩子住进山洞。

曹以杰望望阴云密布的天说,老奶奶,快下雨了,把牛拉出来,你和孩子没衣服穿，快进洞吧。

老奶奶一边低头吹火一边说，牛是我们家的命根子，怕丢了，不能放在外面的。

曹以杰心里一阵颤痛。他对老奶奶说，过了这个山坡就是部队营房，食堂每天都会有些剩菜剩饭，老人家要是不嫌弃的话，可以每天去打些剩饭剩菜回来，这件事我来办。

老奶奶双手合十，匍匐在地千恩万谢。

完成采购任务回到营地，曹以杰立即在食堂打了些饭菜，返回山洞给老奶奶一家送去，过后又发动战友捐了些旧衣物。这以后，曹以杰常去山洞看望老奶奶，给老人和孩子送点吃的用的。

老奶奶一家的赤贫，给曹以杰带来深深的震撼，让他常常想起家乡那些仍在贫穷日子里煎熬的父老乡亲，大冬天寒风呼啸的茅草屋和杈杈房，半年糠菜半年粮的饥饿与枯瘦，风里来雨里去的赤脚，烈日下挥汗如雨的光裸脊梁……

曹以杰的心越来越不能平静了，越来越想家了。他甚至觉得，自己原来一心想要在部队求发展的想法是不是有点过于自私了？父母和乡亲们过着那样贫困的日子，自己应当回家帮帮他们。经过部队的4年锻炼，他的眼界开阔多了，自信心也强了，何况现在国家开放搞活，机会多多了，完全可以闯出一条脱贫致富的路！

1994年，曹以杰请求复员回到家乡，临行前，他把老奶奶一家交代给战友们，请他们继续好好照顾。

早几年复员离队的战友，好些都干出名堂成了老板，听说曹以杰复员了，纷纷发出邀请，在温州的，在深圳的，在北京的，都给出优厚的条件，曹以杰婉言谢绝了。但他知道，没有一定的资本，没有足够的社会历练和经商经验，在封闭贫困的家乡很难做成什么事情。好在部队给了他足够的胆识和魄力，他决定在外面的大世界闯闯，长长知识和见识，再寻找一条致富之路。后来的好长时日，曹以杰一直像无业游民一样四处游荡，他想什么都尝试尝试，找一条最适合自己的发展之路。就这样，他整整在社会上漂泊了4年，当过保安，干过广告，应聘做过民办科技学校的副校长，到武警学校当过散打教练……最后一个职业，是在一家高尔夫球场当总经理，老板看中了他的履历，看中了他的精明强干和散打功夫。有这样一条汉子替他管理高尔夫球场，当然可以放心了。曹以杰入伍之前瘦得像高粱秆，4年间部队的大锅饭把他滋养成威风凛凛的壮汉。他很快练出一手高超的球艺，整日陪着巨商、老板、明星，在绿茵茵的草坪上来来去去。出入西装革履，走路气宇轩昂，每月拿着1万多元的薪水，开着一辆专用的三菱吉普车，住着一套免费的两室一厅高级住宅。在会所应酬时，一手端着高脚杯，一手插在裤袋里，在绅士淑女之间走来走去，那不卑不亢又彬彬有礼的风度气质，颇有些高级白领的模样了。

从小就梦想当一个穿鞋的男人，现在终于当上了，而且是一个穿意大利高级皮鞋的男人。一个山里的穷娃娃，还不到30岁就攀升到社会精英阶层，过着这样的奢华生活，曹以杰完全可以作为成功人士，志得意满地享受生活了。

高尔夫球场的老板没想到，所有的朋友没想到，1998年7月，当老板周游世界一圈回来，曹以杰找上门，辞职了。老板瞪大眼睛不解地问："我给了你这么高的待遇，谁还会开出比我更好的条件？"

曹以杰说："谢谢老板多年的栽培和器重，我不是想跳槽。哪也不去了，就想回家当农民。"

老板一头雾水，觉得他好像撞上一个外星人。

采访中，曹以杰对我说："人生最大的快乐，就是自己能做自己想做的事情，自己掌握自己的命运。"其实，此时曹以杰历经了4年走南闯北，不过攒下近20万元的积蓄，这顶多是个小本生意的本钱。但他信心百倍，觉得自己最大的本钱是有了丰富的闯荡市场的经验。他已经想好了，回家乡包山头办茶场。动因之一，随着人民群众生活水平逐步提高，对茶叶的需求量越来越大，前景看好；动因之二，茶场是劳动密集型产业，周围十里八乡的父老乡亲，下至十几岁孩子，上至六七十岁老人，都可以参与劳动从中受益，有利于共同富裕。

回到家乡，曹以杰开始东奔西跑找县乡政府，期望承包一座有150亩茶园的茶山。这片茶园原来是有人经营的，协议规定一年交3000元管理费。但因为管理不到位，经营效益差，承包人不干了。曹以杰开口就答应一年交4万元，把禾丰乡领导乐得合不拢嘴。曹以杰为这座山起名叫"云山茶海"，还挺有诗意。

一个人的思想和格局，一定和他的人生半径成正比。

部队历练和社会闯荡，一个给了他胆魄，一个给了他经验。这让曹以杰的思想充满了活力和创意。

我没有做过调查——也无法调查。以我的了解，在贵州，曹以杰倘若不是第一个，也是第一批提出"公司+合作社+村民"经营方式的首创者之一；同时，他也是看好和坚持绿色生态种植的首批倡导者和践行者之一。

创业之初，他的办法是：第一，包地反租，即把村民的地包过来，再按劳力租给村民种茶；第二，自掏腰包拿出18万元，分给200余位乡亲购买茶苗，包种包管；第三，合作社负责聘请技术员指导村民耕作，村民按天计工领取报酬；第四，严禁施化肥、打农药，违反者取消参与合作社资格；第五，出茶时合作社负责包收包销，不必村民操心。

这一系列举措，在20世纪90年代都是曹以杰的创举！

这可是天大的好事啊！消息传开，连续几天，在山上茶场那间小小的办公室门前，人声鼎沸，热闹非凡，乡亲们纷纷前来排队等着领茶苗费、签合同，随着一个个红指印印在一份份合同上，茶场的规模也不断地扩大。老辈儿们夸奖曹以杰是个好娃儿，有了本事不忘帮乡亲，是"大河有水小河满"。曹以杰说,爷爷你说反了,应该是"小河有水大河满"。爷爷奶奶们笑了,说本乡本土的,大河小河都是一条河嘛!

深秋,有一次曹以杰出门办事,天下着雨,路过村小学时,他见有些男孩只穿一件破外衣跑出来,小脸冻得发青,一个个哆哆嗦嗦。曹以杰心疼了,他一拐弯进了学校,闯进校长办公室说:"请你帮我统计一下,凡是没衬衣穿的孩子,我捐一套保暖内衣!"

183套保暖内衣捐出去了。

又听说有20个穷孩子交不上学费和学杂费,他又答应赞助到孩子初中毕业。

马头村有4个寨子,无水、无路、无电。每天吃水,要下山到2里地以外的河谷去挑。山地贫瘠,收不了多少粮食,各家各户只能靠养一窝鸡,攒起

开阳县禾丰乡马头村(贵州新闻图片社/供图)

鸡蛋拿到市场上去卖，才能买盐巴回来。那些贫困人家不是你随便就可以进门的，因为屋里的女人很可能没衣服穿。出山的路大都是紧邻深谷的羊肠小道，逢上雨雪天，孩子上学难，老乡走路难，挑水担东西更难。一年四季，乡亲们白天下地，天黑睡觉，完全与世隔绝，几百年的穷困日子就这么过来的。改革开放以后，党和政府号召勤劳致富，多种经营，但无电无路，一切都无从谈起。目睹这一切，曹以杰久久不能平静，他请村支书把乡亲们找来，说，"要致富先修路"，但我攒下的钱大部分都投到茶山上了，再干个大工程，肯定拿不出足够的资金。我建议，大家合起心一起干，我投资，乡亲们义务投工，先把路修起来，一段一段干，好不好？

数百乡亲吼出一声雷："干！"

2000年，曹以杰出资，乡亲义务投工投劳，修筑了1公里的水泥路面。

2002年，曹以杰投入5万元，修筑了2公里水泥路面。

2003年，马头村的行动感动了开阳县政府，政府投入169万元，曹以杰投入60万元，把全村的道路全部硬化并通向大山之外。同年，经过他多方奔走呼吁，电网也拉进马头村。几百年的黑暗历史终于结束了，电灯电话电视跟着一家家的欢笑进了山寨。

一年年忙下来，曹以杰的茶园越做越大，马头村的公益事业越做越好，但他的借款贷款也越积越多。茶场所有的收益，他都义无反顾也不计后果地全部投进马头村建设。2002年春，公司账上只剩下几十元钱，茶场雇用的13个工人，连续3个月没发出工资。那天，曹以杰跑出去向朋友借了一点钱，跑到地头，给每个工人发了200元。他说，对不起大家了，现在茶没下来，公司没钱，暂时给你们发一点生活费吧。

那13个工人都是邻近寨子里的乡亲，他们拿着钱，在手里攥了一会儿，好像要体会一下钱的温度。然后有一个人走上前，很郑重地把200元塞回曹以杰手中说，老板，我知道你现在手头很紧，这几年你没少为乡亲们做贡献，我们都看在眼里了。不用发200,就给我10块零钱,我去剃个头,剩下几块钱打壶酒喝就行了。

曹以杰愣住了。接着,另外12个黑黝黝的汉子都走上来,把钱交还给曹以杰。那一刻,他掉泪了。

后来尽管在长达半年多的时间没发工资,那13个工人一个没走,继续在茶场劳动。

到2004年,曹以杰先后为茶场和全村注资200多万元,15个村民组全部通了水泥路,安装了自来水。那一年村支部改选,曹以杰当选了村支书。

他很激动也很振奋。他对我说,真是奇了怪了,放着高尔夫球场的高级白领生活不要,这个泥里水里的村支书倒让我激动好几天!

2005年,曹以杰又投资65万元,建成一个提灌站,可以解决山上4个寨子居民的饮水和200多亩茶田的灌溉。

马头村一马当先

这以后,拥有600余户、2300多人的马头村变化令人称奇,创新一个跟着一个:

——"云山茶海"不断扩大,10年间改造荒山、建成茶园5000多亩。不仅解决了附近几个村的劳力就业和贫困户脱贫问题,农忙时节,村里的学生们也都有了勤工俭学的机会。每到周末放学,十几个孩子集资包租一辆面包车,每人出4元钱,一路开到茶场,周六周日两天的劳动,每个孩子可以赚到四五十元,扣除车费饭钱,每人还剩30多元。孩子们口袋里有钱了,许多年来为了省钱不吃午饭的习惯也改了,以往个个像细瘦的豆芽菜,眼瞅着结实粗壮起来。学校旁边的小吃店自此形成一个不成文的规定:马头村的孩子吃饭可以赊账,别的村,不行!

——成立"村治安协会"。以往因为贫穷,各村各寨小偷小摸多极了,连婴儿的尿布都偷。也因此,邻里之间你偷我我偷你,打架斗殴的事情常有发生,闹得村里鸡飞狗跳,不得安生。"治安协会"要求每家轮流为全寨值班一天一夜,300多户人家轮一遍,差不多恰好是一年,曹以杰为此提出一个相当亲切的口号:"我为别人守一夜,别人为我守一年!"经济发展了,生活改善了,加上村治安协会的严格管理、监督和巡查,自曹以杰上任村支书以后,全村没发生一起偷盗事件。采访中,村民骄傲地说,我们村已经是"路不拾遗、夜不闭户"了,这就叫"支部加协会,农民得实惠"。

这个村治安协会,当初在贵州也是独创。

——成立专业保洁队。以往那些年月,中国农村的脏乱差是可以想见

水头布依寨位于贵州省开阳县南部禾丰乡马头村,是底窝八寨之一,属第三批全国农业旅游示范点清龙十里画廊八大景点之"水调歌头"(贵州新闻图片社/供图)

的，村民们说，那时到处"猪粪牛粪成堆，柴火草垛乱堆，放眼一看真堵心，马头村就是个垃圾堆"。曹以杰下决心搞了个专业保洁队，对全村厕所进行了全面改造，还专门在村外修了个大垃圾池，找了10个半老不老的劳力，负责各村寨的卫生清扫，每个月发100多元工资。这在新世纪之初的贫困山区，就算很可以的收入了。

——全村15个村组建起4个篮球场，每个村组建立了一个小书屋，订购了一批报纸、刊物、图书，自此民风日渐祥和，好学之风日盛。

2006年，我上了曹以杰的茶山，他的梦想还在上山的路上和一张张蓝图上。

2008年，我二上他的山寨，"云山茶海"已初具雏形，有了一些新建筑，但还没刷色装修。这一年，作为年轻有为、贡献多多的村支书，曹以杰当选全国青联委员。

12年后的今天——2020年6月29日，我第三次登上这片"云山茶海"。放眼望去，粉墙乌瓦的楼阁，一栋栋古香古色的别墅，宽大的茶室，巨大的茶台，游人如织的水泥山路，拥挤的停车场，当然还有周围云雾缭绕的一座座青翠茶山。5000多亩，什么概念？我没概念，只觉得一望无际。曹以杰邀请我在别墅里住一夜，我说我怕被冻醒。他知道我还"记仇"呢，哈哈大笑。

曹以杰做了3届村支书，后来辞职了，成了纯老板。

如今，因为"云山茶海"的强劲带动，从马头村到周边几个村庄，已经开了近百家具有布依族或苗族特色的"农家乐"，最火的年收入达百万元，收入50万元左右的有十几家，一般的也在10万元以上。各乡村的农民来茶园打工的每年达3000多人次，人均年收入1万元以上。在茶园和茶叶加工厂工作的管理人员和技术工种最高收入年近5万元，包吃包住的服务员月收入2000元以上，比一些城市里的还高。

马头村的贫困历史被彻底改写，一个小康村正在茶山深处崛起，各民族群众过着和谐、富裕、美好、幸福的新生活。站在山头，曹以杰指指连绵起伏的青山，自豪地告诉我，当年他对马头村村民曾许下这样的承诺：山顶创办万亩茶园，山腰栽种万亩果园，山下开办"农家乐"。如今这三大承诺全部实现了！

我注意到，他确实穿上皮鞋了，不过鞋面有许多尘土，深蓝色夹克衫的后背有大大的一片汗霜。

这日子过的，比农民工还累。

第三篇 久久为功

第十六章
青山绿水铸人生

人生的高度，在于你的肩膀。
人生的宽度，在于你的脚板。
人生的深度，在于你的思想。
人生的温度，在于你的情感。
人生的意义，在于你的梦想。

文伟红——飞进会场的那只鸟

只要一到夜晚，只要黎正芬闲下来，只要她停下手头的事情，文伟红就回来了。音容笑貌，历历宛在，尤其是他那爽朗的笑，很大声但很静。

黎正芬泪水淋漓，手机轻响着提示音，一条条微信发给伟红。

——"看到现在所有人都在忙脱贫攻坚，一去一回的，就由不得我一天不去想你。我总是抱着侥幸的希望想，有一天你忙完了脱贫的工作，就一定会回来的。不知道你在天堂是不是也这样，天天想着人间的老百姓，惦念着他们的贫苦与劳累，惦念着做不完的工作。今天看朋友圈，有些地方下雪了，我就好想和你视频，问问你大坪村是不是也下雪了？冷不冷？会不会又要走路回来？让我一次次能从窗口看到你回家的场景……这些回忆都是你留给我一辈子的痛，你知道吗？"

——"曾经的笑容是那么幸福自然，现在却要努力去学着什么是笑。歌里唱着把悲伤带走，把幸福留下，可是对我而言，你却把我们共同的幸福悄悄带走……"

——"想你，是一种改不了的痴，你的好，你的坏，都令我着迷。真实的感受，刻骨的温柔，都萦绕在脑海里久久不肯离去……"

——"以前不想走的路，有你带我变道走。现在再难走的路，我必须硬着头皮往前走，我流再多的泪水也改变不了什么……"

——"哪里都有你的影子，唯独家里没有。有你在，再难走的沟，再难爬的坎，我们都可以一起走过来。现在，你把我一个人丢进了深渊，没有你的陪同，我不知道如何从深沟里走出来。我已经迷失了方向，不知何去何从。我很想麻痹自己，什么都不去想，可那是做不到的，你知道吗？"

——"今天你离开我3个月了。今天在县委开宣讲会，我看到那么紧密的会场里竟然飞进一只鸟儿,飞了几圈就走了,那是你回来了吗?"

——"此时此刻,我很想打电话给你,发微信视频给你,但我知道你不会再有回音了,我真的有好多好多心里话想和你说。我又哭了,明早起来又会变成'熊猫眼'。大家都劝我别哭,要坚强,我也想那样,可就是做不到。你对我说过,说我什么都好,唯独就是眼泪多不好。你这么一走,留给我一身一生的痛,一辈子的回忆,你说我能不痛吗?女人不哭还是个女人吗?20年来的一切不是说放就放得下的,你当初要是对我狠点,可能我今天就不会这么痛了……"

——"亲爱的,今晚我努力控制了情绪,代替你把奖领回来了。你看看吧!这个奖原本应该是你亲自到场领的,结果却是我含泪站在台上……"

这是黎正芬向丈夫文伟红发出的微信。从2019年7月22日以后,被泪水淹没的正芬发出一条又一条,绵绵无尽,铺天盖地;而他那边寂静无声,仿佛月旁一颗闪烁的星,只有光,没有声,怀着深深的依恋在倾听。太遗憾了,世界上相爱的人们总是太忙,忙着工作和养家,生活中只剩下简单的"工作用语"。等到生死两茫茫,一个人在这边,一个人在那边,才发现那么多的爱只能用眼泪来倾诉了。

村民和扶贫的同事说,很不幸,那个雨夜文伟红不该迈出那一步,他就倒在那一步上。

不!文伟红在雨夜中、在另一个世界沉思着说,那条通往老乡家的路必须有人走,我不走,别人也会走,正如鲁迅先生所说:"世上本没有路,走的人多了,便成了路。"

历史告诉我们,通往老乡家的路,就是承载南湖红船初心的路。

我决定去看看黎正芬,聊聊文伟红。驱车进入沿河县城,一条小街上立着一栋老旧的高楼。没有电梯,气喘吁吁爬上9楼,面带忧伤、脸色苍白的黎正芬裹着一件深灰羽绒服,给我们开了门。房间里朴素,寂静,清冷。一张张文伟红青年时代的照片，一幅幅他和正芬的爱情留影，两口子加儿子的全家福，默默展开在我眼前。正芬清秀，柔弱，温婉，看得出是个小鸟依人的女人。因为伤心，几个月来她不敢碰丈夫的书籍笔记，不愿拭去桌上的微尘，因为那上面仍留有伟红的温度和痕迹。

窗里窗外的世界就从这里展开……

两家相距很远，都在大山里，都是土家族。只是因为一个偶然，两个年轻人的人生之路蓦然擦出一簇美丽的火花。两人小时都喜欢读书，但因为家里拿不出学费，文伟红读到中专，黎正芬读到初中。伟红后来当了沿河自治县经济开发区的干部。正芬是家中最小的女儿，倍受娇惯，父母不放她出去打工，她便住到哥嫂家帮着照料小孩。有一天文伟红下乡搞开发工程项目调研，中午被村干部领到黎家吃派饭。第一眼看到秀美的黎正芬，就觉得老天给他派来一个"七仙女"。两个年轻人谈起小时候家境的艰难，辍学的痛苦，相互同情得不得了。别看文伟红长得斯斯文文，遇上心爱的女孩是很有决断力的。第二天，他托村干部给黎家捎了话。第三天，他把黎正芬约出门。两人并肩漫步月下，文伟红说："两个人分担一个痛苦，就只有半个痛苦；两人共享一个幸福，就有两个幸福。"这句话一下把黎正芬迷住了也感动了。那会儿她特别庆幸家里没钱，没能送她读高中考大学；也特别庆幸爹妈不放她外出打工，更庆幸哥嫂刚生了小孩，请她到家里帮忙。总之，一切曲折和苦难都是庆幸，让她遇上了文伟红。

沿河有一座大山叫锯齿山，从山名就可以想见它的雄伟与险峻。文家就住在山下。婚后，文伟红给正芬讲过一件趣事。小时候，他最爱听父亲给他摆龙门阵，讲当年锯齿山里"闹红"和剿匪的故事，令少年伟红无限神往。有一次他瞪着小眼睛说，我要赶上那个好时候，一定当儿童团团长！父亲乐得前仰后合，说，战争年代哪是什么"好时候"？天天打仗死人，苦得很哩。伟红说，为老百姓打天下，死也不怕！

这成了文伟红短暂一生始终不变的追求和品格。

2013年,党的十八大以后,遍及神州大地的脱贫攻坚战拉开了序幕。文伟红深知父老乡亲之苦,主动给领导写了一份请战书,要求驻村扶贫。批准之后,他告别爱妻稚子,扛起行李就进了山。那些访贫问苦、东走西奔的艰辛工作不必细说了,因为他的工作卓有成效,每到一村很快就实现了"一达标两不愁三保障",领导就专派他啃硬骨头,连年转战不休:

第一站:淇滩镇和平村顺利脱贫。

第二站:同镇的彭华村顺利脱贫。

第三站:团结乡麝香村顺利脱贫。

驻村工作一般为期3年,文伟红全心全意、生龙活虎在山上干了5年,黎正芬在家也整整盼了5年。每逢周末只要伟红说回家,中午以后,正芬就不时到阳台上张望,期望能看到丈夫匆匆归家的身影。平时文伟红特别娇惯妻子。家住9楼,没有电梯,稍微重些的米呀菜呀,柔弱的正芬提不动,都由伟红来办。这些年伟红不在家,正芬只能提着重物走一层歇一会儿。两人视频时,伟红常开玩笑说,我不在家,你可别饿昏过去呀!

婚后全家只靠文伟红的工资生活,还要供养住校学习的儿子,生活十分拮据。正芬一直想出门打工以贴补家用,伟红坚决不同意,怕累着正芬。但他驻村后管不着了,家里也没那么多事了,黎正芬去了县城一家大商场做家电销售员,每月基本工资加提成收入4000多元,生活境况春暖花开,大大改善。

2018年,拿回很多大红奖状的文伟红再次向组织请缨要求驻村。他在申请书中重抄了自己入党申请书中的一段话:"我将随时以中共党员的身份,在祖国建设的第一线冲锋陷阵,在任何艰难危机时刻绝不畏缩,挺身而出,为祖国繁荣发展发光发热……"

正芬有点幽怨,说,你已经超期服役了,还继续干呀?

伟红说,单位那些上传下达的事情谁都能做,地球照样转。我是吃过苦受过穷的农家娃,让乡亲们过上好日子是我该做的呀。

他再次上山,点名来到锯齿山边的中寨镇深度贫困村——大坪村,出任驻村第一书记。

——不知为什么,大概算天下"独此一村"了:这里的农民习惯了每年只种一季庄稼,土地长期闲置,吃菜却要下山到20公里之外的镇上买。文伟红对村干部说:"有地不种菜,还要花钱买。人懒地才闲,不穷才叫怪!"可积习难改,他说了好多次,村里还是没动静。于是文伟红自掏腰包,买回一包包各类蔬菜种,挨家挨户发给村民。为起到动员作用,进门他就对老乡说,你先帮我种着,以后我没菜吃了上你家来拿。后来村民们一"串供",发现文书记对哪家都这样说,大家哈哈大笑,说文书记的心能装下锯齿山了!很快,所有人家都动了起来,当年全村就吃上了自家地的菜,既省钱又时鲜。伟红回家时高兴地对正芬说,其实扶贫工作没有想象的那么难,有时一个好点子就解决问题了。

——大坪村一代代人传下一个陋习,丧事一办就是十天半月,哭拜守孝,草木不动,请吃请喝,花费甚巨,给村民带来沉重负担。但谁不办谁就觉得没面子,怕人说不孝顺。文伟红通过干部会、党员会、村民代表会,一次次倡导文明新风,宣讲厚养薄葬的道理。村民

文伟红(右三)走访群众(铜仁市委宣传部/供图)

杨桦的父亲去世，杨桦听从文书记的劝告，节俭办丧事，整整节省了4万多元，对于贫困村民来说，这简直是天文数字！

——在大坪村仅仅一年多，文伟红带领村民修筑硬化通组路18.7公里，修建7个饮水池共230立方米，铺设水管24.5公里，为发展烤烟、养蜂产业争取扶持资金30万元，帮助80户贫困户368人易地搬迁到铜仁市碧江区的新社区。

——种植烤烟收入高，但投入也高，风险较大，技术要求细腻。很多村民宁愿守着贫困日子也不愿意干，怕亏本。文伟红思量再三，做出一个罕见的决定：让妻子黎正芬辞掉商场电器部的工作，搬铺盖上山。一是当"种烤烟示范户"，黎正芬做活儿仔细，滴水不漏，容易成功；二是她性情温和，待人热情，帮着他做做村民的思想工作也容易沟通。5年来，两口子一个在山上，一个在城里，见时少别时多。这会儿儿子已去贵州大学读书，家里基本无事可做了。于是正芬同意披挂上阵，上山和丈夫一起扶贫。这在全县乃至全市全省，大概是第一例。这以后，两口子在山上，一个董永一个七仙女，"你织布来我耕田，你挑水来我浇园"，未尝不是一幅田园风光。黎正芬为人亲切温婉，很会和村民们聊天，很快深得人心，家家有什么好吃的都叫她去。种植烤烟的工作推不开，文伟红动员村支书高腾科领下40亩，黎正芬动员村民田茂所领下20亩，此后全村迅速铺开。乡亲们戏称黎正芬是"驻村第一副书记"。

"文书记来村工作是最投入最动情的，他能把妻子请上山更让我们感动。仅仅一年多，大坪村经济状况就大为改善，村风村貌也有很大变化。"中寨镇书记谭鹏飞这样评价。

2019年7月22日夜，小雨。正在村部忙着的文伟红接到电话，说一个贫困户有个创业想法，想跟他商量商量，希望他赶快去。文伟红放下手边的事情匆匆往村民家走。很不幸，在漆黑的雨夜中，他踩到一根漏电的电线遭遇电击，当即倒地，因长时间无人发现而意外身亡，以身殉职。两个多小时后被人发现时,年仅45岁的文伟红早已停止了呼吸。

有人通知了黎正芬,她疯狂地从临时的"家"里跑到现场,伟红的遗体已经搬走——好心的人们不希望她看到他的死状。跑到那片泥泞的山坡上,纷纷飘落的夜雨中,正芬一声哭喊:"伟红!我的伟红在哪里?把他给我!"以后的事情她都不知道了。

苍天有泪。

一个普通的扶贫干部,在自己的岗位上悄然去了,去得那么突然又那么静寂,甚至并无人们想象中的那样壮烈。但是,他铺的路还在,他修的饮水池还在,他留给村民的爱和温暖还在。一切在,文伟红就永在!

为他送行时,老老少少很多村民到场了,在外县外省打工的闻讯回来了,搬迁到铜仁市的很多移民回来了。那一天,山路上号哭动天,群山震泣。76岁的老农崔素英拉住车不让走,哭喊着:"乖哟,你郎个(怎么)这样就走了,老天爷,要不得啊……"

黎正芬含泪在县城宣讲时,有一只小鸟飞进会场。正如她在微信里所说,那肯定是文伟红,带着他那颗温暖的心和深深的眷恋。

杜典娥——原地不动的一生

我能想象到当年。天未亮的时分,山路弯曲着无尽的幽黑,那些上学孩子畏怯的眼神,在风中摇荡……

杜典娥就是其中之一。她把这条路走热了,是她的温度。路并不很长,但她还在走,用一生。

许多人为追求自己的梦想闯荡天下,成败之间不断改变自己的选择,不断"跳槽"闯入新的领域,这是一种勇敢。大变革大发展的狂飙时代,需要这样的弄潮儿。

有些人一旦确定了自己的选择，终生不渝，忠诚奉献，像钉子一样钉在自己的岗位上，像大地一样结实。这更是一种勇敢。中华民族伟大复兴的事业中，我们同样需要千千万万这样的"钉子"。杜典娥，从少女时代就决定留在大山深处，一直到鬓发斑白，一直到现在，原地不动。

2019年秋的一天清晨，我和德江县委宣传部副部长崔松、当地作家杨旭和铜仁市扶贫办袁明从县城出发，车在盘山路上穿云破雾转了无数圈，再乘摆渡船渡过乌江，然后翻山越岭，才抵达杜典娥的家。沿山的蓝底白字路牌标明：桶井乡、下坪村、大屋基组——寂寂的深山里，寂寂的一个老村。杜典娥和她的学校就在这里。这是我和德江县的同志们聊天聊出来的一个人物，原来并没列在采访计划中。刚听他们介绍了几句，我就说："明天出发，我要去看看她！"

迎面，一座陈旧简陋的木加砖小二层建筑赫然立在半山坡上。这是学校吗？不像，同我们惯常遇到和想象中的学校完全不一样！

典娥梳了一个马尾辫，鬓发有些斑白，但那双大大的眼睛和微笑依然明亮。能够想象到，年轻时杜典娥是一个俊美的土家族姑娘。我们一边看一边聊，山里的回忆像一本陈旧的小学课本哗哗翻开，她的故事从字里行间向我走来。

几十年来，这里上课不定时，学生没定数，3个年级集中在一个屋，校长、班主任，语文、算术、绘画等各科教师，就她一个。孩子学到三年级就走人，另有一个杂工、厨师兼保安员是她的丈夫简光轩。孩子们集合时，杜典娥便敲响挂在门框上的一个铁盘子——已经锈成"文物"了（现改成电铃）。教室里挂着一块小黑板，墙上贴着一些儿童画，彩色塑料的小桌小凳摆得东一个西一个。孩子们挤在桌边，有的在写字，有的在画画，有的在做算术题。隔壁是灶间、堂屋兼办公室，院里放着做游戏的小滑梯……一切那么不正规。只有星期一在门前小院落举行升旗仪式时，气氛才变得特别郑重庄严。杜典娥用手机放着国歌，丈夫用绳子拉着冉冉升起的五星红旗，她和学生们整齐肃立，随着乐曲高唱国歌。院子围栏的前面，是一片陡坡和散落在绿树中的民居，再往前看，是云雾缭绕的群山和山后不可知的世界……

附近山区的一代代泥娃娃，就这样在杜典娥的泪眼和挥别的手势中走过、走远。不过，不要小瞧这所不正规的学校，如今它是在县教育局正式注册的一所"名校"了。

杜典娥生于1967年，是家里唯一的孩子。困难年代，贵州农村很少送女孩上学。一是因为穷，块八毛钱的学费也掏不起。二是因为重男轻女的老观念：嫁出去的姑娘泼出去的水——干吗为别人家花钱培养孩子呢？典娥的父母没文化，但母亲是20世纪50年代的老党员、县妇女代表，觉悟很高，也很有见识。当年去县城开会，她写不出自己名字，看不懂报告，不敢出门，因为不认识街牌。备尝了许多"睁眼瞎"之苦，她下决心砸锅卖铁也要送女儿读书——这在大屋基村是头一例，算是开一代新风。每天天不亮，母亲就催小典娥起身，揣上几个洋芋去上学。路上要翻一座大山，那时天还黑着，小典娥害怕，只好等着小伙伴会合了一起走。冬天来了，孩子们冻得瑟瑟发抖，有的提上一个小烘笼，手冻了就放在上面烘烘（我在当地"乡愁馆"看到一个展品：是竹编的小笼，里面放一个粗瓷小碗或铁盘，冬天夜里出门时装些炭火，既可照亮又可取暖）。到了乡上的小学校，上完早上的课到了午休时间，孩子们各用3块石头搭一个小灶，用带来的米或洋芋煮一碗稀粥喝下去，下午接着上课。因为典娥家只有父亲一个劳力，在生产队拿不到多少工分，生活极为贫困，挖野菜草根是小典娥的主要差事。因为交不上学费，她几次辍学又几次复读，直到1987年才初中毕业，这一年她20岁。一般到这个岁数，山寨里的姑娘早是孩子妈了。

杜典娥是孝顺孩子。她曾想过考高中或中专，但给爹妈增加负担，她不忍。又想去外地打工，那就得扔下孤独而日渐衰老的父母，她还是不忍，一直在犹豫和纠结。那些日子，上山种地放猪，和周边许多农家姑娘接触多了，大家都特别羡慕她能读报写字。她们普遍不会写自己的名字，卖米卖菜不会算钱，进县城两眼一抹黑。有的外出打工，雇主听说她们不识字，又说着一口难懂的土话，挥挥手就打发走了，只好再回到闭塞而寂寞的山村，等着嫁人生子，一代代重复着老辈儿的贫穷与忧伤。有几次，从未进过校门的年轻女孩跑到杜家，让典娥教写自己的名字，然后揣好那张纸条兴冲冲跑了。她们说，外出打工，能签上名字领到工资就行了。望着她们远去的背影，杜典娥充满同情又深感痛楚——只会写自己的名字能管什么用呢？没有文化，注定她们只是劳力，很难创造新的人生。看到那么多年轻人外出打工，母亲问，你怎么还不走呢？典娥说，舍不得你们呗！其实她有了心思。

一天，村主任来看望她的父母，说起大屋基村的贫困与落后，光棍和文盲太多，孩子上学太远太累，杜典娥突然问，我在村里办个小学，行不？

村干部吃惊地说，办学校可不是吹泡泡，没钱没房没老师，咋个办？

杜典娥说，我当老师，我家当教室，把孩子找来教他们认字，有啥难的？不过我只有初中文化，教不了高年级，三年级以内肯定行。

一句话像透窗而进的阳光，照亮了杜家的棚屋，也照亮了村主任的思路。

村主任和父母一起兴奋地叫："要得！"

事情操办起来，杜典娥才发现，自家局促的小地面根本无法办学，孩子们连个活动场所也没有。在老党员母亲的主持下，一家三口做出一个郑重决定：用自家的良田置换邻居家的地，就可以拓展出一个20多平方米的小操场。接着要扩房、铺路，都需要钱，父亲便借了些民间高利贷，带人上山炸石头。雇来的人每担100斤石头、走2公里到家，付给3元钱。村委会穷得尿血，没钱没物，只是送来几块木板，帮着做了一些小桌小凳。这期间，杜典娥跑遍周边各个山村，走家串户，动员所有适龄孩子来上学，说他们再不用大黑天提着小烘笼翻山越岭了。

乡亲们问，没钱咋办？

杜典娥说，每年只交6斤米，交不上的可以记账，啥时有啥时给。

没课本咋办？母亲大义凛然说，把家里的牛卖了！

1987年9月1日，这个没名没照、只有一个无证老师的"私立"山村小学开学了。方圆十里八乡的30多个孩子背着空书包欢天喜地跑来，最大的3个女孩17岁，其中两个有了未婚夫，最小的男孩6岁，满满当当挤了一屋子。9时整，母亲敲响了挂在门框上的"铁盘钟"，父亲把桌凳摆摆整齐，杜典娥拿着自备的教学笔记走进"课堂"，宣布开课。因为有些学生读过一、二年级就辍学了，典娥便把学生分为3个年级，开始在一间房里"轮番作战"：给一年级小豆包上课，就安排二年级做作业，三年级做游戏。就这样，数百年沉寂无声的大屋基村，第一次响起孩子们的琅琅读书声。完全不懂"业务"的杜典娥没按小学教材来，她教的第一个字是"人"，第一个名词是"中国"。

在学生花名册上，有三分之一以上没打钩，意味着这些孩子的6斤米"学费"一直没交上。

购买每年两学期的课本，对个头小小的杜典娥来说是一件很难的事——只有在乌江对岸的稳坪镇才能买到。每次，杜典娥清早起身，徒步翻山再乘船过江已是夜晚，得花钱找个小店住一宿。第二天去镇上书店买回两大包课本，这又要走大半天。晚上住一夜，第三天再背上死沉的课本乘船过江，爬山过沟，天黑了才能回到大屋基村。不过，她也有意外的"收获"，收获了自己的另一半。有一次，一个学生家长说，对岸的长江村有一个姓简的农户是他亲戚，可以借住在他家，省点住宿钱。杜典娥很高兴，如约去了。户主老简早年当过7年兵，豪爽热情，听了典娥办学的经历，老简深为感动，第二天便命令大儿子简光轩帮着典娥背书过江，送她到村。简光轩黑黑的，老实巴交，很少说话，光会笑。这以后，杜典娥凡是过江办事就住在简家。一来二去，两个年轻人越走越近了。第二年典娥又去买课本，路上简光轩对她说，我看你家就缺一个帮你背书的人，这事就让我包了吧。杜典娥羞红着小脸，咣当给了他一拳。这一拳直把小伙子打进屋，当了上门女婿，一直住到现在，"职业"是学校敲钟人兼杂工。

杜典娥只能教到三年级。到了四年级，孩子大了，有些胆量了，就可以到江对岸的镇小学继续就学了。

一年又一年，一批批孩子来了又走了。杜典娥的贡献是，在山区农民生活十分艰难的条件下，在九年义务教育尚未实施的年月里，附近山村所有适龄的孩子——特别是女孩——无一"漏网"全部上学读书，这是多么温暖、多么令人敬重的小小伟业啊！

这件事感动了德江县领导。

——7年之后（1994年），有关部门给了杜典娥一个"代课教师"的名义，每月补助60元。

——21年之后（2008年），杜典娥又办了学前班，总共100多个孩子。家里装不下，杜家只好自费请人请马，从10里之外的砖厂拉回水泥砖，加盖了小二层，每块砖到家的成本5元钱。

——22年之后（2009年），杜典娥考上正式教师，月工资3000多元，她能松口气了。

——32年之后（2019年），杜典娥已是乌发染霜，而她的微笑依然明朗。

谈到她的学生，杜典娥充满骄傲和幸福感。32年来，她总共教过1500多个山里孩子，三年级后他们进入对岸的正规小学。其中有20多个后来上了大学，当了干部。

中午在她家吃便饭时，杜老师拿来一个陈旧乌黑的本子给我看，那是登记历年6斤米"学费"的账本，名字后面打了钩的是交过的，还有少许没打钩的是至今欠着的。杜典娥笑着说，我整整教了三代人，有好些打了钩的，是后来儿子、孙子帮着还上的。这个账本我还留着，其实不是为了记账，它是我一生的记录和纪念品了。

眼下，这所"一个人的学校"有14个学生，1个一年级，4个二年级，9个学前班，还有一个城里来的志愿者姑娘陈华玲。杜老师说，这几年来我这儿上学的孩子不多了，因为通过这几年的扶贫工程，很多村民富了，纷纷把孩子送到城镇读书。那边条件好，老师教得也比我好，我当然为他们高兴。

窗户不大，屋子很旧也很暗。但我觉得她的生命和她的大眼睛一样闪闪发光。有光的人才能照耀他人。

谢谢您，杜典娥老师！在亿万人民努力奋斗、脱贫致富的伟大历史进程中，你默默为山里孩子开辟出通往梦想的一条路。没有你的艰辛付出，也许很多人的梦想已早早丢失在犁杖后面了。甚至，他们不可能有梦想。

本节文字曾发表于2020年4月17日《光明日报》网络版（收入本书略有增改）。典娥看到后给我回了一条微信："这么快就发表了，我读着内容心在颤抖，回想过去的困苦换来孩子们今天的幸福，还是值得的……"

冷朝刚——"蒜你狠"

这是一个山间花园吗？是。两座雕塑威风凛凛，前有盘龙腾云，后有金凤展翅。古木森森，流水潺潺，绿茵幽幽，亭榭阁台。

这是一个深山别墅区吗？是。一条条平展的道路两旁，一排排造型各异的二层白色阁楼比肩而立，钢窗玻璃门拼出各种花纹图案，窗内的纱帘五彩缤纷。沿着颇有气势的宽阔台阶拾级而上，迎面是宏伟的橘红色凹型木建筑"农家乐大饭店"。中午时分步入其间，上百老少游客正围坐在餐桌旁对酒当歌，热闹非凡。哦，是一场婚礼，一身白色婚纱的新娘和西服革履的新郎正挨桌敬酒……

在铜仁市思南县塘头镇，在蜿蜒山路的尽头，在群山怀抱之中，怎么会

第三篇 久久为功

有如此美丽宁静的一个处所？

看墙上的老照片，似在昨天又恍若远古，和贵州所有的老村一样：枯藤、老树、昏鸦；乱石、野岗、穷家；赤脚、烂衫、灯花……

新故事是从一头大蒜开始的。

冷朝刚，苗族，塘头镇青杠坝村党支部书记，个子不高，黝黑、清瘦，说话有板有眼，听来很有些政治理论，谈话间也时常跟我"理论"。冷朝刚的爷爷火线入党，一辈子活得慷慨激昂，当年参加了山里的游击队，扛一杆土枪打过"民团"剿过匪，解放后当了村支书，从土改到合作化再到包产到户，干了全程。"文化大革命"中的一个大年夜，全家正在吃饭，一半玉米一半糠，一伙造反派（我奇怪，那么偏僻的山村竟然也有造反的）突然冲进来，把饭桌掀了，把粗瓷碗砸了，然后硬按着爷爷的头强迫他跪在碗碴上，让他承认自己是"叛徒""走资派"。爷爷的膝盖扎得鲜血淋漓，造反派连打带骂问了一千次，爷爷回答了一千次：我是共产党员！我是共产党员！我是共产党员！当时刚刚4岁的冷朝刚吓得哇哇大哭，但这血腥一幕和爷爷的刚烈让他记到如今。父亲后来也当了村干部。我问冷朝刚，你家三代村干部，家境是不是好一些啊？冷朝刚说，不，比一般村民还困难。那年代当干部要带头吃苦，公粮带头交；政府有救助要分给群众；我家住的是最残破的茅草房。记得小时候我正在喝野菜粥时，一条巴掌长的大虫子突然从草棚上掉下来，落进碗里，我吓得哇哇大哭。爷爷叹口气说，唉，它也饿了。

生活所迫，冷朝刚初中毕业后就跟随村里大人去附近的煤矿下井挖煤。为了照亮，手提一盏小马灯，跪着刨，爬着背，透水、爆炸、塌方事故经常发生，民工们死伤多多，人称"两块石头夹一块肉"，"吃的是阳间饭，干的是阴间活"。冷朝刚挖了近20年，侥幸活着出来了，却患了严重的尘肺病。呼吸困难，走几步就喘，晚上憋得睡不着觉，咳的全是黑痰。去医院大夫给他洗肺。我问，怎么洗啊？冷朝刚说，哪里是洗啊？是硬捅！医生拿两根直直的钢管，从嘴里捅进肺部，末端有些柔软的金属细丝，医生不断用这东西撩拨他的肺，刺激他猛咳，一口口把黑痰吐出来。他连呕带吐，死去活来，生不如死，一气折腾了七八个小时。

医生擦擦汗说，你很坚强，效果不错，不过需要再来一次。

冷朝刚擦擦泪说，我死也不来了。

煤矿不敢去了，只好回村种田。死过一次的人胆儿都大。他一直觉得周边的乡亲很奇怪，好像一生一世只认识"三大件"——老婆、土地和苞谷，而且苞谷一年只种一季。至于天上下的，人间造的，地里长的，世界那么大，精彩那么多，他们好像不知道，知道也没反应，宁可冬天揣着手蹲在土墙根蹭痒痒，眼神空洞无物。冷朝刚想，种粮食既不够吃也不赚钱，还交不上公粮，莫不如种"钱"。他选了两样：大蒜和西瓜。这个人很深沉，只干不说。村里人嘲笑他，种那玩意儿能填肚皮吗？冷朝刚还是不说话闷头干。眼瞅着他家的日子越过越滋润了，村民们依然空洞着眼神没反应，私下还说他种田"不正经"。估计风言风语传出去了，1999年夏，塘头镇书记到村里"视察"，看到赤脚的冷朝刚挑一担粪水正在浇西瓜地，他问，你入党没有？冷朝刚说，没有，我写过5份申请书了，支部没反应。书记说，我马上安排你入党，你先当个小村组长吧。

2004年，冷朝刚终于入了党，他开始在本村组大力倡导"产业调整"，号召村民种大蒜和西瓜。村民一翻白眼，说，那玩意儿能顶饿吗？冷朝刚笑着说，粮食值钱还是钱值钱？金钱不是万能的，但没有钱是万万不行的。有了钱，啥不能买呀？组民会上，他请来会计和常来买他的大蒜、西瓜的一位生意人，当场给村民们算了一笔账：1亩地种一季苞谷，大约能卖400元；我夏天种西瓜，入秋种大蒜，总共能卖2000多元，也就是说，我干1年顶你们干5年的。村民们恍然大悟——他们很多人没上过学，没学过算术，当然不懂得这个道理。

不过村民还是担心，咱们村山高路远，种多了能卖出去吗？他们很多人连县城都没去过，想象不到外面的世界和大中国有多少人，有多么广阔的市场，每天能消费多少大蒜和西瓜。

贫穷限制了村民的想象力。

冷朝刚当场表态：我包销！

又有人说，没钱买种子。

冷朝刚说，我替你们买，秋后再还钱。他还强调说，说实话这点钱我完全送得起，但要你们还，这是让大家增加一点市场意识。

当年，大蒜和西瓜就攻占了这个小村组。数年后冷朝刚当上村支书，大蒜和西瓜又攻占了整个青杠坝村。让村民们更想不到的是，"蒜兵瓜将"们闹腾得红红火火，冷朝刚又在村里建立了大蒜深加工产业，村民收入暴增，竹席底下藏不住了，腰包装不下了，只好存银行。如今村民们个个走路腰板笔直、趾高气扬，再不到墙根下蹭痒痒了。

青杠坝村翻天覆地的变化跟着来了，很多事情走在全省全国前头。

——早在2006年，全村就自力更生、脱贫致富了。

——2005年，取消家家户户的小粪坑，改建公厕，雇专人打扫全村卫生，早于全国各地绝大多数农村。

——2013年，散落于石坡野林中的农户全部下山集中安置，100多亩的宅基地或恢复青山绿水，或复垦田亩，并成立了绿化公司和劳务公司。

——如前所写，新房如别墅，村貌如公园，四季花不败，这件事多年前就干成了。村里曾开展过集中饲养的蛋鸡产业，收入颇高，但发现空气中气味不好，有伤大雅，于是果断下马。村民们笑称冷书记"上管天，下管地，中间还要管空气"。

——青杠坝村有实力了，冷朝刚把邻近一些村庄的土地流转过来，建设了蔬菜基地，实行劳务工资和利润分红，让山民们皆大欢喜。

冷朝刚（左二）在田间地头指导大蒜种植（铜仁市委宣传部／供图）

有一次，省里一批干部来青杠坝村考察，听冷朝刚汇报说，过去村里埋葬死者要上山到处找风水宝地建坟墓，有大有小，有钱人建得越来越高，越来越华贵，严重影响了生态环境。于是村里在一个山沟里建了一个公墓区，实施收费安葬。在场一位厅级干部说，这样不好吧。一位领导当即拦住他的话头说，你别听他的，我说了算！我们要尊重群众的首创精神，有利于保护青山绿水，有利于群众按规矩办事，很好嘛！

这些年大蒜价格暴涨，网民戏称"蒜你狠"。村里年轻人就给冷朝刚改了姓，叫他"蒜你狠书记"。

冷朝刚笑道，你算了吧！

"蒜你狠"一招鲜，吃遍天。

刘继权——因绝恋出走，为扶贫归来

在德江县玉竹山，偶然碰上一位黑脸"山大王"。

我是半道上来喝茶的。大清早从县城出发，过乌江，翻大山，爬高坡，去大屋基村采访"一个人的学校"创办者杜典娥，一直谈到中午。回程路上，当向导的德江县宣传部副部长崔松请我到玉竹山上的山庄茶室休息一下。山庄很大也很漂亮，栈道亭阁、采摘观景、儿童游乐、品茗餐饮，应有尽有。坐下后，服务员端来一杯菊花茶，我的眼前豁然一亮！以往在别的地方见到的菊花茶都是碎小而枯暗的，而这杯菊花茶真个是非同凡响！透明的玻璃杯中，盛开着一朵大大的金黄色菊花，花瓣细长鲜丽，婉约轻柔，犹如"千手观音"展开的纤纤玉指，明亮的水中还飘浮着几粒红红的枸杞子和几片细细的甜绿叶，看着无比地赏心悦目。我端杯轻轻呷了一口，哇，绝品！宛如饮了一杯灿烂的秋阳，让浑身乏累一扫而空！

我问，哪来的？谁种的？

崔松指指靠在远处柜台边一位瘦瘦的中年汉子说，他，山庄老板刘继权。

作家的眼光是很毒的。其实进门我就注意到他，高高的个子，一张黑脸没有表情，既不像老板也不像民工，一副完全与己无关的样子。

我说，过来坐，咱们聊聊。

这家伙大步流星走过来，腰杆笔直，动作利落，脸上仍无表情。

我说，我们一大帮人来了，还有县领导，你怎么没点笑模样？生意还怎么做啊？

柜台后面一位年轻女性说，他不会笑，死倔。

满屋哄堂大笑，刘继权还是规规矩矩坐着，不笑。

我蓦然觉得他一定当过兵，一问果然。

接着我像审判官一句句问，他像拍电报一样答，完全是大兵的习性。谈

完，我明白他为什么没笑容了。

童年的刘继权很不幸。父亲是生产队的民兵排长，一次训练中因他人擦枪走火身亡。母亲顶不起艰难的日子，不得不扔下小继权远走他乡改嫁，继权只好跟着爷爷奶奶生活，从此再没见过母亲，也没享受过多少关爱。他说："我是在破烂堆里长大的，从来没穿过完整的衣服，上小学才穿上第一双鞋。"和爷爷奶奶的隔代生活代沟太大了，又没有兄弟姐妹，有时一整天没人可以说话。孤独和冷寂，像钉子一样把他钉在凄惨的草屋里。初中毕业后，刘继权主动报名当了兵，上了对越自卫反击战战场。几个月蹲在猫耳洞里，除了风雨声就是炮火的轰鸣声，炼就了一个钢铁般沉默的孤魂。有一次越军打来的燃烧弹把阵地燃成一片火海，刘继权的脸受到轻微烧伤，治愈后肌肤坚硬，一黑到底，再没白过，笑起来也有些困难了。3年后，刘继权退伍回到家乡，被安排到德江县物资局当科员，主要任务是为全县工程建设搞材料采购。这家伙经过战火历练，又受伤黑了脸，意志无比坚定，办事一丝不苟。外出采购时，事先局里人已经与对方谈定了价格，刘继权一去，一张黑脸能再砍掉两三成，为县里省下大笔资金。领导很高兴，多次表彰他并暗示说，小伙子好好干，有前途！

后来的一件事几乎震惊了全县机关。1993年的一天，刘继权突然人间蒸发，办公桌擦得一尘不染，文件摆得整整齐齐，一切好像没人用过。本人任何原因没说，辞职信也没写，无声无息（那时县里很少有手机）就像钻进了地缝。问家里老人，他们也很着急，说不知去哪儿了。

一个公务员突然消失，这是大事啊！而且一个当兵出身的人怎么这样没组织性纪律性？领导大为光火，派人四处查访，无结果。后来才有风言风语传出来，说刘继权处了一个女友，已经到了谈婚论嫁的程度。但有一天刘继权突然发现，这位女友暗地里背叛了他。试想，一颗从小孤独的心，一颗从战火中归来的心，是多么渴望爱情啊！一朝心碎，性情刚烈的他不想再看她一眼，第二天便消失了。

无处安放的青春只能走人。有人猜，他是不是找个隐秘地方自杀了，同事们说，不可能！

刘继权去了广东。到处流浪，到处打工，在工地上运沙搬砖，在企业当过保安、工人，但住工棚、喝大锅清汤水的日子并没有泯灭他的钢铁意志。积攒了一点小钱之后，他便找地方学习纺织技术、机械修理、物业管理等，尽可能多地拓展自己的知识和本领。再后来，他当了工头，领一帮农民工盖摩天大楼，汗水流得哗哗响，灌满了胶靴筒子。想不开的时候就把自己灌倒一醉方休。整整11年的流浪和血战，创痛全然抹去，生活条件大为改善，更炼出一副铁骨柔肠。其间刘继权多次回家探亲。在广东闯荡四方，他看惯了繁花似锦灯如海，红男绿女车如流。但老家江山依旧，穷困依旧，乡亲们依然数着粮食粒儿过日子，这让他心情十分沉重。年轻时因为失恋一跺脚走了，现在人到中年，也有些实力了，总应该为父老乡亲脱贫致富做点什么。他想，家乡除了底子薄、条件差、封闭落后，最主要的是：从未走出大山的乡亲们缺少能干事、敢干事的带头人。他决定伸把手，带头干。2004年，39岁的刘继权变卖了所有家产，重返家乡。他想定的一条路是，分散的小农经济只能维持生存，众人拾柴火焰高，只有通过发展产业经济，才能集中力量，彻底改变村寨的命运。

第二年即2005年，刘继权经过广泛考察，相中了桶井乡的玉竹山。这座山风景优美，不高不低，土质肥沃，气候温润，完全可以改造成可观景、可游玩、可采摘的"花果山"。听了他的设想，县乡领导大为高兴并给予大力支持。刘继权豁出去了，拿出自己近乎全部的积蓄，他说："不成功便成仁，这就是军人的脾气！"再加上借款和银行贷款，然后发动周边群众以现金或劳力入股，参加玉竹山果园合作社。经过3年苦干，共种下2000多亩、10万多棵各类果树。但果树挂果慢，收入还得等几年。为按时给村民们发工资,刘继权已是债台高筑,愁得满嘴起泡,一张黑脸更黑了。有一天他独自在果园里走来走去,忽然想到,果树下的土地都空闲着,为什么不引种一些生长快捷的经济作物来尽快增加收益呢?他做出一个正确的决定:引进"金丝皇菊"——听名字就高贵得很。

迄今,从园内到园外,全乡种下1000多亩金丝皇菊,加工厂也在山脚拔地而起。入秋后金丝皇菊漫山遍野,一片金灿灿的风光,煞是好看。刘继权说,这东西看着赏心悦目,又有消炎、去火、静心作用,市场上价格不菲,但颇受白领阶层和小康人家欢迎。确实,我们相谈时,就见游客们络绎不绝进来,一盒盒买走——村民们从劳务收入到入股分红,终于看到青山绿水变

2020年11月10日,在玉竹村的水果基地,柑橘套种金丝皇菊获得双丰收
(覃冠中/摄 贵州图片库编辑部/供图)

成金山银山了。

聊到后来,我才知道柜台后面那位漂亮的年轻女性是刘继权的"压寨夫人"——一位勤劳的村姑娘,不叫小芳叫小霞。

郑培坤——猪不是谁都会养的

哼哼唧唧的猪,跟在主人后面,摇晃着小尾巴,一路走过数千年。

中国农民世世代代都养猪,会养吗?其实很多人不会养,只会喂。

"80后"郑培坤会养猪,因为他是"猪"硕士,准确地说,是畜牧兽医硕士。1982年出生的他坐在我面前,形象有点出格,与人们印象中的硕士完全不同:黑壮,朴实,沉静,线条粗砺,很少文气,看起来特别适合和猪打交道。而我属猪,所以一拍即合,谈得很拢。

郑培坤出生在贵州省黔东南苗族侗族自治州(以下简称黔东南自治州)岑巩县大有镇塔山村,世代都是泥脚农民,殊不知他乃"名人之后"。他家所在的那个村组大多姓郑,先祖为晚明一代名臣郑逢元,其祖郑忠原籍山东,以军功授贵州思州府平溪卫指挥使,子孙后代世袭其职。天启八年(1628年),兵部尚书熊明遇遭贬官到黔地,来郑府做客。他见15岁的郑逢元聪明伶俐,便口出上联:"犄角望月,南接滇黔蜀,云烟满树,望尽天涯路。"郑逢元脱口而应曰:"羚羊挂角,北上川粤赣,波涛震天,此去是帝都。"熊明遇大惊,赞郑逢元"乃奇才也"。后在熊明遇多方提携下,郑逢元因平叛有功,进入南明朝廷任兵部右侍郎,总督滇、黔、楚、蜀、粤五省军务,赐尚方宝剑。南明溃败后,郑逢元心情萧索,专心著述,1689年辞世。他的一支后裔不知怎么流落到现今的岑巩县大有镇,繁衍成村。

2001年,郑培坤考上武汉华中农业大学畜牧兽医专业——这是他的自愿选择。"没办法,我从小在青山绿水中长大,就喜欢农业这一套。光脚板走在田野上，就是觉得比穿皮鞋走在城市街道上舒服。"他笑道。这种感觉决定了他的人生之路——一定要有泥土气息。2005年大学毕业，他在武汉跑了两年兽医药销售，觉得很不过瘾，离猪太远，而且没自己的实业，总觉得心里不踏实。必须把成千上万的猪团结在一起共同奋斗，那才叫"我的青春我做主"。不然的话，等于把大学学得的知识本领"全还给老师了"。郑培坤的大学同学兼女友滕小双（双胞胎姐妹中的妹妹）是城市姑娘，模样水灵灵的，他想养猪，人家能同意吗？一商量，姑娘摩拳擦掌，热情比他还高！于是两人联系了另一个同学陈栋臣（国家栋梁之臣之意。看来想做国家栋梁不一定非要出将入相，也可以养猪），三人一合计，把当兽药贩子挣的40多万元凑在一起，于2007年盘下一个濒临破产的猪场，很快母猪生猪儿，年收入达上百万。这证明了我前面说的：大多中国农民世世代代只会喂猪，不会养猪。很多贫困农民养了一两头猪，到过年了连口肉都吃不上。瞧人家郑培坤不愧"名人之后"，一上手年收入就是上百万。可见知识、科技是"猪学问"里的第一生产力。

塔山村由原来的茂隆村和凉水井村合并而成，这里干旱缺水，土地贫瘠，且林地多耕地少，生活艰难。许多年来，外出务工一直是大多数村民谋生的"铁杆庄稼"。2012年春节，身为"百万富翁"的郑培坤携妻儿回家探望父母，发现塔山村几乎成了"空心村"，多是老弱病残和妇女儿童，土地撂荒，人气冷清。他想，武汉是著名的"火炉"，气候炎热，其实不适合养殖业发展。家乡地处山区，生态优良，空气清爽，地域广阔，饲料丰富，完全可以把养猪业搬回家乡发展，还可以带动村民脱贫致富，何乐而不为？转年，郑培坤和妻子毅然回乡创业，拿出多年打拼积蓄的280万元，加上银行贷款50万元，在塔山村成立了双农牧业有限公司。一年后，猪场便发展为年存栏1200余头、年出栏3000余头、年利润达50万元左右的养殖基地，同时还解决了一批村民就业问题。此时正值党的十八大之后，脱贫攻坚战在贵州全面展开。大有镇领导知道郑培坤两口子回乡创业是个好典型，便把事情汇报到县上。县委书记听说两个大学生自愿回乡养猪，有点不信，带着一行干部亲来考察，到猪场一看，场面如此壮观，不禁大感振奋，表扬郑培坤是"有志向、爱家乡的一代青年"，还问他有什么困难。郑培坤说，猪场规模越来越大，但进村道路只有一条泥石路，运输是大问题。县委书记手一挥，立即解决！

郑培坤笑呵呵对妻子滕小双说："当初我决定回乡创业，路走对了吧？"妻子说："我从来没反对呀！"

路通了，有困难各级党委和政府立即帮助解决，郑培坤的猪场发展规模越来越大。他通过"企业+合作社+村民"的方式，鼓励村民"资源变资产、资金变股金、农民变股民"，为此成立了新的企业——思府农牧有限公司。公司充分利用扶贫政策，对有劳动能力和发展意愿的贫困户，免费提供技术指导，保证仔猪存活率95%以上，并按保底价收购育肥猪，每户一年可增收8000余元。对无力或无心养猪的贫困户，将扶贫"特惠贷"资金入股公司，公司每年按比例分红，每户可直接增收5000元。在公司的精准帮扶下，塔山村17个贫困户依靠"特惠贷"资金入股公司，3年共领到分红25.5万元。

郑培坤的一系列扶贫举措很快把全村带动起来。大批青年积极回村参与创业，现在全村拥有养殖公司5家、村级合作社2家、家庭农场6个、50头以上养猪大户27户。全村养殖产值超1000万元。再后来又带动了周边9个村，其中7个贫困村、2个深度贫困村。郑培坤告诉我："公司盈利的80%用于股东分红，20%用于公司发展。去年入股的9个村，平均每个村集体获得分红近50万元，只要公司保持正常运转，分红就会一直持续下去。"

令人敬佩的是，郑培坤发财不忘发"才"，期间他利用业余时间在母校攻下研究生学历，成了当地有名的硕士"猪司令"。同时他还出资10.8万元帮扶了10名贫困高中生顺利进入大学。

塔山村的村民郑培成全家齐上阵，2018年卖了400多头猪，销售收入100

多万元，2019年卖了3批130多头猪，利润30多万元。他说："搞养殖技术要求高，要不是得了伙计指点，我也发不了这个'猪财'。"他所说的"伙计"就是公司董事长郑培坤。

榕江县是国务院挂牌督战的贵州省9个贫困县之一，根据省委、省政府部署，已经脱贫的岑巩县定点帮扶榕江县忠诚、栽麻、崇义3个乡镇。郑培坤率领思府农牧有限公司积极响应党委和政府号召，带着全套方案和经验奔赴榕江县，在栽麻镇归柳村建起了生猪养殖示范基地。郑培坤说："这个项目是由我们公司出的设计方案和技术图纸，并给养殖场提供猪苗、技术和销路。此外，我们还为养殖场提供生猪代养服务，销售盈利收入全部返还当地政府。"

乡愁引领使命，实干成就梦想。从2015年以来，郑培坤先后被授予诚实守信道德模范、青年岗位能手、五一劳动奖章、脱贫攻坚先进个人等省级以上荣誉10余项。2017年，郑培坤被授予第十届"全国农村青年致富带头人"和"全国农业劳动模范"；2018年6月，被中共贵州省委授予"全省脱贫攻坚优秀共产党员"。

"大学生回乡养猪"（不止郑培坤夫妇）的新闻，曾在网上遭到很多网友质疑，说国家花钱培养了他们，应该做点大事，养猪是农民都会干的事，何必呢？

但实践证明，真正会养猪的人，还是郑培坤。

隆金珍——香烟盒上走来苗家女

在绿的深处，在云的深处，在山的深处，在歌的深处，这个县叫松桃苗族自治县，这个村叫枇杷塘村，这个苗家女叫隆金珍。看地名就知它依偎在诗意的远方；看人名就知她昨天有过"梦想很丰满，现实很骨感"的经历。

小小的个子，镀着一层阳光的肤色，聪明的左撇子，身段灵动，语言灵动，表情灵动，眼神灵动，舞姿灵动，歌声灵动。如今老了，按苗族习惯，黑白参半的长发在脑后盘成一个圆髻。让人想象不到的是，63岁的人啦，居然上了央视播出的电视剧《伟大的转折》——虽然只说了一句台词。我很奇怪，导演是怎么把她从铜仁绿海深处捞出来的？真正的"海底捞"。

高中毕业的隆金珍很会写。早年她在村里开了个小卖部（那时叫代销点，现在仍在开），因为家穷，没有纸，卖出一包包香烟后，剩下许多白白净净的硬纸盒。她觉得扔掉很可惜，于是突发奇想，没事儿的时候，便把自己的前半生断断续续写在上面，积累至今，已成40多条的"回忆录"。她很有历史感，特别在开头注了一个标题"妈妈的回忆——送女儿保存"。这份独特的"香烟盒回忆录"珍藏至今，纸面已经发黄，但有一个意外的收获，那就是把女儿龙凤碧引上文学创作之路。龙凤碧现在是中国作协会员，出了书，在当地很有些名气。

隆金珍，就这样从香烟盒上向我们走来……带着她的前半生，带着她的忧伤和欢乐，奋斗与情怀。

隆金珍生于1956年，是地主家的女儿——其实是孙女了，这注定了她的童年和青春很不幸。20世纪50年代初的一个夏天，奶奶煎了许多麦粑，小金珍偷偷藏起一个，想留给饿着肚子在坡上放牛的妈妈。晚上妈妈回来，接过小金珍留下的麦粑，吃得好高兴。但没舍得吃完，剩下半块藏到箩筐里，还盖上一层牛草。哪想到爷爷晚上喂牛吃草时发现了那块麦粑。第二天一早，大为光火的爷爷把金珍母亲狠狠打了一顿，然后拿着那块麦粑满村叫喊说，你们大家看哦，看我家这个骗人的坏媳妇会偷吃啊！小金珍赶紧向爷爷解释，说是她偷偷藏起给妈妈的，但大人们都不信。那会儿妈妈坐在堂屋里哭，小金珍趴在妈妈的背上哭。事情发生后不久，妈妈就被撵出门了。受到严重伤害的妈妈对这个家满怀仇恨，离意已决。那天拎包离开村子，小金珍哭着喊着在后面追着叫妈妈，妈妈腾腾腾大步走着一直不回头。她一定是满脸泪水，她一定怕一旦回头就走不动了。从此妈妈再没登门，没回来看女儿一眼。

香烟盒上还写有困难时期吃"大锅饭"的艰难生活，这是金珍留下的记忆，现在的年轻人完全不知道这些曾经了。

金珍写道："那时大家一起在大队食堂吃饭，每家的饭量按人口的多少来分，大人一天的米饭不超过1斤，小的不超过4两，饭具交给食堂里的伙食人员保管。全村的大白米饭蒸熟了，总管员便用广播叫喊大家来打饭。大家把蒸好的饭带回家，倒入锅里加上野菜和水，煮成菜菜稀饭才吃。不加野菜不行吗？不加就填不饱肚子，全家人都等着这锅救命的苦苦饭哩。最困难的时候，食堂没什么东西了，野菜和树皮都没有了，大家只好吃观音土，吃死了好几个，你们唯一的姑姑就是那几年死的。"

没了母亲，小金珍的孤独与落寞可想而知。有一天爷爷买回一头小猪崽，很快成了她时时不离身的小玩具。小猪也喜欢和她在一起，不管小金珍去哪里，小猪都会屁颠儿屁颠儿跟着。一旦把它关进猪圈，就会叫着闹着要出来，喂东西一口不吃，最后连睡觉都在一起了。小金珍去上学，小猪也要撵腿，怎么赶也赶不回。没办法，她只好把小猪带进教室。小家伙竟然也懂得遵守课堂纪律，上课时乖乖趴在小金珍凳子底下一声不吭，比"三好学生"表现还好。后来小猪长到二三十斤，自然逃不过同类的命运，小金珍大哭一场。

高中毕业后，金珍当了5年的村小学代课老师，后因全国搞精简，只好重归土地，家里家外，耕田喂猪，把自己忙成能顶两个半边天的农家女——因为丈夫是正规教师，天天守着三尺讲台下不来。一个农忙季节，金珍吆喝着赶牛耕地，整整一天，她没歇，牛也没歇。临到傍晚，那头老黄牛扑通一声倒地，口吐白沫再没站起来。她把牛累死了。

那些年，隆金珍火辣辣的热心肠和刚直正义的性格也显露出来，村民有事就管，有难就帮，有话就说，连村干部都敬她三分。改革开放的春风吹进20世纪80年代，隆金珍见村民采买日常用品要跑到很远的县上，太不方便了，于是办起全村第一个小卖部。价格公道，童叟无欺，既方便乡亲们购物，也能赚些小钱补贴家用。老公特别给小店写了一副对联："柴米油盐应有尽有，风霜雨雪随叫随开。"——这副对联写得对仗工整，朗朗上口，颇有水平，质朴而亲切，可以入选佳联之列，显然是先生有感而发。

金珍也确实是这样做的。

她年轻时曾经受过卫校培训，懂些简单的药理，知道一些苗药土方。也是为了方便乡亲，店里备了些常用的非处方药。村里人患了小病，买点店里的药，吃几副她开的方子也就好了。

此外，隆金珍那几年还做了一件对枇杷塘村有长远意义的大事。当时她痛感村民们特别是妇女们文盲很多，知识贫乏，什么事情都做不来，连电话都不会打。于是她自告奋勇办了一个扫盲班，找来一本小学课本教大家识字写字。坚持了两年，村民们会写自己的名字了，认识月历牌了，进县城认识路了，能琢磨发家致富的路数了，等于隆金珍自愿自觉，做了一件文化扶贫的大事。

正直和好心的人总是有威望的。2005年，49岁的隆金珍在村委会换届时作为"备胎"上了候选人名单——事实上是差额选举中准备被"差"掉的。没想到一句老话起了作用："群众的眼睛是雪亮的。"隆金珍竟然获得最高票数，出人意料当选了村主任！

那时村干部没有一分钱补贴，白干。但金珍把家里地里和小卖部全扔给老公，全身心地投入工作。如今回头去看，隆金珍自觉自发的扶贫活动就从那时开始了。率领乡亲们一起开垦荒山种果林、栽茶树，发展畜牧和水产养殖。还号召全村妇女"突破旧观念，能顶半边天"，栽香葱，种白菜，养猪鸡鸭鹅。活钱到手，生活松手，边种边卖，一天得个七八十块钱不费劲。经过数年苦干，绝大多数村民解决了温饱问题。此外，无论白天黑夜，村民家里出了什么纠纷，金珍都要上门劝解教育，忙得一脑袋糨糊。老公不高兴地说，自从金珍当了村主任，心都变"野"了，人像猴子一样，一会儿跳到这棵树上看看，一会儿又跳到那棵树上看看。金珍一笑置之，说，我本来就属猴嘛。几年忙下来，虽然村民生活过了温饱线，村办产业也有所发展，但没形成大气候。隆金珍倍感失落和伤心，换届时坚决辞职不干了。村民会上，她动情地说，我没本事，没能带领大家脱贫致富，对不起乡亲了！说完她流着眼泪给大家深深鞠了一躬，全场掌声响了整整一分多钟，很多村民也流泪了。

那好吧，在官位上扶不成贫，那就再搞一次文化扶贫吧——这又是她的自发和自觉。当时她脑子里装了很多村里村外家庭"不和谐"的故事。她突发奇想，和几位老中青男女村友自编自导自演了一个苗语小品《家和万事兴》，剧情生动有趣又感人，村里演罢镇上演，轰动一方。后来被请进县城参加"正月十四"和"四月八"节，这两个节日都是松桃苗族人的传统盛会，各村各寨乃至外县的父老乡亲，甚至两百多年前迁徙到广西的松桃苗族后人都赶过来参加了。金珍在小品里面扮演一位进城看儿子的乡下老人，辛辛苦苦种得点粮食和蔬菜，一片心意送到城里给儿子尝尝鲜。费了老大周折找到儿子的家，却处处遭到城市儿媳妇的嫌弃。舞台上，金珍演得活灵活现，两次摔倒三次哽咽，现场观众感动得热泪横流，演毕掌声经久不息。这就是"文艺源于生活"的道理。后来有网友把这个小品视频传到网上，命名为"黔东首部苗语小品"，收获了苗族群众不少的点赞和好评。渐渐地，苗寨枇杷塘村形成一个"游击队"式的演出小团队，排练演出时集中起来当演员，完成任务回家还是一身土一身汗的农民。所以他们扮演的农民特别像，比红透天的"小鲜肉们"像多了。在金珍的领导下，小团队时常编些本村节目，吹拉弹唱，倡导新风，表扬好事，批评懒惰，激励奋斗，号召脱贫致富自立自强。近几年党中央倡导在村乡地区普遍建立"新时代文明实践中心",隆金珍以她对现实生活的直接体验和感悟,以她的强烈的责任感,在文化扶贫、文化强村的建设中,走到前头了。

隆金珍导演的苗语小品《家和万事兴》在松桃苗族自治县的文化活动中上演
(铜仁市委宣传部/供图)

舞台演出最"专业"最出效果的隆金珍不知怎么引起了影视界人士的注意。没过多久,她接到导演邀请,参演电影《有风在唱歌》,接着又参演微电影《苗岭上的法官》《伽嘎伽狞》、网络电视剧《怒晴湘西》等等。虽然都是群众演员,但金珍很开心,笑得像一朵花。女儿龙凤碧问她,有什么感受啊?金珍说,我喜欢演苗族老百姓,让大家知道我们苗寨的生活和变化,而且能启发观众做一个好人和勤劳的人。

女儿又问,现在脱贫攻坚战在全国开展得热火朝天,你是老村干部,你觉得这项大工程的关键是什么?

金珍的回答很中肯也很尖锐:最起码农民自己要先动起来,勤劳起来,国家只是帮一把。就像雪中送炭,炭送到你家了,你得自己点火,炭才有作用。不能你去给他把什么都做了,也不能让他边烤火还边发牢骚,好像都是政府欠他的。依我看,农村人有出息的、肯吃苦的差不多都进城了。现在农村剩的除了大病户、残疾户、不识字的和穷山恶水的人家,还有不少好吃懒做的,比如咱们村有些人连自家田土都懒得种菜。他们享受低保有依赖性了,反正一个季度过去又要领钱了。这些人不光要帮,还得加强教育。

如今的隆金珍仍然活跃在乡村舞台上。

她老了,枇杷塘村也城市化了——改名为枇杷社区。

第十七章
我仍然为你歌唱

　　英雄和志士，远去的身影总在人海中间。岁月漫漫，青丝白发，时光洗去了当年的风采，人们渐渐淡忘了他们的曾经。他们不再耀眼。他们重归普通、朴实和寂寞。有的继续打拼，有的甚至陷入困境。但是，我们不应忘记他们，他们是路上的一块基石，身躯上站立过一个民族的风骨与气节，走过一个梦想的追求与奋进。

　　也许你们早已默默无闻，我仍然要为你们歌唱。

安景绪——烈士委托的爱情

老兵，一个方脸壮汉。黝黑，寡言。问一句说一句，像从石头缝里迸出来的火星子。从他口中我才知道，在对越自卫反击战之后发生的老山、者阴山战役中，我军前线战士个个身上都背了一条装尸袋，上面标明了姓名、年龄、籍贯。在后方的云南麻栗坡烈士陵园中，也预先挖好了许多墓穴。谁牺牲在战场上，立即放进装尸袋运回来，入葬烈士陵园。一个个年轻的生命就这样戛然而止，为祖国为人民留下永远的哀思和纪念。

我飞到贵州铜仁后，第二天去万山区移民安置点旺家花园采风，在那里偶遇搬迁过来的56岁的安景绪。社区工作人员告诉我，他是退伍回乡的老兵。我很感兴趣，拉他坐下来谈了很久。我被震撼了。后来我在许多有关贵州易地扶贫搬迁的报道中看到他的名字，大多只有一两句话，说他是个退伍军人，如今搬迁到移民新区等等。肯定记者跑新闻太忙，来去匆匆，没谁深入了解过他的故事。这就成了作家的"专利"。十几天后，我去铜仁市思南县采访，在大山里发现了另一位老兵王明礼，他曾是老山前线的加强班班长（其事迹详见前文《王明礼——伟大的士兵》）。在王明礼随身携带的战友花名册上，我又见到这个名字：安景绪。还有一位烈士的名字：余勇。

安景绪的故事，就是从余勇开始的。

1984年4月30日凌晨，者阴山总攻战即将打响。班里的机枪手余勇和安景绪是思南县老乡，少年时同在一个中学读书，后又同时入伍，两人亲如兄弟。总攻那天清晨刚刚起床，不知为什么，余勇突然有了一种不祥的预感，他猛吸着烟沉默半晌，然后对安景绪说，我觉得这场仗我回不来了，有件事得请你帮忙。

安景绪说，别瞎想，有事就说！

余勇说，你知道我和苏德蓉已经订了婚……

苏德蓉是安景绪的同班同学，余勇比他们高一届，三人相熟得很。

余勇接着说，如果这仗我回不来了，小苏就拜托你了，我知道你是好兄弟，不会让小苏受委屈。我太爱她了，心里舍不下啊……说罢他泪水长流。

安景绪说，子弹又没长眼睛，怎么会偏偏找到你？

这场恶战打下来，弹痕累累的八一军旗插上者阴山，余勇被一颗炮弹炸飞了，装尸袋只捡回血肉模糊的几块。1985年，安景绪退伍回到老家思南县天桥乡，找到苏德蓉，姑娘见他便放声大哭，安景绪也泪如雨下。等姑娘稍微平静下来，安景绪说，余勇牺牲前就有预感，那天早晨他对我说，如果他牺牲了，就把你委托给我，因为他太爱你了，不想让你受苦受委屈。我虽然很穷，但毕竟有一把子力气，这辈子一定会好好照顾你的，如果你愿意……

姑娘沉默了一会儿，含泪说，为了不负余勇的心，我愿意。

因为安景绪家里缺劳力，成了全村最穷的一户，只有立在石坡上的一间半草房和挤在石缝中的一点庄稼。当兵前的那年春天，有一次安景绪三天没见粮食粒儿，饿得瘫坐在路边喘气儿，幸亏一位邻居大娘送他一根白萝卜才挺过来。直到如今，逢年过节安景绪都要提上礼物去看看这位大娘，感谢她的救命之恩。安景绪和苏德蓉相好的消息传来，苏家父母坚决反对，全村人也反对，家里吵得鸡飞狗跳。但姑娘咬紧牙关，坚定不移，无论父老乡亲给她介绍谁都誓死不见。她说，这是烈士留下的心愿，就是受苦受穷一辈子我也不能变！

为了牺牲的战友也为了姑娘圣洁的心，安景绪下决心奋斗出一个样子给乡亲们看看。下煤窑挖煤差点砸死，烧石灰天天弄得一身汗满脸花。可收入还是很惨，除了交给父母的所剩无几。他只好跟工友们和要好的乡亲们东借西凑弄点现钱，悄悄塞给苏德蓉，让她在家里少受一些委屈。后来乡里提倡种烤烟，安景绪决心打个翻身仗，借了一大笔钱开干。没想到夏天遇到山洪，烟苗被冲得稀里哗啦。债主们见事不好，纷纷冲到他家里逼债，安景绪躲到山里，连家都不敢回了。

一切都没了指望。一天夜里，他把苏德蓉约出家门，说，我现在身无分文，债台高筑，干什么都干不成了，只能跑，跑得远远的，找个地方重打鼓另开张。

姑娘说，你带我走，要活活一起，要死死一块！

安景绪说，那不成。咱俩一块走，人家都以为我逃债不归了，做人不能那样！你留在家里也算个人质，有人追债，你就说安景绪留下话了，只要还有一口气，一定会把债还上，一分不少！等我干出个模样，再回来娶你！

姑娘哭了，回家偷出几个馍，一直送他到山口。那个风高月黑夜，安景绪怕被乡亲们碰到，穿山林下陡坡，一个大兵自此亡命天涯。

广东是改革开放的前沿，所有农民工都向往着那里。安景绪跑了不知多少个大小城镇，干了数不清的活计。在广州搬砖运土，在东莞挖坑种树，在虎门码头扛包装船。挣了钱自己省吃俭用，一笔笔寄回老家，让苏德蓉替他还债。债主们见到回头钱了，心情都平静了，甚至纷纷夸赞安景绪不愧是解放军出身，有品质有诚信，"一句话扔下，天涯海角都不变！"

一个有追求有梦想有定力的人，再难再苦的命运也挡不住。有一阵子安景绪找了一家小餐馆给厨师打下手，他一边干一边盯着厨师怎样下料、怎样炒菜、怎样看火候。厨师是个年轻人，哥们儿朋友活动多，他见安景绪很用心，不时就让安景绪上上灶练练手艺，自己有社交活动时便偷偷让安大哥顶岗。不过半年，安景绪觉得自己成气候了，于是另找了一家餐馆对老板说，我来给你掌勺吧，只要厨师的一半工钱。老板大喜过望，他一上手，吃货们蜂拥而至，火得不得了。再后来，安景绪通过企业招标，当了一家砖厂的车间主任，他从老家招来30多个年轻人，干得生龙活虎，弟兄们人人有钱赚。

漂泊在外整整4年，老家所有的债务全部还清，还有了六七十万元的积蓄。安景绪打电话给苏德蓉，口气相当豪壮地说，现在你这个人质可以解脱了，来广东我们结婚吧！

数天后，姑娘像春燕一样欢天喜地飞来了。餐馆老板租给小两口一间阁楼房，苏德蓉在一家纸巾厂找了一份工作，一年后生了个大胖小子。此后安景绪雇用了几个员工，先后开了两家杂货店和一个果品店，一周杀3头猪还不够卖。收下的钱款往脚边的塑料桶里一扔，冒尖了就用劲按按，到晚上才有工夫细细数。因为他勤劳能干，讲诚信，不抬价不掺假，又乐于助人，在当地赢得很好的名声。"我天天开车来来去去的，周围全是熟人，驾驶证都不用带了！"他笑着说。烈士委托的爱人，终于过上幸福和美的生活。尽管德蓉的选择当年遭到全家的坚决反对，婚后的每个月，安景绪都给妻子的父母寄去500元生活费。德蓉有一姐一妹，后来老人逢人便夸："我家三个女婿，二女婿是最孝顺的！"

一切看来都很美好。没曾想2016年春，53岁的安景绪劳累过度得了一场大病，身体半瘫，什么都不能干了。家里积蓄全部花光，又变卖了所有家当，也没见病好。没有收入，无法支撑城里生活了，全家只好迁回思南县老家——天桥乡大屋基村。家乡还是老样子，贫穷而闭塞，一家人的日子仿佛又回到当年极度贫困的岁月中。安景绪不死心，天天一瘸一拐地坚持锻炼，一年多以后身体渐渐有所恢复，但毕竟年岁大了，走路还是很吃力。

伟大的脱贫攻坚战开始了，阳光雨露洒遍村村寨寨。在大屋基村，经过扶贫工作队精准鉴别、村民代表评选投票、上级单位层层审核，安景绪一家被确定为易地扶贫搬迁的深度贫困户。2018年4月，全家移民到铜仁市万山区旺家花园。安景绪感激涕零，他特别给社区党组织写了一封感谢信，并期望能在社区办一个小超市，一方面解决个人就业，一方面可以服务群众。

如今，安景绪在新社区办了两个店：一个百货超市，一个专卖家用器具。心情大好，他的身体也奇异地恢复了。

前几年他的大儿子在外打工，处了一个广西的女朋友，已经到了谈婚论嫁的程度，并有了一个孩子。两人喜盈盈地抱着孩子回到思南老家看望父母，翻山越岭到了惨不忍睹的大屋基村，姑娘的脸色立刻变了，是被这个穷家吓的。没几天，姑娘扔下孩子跑了。全家搬迁到旺家花园，很有自立能力的儿子也开了一个店，很快遇上一个勤快能干的好姑娘，两人相约，2020年春暖花开时节便外出旅行结婚。

为表达全家的感恩之心，安景绪每周免费送社区保安和保洁员各一桶农夫山泉。依他现在的能力，只能做到这一点了。

杨洪——默默无闻的全国劳模

镇宁布依族苗族自治县（以下简称镇宁自治县）募役乡斗糯村。

那天风很大。穿过沉重的岁月和大山的风尘，他来了。衣领和肩头布满尘土，鞋面布满尘土，黑黝黝的脸也布满尘土。从小到大与山川为伴，泥土中结结实实冒出一个高大的布依族青年。

他的家人摆出一张矮木桌，两个小板凳。我和杨洪坐在重重山峦的缝隙间，坐在镇宁自治县一个偏远的乡村，坐在募役乡斗糯村的街道旁。一听这个乡的名字，就知道这里是历朝历代出壮丁的地方，是出热血青年、野性汉子的地方。

院坝边的公路上，牛车和挑担的汉子川流不息，间或有满载的摩托呼啸来去。在如此偏远的贵州山区，一个山里的年轻农民，我无论如何想不到——杨洪笑眯眯告诉我，打工的时候，他见过许多党和国家领导人，还有好些外国元首！他还告诉我，因为自己性子太倔太犟，脑瓜反应不快，失去了一次终生难逢的大机遇。

杨洪心灵手巧，从小跟爷爷奶奶学了一手布依族家传的木雕手艺，一把刻刀一块木料，在手心里转上几转，一个鲜活生动的小猴、笨猪、胖牛或布依族傩戏的面具人物就出现了。因为家穷，中学毕业后便跑到广东打工，闯来闯去，他的木雕手艺被深圳"锦绣中华园"相中，成了民俗风情展示中的一个项目。杨洪相貌堂堂，一身五彩缤纷的布依族打扮，身后是典型的布依族民居小木楼，与一位漂亮的布依族姑娘装扮成夫妻，不时招呼游客进屋参观。有要木雕、刺绣的客人，杨洪和那位姑娘当场献艺，20元一个的小木雕，一天下来能雕60多个，忙得吃饭时间都没有。姑娘刺绣的鞋垫5元一双，也不够卖的。那几年正是锦绣中华园最火爆的时候，海内外的游客潮水般涌来，杨洪和姑娘的桌前排起长长的人龙，都等着买他俩做的工艺品。

一天，锦绣中华园总经理助理一身西装革履来了，说，明天有中央领导来视察，要挑一批品质好、模样俊、手艺高的男女青年做手艺展示，还要会唱民族歌曲，你俩被选中了，明天要穿上民族盛装，迎在最前列，欢迎中央领导的到来。杨洪问，是哪位中央领导？

助理一翻白眼，保密！其实他根本不知道，连总经理也不知道。

这位助理一直很欣赏杨洪，一米八几的个头，腰杆挺拔，俊眉朗目，手艺又好。他说，明天你就当少数民族代表，上前说几句热情洋溢的感谢话，再给中央领导刻个小木雕当纪念。

哪想到那时杨洪刚走出贵州大山不久，没见过大世面，心理还有点阴影。出来打工的一路，曾遭遇很多冷遇、白眼和羞辱，使他的自尊心受到很大伤害。他拒绝了总经理助理的好意。他说，我靠手艺吃饭，不想凑热闹，不想跟领导套什么近乎，你安排别人吧！

第二天，天哪！竟然是中国改革开放的总设计师邓小平，笑容满面出现在锦绣中华园。邓小平来到民俗村，远近欢声雷动。[①]杨洪远远站在欢迎人群

[①] 参见陈锡添：《东方风来满眼春——邓小平同志在深圳纪实》，《人民日报》1992年3月31日第1版。

后面，无比激动又无比后悔！

这件事给了杨洪极为深刻的教训，每想起他傻乎乎地把千载难逢的机遇白白送给了别人，肠子就悔得直抽筋！

自此，"打开眼界""转变观念""抓住机遇"这类词，刀刻斧凿般烙印在杨洪的心魂深处。

杨洪笑着告诉我，后来，党和国家领导人再来，他不跑了，而且争抢着往前上了。毕竟，杨洪雕刻的布依族傩戏面具技艺精湛，深受广大客人的青睐。杨洪凭着自己的辛勤努力和踏实的工作作风，先后被评为锦绣中华园先进工作者、优秀领班。1992年深圳市举办风味小吃竞赛，杨洪凭一手好厨艺，做了一套贵州特色风味花江狗肉宴，夺得二等奖。

但是，布依族汉子的倔脾气是改不了的。

锦绣中华园名声远扬，中央领导和各国政要常去，一向牛气得很。最初，管理者给这些在现场表演的青年的报酬很低，每月只有450元工资，而锦绣中华园的收入却潮水般滚滚而来。杨洪觉得这不公平，有点"当牛做马"的意思，于是向老总反映意见，要求提高工资待遇。老总很讲政策也通达人情，觉得杨洪的意见有道理，于是把300多名青年的工资一下提升到每月1800多元。

这件事，让老总对杨洪有了深刻印象：这小子有脑筋，不一般！

锦绣中华园还有一条规定，在园内工作期间不得谈恋爱。杨洪与身边假扮夫妻的漂亮姑娘相处久了，瞅对眼了，难免花前月下表示了"海枯石烂心不变"的忠心，月亮特别亮的时候，还高声大嗓地唱起了动听的布依族情歌。

老总的脸都青了。你们如果要谈，就卷铺盖回家吧！

杨洪爱心如铁意志如钢，他义正词严地对老总说，我在你这打工是暂时的，我的婚姻是一辈子的事情，我不能因为暂时的工作耽误自己一辈子。何况我们两个谈恋爱并没影响工作，我们两个互帮互助都是先进员工，有了爱情当动力，今后可以做得更好……

几句话弄得老总没词儿了，回头他对助理说，这小子是个人才，留下吧。

果然，没多久杨洪就冒头了。锦绣中华园原来对民俗村的设计，都是在少数民族民居的房前房后铺草坪。有一天杨洪突发奇想，毫不犹豫地把屋后的草坪刨了，种上辣椒南瓜蔬菜什么的。大小经理们惊闻快报，满头大汗地跑来大叫，老天爷呀，野小子你给我住手，那都是花大价钱买的进口草皮啊！

杨洪若无其事直起腰，抹抹汗笑道，我们布依族的家乡山清水秀，房前房后没有铺草坪的，都是种辣椒蔬菜！

老总不愧是老总，脑子反应极快，听了情况汇报立即下令，就照杨洪的意见办！

进口草坪纷纷下岗。深圳一年四季常绿，很快，民俗村造型各异的少数民族民居前后，瓜果梨桃琳琅满目，红辣椒黄苞谷相映成趣，放眼一望，果真是一派少数民族村寨的风光景象了。而且民工吃菜钱省下了，员工食堂也能吃上新鲜蔬菜了，皆大欢喜。

这个总是闹事儿的杨洪很快被提升为大领班，并如愿把那位漂亮姑娘娶进家门。

怪不得深圳发展这么快，能发现人才也敢用人才。

靠着心灵手巧敢想敢干，杨洪有了一些积蓄，他和那位漂亮姑娘结了婚，小两口在深圳的日子过得和和美美、滋滋润润。到了民俗园的淡季，两口子就常回家看看。杨洪记得，1992年他和妻子第一次坐飞机回家乡，在深圳这座美丽的现代化大都市生活久了，走在城镇街上，不免觉得家乡这边太旧、太乱、太落后了。同在一片蓝天下，同是改革开放的大时代，为什么发展这样不平衡呢？家乡什么时候才能旧貌换新颜呢？

踏着崎岖山路，踩着一脚泥巴，回到镇宁自治县募役乡斗糯村的老家，他的心更加难以平静。

这里的乡亲们都住在山上，有些还散居在山后的峡谷两边，世代住的是竹屋木房，喝的是雨水和污脏的池塘水，吃的是糙米野菜拌盐巴辣椒。听老辈人讲，50年前是这样，今天还是这样，几乎看不到什么大的改变和进步。杨洪兄弟姊妹6个，手足之情那么深，吃饭时个个还像小狼崽一样抢。一件衣服能从老大传到老幺，直到穿成破布片为止，破布片还要用来做鞋子……

那天夜里，邻居家的孩子突然重病，父母和乡亲们连背带抬走了几十里山路送到县城医院，性命才保住了。杨洪不禁忆起自己小时候，有一次他爬到树上摘野果子，一失足摔下来，后脑勺磕出一个大洞，鲜血横流，围拢过来的伙伴和乡亲都看到他的脑浆了，可因为没钱送医院，又正是发山洪的季节，道路不通，父母只好给他抹了把草药就算完事。小杨洪昏迷不醒躺在床上好几天，好些人都说，这个孩子救不过来了。母亲日夜哭着一直在呼唤他的名字，5天之后他终于醒了过来，真是命大。

杨洪还清晰地记得，1990年，他是全村第一个下决心出去打工的。第二年春节回家探亲时，周围十里八乡的年轻人都跑过来看他，不住地问，城市什么样？深圳什么样？大海什么样？迷迷瞪瞪听他讲外面的世界多精彩，什么叫红绿灯、斑马线、大巴车、冰激凌、超市、KTV……

他走的时候，有七八个年轻人决定跟他一起出去闯世界，还有几十个胆子小或家长不让离家的年轻伙伴，恋恋不舍地送他送出十几公里，一直送到公交车站，车前车后都站满了。伙伴们再三地叮嘱他，让他打听还有什么地方需要劳力，要男还是要女，都要求什么文化。杨洪说，你们起码要会写自己的名字，要不怎么签名领工资啊？

很多青年傻了，姑娘们简直绝望了，他们都没上过学啊！

但是，一石激起千层浪。杨洪的讲述，让贵州大山深处这个布依族山寨终于从千年迷梦中惊醒了、躁动了，探头探脑，充满渴望，开始张望外面的世界。杨洪痛切地感受到这些年轻伙伴的渴望,每次回到繁花似锦的深圳,他的心里就积存下更多的牵挂与不安。他想,东南沿海已经过上富足的日子了,而家乡的穷困和温饱问题还没解决,差距太大了!可仔细看看寨子,乡亲们仿佛还活在百年前,种地是百年前的老方式,生活是百年前的老样子,思想是百年前的老观念,没人想到改变,也没什么人下决心改变,需要有人带个头啊!

穷则思变,但不干永远不会变。

自古以来,布依族汉子在家是说一不二的。1994年底,杨洪有了近20万元的积蓄。他闷声不响想了好几天,那天晚上,他跟妻子说,打包行李吧,明天咱们辞职不干了,回老家!

妻子大吃一惊,说:前几天经理不是刚说,有可能派咱们去美国表演木雕手艺吗?干吗放着好日子不过,回到那个穷山窝里去?

杨洪说,老爸老妈和乡亲们还过着穷日子,我心里忍不下!

锦绣中华园的老总和经理们都觉得挺惋惜,再三挽留,可杨洪想定的事情九头牛都拉不回来。

杨洪为了改变家乡的古老命运,毅然舍弃了自己创造的美好命运,这需要怎样的担当精神和决心啊!无论成败,仅此行动,他就是铁骨铮铮的英雄。

远飞的鸟儿回巢了。

山村之夜,那么冷,那么静,那么沉,那么黑,除了月光星光,远近没有一丝光亮。杨洪一次次在山路上徘徊着思考着,如今国家发展日新月异,要彻底改变家乡面貌,小打小闹是不行的,那得干到一百年;必须要有能够震动十里八乡的大观念、大思路、大举措。那么,干什么?怎么干?从哪里起步?

在深圳卖布依族的木雕、面具、刺绣什么的很赚钱,他先尝试着办了小木雕厂,但赔了万把块钱很快收兵了。这里运输不便、信息不灵、生产批量不够，接通市场也很难，而且旅游纪念品生产厂家越来越多，远在贵州山区没有任何优势。

许多年来，斗糯村方圆十余公里的群众赶场要翻山越岭走到15公里外的募役乡，路途遥远，极不方便。群众肩背马驮，劳累不堪，把农产品运到集上已快散场，农产品如不能及时卖出去就得挥泪大减价，要不还得费力运回来。那天，走在山脚下那条通往镇上和县城的泥泞小路上，望着挑担的、赶牛车的老乡拉着一些山货匆匆赶路，杨洪猛地冒出一个念头：眼前这条土路上通山里的各村各寨，外通乡镇和县城，恰好是个交通枢纽，而且水源方便，周围是一片荒芜的石滩地，完全可以在这里办个小农贸市场嘛！

他又想，小集市有了，就可以动员乡亲们从山上搬到路边，建设一个新村，即有利于退耕还林，又有利于实现乡村城镇化，更有利于脱贫致富，真是一举多得！想象着未来集市红红火火、斗糯村变为城镇化新村的景象，杨洪激动得热血沸腾，两眼放光，一路疯跑回家，进门就喊，有办法了有办法了！

妻子不理他。他总是不时冒出一些怪念头，理他干吗！

老爸的鼻子却哼出一声：古时候有个愚公移山的故事，那是神话传说，你还想愚公移村啊？你一个农民小子，刚开了几天眼界就忘了自己姓啥了！

杨洪乐呵呵说：没忘，我姓杨，是你儿子！

山前山后、挨家挨户、口干舌燥地动员游说。当然首先要说动村干部。什么？要迁村下山？村干部觉得杨洪在说《西游记》，嘿嘿一笑说，你是不是吃错药了？千年老祖宗选定的风水，你说搬就搬？

乡亲们的脸也不冷不热，哼哼呀呀不表态。心想这小子在外面把心跑野了，不知天高地厚了。布依族自古以来就靠山吃山，靠水吃水，你小子做梦想出的馊点子，就想让我们放弃百年老屋，搬到山下去，疯了吧！再说，建一个新村是吹气泡啊，那么容易么！

谁犟也犟不过杨洪。他早有思想准备，跟乡亲们光说不行，必须干出来让他们看。打个不恰当的比方，手里有根骨头狗才跟着走。杨洪说，话虽然不好听，却是最实在的道理。

杨洪不死心，风风火火找募役乡党委书记去了。乡党委书记是个愿意干事的热心人，好喝一口小酒。杨洪把他请到小饭馆，酒过三巡说起自己的设想，书记激动得把自己的脑袋拍得山响，连说好主意好主意！这片地这条路都是国有，你是咱乡的国民，当然可以用，这是对老百姓有天大好处的事，谁不批谁就是孙子！

酒劲上，他还脱口而出说了一句真理：好事是哪里来的？是人想出来的！

随即，乡里成立了一个建设规划小组，乡党委书记任组长，打工仔杨洪任副组长，派出所所长、土地管理员什么的一干人马任组员。上下一运作，批下300多亩土地，每平方米收费5元，简直等于白给呀！

不管乡亲们跟不跟下山，杨洪先在路边盖了个工棚，很快又起了4间水泥房，买了一部货车。"现在想起来都后怕，"杨洪说，"要是乡亲们死活不下山，我孤家寡人一个在路边，整个设想就完蛋了！"

刚动工的那些日子真难。木料水泥等建筑材料运进来了，夜里得有人守着，杨洪和妻子就搬到漏风漏雨的工棚里睡，有时杨洪跑县里办事回不来，就剩妻子一个人守着。这儿本是荒无人烟的地带，一边是雄峻苍茫的重重山峦，一边是幽深狭长的河谷。白天还有些商贩来往通行，天刚傍黑就没人影了。入夜林涛呼啸，狼群出没，妻子孤零零地缩在工棚里，吓得整夜不敢合眼也不敢做饭，生怕香味把狼引来。棚里没有床，只能铺些干草睡在地上，早晨醒来，露水把草铺打得精湿，人也是湿的。

4间新房起来了，杨洪硬着头皮把家搬下来，可好几月没人响应。晓月寒星中，山下只有杨洪家的一盏煤油灯在漆黑夜色中闪烁。

杨洪想出一招，花钱请县里的文化馆来这里挂上幕布放电影，放映前，杨洪借机上台大讲搬家下山的好处，讲建设社会主义新农村的美好蓝图，讲办农村集贸市场的发展前景，讲团结一心、改革创新、劳动致富的好处。他还说，我知道有些乡亲不是不愿意下山，是没钱建新家，但乡政府已经决定，帮助大家贷款，免费提供部分建筑材料，资金凑不够的，我也可以借给大家一些。只要敢于克服眼下的困难，把家搬下山，到集贸市场上做生意，很快就会富起来的！

第二户终于跟下来了，是杨洪的亲舅舅。

杨洪就是有鬼主意。他开始到处吹风，早下山的，新房可以建在新村最好的地方，晚下来的，风水好的地方没了，只能靠边站、往后排。其实要不了多高的智商，杨洪讲的道理谁都懂，谁不知道靠近交通要道生活方便，生意也会比在山坡上做得好呢！

又有几户稍有实力的，跟着把家搬下来了。

光有住地不行，必须能做生意。不管乡亲们动不动，杨洪铁了心一意孤行到底，又开始张罗建"斗糯农贸市场"，自己埋头搞出一张规划图。然后自己掏钱拉电、挖井、平地。市场设计有310多个固化摊位，为节省资金，杨洪亲自到现场反复试验研究，每个固化摊位需要几根钢筋多少水泥，决不浪费一分钱。同时张榜公布，每个摊位卖200元，期望斗糯村村民和外村人士踊跃登记购买，"过期不候，售完为止！"哇，一时间杨洪家门前挤得水泄不通，远近村民们争抢着购买好摊位，总共近7万元的村民预购费到手，建设农贸市场的启动资金不用愁了。

其实，那几家早就搬下山的农户已经先下手为强，新房一建成就纷纷开办了各类经销店，日用百货、农用工具、生产资料、食品店、小饭店等等，生意渐具规模。他们过了几十年的穷困日子，没见过大钱，口袋里能收几张硬爽爽的票子就觉得底气很牛了。他们渐渐生出小私心，很想搞个"小垄断"，只许他们占路开店收"买路钱"，别人少来。一看杨洪开始大张旗鼓建设农贸市场，一下子要涌进几百户做生意的，天哪！肯定会把他们的小生意挤黄的。他们不懂得水涨船高的道理，觉得杨洪在断他们的财路，于是联合起来跟杨洪闹对抗，声称杨洪集资搞农贸市场是想"捞乡亲们的钱"，让外村人来农贸市场买摊位是"吃里扒外"。其中闹得最凶的还是杨洪的亲戚。

杨洪要召开村民动员大会的告示，让他们哗哗撕了。几个小伙子来了劲儿，那天晚上提着铁锹棒子气势汹汹找上门，扬言要打折杨洪的一条腿。

杨洪这辈子没怕过谁，何况他是见过大世面、跟多位党和国家领导人握过手的"人物"！他笑呵呵迎上前，招呼大家坐，然后沏茶递烟，细讲"众人拾柴火焰高""市场越大，客源越多，销售越畅，赚钱越多"的道理，讲得小伙子们频频点头没话说了，铁锹棒子都悄悄扔到墙根。见他们都心服口服了，杨洪脸色一沉，正色说："你们回家好好去琢磨正道，想想怎么发家致富。今后不许再拎着家伙到处耀武扬威，吓唬鬼呀？搞不好铐进公安局蹲大牢，谁给你们送饭去？"

小伙子们个个面红耳赤地走了。

乡亲们开始陆陆续续往山下搬。有些困难户建房资金不足，杨洪就借给他们。

农贸市场开业那天，几十挂鞭炮震醒了重重大山，震动了十里八乡，连县城里的小商小贩都跑来赶集，市场里里外外聚集了近万人，一天的成交额达几百万元。

农贸市场越办越红火，急着从山上搬家下来建新房的人也越来越多。一个漂亮的瓦房连片、小楼争高的斗糯小镇，像雨后春笋迅速在大道两旁崛起，"愚公移村"的神话实现了。如今的斗糯小集镇已发展到200余户人家，一座座小楼整齐划一，肉市、牛马市、粮市井然有序。为方便赶集的群众，杨洪还出资5000元建起了两座公厕。从此斗糯村迅速走上富裕之路。仅一年之间，村民人均年收入从原来的500元跃升到1600余元，斗糯村被省政府授予"小康村"殊荣。同年，杨洪荣获团中央、科技部联合授予的"全国青年星火带头人"光荣称号。

1998年，杨洪高票当选村主任，但几个月后他就累倒了，刚刚27岁，风湿症、肺结核什么的都找上门来。他干不动了，只好辞职，村民们说，要选还是选"杨家将"，信得过！于是又选了杨洪的哥哥当代理主任。哥哥毕竟是没出过山门的农民，老实巴交，性情绵软，缺少敢说敢干的魄力。没两年斗糯市场的管理渐渐涣散了，一到赶集日子，马路边坐满临时来做生意凑热闹的小商小贩，挤对得农贸市场里面的摊位逐渐萧条冷落下来。杨洪上任时许下的几条承诺，比如硬化市场道路，比如坚决杜绝马路生意，比如修桥筑路开拓交通等等，都没能及时推动实现。有些摊主贴出告示，表示愿意廉价出售或出租自家摊位和房屋。

病中的杨洪见到这番景象，心里阵阵作痛。他再三提醒哥哥应当坚决强硬起来，应当按规划一项一项启动落实。哥哥是个好人，一样一样都点头答应，可就是组织不起来也落实不下去，愁得自己整天苦着脸唉声叹气。他跟弟弟抱怨说，我这人就会埋头种地，站到群众面前讲话两腿都哆嗦，能干什么事啊？你就别强拉鸭子上架了。

2002年，那位好喝几口小酒的乡党委书记出面宴请杨洪，他笑着说，我这人眼眶高，一般都是请上级喝酒，从没请过下级，今天我可是破了例，目的就是请你杨洪出山，斗糯村的事业好不容易开了个好头，不能让它半途而废呀！

2003年3月，哥哥辞了职，杨洪当选村支书，上任后就宣布要修两座桥。下斗糯村、黄瓜哨村等村组共有130余户700余人口，出山的路上拦着两条河，每到涨水季节，乡亲们出山特别是学生上学十分危险，不得不绕道三四公里。杨洪一边奔走各级政府请求资金，一边组织村民义务投工投劳，呼呼啦啦干起来。

说实话，当时因管理监督不严，政府干部对农民请求扶贫的呼声听得多了，对有些地方把钱要到手就分光吃光的现象深恶痛绝。他们说，你别来忽悠我们了，前年我们拨给一个乡8万元，去年我们拨给另一个乡12万元，他们都说要修路架桥，可资金拨过去了，回头一检查，什么事没干，钱也花没了。你们斗糯村要是真想干，先干起来再说。

杨洪说，我们村民已经在工地上了！

政府干部不信，杨洪拉他们到斗糯村一看，哇，红旗招展，尘土飞扬，全村数百名男女老少齐集工地，扛钢筋水泥的，砌桥梁涵洞的，铺路基凿石料的，抬筐拉土的，好不热闹！

晚上，杨洪和村民们一起住在简陋的工棚里。

政府干部感动了。数十万元资金迅速到位，大量无偿提供的原材料运抵现场，村民义务投工投劳总值达20万元。很快，两座钢筋水泥桥落成通车，一条宽阔的7公里长的水泥马路贯通全村，通往各组的道路也全部硬化，蹲马路赶集的小商小贩被坚决禁止，斗糯村农贸市场重新繁荣起来。

2003年，杨洪承包了300余亩水面的斗糯水库，经过多年努力，逐步把水库建成一个集养殖、垂钓、娱乐、旅游为一体的休闲度假村。水库四周的山坡上种了7000余株樱桃树，岸边也种上香樟树，还有垂柳、白杨、桃树等。同年，杨洪获得团中央和科技部颁发的"全国产业化致富带头人"称号，2005年当选"全国劳动模范"——这可是跟随一生的光荣称号啊。道路一开，喜事全来。在杨洪的带领下，斗糯村种上数百亩的樱桃树和其他果树，水田旱田精耕细作，多种经营和庭院经济全面开花，"社会主义新农村"的奖旗挂进村委会办公室。

坐在路边的小板凳上，杨洪激情满怀地又向我谈到关于斗糯村未来发展的种种宏大设想。他还说，他刚刚接到上级通知，说全国总工会推荐他去北

镇宁自治县募役乡樱桃种植助农脱贫致富（贵州图片库编辑部／供图）

京一所大学学习。他正犹豫着，要不要放下村里工作去北京学习……

我力主他去学习，那可是一个开阔思想和眼界的高层次平台啊。

采访后，我和杨洪在村里走了一圈。我注意到，村中央的水泥广场上筑起一个很大的舞台，绘有山寨美丽风景和靓丽少女的大布景已经竖立起来，许多村民正在台上台下忙碌着。过几天，一个盛大的民族节日活动将把全村和十里八乡的老百姓带入欢乐的海洋！

我兴奋地说，你们应该有一个节目叫"愚公移村"。

杨洪笑了，说，可惜来不及了。

上次采访就到这里。

时隔15年，2020年7月，我再次来贵州采访，又找到杨洪。他略胖了一些，鬓角多了一些白发。我很关心斗糯村和他现在怎么样了。杨洪说，蒋老师，我听从了你的建议，于2006年赴北京中国劳动关系学院，就读劳模成人本科班，带薪带职，为期3年。他实际上只有初中文化，学习的难度是可以想见的。"这三年，我是五加二白加黑硬啃下来的呀！"他感慨万千地说。2009年，他完成全部科目学习，拿到成人大学本科文凭，返村后再次当选，支书、主任一肩挑。经过10多年的发展，由他一手开发的斗糯小集镇已经成为远近闻名的乡村市场，为繁荣当地产业和经济做出突出贡献。杨洪意犹未尽，又搞出斗糯村的第二张规划图：依托斗糯水库的美丽风光和沿岸山坡，建设一个民族风情生态园，发展乡村休闲康养，开展"农家乐"活动。杨洪这两张跨越10多年的规划图，2009年还上了央视"西部大开发"报道。

但是，村民们反应冷淡。他们只喜欢"吹糠见米"、立竿见影的项目，不喜欢这种长线投资。杨洪还是当年那种倔脾气，你们不干我带头干。家里全部积蓄，子女外出打工赚的钱，包括贷款借款，总计近1000万元都投进去了，一个集娱乐、餐饮、垂钓、游船为一体的生态园初步建成。放眼四望，端的是湖光山色，环境幽雅，别有洞天，有人间仙境之感。可惜这地方离贵阳稍远，采访不方便，否则我就把写作基地搬到这里了。

2016年，杨洪突遭命运打击，患了直肠癌。幸亏发现得早，而且他还年轻，身体很壮，恢复得很快，半年后又成了一条好汉。现在，为集中精力建设生态园，他辞去村支书职务，仍然虎虎生风，干劲十足，继续为完成自己的梦想四处奔波。他说，很遗憾，因资金不足，现在住宿工程尚未完成，这就减少了一大笔收入，影响了生态园的可持续发展。现在他正在寻求各方面的支持帮助，期待梦想花开，春风再来。这不仅是他的梦想，更是他献给斗糯村的梦想。

一个放弃花花世界、毅然返村帮扶乡亲的青年农民，一个"愚公移村"、带富一方百姓的村支书，一个奉献多多、荣获多项各级荣誉称号的全国劳模,我期望各界仁人志士能给他以更多的帮助。不能让一个英雄踽踽前行,默默远去。他曾经为人民做出过杰出贡献,我们不能忘记他。

乐瑶——"天堂"也有忧伤

湖北娃乐瑶顶着一张娃娃脸,不经意间闯进了贵州。

2009年7月,乐瑶从武汉科技大学中南分校法学院毕业了,好轻松。一直在校园中埋头苦读的青春终于可以抖抖翅膀放飞一下了。听贵州同学说,自己的家乡风景如画,气候清爽宜人,不像湖北如太上老君的"炼丹炉",酷热难耐。乐瑶和同学便兴致勃勃闯进贵州大山。日里登高望远,满目青翠,自己在留影中也成了一景;夜里倚楼望月,梦枕林涛,身心轻松得仿佛睡在云间。乐瑶犹如云中游仙,"乐不思鄂",玩不够了。同学劝他,玩不够就留下吧。青春总是浪漫、率性和诗意的,乐瑶想,与其在武汉滚烫的街道上做一枚"煎蛋",不如在贵州做一个两袖清风的"小神仙"。恰巧当地宣布了招考公务员的日子,更巧的是赤水市财政局刚刚成立了法制科,缺人。乐瑶毕业于法学专业,正对口,同学怂恿他试试。乐瑶心很大,没把这事当成"人生冲刺第一关",继续游山玩水,反正青春是可以用来挥霍的时光,考不上拉倒,回湖北再说。临考前一天,他才上网一目十行温温功课,结果笔试拿了个第一,出乎意料;面试又拿了个第一,更出乎意料。在他这本是有一搭无一搭的事情,"此处不留爷,自有留爷处,处处不留爷,再找歪脖树"。但人家只招一名科员,你拿了第一再走人就太不严肃也太对不起贵州人民了!这时父母来电话了,催他快回湖北找个工作什么的。乐瑶说,我已经金榜题名,考进赤水市财政局,不用二老担心了。父母大吃一惊,很是舍不得儿子离那么远。乐瑶说:"既然考上了,就留下吧,好好干,在哪儿都一样。"

数年后,乐瑶找到一位俊秀的妻子,并出任赤水市政务服务中心财政窗口首席代表。他长着一张娃娃脸,和蔼可亲,业务精湛,对答如流,表情永远是真诚清纯的微笑,首席代表当之无愧。

2016年,29岁的乐瑶被选定为第一书记,入驻葫市镇天堂村。他操着湖北话、贵州话和普通话的三合一"混合语",文质彬彬进了村。天堂村——不知谁给起了这么好听的名称。这个村果然离"天堂"很近,山高路远,云雾缭绕,坡上坡下奔泻着几条溪河,十几个村民组、数百户人家分散在森林竹海之中,以种地和伐竹为生,过着与世无争的静悄悄的神仙日子。除了卖竹和赶场,轻易不下"凡"。所以这里的村民生活和脑子特别纯,清清爽爽一尘不染,不沾一星点儿的人间烟火气,比如"劳动致富"这句话,他们只懂得"劳动",不知道后面还有"致富"二字。估计前任村支书像赤脚大仙一样太逍遥了,这个村被定为"党组织软弱涣散村"。乐瑶和刚到任一个月的村支书刘开富穿林海跨河流,一家家探访村民。他们看到,大多数人家过的确是"天堂"生活,也就是说,凡是人间需要的,除了锅碗和草席,其他基本没有。

就乐瑶的个人力量来说,他也是"基本没有"。但他乃是党和政府派来的"先锋队"和"联络官",背后站着强大的脱贫攻坚力量。他办的第一件事是,让天堂村回到人间:请本单位财政局和挂帮单位赤水市桫椤管理局共同出资8万元,给村委会装备了全套的现代办公设备,一网通到全国全世界,天堂村就这样咣当一声落到地球上。经过他在村民大会上宣传动员,村民终于懂得了"劳动"后面必须跟着"致富"两字,否则等于白干。同时也明白了,"人间要致富,首先要修路"。七组第一个提出要修桥,说过了河才能伐到更多的竹子。接着八组也上来了,多年以前他们筹资修了一座桥,但早被山洪冲垮了,需要上山爬过水电站的一道拦河坝才能过河。这条河宽40

米，深15米，修桥资金需求量大，施工难度高。乐瑶开始四处奔走呼吁，跑项目，要资金，请专家，忙得脚打后脑勺。有机会回家歇歇，也是"半夜鸡叫"吓媳妇一跳。

结婚之初，具有教师资格证的妻子办了一个培训学校，乐瑶帮着一块儿张罗，生源不少，前景可观，小两口很高兴。但乐瑶驻村以后完全没时间了，妻子独力支撑这个培训学校就非常忙累了。她问乐瑶，你能不能把第一书记辞掉？乐瑶吃了一惊，怎么可能？这是组织交给我的任务，必须完成！

你不知道我一个人支撑这个学校多累吗？妻子眼里有了泪。

我知道。实在不行就停掉，等我驻村回来再办。乐瑶说。

妻子一赌气，把学校停了。她没公职没收入，家里生活一下陷入窘迫之中。乐瑶主张她去考个正式教师，果然考中了。教育界的考核和竞争是非常激烈的，妻子的工作也分外忙碌起来。两人各忙各的，经常十天半个月碰不着面，新房买到手时充了100元的煤气费，两年多了还没扣完。乐瑶戏称这叫"一国两制"，妻子却乐不起来。

在天堂村，七组的那座桥修建成了，村民皆大欢喜。八组那座桥要横跨40米宽的河面，所需资金起码在30万元以上，他一方面请求"娘家"财政局立项，不足部分还要动员村民集资，跑社会赞助。天堂里的"泥脚大仙"们哪见过多少人民币啊？有一点也藏在枕头底下。全村跑了八圈，那叫一个苦口婆心、费尽口舌，最后才集得4000元，乐瑶想哭的心都有了。最终，财政局出资25万元，总共凑得33.4万元。2018年3月，大桥投入使用，八组村民经共同商议，为它起名"连心桥"，其中的意蕴让乐瑶很感动，他觉得下乡驻村帮老百姓，其实是一件很快乐也很有意义的事情。

很快，又一个啃"硬骨头"的任务下来了：全村66户需要易地搬迁，其中九组十组整体搬迁。别看天堂村没多少人间吃喝，老祖坟都埋在这里，每棵树、每根竹子、每块石头都是老辈儿摸过的。反正漫山遍野都是竹子，有竹子就能活，谁知道下了山那日子靠啥活呀？

又是一轮大巡山。挨家挨户做动员，把所有政策好处都讲到，还要提前办到，比如安排城镇就业，组织外出务工，办理城镇低保，一趟趟都需要来回跑。没有一种"以天下为己任""先天下之忧而忧"的责任心和情怀，很难坚持下来，更难做到尽善尽美。是什么激励着乐瑶呢？就是"第一书记"这四个字。他要求自己既然来了，就必须办到办好！所有的麻烦事中，遍布着他给予历史和人民的真诚与感动，所有的纷繁小事中，都体现着平凡中的伟大。

但还是有些"钉子户"不肯动。有的懒汉或酒魔什么都不想改。有一次乐瑶到田里做思想工作，一个醉汉操起一块书本大的石头砸到他脸上，半边脸顿时血流如注，门牙和两边切齿全断了。乡亲们把他紧急送到医院，半个脑袋被包扎起来。妻子闻讯来看他，很心疼，但他已无法说话，也无法被喂饭喂药，妻子做不了什么，安慰安慰他就得回去，毕竟教师的工作离不开。两人都热爱和忠诚于自己的职业，生活中总要付出牺牲。没想到这次受伤造成极为严重的后果，乐瑶先后做了4次牙周手术，失去一半牙齿，年纪轻轻的不得不装上满口假牙。由于手术费用高昂，乐瑶欠下20多万元外债，没办法，他只能卖房抵债。

这很令人忧伤。乐瑶全身心帮扶了贫困的天堂村乡亲，而自己却陷入困境。妻子无法接受这个残酷的现实，两人平静友好地离婚了。

我没问，乐瑶也没说，离婚后的第一个夜晚他是否流了泪。我知道，许多天以后，他把自己的微信名改为"生活百般滋味"。

2019年1月11日，由葫市镇党委和政府主办，天堂村在新建成的红岩洞天广场举行了一个盛大的"千人团圆宴"。在党和政府的大力支持下，在乐瑶驻村苦战3年后,天堂村的水、电、讯、路、房等基础设施全面改善,全村成功脱贫摘帽。一栋栋富有黔北民居特色的新房掩映在森林竹海之中,云来云去,雾纱缭绕,百鸟齐鸣,确有些"天堂"的景致了。宴会之后,32岁的乐瑶也将离去。因为他在驻村工作中表现优秀、业绩卓著,又是法学专业毕业,被调往市纪委工作。默默望着眼前欢腾热闹的场面和村民们表演的一个个精彩的苗族歌舞,他的娃娃脸上露出欣慰的笑容。历经3年奔波努力,天堂村终于飘起香香的炊烟,响起上学孩子一路的欢笑,大批的竹材砍下来,又有更多更高的茂竹向蓝天挥舞着绿色的希望。这一切都与他有关,生命因此而变得充实而有意义,每一天都没有虚度。想到就要离去了,内心又不免浮起淡淡的忧伤。是啊,"生活百般滋味",有骄傲有欢乐,也有留恋和忧伤。不过一切都不算什么,因为太阳每一天都是新的,路途每一天都是新的。

挥挥手,太阳就出来了。

李健——"是共产党派我来的!"

黑瘦,硬朗,一思考眉峰就拧起来,看着性格很倔,有男人气,有担当精神。1985年李健生于关岭布依族苗族自治县岗乌镇新发村一个农民家庭,父母重视文化,宁可砸锅卖铁也下决心供他读书。李健记得,小时交学费,母亲掏出的票子都是脏兮兮的,一角一角的,用线绳捆着,还有许多钢镚儿。那时能交上学费,他就很快乐,觉得能在同学中抬起头来,一路跑得飞快,进了教室就喊:"老师,这是我的学费!"一双眼睛亮晶晶的。长大了才渐渐懂得,每张角票都浸透了父母的心血汗水,还有微茫的希望。这个希望支撑他上了大学,然后到县政府机关工作。2016年4月,领导找他谈话,想派他去普利乡马马崖村当驻村第一书记,脱贫攻坚,为期3年。

第三篇 久久为功

"我愿意！"李健回答得特别爽快，快得领导一愣又一笑。真是好小伙子，有担当！当领导的就喜欢这样的年轻人，有任务就敢上！

领导说："我的意思是你要不要跟家里商量商量呀？"

"不用！我是农民的孩子，到农村就是到家了，家人一定会支持的！"话是这么说，出发那天早晨和4岁儿子告别时，聪明的儿子笑笑说："我想你时就视频呗。"他觉得视频很好玩，可李健回身时眼里却有了泪，看来他还不如儿子坚强。开车把当教师的妻子送到学校，妻子的所有叮嘱他都答应着，心里暖暖的。然后打开导航，输入"马马崖"三个字，向着新的战斗岗位出发了。他很有信心，准备大干一场。31岁，正是干事的黄金时代啊！

两个小时后目的地到了，一进门，咣当一声，信心撞墙上了！幸亏是土墙。显然，两委干部并没有显现出想象中的热情，好像有点莫名其妙的抵触情绪和故意的怠慢。这是个问题，并非单指马马崖村。村里本来有村支书和村主任，又派来个第一书记，他们心里自然不太舒坦。村支书给他指了指办公桌，然后帮他提着行李去了后面的宿舍，回身就走了。屋里到处是灰，窗户上方挂着一片蛛网。明知他今天来报到却没收拾一下，心里显然有点障碍。李健草草收拾了一下，很快回到村委会说："召集两委干部开个会。"

村支书说："你休息一下，下午开吧。"

李健说："马上！"

村干部三三两两到齐了，嘴里和眼里全是冷落和不满，意思是李健的突然到来打断了他们的工作。李健说明了自己的任务和脱贫攻坚刻不容缓的意义，然后要求对全村农户重新进行入户调查。有人当即顶牛，话说得非常不客气："你来之前我们已经调查完了，你刚到又要调查，难道我们之前的工作都不作数，一切要重来一遍吗？"很多人跟着附和。

此前上级接到过群众反映，说马马崖村扶贫识别不精准。李健严肃地说:"上级有要求,扶贫要精准,漏一个不行,多一个也不行。眼下农户生活情况不断变化,孩子毕业的,外出打工的,家里生病的,3个月或半年前的调查也许就是老皇历了。我们首先必须做到精准调查,下一步才能做到精准扶贫,对户施策。"

掷地有声,句句在理,没人吭声了。

马马崖村有8个村民组。"3人一组,做好分工,马上行动!"

路过一个院坝整齐的农家,随行的村干部说:"这是村里有钱的人家,没必要调查了。"

李健说:"必须一户不落全面查,这样心里才有底,有本明白账。"

每进一户,问情况,问困难,问意见,问需求。有些村民可能见过一些走马观花、只说不做的干部,有些肯定对前段扶贫工作不精准有意见,对李健和随行的村干部很冷淡。一对老两口就是这样,冷着脸连板凳都不给坐。李健真诚地说:"我是新来的第一书记,是共产党派我来的……"没想到一句话唤醒了老人的热情,老人很激动,说:"当初共产党帮着老百姓打天下,现在又为老百姓办好事,我们就该听党的!"他立即搬来凳子让大家坐,调查工作顺利完成。也有人听说李健是第一书记,要求提得很离谱。李健一一认真记下来,村支书不解,问他记这些干什么,反正也办不了。李健笑着说:"扶贫工作的基础在于精准,基础不牢,地动山摇。村民的要求、觉悟、心理都记下了,以后工作也有针对性了嘛。"

经过这次严格调查摸排,以往在册的贫困户中有16户80人从名单中断然抹去,同时新识别贫困户5户19人、返贫户2户7人。这是一件震动全村的事,李健坚决按照政策原则,办得泾渭分明、公平公正。此前的民怨一扫而空,李健威信大增。

接着,李健看到村民的衣服大都破破烂烂,主要因为他们劳动多、磨损快。于是发动城里的同学们捐赠了一大批衣服寄过来，拉到乡场上让大家挑，大人小孩欢天喜地挑走了自己喜欢的衣服。再接着，李健开始动员辍学孩子上学，说服父母，劝导学生，联系学校和教师共同工作，有困难的家庭给予补贴。经过一段时间的动员，全村443名学生全部入校，再无辍学现象发生。再接着，改造危房，整治漏房，平整道路，硬化庭院，清除垃圾，自来水通组入户，同时移民搬迁了23户123人。这些看起来都是小事，但做起来都是麻烦事，攻下来都是大事，村貌村风为之一变。村里头号懒汉成年累月弯着一条水蛇腰，不干活儿，人送绰号"老蛇"。老婆离家出走了，两个上学的孩子住校不回家了，他天天蹲墙根晒太阳。经过李健多次劝导，老蛇的老婆终于接了他的电话，老蛇感动地对李健说："你救了我，也救了我全家！"老蛇外出打工出发时，村民惊奇地发现他的腰直起来了，精神抖擞地和李健告了别，直奔外地和老婆汇合去了。再接下来，在扶贫政策的帮扶推动下，李健带领村民努力发展各种产业，养牛、养猪、养鹅一起上，黄瓜、西瓜、辣椒、花椒、当地精品水果百香果一起上，叫作"一组一优势，一户一特色"，至2018年底，马马崖村成功脱贫出列。

选准用好一个人，百年穷村，三年即变！

第十八章
大爱援黔，气象万千

让一部分地区先富起来，带动另一部分地区实现共同富裕，这是改革开放的初心和宏大部署，是中国共产党领导中华民族实现伟大复兴"中国梦"的历史使命，是推动区域协调发展、协同发展、共同发展的国家战略。

举国体制，就是举国大爱

曾经系着红领巾的我们在小学课本中就知道了，因为地势的原因，中国大部分的江河都是由西向东流。但是，今天有很多很多人不知道，中国有更多的大江长河，正在由东向西逆势而上，巨浪排空，浪淘尽千古风流人物……

——这是社会主义中国独有的一道风景线：东部大爱以"勇于担当、无私奉献"的伟大精神，正在向西部大地激情涌流。两地手拉手，心碰心，通过资源+资金、智力+劳力、产业+市场，贵州实现了黔货下山、借船出海；东部获得了大量资源和广阔的开发平台。

1996年7月，以《国务院办公厅转发国务院扶贫开发领导小组关于组织经济较发达地区与经济欠发达地区开展扶贫协作报告的通知》为标志，东部地区与西部地区开展对口帮扶、扶贫协作工作正式启动。自此，迄今历时24年，贵州3600多万人民迎来了来自东部地区源源不断的大力支援和对口帮扶。从人才到产业，从财力到物力，滚滚热流涌向贵州每一个地区、每一个村寨、每一家农户。特别是党的十八大以后，波澜壮阔的脱贫攻坚战全面展开，为实现全国人民同步小康，东西对口帮扶的力度、广度和深度更趋加强，为贵州加快发展、后发赶超、彻底撕掉"绝对贫困"的历史标签，提供了强大的精神力量和物质基础。

这是一个举世罕见的国家部署和统一行动，是一场气象万千、激动人心的伟大进军。

2016年以来，经国家有关部门协调和双方会商，东部8大城市确定对口帮扶贵州8个市州，即：上海—遵义，大连—六盘水，苏州—铜仁，杭州—黔东南，宁波—黔西南，青岛—安顺，广州—黔南、毕节，深圳—毕节。东部地区的人才、资金和技术源源不断地向贵州大山深处奔流而来，以东部发展优势弥补贵州发展短板，以东部先发优势促进贵州后发崛起，点石成金，全线开花，硕果累累，有力助推了贵州脱贫攻坚。

举国体制，就是举国大爱。全国一心，众志成城，同步小康，指日可待！多年来，全国各帮持方投入的巨额资金无法统计，帮扶的项目不可胜数，派出的科技、农业、医疗、教育、工程技术等各方面专家和团队绝对是一个庞大的惊人数字。

据2019年统计：

——中央定点帮扶单位共派出3954人（次）赴贵州调研，选派172人蹲点挂职，投入资金5.49亿元，实施帮扶项目781个。

——自2014年起，中央统战部挂帮毕节市。他们充分发挥各民主党派、全国工商联、中华职教社的人才优势、智力优势和信息资源优势，做出"毕节不脱贫，统战不脱钩；毕节脱了贫，统战不断线"的承诺，先后选派134名优秀中青年干部到帮扶地挂职；帮助培训教师近万名、学生2300多名；培训医生近3000名，开展义诊近6000人次。援建乡镇卫生院、村级卫生室235个，资助贫困学生近2万名；协调95家企业结对帮扶95个贫困村，投入资金近5000万元；建设农业科技示范基地65个，带动12万多农民生活获得改善。尤其在帮助贵州各大产业如茶、蔬菜、辣椒、水果、食用菌等方面，学者专家们提供的信息、人才、技术、智力支持，使贵州农村的产业革命取得突破性进展。

——7个东部城市先后共派出361名党政干部到贵州贫困地区挂职，他们住进县、乡、村，栉风沐雨，深入调研，不辞辛苦，奔走于两地之间，真正做到了"看真贫""真扶贫"；选派4098名教育、医疗、农业等方面的专业技术人员赴贵州开展帮扶。与此同时，贵州750名干部和3606名技术人员到东部城市挂职、学习和深造。他们打开了思路和眼界，学到了大量改革开放的经验和现代化知识本领。7个帮扶城市总共投入资金34.8亿元（比2018年增长28.27%，比2017年增长376%）。双方共建产业园区51个，引导投资67.69亿元，建立面向东部的农产品供应基地290个，参与外地企业964家，实现销售总额47.67亿元，带动贫困人口25万多人，实现就业20.26万人。打造教育医疗"组团式"帮扶点176个，促成三级医院帮扶贵州66个贫困县医院、64家中医院。2760个深度贫困村、2632所贫困县中小学和1081所乡镇卫生院有了结对帮扶的东部"富亲戚"。

——省内外国有企业和民营企业也积极开展帮扶工作，共投入资金217亿元，其中恒大集团对口帮扶毕节市和大方县，万达集团对口帮扶丹寨县，成效显著，变化巨大。

——澳门特别行政区对口帮扶从江县。双方共签署18项帮扶协议和1个补充协议，聚焦"扶产业、促旅游、推文化、支教育、助医疗、育人才、输劳务、齐捐助"等方面，重点开展教育、医疗、旅游、劳务等相应帮扶项目，计划总投入近亿元，已到位6672.69万元，实施帮扶项目60个，惠及2.7万贫困人口。从江县生产的辣椒酱、岜沙山泉、时令蔬菜水果、大米等已分批次出口澳门，从江县由此成为全省第一个粮食出口县。

天上掉下个风情小镇

在广泛凝聚脱贫攻坚磅礴力量的大潮中，国有企业"百企帮百村"、民营企业"千企帮千村"成为贵州加快脱贫的重要推力。

地处贵州省黔东南自治州西部的丹寨县，人口近18万，少数民族占87%以上。这里犹如装着许多神话的魔盒。据说，丹寨是全国各地苗族唯一保留"祭尤节"的地方。相传中华民族三大始祖之一蚩尤战死沙场后，其后裔率领部族遁入西南大山，历经3次大迁徙，有一支便落脚在丹寨一带繁衍生息。他们自称为"尤人"，称蚩尤为"告尤"（即尤公之意），迄今这里许多地名还带有"尤"字。故而有专家判断，丹寨苗族的祖先应是蚩尤嫡系之后裔。

第三篇 久久为功

2020年8月的一天,我从黔东南的台江县抵达丹寨县,接待我的是县委常委、党办主任李白。这个名字吓了我一跳,我笑道:"我苦苦寻找了上千年,没想到终于在这儿找到李白了!"

在长江和珠江的源流——贵州清水江、都柳江上游的分水岭处,万千栋吊脚楼托起一个绿荫如盖的县城——丹寨。踏上这片青山就听到一首山歌:

大雨落来细雨飘,打湿情妹花围腰。
打湿情哥不要紧,打湿情妹啷个焦……

这里的风土人情多姿多彩,却曾流淌着千年不断的汗水和泪水。改革开放以来,贵州省先后有10任省长挂衔帮扶丹寨,但因为少数民族大多生活在山上,很多地方还在用刀耕火种的原始生产方式,经济社会一直处于极度贫困和落后的状态。1992年6月,时任省长王朝文到丹寨调研,看到县城街道两旁的建筑破烂不堪,仅有一条泥浆路穿城而过,不由得感叹说:"看来丹寨称得上是全国最贫困的县了!"那一年,丹寨县农民人均纯收入不足200元,14万人中就有13万贫困人口。2013年统计,全县共有贫困户13 603户,贫困人口51 311人,几乎占全县人口的1/3。

2013年3月10日下午,贵州省人民政府与大连万达集团股份有限公司战略合作框架协议签订仪式在北京举行,万达集团宣告,将在5年内投资600亿元,支持贵州扶贫开发工作。转年,万达集团便在丹寨掀起一场震动和激励全县的"万达风暴"。他们以坚定的担当精神和极大的热情实施了全国首创的"企业包县、整体脱贫"社会扶贫模式。

一是扶助弱势群体。在全县范围内设立村寨保洁员、护林员、护路员、治安消防员、管水员、巡河员等扶贫劳动公益性岗位3万余个,村寨保洁员每月工资500元,其他岗位每月300元,共吸纳9092人次参与聘岗。

二是补助无业群体。根据村寨基础设施修缮、村内大型公共活动、村合作社产业发展务工的需要,有针对性安排劳动扶贫补助岗位,实行生产劳动扶贫补助,参与劳动者每日补助80至100元,覆盖25 896人。

三是救助特殊群体。对全县所有鳏寡孤独、重病重残等丧失劳动能力的特殊贫困人口进行兜底救助,按照一年2000元的标准,覆盖兜底人群3576人。对全县建档立卡贫困户家庭无劳动能力的21 024人进行生活补助,对65岁以上老人和高中以上就学家庭人员等困难群体9098人,每人每年补助1000元,等等。

此外,万达集团捐资3亿元,在丹寨建设了一所贵州万达职业技术学院。该学院自2017年9月开学以来,采取"校中有厂、厂中有校、培训进车间、车间变课堂"的人才教育培养方式,每年招收50%的优秀毕业生到万达就业,实现"职教一人、就业一个、脱贫一家"。学院现有在校学生2259人。2018

年以来，学院设立的扶贫助学金对650名贫困学生进行资助，评审出国家励志奖学金30人、国家助学金776人，累计发放奖助学金总额241.87万元。

从2014年万达集团和丹寨县结对帮扶以来的5年多，丹寨面貌发生了翻天覆地的变化。2018年，丹寨县在贵州省51个国家扶贫开发重点县的扶贫成效考核中位列第一，万达创造的"企业包县、整体脱贫"经验被评为"全国企业扶贫50佳案例"之一。2019年，贵州省人民政府批准丹寨县摘帽出列，万达丹寨扶贫经验荣获全国脱贫攻坚"组织创新奖"。

让我最为惊叹和感动的是，因为万达的鼎力相助，仿佛一夜之间，丹寨县从天上掉下一个风情小镇。

小镇坐落在一片平缓山坡上，成环型展开，主街长1.5公里。此地原是杂草丛生、乱石成堆的荒山坡，故而当地人笑称这个小镇应该改名叫"无中生有"。漫步其间，造型各异、多彩多姿的民族建筑错落有致，一家家店铺栉

万达丹寨小镇鸟瞰（杨武魁／摄　贵州新闻图片社／供图）

比相连，摆卖着各种鲜丽的服饰和当地特色小吃。我和丹寨县万达帮扶项目办公室主任汪贞勇步入小镇广场时，正赶上一群身着绚丽盛装、银饰闪闪的苗族姑娘好像在为一个女伴准备婚礼节目，她们手拉手围成一圈边唱边舞，那优美悠扬的歌声仿佛是从阳光里飞出来的，浪花般溅满周围的青山。周围的游客则围成更大的圈，人人笑容满面，击掌为她们打着节拍。纵目远望，山下便是波光潋滟的东湖，岸边建有一个"世界之最"：东湖大水车。直径26.08米，2017年6月26日通过吉尼斯世界纪录认证，被认定为世界上直径最大的水车。入夜，它便成为东湖上最大的光环。

据介绍，小镇开业仅两年多就实现了游客"井喷"，迄今共接待游客1700多万人次，带动全县旅游综合收入72.07亿元，直接吸纳劳动力就业2000多人。县内共有12家扶贫龙头企业和102个产业合作社入驻小镇，小镇内339个商铺、210家商户全面展示了丹寨县独特的民族手工艺、民族美食、苗侗医药、农土特产等产品，直接带动4704个贫困户增收，年户均增收6000元以上。小镇现有锦鸡演艺剧场、非遗文化街、湖船游览、环湖步道、温泉酒店、热气球等丰富多彩的观览项目。在路边一个水塘处，我遇到一位"斗牛户"。他养的两头大黑牛一个叫"独龙"，一个叫"吼山"，体硕角长，后背滚圆，正在水塘里优哉游哉地嬉戏，一看就是不干农活的贵族牛。我问他平时都喂什么。主人说，平时喂些精饲料，但比赛前一个月要多喂鸡蛋、啤酒、红高粱等等。我说，划得来么？主人笑呵呵说，那头"独龙"已经拿了两个亚军，给他挣了10万元了。

山寨的彩色梦

在丹寨风情小镇，每一家店铺的背后，其实都连接着一个或几个或远或近的山寨，这就是万达为丹寨人民构建起来的脱贫致富之路。现在就来看看一家鸟笼店背后的苗寨卡拉村吧——那里已经是名扬海内外的"中国鸟笼第一村"了。

卡拉村距小镇很近，老远就可以看到村里山头上一个巨大的鸟笼金凤翘立，它一定是"世界之最"了。我由此认定，全国所有的"鸟人"（鸟友）手里如果不拎着一个卡拉村制作的鸟笼，哪怕里面装着凤凰也叫"白玩"，不正宗而且很掉面子，还是把凤凰放飞了吧。

进入寨子，我看到，几乎每个苗家院坝都满满堆放着金黄色的巧夺天工的鸟笼。不，那不是鸟笼，而是世界级的艺术品！它们多以楠竹、金竹、雷竹为原材料，圆形或扁圆、长圆形。顶部镶有花纹绚美的木质或玻璃圆珠，穿以铜质连环挂钩。笼体犹如一个透明的浑圆的小小宫室，笼门左右竹枋上刻有细腻的孔雀开屏、丹凤朝阳等图案，或者是书法对联；笼内的站杆上也刻着花鸟山水，仿佛鸟儿就生活在山水之中。笼外再套上当地的蜡染或刺绣布套，我的天哪！虽然家里放着许多从各地买回来的奇石怪木，但可惜我是浪迹江湖、没时间养鸟的人，如果没有一只可爱的小鸟，买一个空鸟笼回去，只会徒增一丝丝的伤感和寂寞，我只能放弃。

这是卡拉村苗家人祖传的手艺。但在以往困顿的年代，吃不饱穿不暖，人们天天在山里地里找吃食，哪有心情做鸟笼，再说做了也没人买，因大山阻隔更卖不出。改革开放以后，年轻人都远赴省外打工，如此精妙的手艺几乎濒临失传。第一个想起用这个手艺赚钱谋生的年轻人叫王玉和，1996年初中毕业后他跟着村里老人学了一番，然后用扁担挑着10个鸟笼去了都匀市，很快销售一空。每只卖3.5元。当时一斤大米0.5元，也就是说，一只鸟笼可以换7斤大米，王玉和是高兴得一路唱着歌回来的。后来他又带40个鸟笼去了昆明，没等走到集市上呢，半路就被一位李老板以近乎"拦路抢劫"的方式包了，每个14元。两人还交换了手机号，李老板说以后包销。王玉和乐得满脸开花，老板也乐惨了——人家不愧当了老板，对商机多敏锐啊！不过他上学时一定不用功，算术学得不好。王玉和回到家才发现，李老板多付了200元，他迅速把200元寄还了。李老板很感动，回信说："你是个有诚信的人，我愿意和你合作，今后你有多少我包销多少，帮你们打开销路！"

这就是诚信换来的商机。王玉和不愁销路了，于是动员村民一起上，当年生产规模就从几百只上升到几千只。王玉和先后当了6年村主任和12年村支书，带领全村发展鸟笼产业，卡拉村发生了翻天覆地的变化。脱贫攻坚战以来，万达集团投入10亿元巨资，倾心建设了丹寨风情小镇，还特别为卡拉村的竹编鸟笼开辟了一个特色民俗小院。从此卡拉鸟笼从丹寨走向全国，走向世界。如今卡拉村151户人家绝大多数都成了鸟笼专业户，每年销售十几万只，近5年销售总额达3000多万元。村里车水马龙，都是来参观采购的，全村借势办起"农家乐"。一个"五一"长假期，吴明飞一家就接待游客5000多人，白天累惨了，晚上偷着乐。现在卡拉鸟笼更精致更金贵了，一只百元以上，最贵的上千，全国各地鸟友上网就可买到。不过还是到丹寨万达小镇看看为好。削竹雕刻、编织制作、精心加工，道道工序都在那里展开——你不仅能万里挑一买到一个可心的鸟笼，过程也是赏心悦目的啊！

在丹寨风情小镇，万达集团为卡拉鸟笼搭建了一个更加广阔、更加繁荣的平台，一只鸟笼飞出了金凤凰。

值得一看的还有斗鸡。斗鸡是苗族的一项古老的文化娱乐活动，每到节日庆典，不论大寨小寨，寨寨都会举行斗鸡比赛，临场观赏之后还有美食。一位聪明的村民吴明飞那天走进万达小镇，灵机一动突发奇想，遂将斗鸡做成美食，在镇上办了一个卡拉斗鸡餐馆。你想想，吃上一只骁勇善战的冠军斗鸡，该有多么滋阴壮阳、强身健体吧！吴明飞介绍说："斗鸡不喂饲料，以稻谷为主食，喂枸杞、红枣等食物，一般到10个月之后开始训练，每天至少训练40分钟，这样它的肌肉发达，脂肪含量很少，肉质特别紧实。"如今吴明飞已经开了两家斗鸡肉餐馆，最近还建起了一座四层小楼，准备开一家民宿。他说,自从万达在丹寨建了这个风情小镇,客流量大增,好多外国人都来了,我对未来非常看好!

再来看麻鸟村的"锦鸡女"——

麻鸟,苗语音译,"锦鸡"之意,是丹寨县一个偏僻的小山寨。这里的人被称为"锦鸡苗",是苗族的一支。相传数千年前这支苗族历经千辛万苦,从中原迁徙到此地,发现自己携带的稻谷种子已经遗失,万分焦急之际,一只美丽的锦鸡从天而降,给他们投下一粒稻种。后来就靠这粒稻种生长抽穗,繁衍出一片片稻田,大家才得以生存下来。从此鸟成为这个部族的图腾,为纪念这只天使般的锦鸡,这里的苗族历来都以打扮成锦鸡模样为

丹寨国家级非物质文化遗产"锦鸡舞"(傅泊霖/摄影 贵州新闻图片社/供图)

美。据贵州女作家姜东霞记述，除了银饰、蜡染、刺绣和一般苗族一样之外，女性上衣多为刺绣挑花短衣，裙子用绣片层层装饰，臀部用物内衬，使之隆起，裙幅下缀白羽。男性衣裤也装饰绣片，下缀羽毛，号"百鸟衣"。村里还世世代代传下一种"锦鸡舞"，女性用一条条色彩斑斓的花带缠在腰上，仿佛锦鸡的长尾巴，一边唱一边模仿锦鸡跳动飞舞的动作，这在别处的苗地是看不到的，独此一家。以往因为生活穷困，交通闭塞，除了年节祭祀性活动，锦鸡舞很少看到了，外出打工的年轻人也很少学了。剩一群老头儿老奶奶，跳不动也没看头了。幸而当地政府和万达集团携手扶贫，深入到村，发现了这里举世无双的"锦鸡文化"，遂把"锦鸡舞"发掘并恢复起来，姑娘小伙得以盛装演出，向人们展示了古老而绚丽的风采，并通过媒体宣传报道广为人知。此外，麻鸟村还有奇异的踩芦笙、跳铜鼓、板凳舞、吹夜箫、斗牛等丰富多彩的民俗活动，世界各地的摄影家、学者和大批游客闻风而至，麻鸟村的姑娘小伙在院坝上跳得越来越欢实了。

文化是一个民族的精神家园，是民族生命之根。2017年，丹寨小镇焕然一新，"锦鸡舞"跳到了万达广场上，又一个贡献！

再来看"中国第一染"排莫村——

蜡染，是我国独树一帜的民族艺术之花，2006年被列入国家第一批非物质文化遗产名录。那是自然与手工的奇妙结合，是梦幻与色彩的任意挥洒，是历史与现实的深情叠印，是我最为迷恋的布料没有之一，因为它是蓝天白云的天然结晶。

真理是最简朴的，美丽是最简洁的，品格是最简约的，蜡染就是证明。它的制作方式很简单，据《贵州通志》记载："用蜡绘花于布面染之，既去蜡，则花纹如绘。"其实它还是说复杂了，用蜡不必有意绘花，随意挥洒即可，抖下蜡块就是一匹浑然天成、美不胜收的花布，何其妙哉！当然，苗家人渐渐衍生出绘画技艺，花鸟虫鱼、飞禽走兽、山川树木、美女俊郎、顽童老叟,尽可入布,画法古拙天真、夸张大胆、想象奇绝、野趣横生,就更显瑰丽了。村民们没有一个是画家,很多中年以上的甚至没上过学,但他们却以蜡作笔、随意挥洒,件件作品都是妙手天成,是他们与自然交心、与神鬼对话的心灵记录。

丹寨县扬武镇的排莫村,是世界上最早、最大的蜡染艺术发源地,被誉为"蜡染艺术之乡"和"东方第一染"。全村分为3个自然寨,有2000多人,90%以上是苗族。正是在当地党和政府脱贫攻坚、产业振兴的战略推进中,在万达集团的大力帮扶下,排莫村"东方第一染"的无上荣耀称号才为全国和世界所知。获得国家级非物质文化遗产传承人称号的杨芳,从小饥寒交迫,后来在广东打工10年,在浙江打工7年。她挖过泥,拉过砖,拾过垃圾,吃过很多的苦。"我没文化,小学一年级一个学期都没读完,"她忧伤地说,"去外面跟别人差得太多了,只能卖力气,可一个女人能有多少力气。"

有一次,杨芳偶然进了一家卖各种民族服装布料的店,一下唤醒了她的记忆。原来做这个也可以赚钱的呀!就这样,她回到丹寨开了一家蜡染店。万达小镇落成之后,她大胆扩大规模,在万达广场开了一间蜡染体验馆,并将许多苗家蜡染妈妈和绣娘带动起来。可以想见,古老的蜡染真诀和技艺将在丹寨汇成一条不断的蓝色长河,流向全国,流向世界。

再来看以"古法造纸"扬名的石桥村——

众所周知,《后汉书》中记载的蔡伦,是中国造纸术的伟大发明家。纸张由此成为中华民族四大发明之一和传承中华文明的载体。

石桥村依山傍水,植被茂密,拥有丰富的造纸资源。古法造纸是这里的一绝。据专家考证,自唐朝中期这里就有生产白皮纸的传统,迄今在大岩脚石壁下和穿洞内仍留存着一些古代造纸作坊的遗迹。时隔千余年,技艺也一代代流传下来,使石桥村成为中国古法造纸的"活化石"。1958年,丹寨县便建有地方国营造纸厂,1978年改名为丹寨国画纸厂。1982年该厂苗族师傅杨大文曾赴加拿大"中国古代传统技术展览"做现场表演。1985年,贵州省人民政府公布石桥村为省级文物重点保护单位,命名为"中国古法造纸艺术之乡""贵州最具魅力民族村寨"。2006年,石桥古法造纸技艺被列入国务院公布的第一批国家级非物质文化遗产保护名录。相传蔡伦造纸之际,收有贵州一个弟子,此人后来把造纸技艺带回家乡,故而石桥村人世世代代把蔡伦奉为鼻祖,过年过节都要举行祭祀活动并传沿至今,看来不是空穴来风。

　　石桥造纸的独特优势是无可替代的:第一,其原料采用喀斯特山地所产的构皮麻,具有纤维均匀细密、成浆率高、光泽度好、吸水性强等特点;第二,造纸的十几道甚至数十道工序基本上在天然溶洞里完成。溶洞里水源充足,水质纯净,无风吹日晒,基本恒温,可使纸张纤维保持柔软和韧度,质

丹寨古法造纸(冯四方/摄　贵州新闻图片社/供图)

量稳定。别的地方想要模仿，没这两样天然条件，质量上肯定要差一层的，故而造纸成了石桥村的独门绝技。但是由于苗族没有文字，这套技艺只能靠口传身授一代代往下传。当断了市场出路又难以谋生的年代到来时，失传的危险便大大增加了。王兴武是祖传18代丹寨造纸工艺的国家级非遗传承人，他说："市场经济初期，手工纸基本没了销路，几分钱一张都没人要，村里基本没人做造纸了。"王兴武不得不外出打工，什么活都干过。随着改革开放的深入，市场门路大开，他决定回乡重操旧业，并将野花融入原料，创造出天然彩色手工纸，从此打开销路，一位香港商人以3元钱一张签订了18万元订单，这是王兴武赚得的第一桶金。国家展开扶贫工作以来，贵州省委、省政府强力推进产业革命和产业振兴，万达集团全方位跟进帮扶。王兴武乘势而动，动员组织石桥村61户按照"自愿参加、民营民管"的原则创办了石桥黔山造纸专业合作社，年产10万张，从此大步走上规模生产道路。如今经过诸多能工巧匠改良创新，石桥已经生产出花草纸、书画宣纸、云龙纸等九大系列100多款古香古色的各类用纸。有的可做灯罩，有的可做家室和产品装饰，有的可用于书画创作。其中最出名的当属王兴武创制的"迎春纸"，这款纸的制作多达120道工序，用时45天，其薄如蝉翼，古风宛然，抗腐抗虫性强，被国家图书馆和国家博物馆等指定为古籍修缮专用纸。石桥村仅王兴武、潘玉华、王启光"三大家"年产值就达300多万元。

同样，石桥古法造纸被引入丹寨万达小镇。那是一个特色小院，栅栏上挂着一幅广告语"纸会唱歌"。不仅店里的技工可以当场表演造纸流程，而且游客还可参与制作。试想，游客在这里能拿回几张有唐宋风韵的古纸或几册光洁如玉的线装本本，心情该是何等的振奋啊！一向喜好舞文弄墨的我在这里挑了两个彩色封面的宣纸本，共150元。我兴之所至，挥毫给小店留下一幅赠词："风华绝代，丹寨一纸。"女主人很高兴，说："150元就免了吧！"

伟大，距离我们如此之近

恒大集团对毕节市大方县的帮扶是从2015年开始的。

大方县有110万人口，贫困乡镇24个，贫困村175个，贫困人口18万，贫困面大，贫困程度深，扶贫开发任务艰巨。

2015年11月28日，在中央扶贫开发工作会议上，习近平总书记发出指令："要动员全社会力量广泛参与扶贫事业。"① 会议结束当晚，全国政协立即行动，将会议精神和总书记的重要批示传达给政协常委、委员以及各地政协。作为十二届全国政协常委、恒大集团董事局主席、集团党委书记兼统战部部长，许家印迅即做出反应，召开集团高层会议，响应总书记号召，带领集团投入这场史无前例的脱贫攻坚战。

11月29日，经全国政协协调搭桥，恒大派出副总裁徐东带队的考察团，赴大方县进行了半个多月的调研，形成帮扶方案。

12月28日，许家印与全国政协经济委员会负责同志赴大方调研并共商扶贫方案。第二天，集团与大方县政府签订了《恒大集团结对帮扶大方县精准扶贫协议》。协议明确：恒大集团3年内向大方县投入30亿元，到2018年底帮扶大方县实现贫困人口全部稳定脱贫。协议中特别突出了六大支柱：产业扶贫、易地扶贫搬迁、吸纳就业扶贫、发展教育扶贫、家庭创业扶贫和特困群体生活保障扶贫，事实上对全县人民和贫困群众实现了全覆盖。

这一天，远隔千里的恒大集团和毕节市大方县，两双手伸过千山万水，紧紧握在一起。

2016年1月8日，贵州省扶贫基金会收到恒大集团帮扶大方捐赠资金10亿

---

① 见《脱贫攻坚战冲锋号已经吹响 全党全国咬定目标苦干实干》，《人民日报》2015年11月29日第1版。

元,这是该基金会成立以来收到的最大一笔捐赠。

10日,恒大出资3000万元,设立"恒大大方教育奖励基金"。完成了40项重点工程规划方案。

11日,为大方县特殊困难群众14 140人购买了恒大人寿万能险,设立担保总额10亿元的产业扶贫专项贷款担保基金,确定了首批200个特色农牧产品建设方案。

21日,恒大扶贫团队与大方贫困儿童展开"手拉手结对帮扶"活动,拉开了全集团8.6万员工结对救助大方县留守儿童、困境儿童和孤儿的序幕。

2月27日,恒大帮扶援建的首批40项重点工程和200个产业基地同时开工……

紧锣密鼓,雷厉风行,落地生根,全面开花!

不过半年时间,大方县东部山区60个贫困村已发生明显变化:恒大首批无偿援建的40项重点工程,包括10个新农村、1处民族风情小镇、11所小学、

大方县恒大二村蔬菜大棚基地(贵州新闻图片社/供图)

13所幼儿园、1所完全中学和1所现代职业技术学院建设进展突飞猛进,其中22项主体已完工;无偿援建的200个农牧业产业化基地项目全面动工,其中75个已投入使用;在恒大集团及其战略合作企业就业的贫困群众已达5600多人;恒大集团捐赠超6亿元的四大基金——产业扶贫贷款担保基金、贫困家庭创业基金、教育奖励基金和慈善基金已开始发挥作用……

2016年9月24日,恒大帮扶首批易地搬迁贫困户喜迁新居,贫困户可自选经营两个大棚或者养殖3头牛,无偿赠送!

一年后,首批10个恒大新村全部入住,10所学校启用;22个育苗中心、6万亩大田基地和7800栋蔬菜大棚投入使用;建成3.2万亩丹参、天麻等中药材基地,2万亩油用牡丹、皂角等经济果林;建成总规模3000头的扶贫"牛超

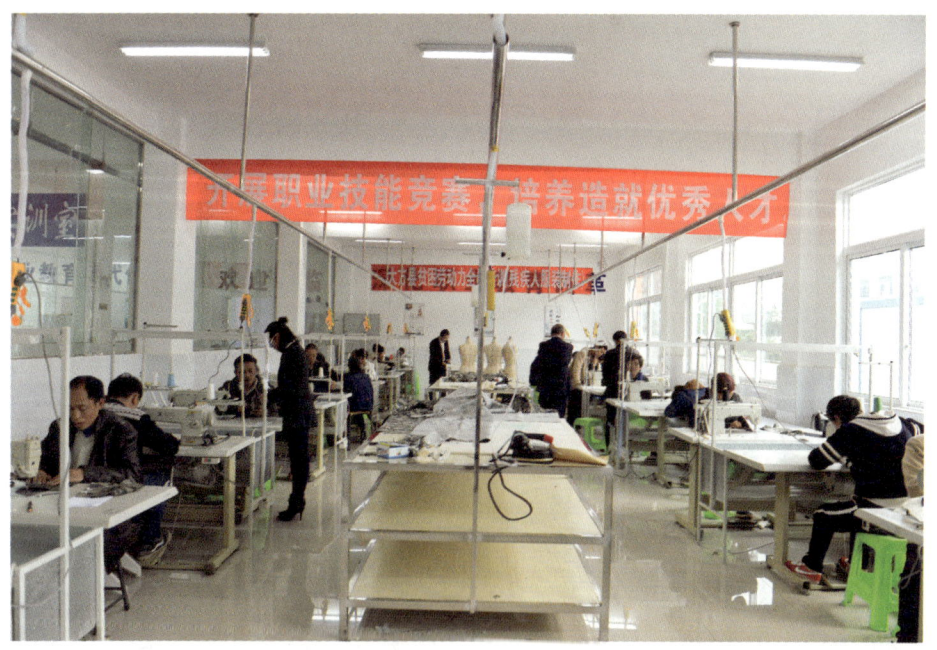

大方县职业技能培训残疾人服装制作培训班,培训后即可输送到当地的服装公司实现就近就地就业(贵州新闻图片社/供图)

市"、6.5万头的80个肉牛养殖基地,从加拿大引进9万支优质种牛冻精,改良当地种牛1.6万头。

速度之快,迅雷不及掩耳!

旧居新居,横跨两个时代!

以往,大方县本地牛长得又瘦又小,外地来的人嘲笑说:"远看像条狗,近看是条牛,这是杂交品种吧?"

2016年5月8日,恒大大方扶贫管理有限公司与大方县政府达成共识,用3年时间完成10万头肉牛改良,将大方县打造成毕节市最大的安格斯优质肉牛大县。6月5日,从澳大利亚引进、自天津港起运的首批500头纯种安格斯肉牛陆续入驻大方县,转年又调入3600头。

2017年6月1日,大方的孩子们迎来新学校的第一个儿童节。恒大集团发动8万多名员工,展开了对大方县4993名儿童的"手拉手结对"活动,大量捐资捐物带着慰问信雪片般飞来。为分送这些礼品,恒大大方扶贫管理有限公司发展教育与扶贫部的10名成员开车送往各校,忙了好几天。

2017年5月3日,恒大又做出一个重大决定:承担毕节市及其他7县3区的帮扶工作,再无偿投入80亿元,并选派1821名扶贫队员与原来帮扶大方的287人共同组成2108人的扶贫大团队,派驻到县、乡、村,与当地组成的驻村工作队汇合,确保到2020年全市现有的92.43万贫困人口全部稳定脱贫。

老百姓是懂得感恩和知情达理的。来自东关乡大寨村的移民刘启林讲得很朴实也很真诚:"这个项目是恒大掏腰包给我们做的,人家那也是血汗钱。我们一不能漫天要价,二不能赖起不搬,三不能坐地不征,四不能说兔话(方言:即不近人情不讲理的话)刁难人家。恒大征地连边沟、地头都帮我们量到了,没得讲,让我们咋做都要得!"

恒大集团的扶贫业绩受到中央有关部委高度评价,各大媒体进行了广泛报道,先后获得全国"万企帮万村"扶贫先进民营企业称号、"中国社会责任扶贫奖"。2017年,恒大扶贫作为民企扶贫的突出代表,在"砥砺奋进的五年"大型成就展的显著位置展出。

2018年底,大方县成功摘帽出列。

来自全国各地的一只只有力量有情怀的大手,就这样托起贵州的一座座大山和一个个村寨的梦想……

中华民族永远不缺少仁人志士。仁人志士的担当精神,永远是舍我其谁!

第十九章
陈立群——梦想没有天花板

从杭州到贵州,从高质量的名城名校到大山深处难以想象的穷校,几乎等于两个时代的跨度。这绝对是一个勇敢的选择。但他来了,而且从未换掉西装革履,哪怕在茅屋竹棚里。他认为,这是教师的尊严。

清晨，路从雾中升起，陈校长微笑着踏着茅草小路和露水走来。两个留守学生给他引路，他要去孩子们的山寨，看看他们的家。

　　他总是这样。无论有路没路，他总是跟着自己的追求前进，风度翩翩，衣着一丝不苟，步履坚定从容。在杭州管理一所名牌中学；赴全国各地做报告演讲；在贵州省黔东南自治州台江县民族中学担任支教校长；到学生家的吊脚楼、茅草房、土坯房走访，或驱车驶过高速，或跋涉山路深沟，年年月月天天，他永远西装革履，气宇轩昂。也许有人认为，这样笔挺的着装，在山寨里，在三块石头支一口铁锅的村民家，显得太突兀太高级太不接地气了，高贵与贫穷的差距显得太大了！

　　但是我懂并且深为感动，这是他对自己伟大职业的尊重，对文明、文化和教育的尊重，也是对自己和别人的尊重，更是对人民群众的一种昭示和启迪：教育、教师必须是优雅和高贵的，教师必须是文质彬彬、和蔼可亲、为人师表的；同样，我们必须对教师保持最高的尊重和一生的感恩。因为教育决定着一个人、一个民族、一个国家的未来，而教师就是未来一代的指路人。

　　教师被誉为"太阳底下最神圣的职业"，他们是人类文明、民族精神、高尚品格的传递者，没有谁的人生意义能超过教师。

　　我没正式上过大学，因为高中没毕业就上山下乡当了知青，在北大荒的狂风暴雨和遮天蔽日的"大烟泡儿"中穿行8年。赶过马车喂过猪，丈八长矛般的红缨大鞭在我手里抡得呼呼带风，一个响脆的鞭花能甩到黑龙江对岸的俄罗斯姑娘头上。返城后当了记者，正赶上风起云涌的大变革时代，工作和写作极为繁忙。我目光短浅地想了想，算了，不去大学了。青春只有一次，现在过去一半了，必须抓住"青春的尾巴"做些实事。与其假装年轻和"小鲜肉们"一起坐在课堂里，不如投身到激浪千迭的时代大潮里。后来我利用业余时间到黑龙江大学中文系读研究生，两年下来因外语没过关，名落孙山，我曾想一头扎进松花江了结此生。没扎是因为我水性好，黑龙江、长江、珠江、渤海、东海、南海、地中海、大西洋都游过了,想死都难。只有黄河没游过,因为"跳进黄河洗不清"。

故而一路走来,我特别感谢我的母校——黑龙江省头牌重点、哈尔滨第三中学,她教会了我一个决定一生的本事和习惯:终身学习。也因此,我对所有的老师都深怀感恩之心。见到陈立群校长,我立即恭恭敬敬起立,尽管他比我小10岁。

陈校长写了16部有关教育的著述。他是一位勇于理论探索和实践创新的杰出的教育家。这是我的定论,我认为也是历史的定论。

从大山走出,向大山走去

1957年秋,陈立群生于浙江省临安县(现为杭州市临安区)一个农民家庭。当时叫生产队,农民靠挣工分养家糊口。

千百年来,贫困是中国广阔的海平面。命运中的风雨摧残和生活里的万丈深渊,让贫民子弟很难探出水面。但一定是刚正的家风给了少年陈立群坚定的选择。他生来就面对一座山,虽然不像贵州的山那样险峻嶙峋,却让他从小就学会了登攀。那座山叫塔头岭,从山上到山下有几百个石阶,他的家就在岭上。20世纪30年代,一次随台风而来的山洪冲垮了岭上的一座桥梁,3个村庄的村民出行受阻,立群的爷爷卖了自家几块地,出钱修建了一座石拱桥,至今保存完好,在当地传为佳话。中华人民共和国成立后,立群的父亲入了党,当了村干部,后来出任乡长。改革开放后,年过半百的父亲带领村民修了一条可以通车的山路,从此改变了岭上人手提肩扛的历史。父亲直到80多岁时,还坚持村口的道路一天两扫。爷爷和父亲的爱乡情怀和勤劳品质,至今为村民津津乐道,提起来就竖大拇指。

山区的变化总是最慢的。陈立群上县高中的时候,从家到学校要走30

多公里。即便在如此临近杭州的地方，学校依然很穷，寄宿学校的学生必须带够一周的米和菜。每个周日返回学校时，瘦弱的立群总要扛上一袋米，手里拎着菜，肩上还挎着一个书包。30多公里的山路，那是多艰难哪！村里一些孩子不得不辍学，立群也免不了回家叫苦。有一次为这事他和妈妈闹了别扭，妈妈说，要么你就不读算了，立群赌气说，不读就不读！坐在门口的父亲听到了，老远甩过来一句硬邦邦的话："别的事情可以商量，读书的事情没得商量！"访谈时陈校长对我说："就这么一句话，我只好又去读书了。父亲平时话不多，很沉默，很多时候显得很忧伤。长大后我才读懂了他，那时候生活艰难，他在忧伤老百姓的生活。所以他平时火气很大，话一出口像打雷一样，谁都不敢违抗。"

我说："父亲的一句话改变了你的命运。"

陈校长说："是的。孩子懂的道理不多，那时也没有什么理想，就觉得读书很累，关键时候就看父母怎么决定了。"

高中毕业时，因"文化大革命"中大学已经停办，立群在家务农3年，成了彻底的泥腿子农民。在中国农民中，一年种两三季的江南农民是最累的，这3年让立群蜕了三层皮。国家宣布恢复高考后，他的心立马活了，跑到学校填报了志愿。回家后父亲问他报了什么。立群说报了中专。父亲劈头盖脸一句话："中专宁可不考！"立群说，这3年我连书都没碰，高中教科书都点火烧饭了，能行吗？父亲说，你没读书，别人也没读书，就看谁的高中底子好。

哈，别看立群父亲当了一辈子农民，真有大局观和战略意识！

父亲的一句话把立群的信心点燃了。第二天大早他疯跑到公社，找出自己的报表，把中专划掉，改成大学。又是父亲的一句话改变了立群的命运。

他考入浙江师范大学数学系，毕业后走上光荣的教师岗位。从1986年开始，先后出任杭州市长河高级中学和学军中学校长。立群说："我是从大山中走出的农民孩子。爷爷卖地出资，架桥修路，帮扶百姓，父亲作为老党员，率先垂范，同样为百姓打开一条致富之路，老人家的优秀品质和这些作为深刻影响了我的一生。后来我在教师和学校领导的岗位上遍访山里的贫困学生，退休后又到贵州山区支教，最初的起点和动力，就是从爷爷和父亲那里继承来的。从大山走来，向大山走去，这大概就可以概括我的一生。"

"宏志班"，给贫困学生一个机会！

这里需要回溯陈立群校长的以往。爷爷和父亲开山架桥给百姓修了一条路，他就是从这条路走来的。

在国家思贤若渴的时代，在家家望子成龙的时代，教师之间、学校之间、学生之间的竞争空前激烈，就像浩瀚森林中的每一棵树木都在竞相生长，争取最多的阳光雨露，争取最早触摸天空。

孩子们都在一条起跑线上吗？很遗憾——不！

那些出身农村的孩子，那些生长在贫困家庭的孩子，那些身处边远山区的孩子，面临更多的困难。

2001年，在陈立群力倡之下，杭州市长河高级中学借鉴北京广渠门中学经验，在浙江省首创开办了"宏志班"，面向杭州地区各县招生。同时他们还宣布了一个"优惠"待遇：哪里来的，回到哪里参加高考。这就意味着，贫困落后地区的学生可以不必和杭州市的学生同台竞争了，回到家乡，进入大学的门槛就会降低一些。有些老师不高兴了，说，我们费尽心血把这些学生培养出来，再让他们返回家乡高考，我们不是等于为他人做嫁衣吗？

陈立群慨然回答："给这些孩子一个机会是最重要的。高考的业绩算在谁头上，微不足道！"他还说："人在困难的时候，也许只需要一个机会。"

宏志班开办了：免除所有费用，提供住宿就餐，选派优秀老师。陈立群很高兴并一直给予高度关注，经常在课余时间与学生交流，利用节假日特别是春节放假期间，到富阳、建德、桐庐、临安等地家访。有时家访到的是留守学生或孤儿，便请他们到自己家过年。他不辞辛苦，走进一个个偏远山区的村庄和一个个一贫如洗的农家，深入了解学生的家庭环境和父母的生活经历。陈立群发现，那些父母大多没有文化，思想闭塞，对子女缺少明确和坚定的要求，进而影响到孩子性格内向、自卑，缺少上进的勇气和远大的学习目标。陈立群意识到，宏志班贵在宏志，要给予他们物质上的扶贫济困，但更重要的是要激励他们奋发图强，树立远大目标，勇于创造自己的美好未来。

从此，宏志班把更多精力投入到心理干预和思想教育，不仅让学生以一个亮丽的分数走出高中校门，更让他们的精神强大起来，走得更高更远。他告诉学生们："家庭贫困是历史造成的，而你们面对的是崭新的生活，你们应该有决心有能力结束家庭贫困，创造美好生活！"孩子们的笑声多了，交流多了，自信多了，眼睛更明亮了，在课堂上主动举手，在学校讲台上演讲的多了，成绩唰唰上来了！

陈凌群，一个命运悲苦的乡村女孩，杭州长河高中第二届宏志生。从小父母离异，父亲患有精神疾病，性情暴躁，母亲生下她便离家出走，从此再没见过也不知道母亲的模样，是奶奶将她一手抚养长大。父亲发病时总是暴跳如雷，对70多岁的奶奶棍棒相加。为了保护奶奶，小凌群从4岁起就与父亲斗智斗勇，虽然害怕至极，仍然一边哭一边用小小的身体挡在奶奶面前。班里的同学都瞧不起她，尤其邻居家的男同学经常嘲笑她，当众模仿她父亲的病态模样，逗引得同学们大笑不止。小凌群只能低着头含泪躲开，心里还惦念着放学回家后奶奶是否安好。卑微、失落、忧伤、沉重，山一样压抑着她幼小而紧缩的心灵，甚至毫不相干的路人喊一声什么，她的心就会发抖……后来奶奶去世了，凌群又被寄养在姑姑家。

但陈凌群是个倔强的姑娘。她记得读小学时，有一次回家发现米缸空空如也，她用捡来的粉笔头在破旧的房门上给父亲写了留言："爸爸，我回家了，米缸没米，肚子很饿，但我得回学校上课了。"她写满了半扇门，期望以这种方式从精神失常的父亲那里唤起些许的父爱。但她知道没有用，父亲那颗心已经僵木了。小凌群写一行、泪一行，默立良久，然后在末尾写上："顶天立地，自立自强！"那时她还不足12岁啊。

2002年，姑姑带着她从农村来到长河高中，第一次见到陈立群校长。那年她15岁，面黄肌瘦，穿一件别人送的旧衣服，松松垮垮的样子。陌生的城市，陌生的学校，陌生的人，凌群很畏怯，不敢抬头。陈校长很和蔼，详细询问了她的家境和学业，然后站起来走到凌群面前，蹲下来看着她说："你无法选择父母，但可以掌握自己的未来。看得出你是一个敢与命运抗争的好孩子，我不会让你辍学，长河中学就是你的新家。我向你保证，在这里没有人会瞧不起你，只要你好好学习，将来一定会有出息。"小凌群擦擦眼泪，使劲点点头。

崭新而温暖的生活开始了。凌群和她的同学们从未享受过这样的关爱，免除所有在校费用，食堂管吃饱吃好。每逢寒冷天气，总能看到陈校长穿梭在寝室和教室，摸摸被子厚不厚，看看学生穿得暖不暖，为学生们加购毛毯，添置衣服。有一年除夕，陈校长带她回老家临安过年，他的妻子申老师给凌群买了一套新衣服，除夕夜给她包了压岁钱。大年初一他带着凌群上山挖冬笋，一路给她讲自己小时的经历，因为穷差点退学，还放过牛卖过冰棒。陈校长说："凌群，今后这里也是你的家，每逢团圆佳节，老爸带你回家。"校长的老母亲和他的哥哥姐姐也把她当成自家人，嘘寒问暖，让凌群感受到从未有过的家庭温暖。凌群变得阳光了，自信了，坚强了。

在学校，每逢升国旗仪式，陈校长发表讲话时总会提到宏志班，他说："每一位师生都要向宏志生学习，在艰难困苦中磨砺，在坚韧不拔中成长。"他还定下雷打不动的规矩：凡是杭州城区的学生，每年暑假必须去农村宏志生家里生活10天，让城市学生了解农村生活的艰辛和宏志生的不易，以促进团结、相互激励。陈立群把这称之为"宏志精神的迁移实践",他据此撰写的论文获得浙江省基础教育科研成果一等奖和浙江省新世纪十年基础教育重大成果一等奖。在这个过程中,陈凌群和她的同学们惊异地发现,原来一直以为自己是丑小鸭,是被生活遗忘和遗弃的人,没想到陈校长在他们身上发现了这么多闪光点,可以成为全校同学的榜样!后来陈凌群在一次演讲中动情地说:"我们贫困生每人都背负着沉重的生活和精神负担,但陈校长不怕重,他和他带领的教师团队把卑微的我们高高举起,让我们看到了希望和远方!"

2012年,陈凌群出嫁了,在老家办了婚礼。陈校长从杭州赶来,包了一个厚厚的红包。他说:"女儿长大了,今天出嫁,有了新的家庭。你能拥有一个幸福的家是老爸最大的心愿,今天老爸特别开心!"凌群忍不住号啕大哭,回想起自己童年时代的悲惨命运,到如今风风光光地嫁人,这位没有血缘关系的"老爸"付出多少心血、多少无私的真情啊!凌群知道,她只是"老爸"认领的几十个、几百个贫困孩子中的一个!

现在,陈凌群是江西省吉安市委宣传部新闻科科长。

很快,长河中学创办宏志班的成功经验轰动了杭州乃至整个浙江省,很多地方办起了宏志班。近20年来,在中宣部、中央文明委和教育部的组织实施和资金支持下,全国也多有创办。陈立群在长河中学和学军中学先后带出12届宏志班960多名学生,他对宏志班的宗旨做了这样的概括:"关注百姓困难,倡导刻苦精神,完善健美人格,体现教育公平。"

"志向林",一个神秘的未来

2016年4月,59岁的陈立群应邀到贵州省黔东南自治州作讲座。作为教育界的知名人士、教育部中学校长培训中心兼职教授、浙江省一级重点中学学军中学校长，临近退休，杭州多家实力雄厚的民办学校向他伸出橄榄枝，诚邀他前往担任校长，并许以上百万的年薪。一个有名望的好校长就是一个品牌一面旗帜，学校的发展、教学质量和生源自会大大提升。陈立群正在考虑和选择之中。

讲座期间，他与当地教育界人士做了交流，参观了几所学校。这里的教育状况令他深感震惊：一个两三千人的村寨，直到2014年才有人考上大学；很多女孩因为落后的老观念没机会上学，因不识字、不会写自己的名字无法外出打工，只能早早嫁人；因为生活贫困，不少孩子读了小学二、三年级就辍学回家，帮助父母种地……年年如是，代际传递，到处游荡着文盲和半文盲，当地经济社会发展在重重大山的包围下陷于长期的困顿。陈立群很心痛，自己就是农家的孩子，小时历尽艰辛，但那里毕竟是江浙大地，靠近都市，改变命运的机会还是很多。而在封闭落后的贵州少数民族地区，一切太难了，贫困限制了这里的想象力，也扼杀了孩子应有的美好前途。中组部驻台江县扶贫工作组和当地教育部门看懂了陈立群的心情，他们突然上门，直截了当说，台江县唯一的普通高中——民族中学很长时间没有配校长了，确实找不出恰当人选，而这所中学3000多学生中，来自建档立卡贫困家庭的就有1300多人。我们特别期望您到台江来，帮这所中学一把……

陈立群不能不有所犹豫。他想的不是家乡那些民办学校提出的优厚待遇，而是年过九旬的老母亲。回到家，他和妻子、母亲说起这事，说起自己的心情："看到那些苗族侗族孩子，眼神单纯而又懵懂，似乎完全不知道未来是什么，梦想是什么，学习的目的是什么，就是缺少点拨和猛推一把呀！"

妻子也是教师，她问："你想去吗？"

陈立群说："我想去。问题是老妈的年龄在这儿，我忙了一辈子工作，很想多陪陪老妈啊。"

92岁的老妈乐呵呵捻起一根线头穿过针眼儿，说："你看我眼睛都不花呢，你放心去吧，把那里的孩子带好。"

老母亲的一句嘱托，重若千钧。2016年8月，新学期开学前夕，陈立群奔赴苗乡，临走时他告诉母亲："儿去贵州，不为功利，只为心愿。"确实，已届退休之人，和功利没关系了，只有神圣的责任感和对学生的挚爱在推动他。

号称"天下苗族第一县"的台江，史称"化外生苗之地"，地处莽莽群山和浩瀚林海的怀抱之中，近17万人口，苗族占98%以上，为国家级贫困县。步入台江民族中学，杭州与台江的巨大差距限制了陈立群的想象力，他怎么也没想到这所中学这么脏乱差：每年仅有百八十人能上二本，2008年和2011年只有1名学生考入一本；全校3000多名学生，半数以上是贫困生和留守学生；约定2000多学生住校，实际只有几百名；回家的学生没人管，抽烟泡吧谈恋爱，几天不来上学是常事，每年辍学的达上百人；一个大食堂开饭时拥挤不堪，排队排成长龙，急得学生们敲碗，声音震耳欲聋；早自习时间，匆匆赶来的学生很多趴在桌上补觉；学生没上进心，老师也散漫惯了，迟到早退，20分钟把课对付讲完，便布置学生"自习"，自己踱到走廊抽烟聊天；学校管理松散，学生成绩很差，家长对孩子也不抱什么期望，开家长会时来得零零散散；几十个学生一间大宿舍，凌乱得还不如打工仔的工棚，厕所臭气熏天，操场纸片乱飞……

这就是陈立群面对的现状。师生们好奇地瞧着新来的校长，一副眼镜，西装革履，温文尔雅，而且听贵州方言很困难，苗语更是听不懂。一介书生能对付得了这乱哄哄的"千军万马"吗？岂知，对于有着40多年教龄和30多年管理经验的陈立群来说，这不过是"小菜一碟"。以问题为导向，以改变定人心，以纪律做保障，他太懂了！

——全校总动员大扫除，确定专人定时清扫、清理厕所。

——食堂由1个改成3个，单独开办教工食堂，从而变得井然有序，师生各安。

——要求全校学生必须住校，一律穿校服，手机上交学校统一保管，实行全封闭寄宿制管理。早自习，晚熄灯，都有教师监管督察，每月评比。

——严肃课堂教学纪律。他去高三年级听课，一堂语文课，老师讲了10多分钟，才发现自己把作文结尾讲成了开头；一堂数学课，老师根本没有教案，跟着感觉讲。"马上要高考了，你对付的是几堂课，却可能耽误学生的一生！"陈立群当即决定辞退这两位教师，全校教师为之震动。

短短两三月，学校面貌焕然一新，大受师生欢迎。从此老师认真讲课，学生专心学习，3000多人、55间曾经闹哄哄的教室一下子安静下来。在党和政府的号召和陈立群的感染下，杭州、贵阳的10多名老师志愿来此支教，大大加强了台中的教学力量。为了培养一支"不走的团队"，他先后组织8批134名当地教师赴杭州重点中学代培。

2019年10月19日，陈立群在台江县民族中学校园科技文化体育艺术节开幕式上致辞
（欧阳光林／摄 贵州图片库编辑部／供图）

节假日家访，是陈立群40多年教学生涯的日常。但在台江，需要学生领着翻山越岭、长途跋涉。高一有一个女生是贫困户家庭，父亲去世后靠哥哥打工养家，她不想上学了。陈立群先后去她家3次，劝女孩继续读书，每次都留下几百元钱。高二年级还有个女生，出生8个月就成了留守儿童，她和3个弟妹跟着70多岁的爷爷奶奶生活。后来父母离异，母亲远走他乡，父亲再娶，顾不上家，爷爷奶奶靠上山采些野菜野果卖钱供3个孩子读书。女孩心疼爷爷奶奶，不想读了。陈立群交给她1000元，鼓励她继续好好学习："钱用完了再找我。"数天后，陈校长收到女孩一封信："我是个比较缺爱、渴望安全感的孩子，除了爷爷奶奶和父亲，我好像什么都没有。谢谢您，让我感觉哪怕在学校，我也不是一个人，因为有您的关爱。"

陈校长在台江民族中学分文不取，为资助贫困学生却拿出10多万积蓄。他还把获得的国务院特殊津贴和杭州市杰出人才奖金总共20万元贡献出来，设立了"陈立群教师奖励金"，每年奖励9名教师，每人5000元，现已进行了4届。

"亲爱的陈爸爸，请允许我们这样称呼您……"这是一封从门缝塞进陈立群办公室的信，落款是"高二某班全体同学"。

一名学生在学校张贴栏上给陈校长写了一封公开信："您像天上的星星，我可以循着光亮的方向，一直向前。"

"尊敬的陈校长，您让我明白当初看不清、过不去的坎，现在看来都不算什么。那些我认为无法放下的事情，也终将会被温暖填满。"这是另一位同学的信。

家访时，他经常对家长和乡亲们讲："考出一个孩子，脱贫一个家庭，带动一个寨子。"让大家积极支持孩子读书。在教师会上，他经常讲："教育首先是精神成长，其次才是科学获知。我们学校大多是贫困家庭的孩子，因此培育他们自立自强的精神意志是最重要的！"他经常对学生们讲："贫困不应该限制你们的想象力。你们要努力培养'高远的志向、高昂的士气、高雅的志趣'，这样才标志着你们真正从贫困中站立起来！"如今这"三志"就以鲜红大字书写在民中教学楼的墙上，每天都激励和提醒着同学们：梦想没有天花板，青春想飞多高就多高！

按国家规定，支教为期1年。全校师生深深眷恋着陈校长，他们从不问陈校长什么时候走，他们只关心陈校长还能留多久。有一次学校开大会，突然有学生高声问："陈校长，您只是支教1年吗？"全场顿时鸦雀无声，都在等待陈立群的回答。陈立群微微一笑说："说不定我一激动，干上3年5年也没准。"

全场师生掌声雷动，经久不息。很多老师学生眼睛湿了，陈立群完全没想到自己的一句话会获得如此热烈长久的掌声，他的眼睛也湿润了。突然间，又一个男孩子站起来高喊："最好在我高三毕业前您别走！"全场又哄堂大笑。后来陈立群给母亲打电话说："看着那些孩子渴望的眼神，听着他们发自内心的掌声，我真觉得舍不得走。"

会后，一位调皮的女孩给陈校长写了一封信，附上一朵小红花。信中写道："现在有请最有气质、最具内涵、最帅气的陈立群校长上台领奖，我将为他颁发奖品，奖品为鲜花一朵。"

陈立群支教至今，点石成金，台江民族中学发生了翻天覆地的变化。中考录取分数线从2016年的260分提高到2019年的487分，首次列全州第一；在2018年高考中，8名学生超600分，打破了该校高考连续11年无超600分的历史纪录；2019年，州教育局给台江民中的一本指标44人，实际完成107人，二本指标306人，实际完成561人；连续3年，台江县高考增量从全州末尾冲到全州第一！

一所优秀的民族中学在贵州、在黔东南的巍巍群山中昂然站起。

呵呵，梦想没有天花板。陈立群和他的团队放飞了多少山寨、多少同学的梦想啊！

如今,台江民族中学的校园里有一片满目葱茏的"志向林"。每年12月9日,是陈校长为全校同学设立的"励志节",那一天,他和老师带领高三学生每人种下一棵树苗,树根处埋下一个玻璃瓶,瓶里装着一张纸条,纸条上写着同学的志向和梦想。陈立群和老师不知道学生写下的是什么,但他们和我们都能猜得出,那是一个多么神秘而又灿烂的未来啊!

"云山苍苍,江水泱泱;先生之风,山高水长。"2019年,中宣部授予陈立群"时代楷模"称号。

第二十章
周灵——"卖菜书记"

很久以前,人类的先祖用一只兔子换了半袋谷子,这就是市场经济和全球化的起点。威尼斯人在一千年前就说过,文明的始作俑者不是文明本身,而是商业需求。当"黔货出山"的滚滚洪流涌向全国各大城市时,便标志着贵州农民打开了阿里巴巴的致富之门。

产业革命：12条腾飞巨龙

一切大事业的成功，首先决定于顶层设计。顶层设计的成功，最根本的在于一切从实际出发。

前文说过，2018年，贵州省委响亮地提出："在全省来一场振兴农村经济的深刻的产业革命。"要大力开展思想观念、发展方式、工作作风"三场革命"，要全面推进产业选择、培训农民、技术服务、资金筹措、组织方式、产销对接、利益联接、基层党建"扶贫八要素"的落地开花。明确以坝区（优质良田）提质增效、坡耕地种植结构调整为重点，由12位省领导亲自领衔推进蔬菜、茶叶、辣椒、食用菌、中药材等12个特色优势产业，目标是有效实现传统农业的"六个转变"，即从自给自足向参与现代市场经济转变，从主要种植低效农作物向种植高效经济作物转变，从粗放量小向集约规模转变，从"提篮小卖"向现代商贸物流转变，从村民"户自为战"向产业发展共同体转变，从单一种植养殖向第一、第二、第三产业融合发展转变。

21世纪前后，我多次来过贵州。我不止一次地惊叹和写过：那些突兀而起的山连山、山碰山、山挤山，那些山脚下零零碎碎的耕地，那些直上山顶的梯田，那些曲曲弯弯、令人胆寒的山路，那些挂在高山上的破败村寨，那些集市上一块肉、一筐菜、一锅洋芋的"提篮小卖"……对诗人来说，这可能是难得一见的古老风景，但对当地老百姓来说，却是千年不变、令人忧伤的绝对贫困！

当地干部愁容满面地总结说："贵州农业的基本特点就是小、散、弱。""样样都有，样样都不成规模。""好的不多，多的不好。"这概括太准确了！

因此我感叹："这里没有地平线！"

因此我感叹："在贵州，人生没有行走，只有登攀！"

因此我感叹:"在贵州,做梦都梦不出大山!"

因此我感叹:"在贵州,美景后面其实都隐藏着千年贫困!"

因此我感叹:"石头和大山就是贵州的回忆录!"

此来贵州,重温这些感叹,再看看落地开花、磅礴推进的"产业革命"和"六个转变":所到之处,到处是一排排银光闪闪的塑料大棚,一座座天蓝色的厂房,一片片封闭式的流水线养殖场,一条条密集作业、全程监控的车间和机械化生产线,以及围绕在易地扶贫搬迁安置区周围的众多新企业、新公司、新商铺、新车库……

据统计,贵州确定的12个农业特色优势产业犹如12条腾飞巨龙,使当地经济持续强劲增长:2018年、2019年贵州农业产业增加值连续两年居全国前列,两年共带动272.72万贫困人口增收,农民人均可支配收入突破万元大关。

在贵州,这无疑是撕掉绝对贫困历史标签的伟大转变!它代表着贵州大扶贫生机勃勃、气象万千、日新月异的磅礴进军和壮丽景观,印证了一村一寨一家一户生活方式、生产方式的历史性改变,标志着历史上一直过着"洞中方七日,世上已千年"封闭生活的贵州各族人民正在以跨越式速度步入现代化生活大潮。

什么叫"实事求是"?什么叫"对症下药"?什么叫"不忘初心、使命担当"?什么叫"看真贫,真扶贫"?什么叫"精准识别、精准扶贫"?贵州创新的"六个转变"就是!

创新推动历史!转变已经到来!巨变正在发生!伟业已然崛起!

这就是今日多彩贵州正在徐徐展开的时代画卷。

不过,任何伟大的事业都不是一蹴而就的。都是一帆风顺,那就不叫创新。现在,就让我们深入到"六个转变"的崎岖山路上,看一颗花菜是怎样从遵义飞到上海的。其中的故事和所有细节,无不留下思想观念、发展方式、工作作风"三场革命"的深深烙印。

为此,我特别去上海采访了周灵。

失败的第一仗

上海，梦幻之都，世界上最瑰丽、最壮阔、最具魅力和活力的大都市之一。

20世纪90年代，在党中央国务院决策部署的东西部扶贫协作和对口支援工作中，上海迅速走到全国前列。至今上海已选派50余批、2000余名干部和专业人才，到对口帮扶地区任职，涵盖了7个省、20个市州、101个县市区，包括：新疆喀什（4县）和克拉玛依市，西藏日喀则市（5县），青海果洛藏族自治州（6县），云南13个市州（74县），贵州遵义市（9县），三峡坝库区（重庆万州区和湖北宜昌夷陵区），还有为实施新一轮振兴东北战略而进行对口合作的大连等等。他们发扬"钉钉子"精神，坚持真抓实干、久久为功，为帮扶地区勾画梦想蓝图，关注帮扶当地群众的当下生活和长远发展，在精准扶贫中传递了上海力量、上海智慧，涌现了一大批先进典型和感人事迹。

上海是当代中国的一个绚丽窗口。白天车流滚滚，入夜华彩缤纷，每个工作间都奔流着智慧、梦想和雄心，支援全国是他们的责任和义务。

上海制定的扶贫方针非常朴实："中央要求，当地所需，上海所能。"上海排名世界前列的超大能量和能力数不胜数，所到之处，谈笑间沧海变桑田，好日子说到就到。但并不是所有上海人都有呼风唤雨的大本事。2016年7月11日，杨浦区商务委副主任、文质彬彬的周灵背着行囊，带上一张全家福照片，来到遵义市道真仡佬族苗族自治县挂职县委副书记，任务是扶贫3年。上级选中他，是因为他的条件全在"框框"里：男性，大学文化，副处级，45岁以下，平时表现优秀，兢兢业业，勤政爱民，且有主动报名之热情。但他是什么高端人才，有超尘拔俗的大学问大本事吗？看不出，就像他的办公桌一样朴实而又普通。早年他唯一的大本事就是把算盘拨得连珠响，不过现在有了计算机，那个本事已经过时了。1975年，周灵生于江西一个普通教师之家，高考进了山东财政学院，毕业后到江西财大当教师。2002年，思贤若渴的上海面向全国招聘人才，其实就是招大学生，模样斯文、老实巴交的周灵顺利通过。他说："我很有运气，现在就是海归博士也很难挤进上海了。"周灵被派到上海杨浦区一个小镇当了经济科长，主要负责招商引资。所以说到底，他就是个优秀的"会计"，因为工作认真、敬业、有业绩，后来提拔为杨浦区商务委副主任。

  来到遵义道真，望着云遮雾绕的群山和炊烟袅袅的村寨，周灵两眼一片茫然。他对农业一窍不通，"四体不勤，五谷不分"说的就是他。但他还是怀着一腔热血来了，脱贫攻坚是举国大事、千秋伟业，定点定时、不可逾越，来了总要做些贡献，不能来过就是"路过"。他原以为道真作为国家扶贫开发重点县，肯定一片贫穷景象：山寨里都是七扭八歪的吊脚楼和茅草房，山路上走着满脸菜色的荷锄老农和背着竹篓的农妇，山地上疯跑着泥头花脸的光腚娃娃……可现实大大出乎他的预想。从市到县是一路平展展的高速；进了县城，楼群高耸，街道宽敞，车流滚滚，商店相连，橱窗亮丽。人人过街都非常遵守红绿灯，比上海一些地方还规矩。周灵更加茫然了，这地方发展这么好，扶贫能做啥呀？他的雄心几乎折损了一半。接着再往深山沟里走，期间先后发生两次车祸，只听"咣"的一声，他两眼一黑，小命差点跟着车前盖飞进万丈深渊。到了那些偏远山区的村寨，千年老照片显露出来了：草房棚房土房石房，显得很苍凉；世界上本没有路，因为这里走的人不多，所以还是没路；老井薄田，缺水缺地，玉米棒棒只有巴掌长；年轻人都出去打工了，剩下的"606138部队"（60即60岁以上老人，61即儿童，38即妇女）过着半自然经济生活，一切自种自收自用，山外热潮涌动的市场经济和他们没有半毛钱关系。他们的日子像炊烟一样，缓慢细瘦、寂寞悠长，可眼界还没有炊烟站得高望得远。周灵的两眼不那么茫然了，他终于找到"战场"和可做的扶贫工作——那就是动员、联络自己在上海的一切人脉，通过帮扶捐助，全力支持道真早日脱贫摘帽。许多天里，周灵打开手机通讯录，一遍遍查找审视每位友人，精准估算他们的"内存资源"，仔细琢磨从那人身上能榨出多少"油水"。远在上海的同事亲友都特别惦记他，可他们哪里知道，此刻藏在贵州大山里的周灵正准备对他们"下手"呢。

电话打飞了。很多友人慨然表示："周书记，有什么要求你就说，我肯定鼎力相助！"周灵很高兴，庆幸自己平时待人很真诚，人缘不错。

一般而言，当地领导对外来的挂职干部很尊敬，不分工或少分工，不给压力，你能干啥就干点啥，期满给个好评语就行了。周灵的心里很轻松，他开始广泛调研，研究资助项目、所需资金、落户何处，比如留守儿童啦、大病扶助啦、住房改造啦、修路架桥啦，等等。那阵子他特别像社会慈善人士，不太像县委副书记。

入秋的一天，县委书记突然给他来了电话，说一个村寨种了200多亩花菜（俗称菜花），是中间商签约的，每斤给农户7角钱，他们可以卖到1块8左右。可今年市场花菜涌入太多，挥泪大减价，中间商挣不到钱，于是找种种所谓"质量"理由不收了。眼瞅着菜要烂在地里，菜农们血本无归叫苦连天，跳崖的心都有了。书记问周灵能不能在上海找找门路，把这些花菜卖出去，帮帮老百姓。周灵一口答应。他心想，汪洋如海的大上海，自己又是区商务委的干部，这点菜还消化不了吗？一通电话打过去，友人说："周书记，不是我不帮你，你没算过账吗？从农民手里收过来每斤7角，如今上海也就卖七八角，装卸车的人工费谁付？进场费、停车费、手续费谁付？1700多公里的路途，一辆车运费1万多元谁付？更何况菜拉到上海起码烂掉30%，这些钱谁付？所以这个赔本的买卖没法做呀！"联系了几个人，都是同样的回答。周灵傻眼了。末了，这200多亩地的花菜10%养了人，20%喂了猪，70%烂在地里当了肥料。全村白干了一年，两手空空，愁云惨雾，几十个摘了帽的贫困户又规规矩矩把帽子戴上了。

扶贫第一仗失败了。县委常委会上提起此事，肤色特别白的周灵脸色特别红，觉得又愧又没面子。

棉被那么一甩

垂头丧气的周灵来到这个花菜种植村。县委副书记来了,乡、村干部都到了。他们说,以往农民种菜就是为自家吃,所以从来不上化肥不打农药,顶多等到赶集日挑着担子卖几筐,挣点零花钱。因为花菜一年中的茬口多,价格也不错,中间商见道真的花菜品质好、纯绿色,便和一村一寨一家一户签了约,声称"保底收购",没想到今年市场一掉价,菜贩子变了脸,农民亏得一塌糊涂……

周灵心里一动,脑子里像大年夜烟花一样火花四溅!第一,道真山清水秀,水质好土质好,且没有上化肥打农药的习惯,这正是城市人最喜欢的菜品,菜贩子一拥而上,证明一定很有市场;第二,一些菜贩子没诚信,不可靠,如果由政府管起来、组织起来,产、供、销三方精诚合作,相互信任,肯定皆大欢喜;第三,如果通过土地流转或土地入股的方式,把道真家家户户的土地"连片化",把种植绿色蔬菜"产业化",把整个种植、销售过程"市场化",道真就会凭借自身优势,开拓出一条规模巨大、产值连增、可持续发展的蔬菜产业,可以大大提升全县的"造血"功能,大量贫困户可以闯出一条脱贫路、自强路、致富路。想到这儿,周灵思路大开,兴奋异常。果然,"失败是成功之母",200亩花菜没卖出去,却给了他这么多启示!他原来设想的那些扶贫办法,比如利用上海优势,争取更多帮扶资金啦,比如利用自身人脉,多为县里拉捐助啦,那仅仅是一种"输血"式的救助方式,虽然很必要,但很难从根本上解决全县的自立自强、稳定发展和可持续发展的大问题。

周灵明白,要办好这件大事,必须首先向市场学习,向实践学习。他要亲眼看一看,来自天南地北的一棵花菜、一根萝卜、一箱西红柿是怎样进入大上海的。他专程回到上海,半夜起身换一套蓝工装,口袋里揣上一个小本本,于凌晨1点来到浦东的一个大型批发市场。因为有规定:午夜12时之前,运输车辆不许进入上海,晨6时之前必须全部撤离。当了10多年上海市民,这是周灵第一次看到自家餐桌上的蔬菜是怎么来的。2时左右,浓浓夜幕中,一辆辆蒙着防雨布的大型运输车从附近各省乃至云南、江西、河南、山东等地呼啸而至,一箱箱密封的蔬菜用搬运车卸下来。卖家报价、买家报量,堆积如山的菜箱很快席卷一空,场地上干干净净,批发商高兴地回家睡觉去了。周灵把所有细节用小本子一一记下来,这正是上海人工作的精细之处。

路径看明白了,还要找一贯制的大经销商,那些行走江湖的菜贩子只能是一锤子买卖。周灵上网查询了全国十大连锁经销商,其中,福建的永辉公司是办得最好、最具实力的国内大公司之一。周灵通过朋友关系找到总部,总部说,遵义离贵阳、重庆分公司比较近,你去找他们联系吧。但这家企业太忙,业务堆成山,物流像长河。贵阳、重庆两家分公司都觉得遵义地区山多地少,做不成大基地大产业,所以特别礼貌地推来推去。周灵不得不到贵阳"三顾茅庐",再到重庆"五顾茅庐"。终于,重庆的年轻老总被感动了,他非常认真地和县委副书记交代:"你们想做成蔬菜基地,就必须成规模、按标准长期供货,我们随要随到,这样我就可以给你们定下一个额度。不能今天有明天没了,那就把我们坑了。"

周灵连连点头,然后一脸诚恳地说:"我们已经有基地了。"

年轻老总怀疑地说:"光说不行,我得去看看。"

周灵吓了一跳。这还是他想象中和策划中的"道真蓝图",哪来的大基地啊?

他回去赶紧操办。可贵州"地无三尺平",道真"二尺半"。到处是碎片地,现组织、现流转、现拼接,三头六臂也来不及啊!周灵急匆匆到处找地方,有一天到了一个乡,登上山头一望,发现那里有2000多亩坡地已经连片,整齐地铺着一条条洁白的明晃晃的塑料地膜。一问,乡干部说,我们是发展烤烟重点乡,地膜是为移栽烟苗预备的。周灵大喜,说,什么烟苗不烟苗的？暂时权充蔬菜基地吧。回头他把重庆永辉公司的年轻老总请过来，站在山头骄傲地指给他看。年轻老总激动地望着阳光下一条条海浪般的雪白地膜，说："周书记，你真有魄力，这么快就干起来了。好吧，我一年给你2000万元的销售额度！"

哈！一个勇敢的开始就是成功的一半！

在永辉超市的帮助下，道真向上海、重庆发运花菜的"试运行"开始了。锻炼干部，熟悉业务，摸索经验是必需的。别看乡领导、村干部个个长得有模有样，说话办事气势如虹，其实大都是黑脚农民出身。一辆辆大型运输车轰隆隆开进来，干部率领村民们摩拳擦掌，寂静的山寨腾起阵阵浪花般的欢声笑语。但很快，他们不笑了，他们脸红了，因为他们用千百年来的老观念、老传统、老习性操办现代化产业，一错再错，漏洞百出。

第一车花菜运到重庆，过后好几天没动静了。周灵问乡干部："运去以后怎么样？"

乡干部一头雾水："按你的指示，我们装上车就运走了，什么怎么样？"

周灵问："车上保温效果如何？路上损耗多少？卖价多少？多长时间卖完的？"

乡干部愣了，一问三不知："我以为你帮我们卖菜，一车车拉去就完了，问那些干吗？"

周灵又气又急，但上海干部一般很温柔，不会怨天尤人。他说："搞产业化经销，是有一套严格规矩和标准的，这样才能以最低的损耗换回最大的收益。稀里糊涂运过去，不知损耗多少，卖了多少，烂菜猪都不吃，你卖给谁去？"

过后，他把乡镇村干部召来，拿出在上海批发市场记的小本子，一条条教他们：

第一，要确保冷藏低温。花菜摘下来要迅速放入冷库，使菜心温度降到3度左右。上了路更要严密保温，从道真到上海，路程1700多公里，这样才能在长途运输中最大限度减少损耗。"懂了吗?""懂了!"

——结果干错了。泥脚汉子们满身大汗,把收上来的花菜一筐筐搬进冷库,往地上一倒,然后大门一锁万事大吉。两天后一测温,一堆堆花菜,外面的冷了,里面的还发热呢,更不必说菜心已经"柔情似水"了。周灵叮嘱他们,菜要轻拿轻放,不得受损,要一排排码整齐,留有一定空隙,这样冷藏受温才均等。周灵还特意派人给他们买来一批蔬菜温度计,可以插进菜心测试温度。"懂了吗?""懂了!"人家信心百倍高声回答。

第二,菜品要保证标准化。现在人们生活质量普遍提高了,讲究吃好不吃多。周灵要求,一个标准塑料包装箱只能放30斤,不能多也不能少。每颗菜大小均等,2斤左右,保留两片绿叶、两厘米根茎。根茎长了顾客不高兴,短了菜花就散了。

——又干错了。按农民的老观念,菜长得越大越重越好,装箱时为了多卖,也显得遵义人民热情实诚,大黑手使劲往里按,结果压得越实,升温越高,损耗越大。周灵喊了起来:"蔬菜物流都是走计件,谁有时间给你一箱箱论斤称?你们塞得越多,赔得越多!"乡亲们这才明白,一箱装50斤是干赔。

第三,为了在长途运输中保持低温,装箱时里面要放一瓶冰冻水,然后密封。装车时,车厢底板铺一层棉被,四周捆一层棉被,装完后上面再盖一层棉被。过后用防雨布将整个车厢裹严捆紧。按此严格操作,花菜运抵重庆或上海时不仅保持着新鲜的"花容月貌",损耗也可降至5%左右。

——乡亲们又出问题了。那天周灵有点感冒,运输车下半夜2时出发,他跟大家搬箱装车干到1时许,实在挺不住了,说,你们把车装好就出发吧,我先走一步,回去吃点药。就这一步,当地同志为加快速度早点休息,车装完后,把大棉被像渔民撒网一样往高高的车上一甩,然后捆上防雨布,冲司机挥挥手,潇洒有力地喊一声:"走人!"就这么一个不起眼的小动作——盖在菜箱上的棉被一甩,运抵上海后花菜损耗达到25%,少卖了很多钱。当地同志这才明白,大冬天人少不了棉被,大夏天菜也少不得棉被啊!

后来，周灵专门带一批当地干部到上海、重庆的批发市场参观，看其他各省运来的菜是怎么标准化挑选、怎么标准化冷藏保温运输的，当地干部脑洞大开，感叹"外面的世界真难弄"。

第四，当地农民种菜，以往都是大把撒种子。尤其山寨里的少数民族姑娘们个个貌若天仙，在田里斜扭纤腰，轻移莲步，一手挎竹篮，一手撒种子，姿态比舞台表演还美，至于一把把菜种撒出去能冒出多少芽，只有天知道。周灵只好现学现卖，教农民先起垄、铺地膜，用以提升地温和保持水分。同时在温室大棚里提前育苗，品种分为早、中、晚、更晚数期，以便压茬种植，让花菜一年四季成批次源源不断进入市场，避免旺期堆积如山，价格跳楼。

周灵作为挂职县委副书记，要开会，要走访，尤其要策划建设若干个前所未有的大型蔬菜基地，推进土地流转连片，安排贫困户就业，起草签署各方面协议合同，拓展上海、重庆、贵阳等地市场超市，事情千头万绪，忙得不可开交，他不可能天天跟着大家搬箱装车。一天，一位女副乡长走进周灵的办公室，坐那儿就哭了。周灵惊问，怎么了？女干部说："从书记发动外销蔬菜以后，按照乡政府领导班子的行政分工，装车这件事由我负责。因为每天都是夜里装车，下半夜发车，几个月下来都是我一个人顶着。白天还要正常上班。丈夫也忙，家里孩子病了，老人病了，没人照顾，我连衣服都没时间洗，累得实在支撑不住了，真想不干了。可你为全县老百姓脱贫致富着想，好不容易张罗起这摊事业，我不能眼瞅着干到半截就散摊子了，可我实在干不动了……"说着她又掩面哭起来。

这是文质彬彬的周灵有生以来第一次发大火。他把全乡领导干部召集起来，说："建设一个面向各大城市的大型蔬菜基地，是关系道真脱贫致富、可持续发展的大事业，不是一个单纯的行政命令、工作分工。整个班子都要动起来，积极参与、敢于担当。我发一个令，你书记乡长也发一个令，就由一个女副乡长单打独斗，白天上班，晚上装车连轴转，就是铁人也支撑不住啊！你们这些男子汉连一点同情心都没有吗？不能当个顶梁柱把这项事业顶起来吗？"

书记乡长脸红了，做了检讨，说自己认识没到位，就按一般行政分工办了。"现在我们明白了，"乡书记诚恳地说，"我们愿意向周书记立军令状，从此全力以赴！"然后他紧紧握了握那位女副乡长的手，表示道歉和慰问，在场很多干部掉泪了。

从此，乡领导班子实行了轮流值班制。

让花菜带着"故事"走

云数据时代的现代化事业，说到根上就是越来越科学化和精密化。曾经的"大帮哄"劳动方式，"萝卜快了不洗泥"的装运方式，成麻袋拉到市场上的销售方式，已经并将继续被新时代新生活淘汰。谁还这么干，谁就将和满筐的白菜大葱泥萝卜一块被淘汰。不是生活太无情，而是你太"埋汰"。

"道真历史上的第一车外销蔬菜，是我推出去的。"周灵微笑着说，眼里闪着上海干部特有的那种很有"腔调"很有风度的光彩。

"现在，我们的白花菜、紫花菜、宝塔花菜，进入高端超市的都有'户口'了。"他说。那是挂在菜茎上的一个广告小牌牌，顾客用手机一扫上面的二维码，就可以看到一段视频，一个有关这棵花菜的"故事"：白胡子爷爷或漂亮的山寨姑娘穿着绚丽的民族服装，正在挥汗劳作、精心侍候花菜（说明它没见过化肥农药）；成熟了，把这颗花菜从坡田上摘下来（证明它出生于青山绿水而非大棚）；然后修叶剪茎，轻轻放进洁白的塑料包装箱，就像小新娘进了轿子，再放进一瓶晶莹的冰冻水（证明它身份高贵、不染凡尘）……

就这样，道真大山中数以万计、数以十万计的品质优良的花菜，实现了胜利"大跨越"：从绿色生态的土地和老乡的菜篮子里跳出来，从山沟沟里成千上万地涌出来，然后舞动着两片绿叶，飞向霓虹闪烁的上海，飞向高楼入云的重庆,飞向繁花似海的贵阳,飞向沉醉春风的成都,承载着"中国梦"……

为了使道真蔬菜产业实现健康有序、稳固可靠的可持续发展,周灵提议成立了县级层面的国有总公司,负责牵头抓总、主攻销售市场;14个乡镇分公司对接销售并向村集体下订单;83个村寨成立集体合作社,组织群众专门种菜并负责质量监管;所有贫困户纳入合作社并成为股东。周灵深刻地意识到,这样的一个遍及全县的大基地大系统,靠纯粹的官方运作和行政管理很容易丧失发展动力和个人活力。他建议,国家和集体占股51%,剩下的49%作为股本分给上上下下的管理者和股东,利润与绩效挂钩,干了不白干,熬夜不白熬,积极性创造性都出来了并越干越好,实现了良性运行。

3年不辞辛劳的奋斗,周灵把它概括为简单的3件事:第1年卖菜,第2年种菜,第3年搞标准化。在周灵和道真县委、县政府的共同努力下,当地碎片田合成大基地,来自农家田园的花菜、辣椒、香菇等汇流成人产业,个体户成了"集团军"。如今全县基地拥有菜地14万亩,形成相关产业链7条,达到规模化后销售蔬菜6000余吨,帮助贫困户增加纯收入1800多万元,惠及贫困群众8000多人,实现产值1个多亿——而过去仅仅是一张白纸。当地山里老百姓记不住他的姓名,一提"卖菜书记",妇孺皆知。上海的亲朋好友也很奇怪,周灵这个白面书生,四体不勤五谷不分,3年未见竟然成了有鼻子有眼的"蔬菜专家"。周灵说:"我没有别的本事,只有一个本事,就是'认真'。"为这件事,他3年跑了16万多公里,等于绕地球4圈以上。国务院扶贫办派团来道真考核扶贫成果,那是当今中国官员最严格、最难过关的"大考"。周灵汇报说:"通过建设发展蔬菜基地,在全县总共惠及贫困人口8147人。"考核组客气地说:"我们抽查一下好吗?"他们通过实地调查或随机电话访谈,问,你叫什么名?家中几口人?都在干什么?年收入是多少?参加蔬菜基地劳动和入股分红多少?农民一一做了回答。他们总共抽查了11户,再对照底单,分毫不差!

在上海帮扶的地方,当然要按"当地所需、上海所能"的方针,积极吸纳上海强大的人、财、物资源，实现借势发展、借船出海，全力打造本地"2.0版"的发展新模式新态势。但是我以为，把上海"科学、精细、认真、坚持"的工作精神和创新精神学到手，是最重要最根本的。世界上怕就怕"认真"二字。

2019年秋，周灵援黔3年期满。临走前，他花3个月时间，连写带画，精心制作了一幅长长的蔬菜产业产供销一体化标准"战略图"，折起来就是一本小册子。有关蔬菜产业基地健康有序、持续发展的全部流程，从最初的选种到最后的销售，所有环节、技术、标准、质量要求，都写得清清楚楚。他把这幅"战略图"送给了当地干部。

这是周灵3年扶贫创业的心血和经验，也是他对遵义人民、道真人民满满的深情。

第二十一章
萧子静——"我把他乡当故乡"

这是一个胜利时刻的故事。我接触过的所有扶贫干部都感叹,扶贫工作的精准要求、严格考核、随机抽验、明察暗访,是他们所有工作经历中最铁面无私、最滴水不漏、最让人提心吊胆的考察和检验,"在等待考核结果的时候,心都快从胸口跳出来了!"

2020年7月24日,我应贵州省作协之邀,为当地作家和业余作者做了一个有关报告文学创作的文学讲座。会后,一位戴眼镜的年轻干部走过来和我做了一些交流,他告诉我,他先后两次下乡驻村,转战乌蒙山、月亮山、武陵山等集中连片特困地区,当过第一书记和挂职副县长,有很多感受,也写过一些歌词、诗歌等文学作品。

我和萧子静就这样不期而遇,走进他的故事……

一夜之间的抉择

那些日子,萧子静喜上眉梢,开车都哼着小曲,一副春风得意的样子。妻子也很骄傲,下厨房走路都像在云上飘。2012年的春天确实来得很早,桃红李白满街灿烂,好像专为他家烘托气氛的。

不久前,云南大学给萧子静寄来研究生录取通知书。他报考的是软件工程专业。萧子静本是贵州大学中文系毕业,满脑子春花秋月,也写得一手好文章(我读过几篇——以我的身份和"小心眼儿",这个结论不是轻易给的)。突然改行搞软件工程研究,没有一身"乾坤移影大法"的功夫,还真跨不过去,说不定身在半空就掉沟里了。萧子静为此牺牲了半年多的业余时间,六亲不认,废寝忘食,把脑袋扎进两尺高的参考书里,最后脖子以上全成了软件,看娇妻和半岁儿子都像一堆数码光影,绕着地球飞旋。

当时萧子静是贵州省交通厅宣教中心宣传科副科长。考研中榜是一件大事,必须向领导汇报。因为这意味着他将彻底告别自己的工作岗位,至于毕业后去哪儿,只有天知道了。那天他揣上录取通知书,又激动又忐忑地走进领导办公室。领导热情地招呼他坐下,说:"我正想找你呢。根据省委组织部的安排,厅党委研究,决定派你到黔西县参加扶贫工作,任省交通厅驻黔西县工作组组长,挂职雨朵镇雨朵村支部副书记,为期一到两年吧。"

萧子静一下懵了。

"怎么样？"领导和蔼地问。

萧子静想的是：怎么办？

萧子静是白族，农家孩子，从小就学会了攻坚克难，绝不缺少勇气和热血情怀。上学时他和两个哥哥在一个村小学读书，清晨起来去学校，哥哥大步往前走，他个头小，只能跟在后面跑。10多里的山路，还要过两条小河，他就一直跑到学校，从而练出一双飞毛腿。后来进了中学、大学，他一直是5000米、1万米竞走冠军。参加全省比赛，只落在一个专业运动员的后面，为此差一点被收进专业运动队。2008年汶川大地震发生第二天，萧子静主动给厅领导发短信："如果单位要派志愿救援队，请把我的名字加上！"没想到这个英勇的举动让他收获了自己的"另一半"。赴汶川前夜，领导为壮士们饯行后，热血沸腾的萧子静回到自己的宿舍，发现门前站着一个身影绰约的白衣女孩，手里拎着两大包东西，走近一看，是黄彩云。两人是在贵阳一次同乡聚会中认识的，之后短信常有联系。姑娘肤色白皙，细眉秀目，性格温柔，母亲是教师，父亲是医生，纯知识分子家庭。在萧子静眼里肯定是七仙女她妹妹了，他心里有了她，甜甜的笑容常在梦里晃动，可他自知家世不如她，不敢造次。这次报名参加汶川救援队，他用短信告诉了彩云，没想到这个夜晚姑娘突然出现在宿舍门前。萧子静有点意外也有点惊喜，问，你怎么来了？

"给你送行呗。"彩云说。然后从两大塑料袋里掏出一双防水防潮的棕灰色厚底登山鞋，还有食品、各类药品、白线手套、防虫剂等等，总之该想到的都想到了。不，还有一样是别人想不到的，彩云从网上扒下一堆资料，都是有关抗震知识、避难自救、防病防疫的材料，彩云足足打印了数十页A4纸，装订成一本，送给他。然后说："你路上好好学学，到那儿多保重，有什么事情打电话给我。"

子静激动得心里怦怦跳，送彩云出门时说："真是谢谢你，替我想得这么周到！"

彩云嫣然一笑："难道你没看过《白洋淀》吗？"

黄彩云走后，萧子静立即从网上搜出《白洋淀》从头到尾看了一遍，他立即明白了姑娘的心思，书里用很抒情的笔法写了后方妻子为在前线打游击的丈夫缝衣做鞋的故事，不就是眼下的情景吗？子静高兴得一个高儿蹦起来，脑袋差点撞到天花板上！

到了汶川抗灾前线，他发现前来视察的领导穿的鞋和彩云给他买的一模一样。看来彩云的眼光确实很厉害：挑鞋很准，挑人也很准。她认定，一个有情怀敢担当的男人，一定是可以信赖的。

那天晚上回到家，萧子静和彩云说起领导交代的驻村扶贫任务，真是犯了难。这一年他34岁，如果选择读研，对他跨入最前沿的软件工程领域，开拓更广阔的发展前景一定有极大的好处。如果放弃读研去扶贫，一两年过去，备的课全忘了，年龄也偏大了，就很难再考了。可以说，一个突如其来的临时任务，把他的计划和前进之路一劈两半。怎么选择，都是另一种人生！

彩云说："农村也是一所别样的大学，你怎么选择我都支持，因为我相信你在哪条路上都会做得好！"

一句话把子静的心点着了！他知道，厅领导在找他谈话之前，已经和两三位同志交流过，那几位同事因为家庭确有具体困难，抽不开身，不得不婉言申明理由，请领导另选高明。如果他再拒绝——不，从汶川地震他主动报名上前线就证明，他有颗舍我其谁、壮怀激烈的心，有一种高傲的战士的品质和尊严，他不会拒绝。就像战场上打仗，连长下令，他必须往前冲！面对党交给的任务，党员就是无条件执行！

第二天，萧子静给领导回了话："我是农家的孩子，为乡亲们脱贫助力，我愿意！"

至今，他一直珍存着云南大学那份研究生录取通知书。

"一根手指的舞蹈"

萧子静蹬上妻子当年给他买的那双抗灾鞋，带着工作组七名成员开赴黔西县。到达黔西县后，他代表工作组发表了激情洋溢的讲话，表达了努力工作的决心。随后，子静发现组内有几个老同志心情不愉快，有人直接挑明了："小萧啊，论年龄、资历你都比我差很多，为什么你当了组长，我们成了店小二？老哥不高兴……"子静心里一惊。他意识到这件事要是协调不好，组长说话没人听，工作就很难进行下去。

第二天早晨，因为住屋没凳子，他把大家召集到院坝一棵老树底下站着开会。他动情地说："由我担任工作组组长，是厅党委定的，不是我去要来的。说实话，我已经接到云南大学的研究生录取通知书，我完全有正当理由拒绝这个任务，去昆明读硕士。但我是农家的孩子，各位多数也是从农村出来的。我思来想去，决定放弃读研，为什么？因为我忘不了小时候的生活，忘不了乡亲的苦难日子！我们进城了，当干部了，难道就不能回头帮帮自己的乡亲吗？作为一个年轻人，我扔下半岁的孩子，硕士学位也不要了，付出的代价还不够大吗？"

七位同事很受震动。萧子静接着说："咱们这个团队肩负着全交通厅的期望，干不好，有何颜面见江东父老？今后，我当组长，大家一定要听指挥。官方场合由我出面，民间交往大哥、二哥多出面，咱就按梁山英雄排座次的办法，大哥坐中间，小弟我坐边上。总之，我们一定要团结一心，坚决完成任务，给厅党委交上一份满意的答卷！干得一败涂地，我们还有脸进交通厅的大门吗？"

子静说得在情在理，大家鼓掌表示同意。后来工作组在驻村工作中合作默契，成效显著，《贵州日报》专题报道他们的事迹时用了一个特别生动暖心的标题："黔西来了八兄弟"。

进入雨朵村，调查村情，挨户走访，登记贫困，制定措施，工作迅即全面展开……

2012年7月18日，萧子静正在村委会整理材料，一位70多岁的孤居老人张老伯推门进来，愁眉苦脸地说家里的菜油吃完了。子静赶紧给他泡了一杯茶，请他坐下慢慢聊，详细了解他的生活困难。聊完，便摸出100元递给老人说："老伯你先拿去买油吧，你的困难我们会很快帮你解决的。"老伯千恩万谢接过钱，子静突然发现老人的手指甲特别长，里面有很多污垢，就问："您的指甲好久没剪了？"老人回答："不是好久了，是好几年了，长了会自然断掉，眼睛不好，剪不了。"子静有些心酸，觉得这位孤居老人太可怜了，生活没人照顾，很多我们不在意的细节，在老人那儿全是困难。他立即掏出指甲刀，帮老人把指甲修剪好。老人激动得手直抖。过后，他又蹲下来，要把老伯的鞋子脱掉，准备给他修剪脚指甲。老人死活不肯，说脚指甲是剪了的。萧子静哪里肯信？还是"强行"给他脱掉鞋子。天哪！老人的脚指甲长得更可怕，卷进肉里面去了，有两个指甲里还灌了脓，再加上长期不洗脚，发出刺鼻的恶臭。萧子静屏住呼吸，帮老人把每个脚指甲修剪好，然后给他洗了脚，擦拭干净，在发炎的地方涂上云南白药。

老人站起来，说走起路来没那么疼了。

这件事让萧子静想到，村里还有很多"空巢"老人，同样没有人帮助他们修剪指甲。于是他到镇上买了两把指甲刀，每隔半个月就去养老院或者老人家里帮他们修剪指甲。妻子知道他的"英雄壮举"后，笑称他是"指甲哥"。每次子静从村里回到家，彩云的第一反应就是"别碰我""别碰这个""别碰那个"，亲自监督这个"指甲哥"洗手，肥皂、洗手液打上好几道，她才放下心来。

在城里的生活享受惯了，往往限制了我们对贫困的想象力。萧子静和同事们在雨朵村走访时，发现村民张大苏、蒙小敏夫妇家里最好的"家具"就是存放在屋里的棺材。其他一贫如洗，床上甚至没有一条完整的被子。萧子静立即联系县残联，请他们到村公所，为村里32名无证残疾人上门服务，补办残疾证。蒙小敏无法行走，办了残疾证后，萧子静背上她踩着1公里的泥巴路把她送回家，还把自己的厚被子送上门。村主任赵朝文说："那个蒙小敏浑身都是屎尿臭味，别说背她，就是站挨拢都受不了！"81岁的张老爹感动得两眼流泪，让萧子静留一张照片给他，说让儿孙永远记住雨朵村有这样一个驻村好干部。

雨朵村有个残疾青年沈江河，1980年生，8岁时患上肌肉萎缩症，勉强上了几年学，20岁时全身瘫痪，生活起居不能自理。瘫痪在床的13年间，他凭着对文学的酷爱和向往，俯卧在床上，坚持以左手支撑着右手，用一根食指敲击键盘，创作出小说、诗歌、散文共计数十万字的文学作品。那是紫木花盛开的一天，萧子静下组经过沈江河家门口。在夕阳的照耀下，沈江河坐在轮椅上正在专心看书。在这个一类贫困村的小寨，一个残疾青年竟这样爱读书，这一幕深深打动了萧子静。坐下细聊，沈江河说，他写了很多作品，接着便拿出他的一首诗给子静看，题目叫《母亲写的诗》。子静问，你母亲也会写诗吗？沈江河不好意思地说，母亲大字不识，但他觉得，母亲的一生劳苦就是一首诗。萧了静细细读来，内心受到深深的震撼。我读过以后也深为感动，觉得它比那些书斋里无病呻吟的所谓"诗"好多了，于是决定录之如下：

我的母亲不识字
我的母亲会写诗

用眼泪　用汗水
母亲写下一首诗

泪水和汗水
就是她的诗
一页页　一行行
写在风里
写在雨里

我的母亲不识字
我的母亲会写诗
用双手　用锄头
种下豆子和玉米
一页页　一行行
像一首首诗歌
密密麻麻　整整齐齐

我的母亲不识字
我的母亲会写诗
春夏秋冬　寒往暑来
风雨削弱了她的肩膀
寒霜刻画着她的容颜

我的母亲啊　她老了
她依然在写诗

挥着锄头　挥着汗水
她在写诗
用皱纹　用老茧
她还在写诗
带着泥土的味道
带着秋天的期盼
一页页　一行行
写在风里
写在雨里

当时萧子静读得泪流不止，这不正是勤劳的农村妇女和天下母亲的写照吗？他决定帮助沈江河宣传和出版作品，这当然也是扶贫的工作内容之一。他请来黔西县作协主席苏贵全、残联理事长金世云以及几位当地作家、学者，在沈江河家的院坝开了一次作品交流会。在一个贫困村、贫困户的家门口开这样一个交流会，一定是中国文学界的第一次！苏贵全激动不已，站起身当场朗诵了《母亲写的诗》，萧子静和大家分明看见，倚在门旁的那位母亲眼里满是泪水！

沈江河在会上表示谢谢大家，他说，他自知生命的历程不会很长了，很期望自己的作品能够结集出版，赚点稿费来帮助母亲。

在座者无不动容。为实现沈江河的愿望，萧子静四处奔走联络，最终在贵州民族出版社的帮助下，沈江河的作品集《一根手指的舞蹈》得以出版。贵州省人大常委会原副主任、省文联原主席、著名学者顾久在序言中写道："我没有理由不为此书作序……这类文字，是要用心用情去读的。这是一个在花季就被病魔死死纠缠着、击打着，坐在轮椅上拼命抗争的青年。我真诚地向读者朋友们推荐这本书，或许它也像作者般年轻，但却像清醒剂，时时警醒身体健全、生活本来很不错的人们：热爱生活、追求美感、奋力与命运抗争。"

萧子静（左一）参加沈江河作品交流研讨院坝会（黔西县雨朵镇雨朵村委会／供图）

沈江河后来在他的散文《萧哥》中这样描述萧子静："为了这个梦想，我已经坚持了十几年，耗尽了我的泪水和心血，我虽不是千里马，但始终梦想着有一天能遇见伯乐。萧哥既是我的子期，也是我的伯乐，我们是兄弟。他对我和弟弟的恩情，比山更高，比海更深。"2013年9月，《一根手指的舞蹈》正式出版发行，经过萧子静向省直机关单位和社会广泛推介义卖，共获收入近7万元，并进入全省所有"农家书屋"，所得全部转给沈江河。沈江河的文学梦实现了，他帮助母亲的愿望也实现了。2016年11月15日，沈江河去世，年仅36岁。

萧子静闻讯赶回雨朵村，与江河的父母抱头痛哭。随后他和友人共同出资近7000元为沈江河办理后事，一本《一根手指的舞蹈》也随之入葬。

驻村扶贫的工作是寂寞和艰苦的，但当你投入全身心的感情，一步一个脚印地带领村民走出贫困、走向希望时，那种成就感、光荣感也会使你充满激情和动力。正是在这样的实践中，萧子静忽然迸发强烈的创作冲动。他从小酷爱文学艺术——不然也不会选择贵州大学中文系，于是在村委会的办公室，在田间地头，在夜晚的灯下，他写了很多散文、诗和歌词。其间他和中组部下派的挂职常委、副县长何学明，江苏省对口帮扶干部常委、副县长沈建民合作了一首《脱贫攻坚战歌》，经作曲家谱曲后在全省唱开。由三位副县长共同合作一首歌，在音乐界也算奇葩了，后来央视做了展播：

> 脱贫攻坚聚力量，
> 消除贫困上战场。
> 不见硝烟见炊烟，
> 村村寨寨齐奔忙。
> 一路艰辛一路唱，
> 我自行军来打仗。
> 脱贫攻坚逞英雄，
> 幸福百姓奔小康……

此前他的一首《我把他乡当故乡》，央视也做了展播：

> 山岗上有我们的脚步，
> 小河边有我们的理想，
> 天地间有泥土的芬芳，

我心中有淳朴的老乡。
我把他乡当故乡，
建设他乡念故乡，
悲欢相与共，
甘苦一起尝……

再后来，萧子静创作的歌唱时代楷模黄大发的一首《天渠》，上了2018年央视"春晚"。

黔西县中建乡有个营盘山，高耸入云，道路崎岖。山间的营盘村碗厂沟村民组夹在山缝里，孩子上学难，村民治病难，外出要经过雷打坡、尖峰岭、火口垭、凉风垭等险崖——听听这些地名就足够让人心惊肉跳了。营盘村村民胡清友对家乡父老乡亲情深义重，外出打工存下10万元，也想做一番"背条大路回家乡"的壮举，可是这点钱哪够用啊？胡清友听说有个省城来的驻村干部萧子静给当地老百姓办了很多好事，于是给萧子静写了一封信，请求帮助。

尽管营盘村不属于萧子静的扶贫辖区，但他被胡清友的深厚乡情所感动，同时觉得扶贫无分内外，老百姓有需要就该上！到了营盘村，在当地干部和胡清友的陪同下，他翻山过沟进行了多次考察，然后与县有关部门反复沟通对接，碗厂沟组的公路终于得以开工建设。开工那天，村民们兴奋得要拉横幅、贴标语，萧子静坚决不允。老百姓只好手拿大红纸，每张写一个字，连起来就是："告别毛狗路的日子终于来到了！"

开工的鞭炮响彻山谷，村民家家投工投劳，历经半年路修通了。村里一位老寨民有一手陶艺工夫，特意将废弃多年的砖窑重新修筑起来，精心烧制了盗汗鸡蒸钵，上刻两句诗："淡看世事去如烟，铭记恩情存如血。"郑重送给萧子静做纪念。

有一次，萧子静到雨朵村二组走访，在和残疾人樊卫国拉家常时，发现旁边坐着邻居家一个小孩一直在听。萧子静问他："怎么不上学？是不是逃课了？"孩子说："我没有逃学，我已经没有读书了……我很想读书！"经过进一步了解，得知孩子叫赵恒，12岁，父亲已经过世，母亲改嫁。他一直和70岁的爷爷相依为命，因为生活困难，加上他自己调皮，在雨化小学读到4年级就辍学了。第二天，萧子静找到赵恒的爷爷做工作，又和雨化小学的老师、校长对接，孩子终于可以重返校园了。

带赵恒去学校的那天上午，在老师的主持下，班上一位同学拿出一条红领巾给赵恒带上，失去红领巾半年多的赵恒激动得哭了。接着，经过老师同意，萧子静给全班同学上了一堂生动的课。

萧子静：同学们，我想请你们帮我两个忙，一是帮助监督小赵恒，让他不迟到、不早退；二是帮助他完成每天的作业，认真听讲。不知道你们愿不愿意？

全班同学齐声说：愿意！

萧子静：你们都知道，学校旁边有一条小河，这条小河一路流向大海，可以滋养花草树木，可以灌溉农田，可以供给城市生活和工业用途，可以供给船只航行和鱼儿畅游。就算一路化为云彩，也会变成播洒人间的甘露。同学们，你们愿不愿意做一条对家庭、对社会终生有用的生命之河？

全班同学齐声：愿意！

孩子是人类的花朵，是最能打动人心的。走出雨化小学，萧子静忍不住落泪了。一位村民路过看见了，忙问他："谁欺负你了？我去打他！"萧子静又忍不住笑了，说："没有的事！我是被孩子们感动了。"

没有一颗深情炽热的心，萧子静不可能把扶贫工作做得如此绚丽多彩。一年后，因为接受重要工作任务，萧子静返回交通厅。

决战沙子坡

2016年8月30日,萧子静正陪同家人在桂林品赏山水,厅领导给他打电话说,不要回贵阳,直接乘火车再转车,到黔东南自治州从江县加勉乡报到,加入全省极贫乡镇脱贫攻坚大决战。

萧子静立即安排妻子带孩子回贵阳,他则直奔黔东南,加入交通厅月亮山脱贫攻坚战队。这是他第二次下乡扶贫。

加勉乡地处月亮山特困区,交通闭塞,生产艰难,贫困发生率56.87%,中年以上的苗族群众大都不会讲普通话,工作难度之大可以想见。交通厅驻加勉乡脱贫攻坚工作队队长李程感慨:"初到加勉乡,只有几栋零落的破木房,个子高一点的还要碰头,这哪像一个乡政府所在地,连村都不像。"

为了和苗家人打成一片,萧子静特意买了两把芦笙,利用民族节日和乡亲们喝酒唱歌,共享欢乐。一来一去,芦笙没学会,朋友交了一大堆。为了提高月亮山冷、阴、烂、臭的稻田产量,他请来贵州水稻专家徐先捍深入加勉乡各村实地调研,推广良种,指导技术,和乡亲们一道下田栽秧,并开辟了200亩试验田,为乡亲们做示范。正当他干得热火朝天之际,他作为省委选派的65名省直机关挂职脱贫攻坚前线的青年干部之一,转战另一个集中连片特困地区——武陵山腹地的铜仁市印江自治县,挂职县委常委、副县长兼脱贫攻坚作战部副总指挥长,同时担任朗溪镇脱贫攻坚作战部指挥长。这里成了他的第三个战场。

2018年1月29日,气温骤降,印江自治县全境被冰雪覆盖,沙子坡镇由于地处高寒偏远地区,成为进出两难的"孤岛"。县委书记田艳把萧子静叫到办公室说:"现在各位县领导都下去了,沙子坡难度更大,这块硬骨头就交给你了!"

第二天清早，萧子静便顶着风雪驱车进驻沙子坡。刚一到任，他就领教了脱贫攻坚迎检"下马威"。沙子坡镇和另外两个镇在全县脱贫攻坚督查中成了"倒三甲"，上台领了"黄旗"。领红旗的笑了，领黄旗的抬不起头了。接着萧子静与各乡镇作战部指挥长挨个表态发言，他话语铿锵，主题词只有一个："坚决做到百分之百！"

话好说，事难做！而且是难上加难。沙子坡镇距县城43公里，三县交界，辖20个村204个村民组，人口32 104人，贫困发生率为25.86%。这里气候寒冷、土地贫瘠，山高坡陡、交通不便，群众生产极为困难。

此后的一年半时间，萧子静入户走访1000余家，车辆行驶6万多公里，足迹遍布沙子坡镇的山山水水、村村寨寨。为解决沙子坡镇村级阵地薄弱和资金欠缺等问题，他先后对接联系省、市交通运输部门，组织30个部门党支部对口帮扶20个贫困村，争取帮扶资金近300万元。争取两批资金倾斜到印江项目逾5000万元。

2018年3月，脱贫攻坚"春季攻势"期间，妻子不幸流产住院，妻子刚下手术台，他就挥泪告别，匆匆返回脱贫攻坚一线。

11月的一天，萧子静到沙子坡镇石坪村入户走访。走进青年村民李运富的家时，他握了握小李的手，那一瞬间，他感觉握住的简直不是手，而是一块坚硬的石头！萧子静不禁抓起小李的手仔细看了看，从掌根到每个指尖，全是铁硬的厚厚老茧！他很震惊，经了解，李运富和妻子长期在广州打工，两个儿子一个10岁，另一个8岁，都在那边上小学。老家这边就剩下母亲和姐姐，而且姐姐还患智障，一家人苦不堪言。

萧子静很同情，问李运富还有什么困难。

李运富说："萧县长，我一直不敢向你开口。我老婆没户口，还在黔东南自治州天柱县远口镇岳父家的户口本上。岳父特别凶，嫌我穷，结婚证不让办，户口也不让迁。所以我们来去广州，妻子没身份证，都是买黄牛票，多花了很多冤枉钱……"

妻子小吴抹着眼泪说："我们不敢去找我爸，他说和我断绝父女关系，永不相认。还说见到我们就给我们下蛊，还要打死我们……"

萧子静当即表态："我带你们回娘家去，一定要说和你们一家，今晚就走！"他回头备了些礼品，晚上8点出发，到达黔东南自治州天柱县已是深更半夜了。

第二天一早到了小吴家。李运富和小吴一直躲在萧子静身后，看来是真怕挨打。吴老爹看起来50多岁，身壮如牛，一把握住萧子静的手，捏得生疼。萧子静为缓和气氛，先聊了聊身世家常什么的。吴老妈也不跟女儿女婿说话，苦着脸把饭做好，一人面前放了一碗。小吴就是不动筷，怎么劝也不吃，萧子静心想，她可能担心饭里放了"蛊"，于是把小吴的米饭挑了部分到自己的碗里吃了，小吴才端碗夹菜吃了一点。她看起来还是很怕很紧张，手拿筷子直哆嗦。

终于归到正题。吴老汉气呼呼地说："我们把姑娘从小养大，谁知道她这么没出息，找了个穷光蛋。不得20万也要18万，哪有这么容易就把人带走？"

吴老妈也说："不得10万也要8万……脸都丢尽了！"

吴老汉越说越生气："你这个李运富，又穷又丑，把我女儿拐走，要办结婚证，转户口，休想！"然后很牛气地对萧子静说："别看我是老头子，让我和他分别出去单独闯一年，肯定我找的钱更多！你承认不承认？"

李运富赶紧认怂："我承认！我承认！"

萧子静让李运富拿出两个儿子的照片，对吴老爹说："李运富如不如你我不管，但你就舍得这两个亲外孙啊？你看看多可爱！"

吴老爹拿过照片看了看，眼神温和下来："嗯，看这虎头虎脑的样子，确实不错，长大了肯定比李运富有出息多了，那是因为有我的血统。"老人家显然高兴了，转身把米酒拿了出来。

萧子静不顾身体有点问题，和吴老爹连干了两碗。接着他把李运富的手摊开说："您老看看这双手，说明您这个女婿是勤劳人！还是我们沙子坡脱贫攻坚的模范，你姑娘是跟对人了。您是经历过风风雨雨的人，看人要看啥？首先要看品质！您快把女儿的户口和结婚证手续办了吧，你总不能看着女儿有困难不管吧。"

"他不配做我女婿，长得实在太丑了！"老人还挺倔。

小吴听不下去了，哭着说："我选的人，管他丑不丑、穷不穷，我这辈子就跟他了，我认！"

萧子静笑道："瞧，你女儿脾气还是像你，敢爱敢恨，我佩服这样的人。来，再加一碗酒！"

吴老爹感动了，把萧子静叫到一边说："萧县长，你能亲自带着他们来说情，让我佩服，我也不是憨包，是个明白人。你不带他们来，我们真可能一辈子难相认了。但是也得给我个面子，给个台阶下。这件事情在本地让人议论，我一直搁不下这张老脸。"

萧子静说："老人家，你说怎么办？"

吴老汉说："我们几个在这里说，别人又不晓得。我有个要求，得把乡村里的人请来，让李运富当面向我道歉，见证这个事。"

萧子静说："行！我马上联系。"

接着，吴老爹打开了心扉，说这几年虽然联系不上女儿，但心里能不惦记吗？每年医保他都帮女儿交上的——其实真是父爱如山啊！说着他从屋里提出5万块钱，很豪气地丢在地上，"你们看看，这都是我赚的！"接着老头子向女儿使了使眼色，示意她把钱捡起来。

县里、镇上和村里的领导都来了。李运富跪地向岳父岳母道了歉，给了吴老爹足够的面子，十年仇怨化解了。

2018年5月3日，萧子静获得"全省青年五四奖章"，省领导勉励他继续

"用一身泥土决战贫困,不辱使命"。

这一年,沙子坡镇实现500户1990人贫困人口脱贫,贫困发生率下降至1.83%,为印江自治县脱贫出列做出重要贡献。

扶贫在远方,回家成了很奢侈的事情,最长的时候3个多月才回一趟省城贵阳。每次回家,孩子滢仔都好奇地问爸爸在外面做什么,为什么总是不回家?萧子静就把很多脱贫攻坚的故事编成"打老怪"的童话讲给滢仔听。滢仔听得津津有味,还问:"打老怪用不用枪?有没有炮弹?老怪厉不厉害?"

有一种胜利叫泪下!

2019年7月,印江自治县接受国务院扶贫办第三方评估,这当是扶贫史上最严格的核查。沙子坡战区两个村"一达标两不愁三保障"核查结果零问题!群众满意度百分之百!

迎检结束的那天清晨——那是最后一天也是最后一轮抽检。5点50分,天刚麻麻亮,沙子坡战区20个攻坚队、204个尖刀班、数百名驻村干部、帮扶干部、春晖人士以及作战指挥部一干人在各自营地集结待命,急切地等待着抽检究竟会选中哪个乡镇。6点10分,激动人心而又颇具戏剧性的一刻到了——核查没有再次抽中沙子坡。这意味着,沙子坡可以宣布完胜了!

在沙子坡镇政府下沿的街道上,沿街涌来激动亢奋的脱贫攻坚战将士。大家情不自禁地鼓掌呐喊,沙子坡胜利了!萧子静和作战部成员以及桂花村、竹元村、池坝村、天星村的队长们眼含热泪,紧紧拥抱,相互握手致意。这一幕,正处于睡梦中的7980户32 104沙子坡父老乡亲并未察觉。

清风徐吹,晨光渐亮,萧子静发现,桂花村的攻坚队长张江南、队员付天婵正蹲在地上蒙面哭泣。他走过去轻轻拍拍他们的肩膀,以示慰藉。是啊,扶贫任务重如泰山,扶贫时限刻不容缓,每一户都要走到,每一个难题都要解决，每一项保障都要落地，他们的压力实在太大了，他们实在太累了！

此刻还有扶贫干部田宏荟，身子靠着电杆，眼泪不停地往外涌。不久前，其亲人不幸遇灾去世，他仅用一天时间料理完后事，第二天即回到前线……

还有参加过边境自卫反击战的村支书王超，母亲去世时他戴孝出征扶贫战。还有石槽村的姜仕军，他日夜奋战在脱贫攻坚第一线，妻子同样坚守在凉水村攻坚突击队，因过于劳累，腹中的孩子硬是没有保住……

这就是胜利时刻的萧子静和他的战友们！

印江自治县沙子坡镇猫猫坪茶叶基地
（蔡茜／摄　印江自治县沙子坡镇党政办／供图）

萧子静大喊:"同志们,战友们!今天早上,镇里所有的早餐店都为大家开了,你们要加肉加粉加鸡蛋随便,全部由我萧子静为大家买单!"

同志们一起欢呼:"我们胜利了!我们胜利了!"镇党委书记陈明和副书记杨雪锋不由得当街一边唱一边跳起了土家族摆手舞。大家又哭又笑,这是人生长河中的一瞬,已然镌刻一生!

当时萧子静一直强抑着自己的感情。回到县城,把自己静静关在办公室,他才任泪水奔流而下。

沙子坡作战部副指挥长、镇党委书记陈明给他发来信息:"萧县,你在干什么?我在哭!"

随即,他给萧子静回发了一首即兴诗:"脱贫攻坚真伟大,攻坚克难壮天下。抛家弃子上前线,干群情深如一家。将士齐心斗顽贫,几多辛酸泪雨下。国检省检皆过关,进军小康乐无涯!"

挂职结束前,萧子静写了一首《苏幕遮·脱贫攻坚感怀》献给陈明和战友们:

暴雨歇,秋风起。稻谷黄了,河岸柳依依。晓看云中月徘徊。梵山净水,酌人间悲喜。

战脱贫,至归期。恰来急电,严阵执戈载。白发几缕添豪气。不忘初心,万水千山忆!

回望来路才知道我们走出多远,翻翻日记才难忘我们付出多少心血,看看一个个温馨的村寨才记得我们做出多少贡献!

交通厅驻加勉乡脱贫攻坚工作队队长李程感慨:"来到加勉乡,只有零落破烂的一些木房子,个子高一点的还要碰头,心里想,我们这些书生能改变什么呢?但历史证明,我们改变了!"

老队员晁勋说:"下乡时住在老乡家,盖的稻被席子,垫的是几捆草草。我个高体魁,床不够睡,每到一村,要先找到一条杀猪凳,晚上把杀猪凳搬到吃饭的火塘边,这就是我睡觉的床了。稻席不够长,大半截腿总是露在外面的。最难忘的是在刚边乡勘察交通线路,要从一个独木桥走到对岸,那是一棵大树干,直径只有二三十厘米,长十几米。我一走上去头晕目眩,下面是看不见底的万丈深渊,风飕飕地从峡谷中吹过,我只能闭着眼睛骑在独木桥上慢慢地爬过去,至今仍心惊肉跳⋯⋯"

老队员陈圣唐说:"我来从江只有一年,一年在我的人生当中只能算一刻,但那是千金一刻。这一刻早已过去,但这一刻对我来说,已是生命的永远!"

老队员卢晓晴说:"那时我们到从江县的学校慰问困难学生,几十个孩子大都光着脚丫,能有鞋子穿的只有两三个。今天在加勉小学看到孩子们穿戴整齐,吃得好穿得好,上学不花钱,心里真是很欣慰。当时去一个村送文体用品,看到孩子们踢足球,一脚踢到山下,捡都捡不回来⋯⋯"

还有一些有趣的事。

有一天工作队在村里吃饭,一个秀气的苗家姑娘羞红着脸,把一张纸条塞进道路运输局扶贫队员王然手里,上面写的什么话,至今是个谜。

交通医院有个小伙子长得很英气,当地一个年轻的女干部看上他了,常来找他聊天,还请他到家里吃饭。扶贫干部怎么也不能拒绝群众的邀请啊,小伙子去了。镇党委书记提醒小伙子说,你要是没心意,千万好不得,生米不能煮成熟饭。后来这个女孩守身如玉,很多年不嫁,还发表了一篇短篇小说《永恒的爱情》,读来非常感人。

县交通局老局长在一条山间公路沿途随意地播撒松子,后来公路边竟然长出10多里的小松林。

老队长欧小海在苗圃花三四百元买了一株小树苗。后来,那棵树长得很高大,根也扎得很深,搬不走了,老队长动情地说:"让它在月亮山长成参天大树吧,它就是纪念我们的'扶贫树'。"

完成任务,踏上归程,转战新的战场,每个队员都泪如雨下。是啊,人世间有一种胜利叫泪下!

"绝对贫困将在我们这一代的手上彻底解决!"这无疑是贵州乃至全国扶贫干部一生中最值得骄傲的光荣!

用大爱书写的人生,留下的是历史永记的足迹。

用担当书写的人生,留下的是未来永怀的纪念。

并非尾声　战斗未有穷期

不平凡的2020年，风云际会，沧海横流。

世界和历史再次见证了伟大中国和中华民族的豪迈作为，再次见证了中国特色社会主义制度集中力量谋发展、办大事的最大优势。党的十八大以来，以习近平同志为核心的党中央带领亿万人民坚定推进脱贫攻坚战，上演了一部人类减贫的宏大史诗，创造了世界减贫史上的中国奇迹。如今大局已定，胜利在望，到2020年底，我们将无比自豪地历史性解决绝对贫困问题。这是中华民族的千年梦想，更是践行党的以人民为中心发展思想的伟大验证。

如果说全国的脱贫攻坚战是一部伟大史诗，那么减贫人数最多的贵州实践，就是这部史诗中最绚丽的华章之一！

2020年10月17日，是第七个国家扶贫日。习近平总书记对脱贫攻坚工作作出重要指示。他强调，2020年是决胜全面建成小康社会、决战脱贫攻坚之年。面对新冠肺炎疫情和严重洪涝灾害的考验，党中央坚定如期完成脱贫攻坚目标决心不动摇，全党全社会勠力同心真抓实干，贫困地区广大干部群众顽强奋斗攻坚克难，脱贫攻坚取得决定性成就。现在脱贫攻坚到了最后阶段，各级党委和政府务必保持攻坚态势，善始善终，善作善成，不获全胜决不收兵。[①]

日出东方，朝霞满天，光芒万丈……

胜利在望！胜利在望！胜利在望！全国脱贫攻坚战取得伟大胜利、14亿人民共同迈进全面小康的光辉时刻即将到来！

这是中国共产党实现"百年之约"的辉煌篇章，是中华民族千年等一回的历史巨变，是世界文明史上前所未有的伟大壮举。社会主义中国将继续前进在既定的道路上，前进在胜利的道路上，前进在光明的道路上，没有任何人、任何力量可以阻挡！

许多年许多次来贵州，我对这片大地和这里的父老乡亲有着深厚的感情，"每天早晨起来，我都误以为自己是贵州人"。每次来，我都对这里气势磅礴的后发赶超精神和发生的巨大变化深感惊异和鼓舞。按照党中央和习近平总书记的要求，贵州各级党委和政府坚持"摘帽不摘责任，摘帽不摘政策，摘帽不摘帮扶，摘帽不摘监管"。已经是胜利在望的时刻了，全省干部群众仍然斗志高昂，抢抓历史机遇，发扬"钉钉子"精神，为巩固拓展扶贫成果"深耕细作"。省扶贫办告诉我，进入全面小康的2021年之后，所有摘帽县的3264名第一书记和1.5万名驻村干部将继续留驻，驻村工作队继续对曾经的贫困村全覆盖，保持帮扶干部与贫困群众的结对关系。同时开展对脱贫人口"回头看"，实施动态监管，对脱贫后由于自然灾害、意外事故等原因返贫的群众及时给予帮扶。

总有一双双明亮温暖的眼睛深情关注着一个个村寨、一家家农户、一个个就业岗位上的"新市民"。

"精准扶贫，一个不落"——仍然是不可动摇的铁律！

---

① 见《习近平对脱贫攻坚工作作出重要指示强调 善始善终 善作善成 不获全胜决不收兵 李克强作出批示》，《人民日报》2020年10月18日第1版。

"同步小康,一个不少"——仍然是坚定不移的目标!

伟大新时代为贵州后发赶超开辟了广阔的前进道路,贵州为新时代的伟大进军奏响了前所未有的英雄交响曲!

这就是历史的结论。

2020年10月30日于贵阳

附 录

报告，贵州交卷！

贵州电视台有个影响极大的新闻节目"主播有话说"。

主播有话说，今天媛媛说。2020年11月23号，今天这个日子，值得每一个贵州人记住。因为这一天是贵州的"交卷日"。

贵州"交卷"了——紫云等最后9个贫困县宣布脱贫摘帽，从这天开始，贵州省贫困县的数字变成了"0"。回望2020年刚刚起步的时候，全国的贫困县还有52个，随着贵州"清零"，也意味着全国的贫困县"清零"。接下来，就等着党中央和人民群众"阅卷"了。

在脱贫攻坚这场史无前例的大考中，曾经的"后进生"贵州，无疑是最让人捏一把汗的：923万，这是2012年贵州省建档立卡贫困人口的数量，意味着平均每4个贵州人里就有1个贫困人口，要在2020年实现整体脱贫，等于平均每年要让100多万人脱贫；188万，这是贵州需要实施易地扶贫搬迁的人口数，4年时间完成，平均每年要完成近50万人的搬迁……但这一系列看似不可能的任务，贵州咬着牙奋力拼搏，随着嘀嗒的时钟前行，人们惊讶地发现贵州的"答题速度"竟如此之快！8年时间，从贫困人口最多的省，到脱贫人数最多的省，贵州不仅在全力冲刺，更在冲刺中努力实现高质量脱贫。

一位名叫蒋巍的作家,在《国家温度》贵州篇章中,曾这样写道:"贵州人生下来就与山为伴。活在贵州,人生没有行走,只有登攀。"是的,世上无难事,只要肯登攀。贵州人从不惧怕生活在大山脚下,因为每一个贵州人从小就在爬山中懂得:每向上一步,就意味着迈过了一级困难,离目标更近了一步。每向上一步,就意味着精神境界提升了一步,离梦想更近了一层。要走出低谷,唯有攀登,因为唯有攀登可以摆脱羁绊、可以走出绝境、可以突出重围。向上,就是方向,就是希望,就是未来。

今天,贵州"交卷"了。贵州交出的是一幅开启百姓富、生态美的多彩贵州新未来的画卷。今天,我们"交卷"了,我们应该也给自己一点掌声,送给走出贫困的贵州,送给不向困难低头的贵州人,也送给每一个追逐梦想的中国人。

(贵视网《主播有话说》2020年11月23日)

后 记

来自大山的感动

贵阳的天河潭景区。

连续数天或阴或雨,远近浓淡的青翠群山在雨帘中半隐半现,显露出朦胧而妩媚的丰姿,把雨都染绿了。今天太阳破云而出,光霞万道,展开一抹高阔清碧的蓝天,像大海的倒影。过去,这里的农民靠昏黄的煤油灯照亮夜晚,靠苞谷土豆支撑生活。如今变成一座湖光与灯光竞相生辉、楼台与荷花相映成趣的风情小镇。我在这里"坐享其成",埋头写作,文字都变得青山绿水了。曾经——不必说曾经了,今天的贵州,因为有巍巍群山,天才高,路才长,胸怀才壮阔,才有"山高我为峰"的情怀和追求,才有"诗和远方"的梦想和眺望。

从2019年9月接受中国作协分派的任务,到今年6月,整整10个月的时间,我带着笔记本电脑和一个充电式小台灯,辗转5省7地(陕西榆林,新疆乌鲁木齐、和田,贵州铜仁,上海,黑龙江佳木斯、哈尔滨)20多个县,等于绕全国一圈,完成了长篇报告文学《国家温度》。刚刚收尾,接到贵州人民出版社的电话,说中共贵州省委宣传部邀我为贵州大扶贫写一部报告文学。回想奔波路上10个月,边采访边写作,真的很累,我有点犹豫。但是,感谢贵州省委宣传部卢雍政部长、谢念副部长和贵州人民出版社对我的信任和激励。

感谢那些奋战在火热扶贫战场的人们。

感谢出版社的黄冰和她的三位年轻女性同事张睆、欧杨雅兰、罗翻文。翻文——一个奇怪的名字。一问，父亲说，就是让女儿多读书的意思。看来，父亲的鞭策将跟随一生了。

感谢绣品收藏家陈月巧，在得知我吃饭很困难时，把我拉到天河潭客栈住了好些天。那里风景很美也很幽静，本书大部分是在那里完成的。客栈对面的湖上，天天夜间有绚丽多彩、变幻无穷的音乐喷泉表演，令我很是心旷神怡，忘却了些许的疲惫。

感谢妻子雪扬和心爱的女儿雪孩，十分理解我两年多来几乎成了不回家的男人。

最后要认真地感谢一下我自己，我太能奋斗了！

2020年11月1日于贵阳

后 记

因为此前我多次来贵州，写过"时代先锋"文朝荣，写过长篇报告文学《灵魂的温度》《这里没有地平线》等，我对贵州有很深的感情，情况也不陌生。同时我也知道，贵州作为贫困面最大、贫困人口最多、扶贫任务最艰巨的省份，是全国脱贫攻坚主战场。那里的奋斗历程一定充满感人的故事，那里的万千大山中一定有许多默默无闻的仁人志士。而这，永远是对作家的强大吸引和召唤。于是，6月9日，我从哈尔滨直飞贵阳。

我已经近两年没回北京的家了，八过家门而不入也有了。

在贵阳，省委常委、宣传部长卢雍政与我深谈了两次。他是共青团干部出身，曾在团中央工作过。他激励我把贵州大扶贫写好。第一次谈话接近3个小时，从古至今，海阔天空，洋洋洒洒，涉及贵州历史和脱贫攻坚的方方面面。他的宏阔视野和睿智给了我很大启发，谈话结束，本书的大纲就基本成形了。

此后，自然是翻山越岭，进村入户。然后在孤独的房间，打开孤独的电脑，伴着孤独的台灯，重听采访录音，时而泪流不止，时而哈哈大笑。因为时间紧迫，出版日期有规定，我不得不每天在黎明前的黑暗中起床，连续工作10个小时以上，中午经常不吃饭，经常一整天没有人说话，这就是我在贵州的日常。时间长了，我下榻的便捷式宾馆周边那些栉比相连的小饭店老板和服务员都认识我了，一见面就笑脸相迎，唯恐我拐进邻家店去，然后灌我一肚子红鲜鲜的辣椒，吃完我就像马上可以点火的炸药包，杀回房间继续战斗。

这是我有生以来最紧张的高强度写作，但我依然激情满怀，干劲十足。什么是我的动力？我的激情从哪里来？

是在采访中时时被感动着的那些人物和故事——从人民中来，从生活中来，从英雄中来，从热泪中来。

这是真实、真诚、真切的感受，这也是一个作家该有的温度。